YAMAO SANSEI LIBRARY

インド・ネパール巡礼日記❶

インド巡礼日記

山尾三省

野草社

インド巡礼日記　目次

中華人民共和国
カブール
イスラマバード
アフガニスタン
パキスタン
デリー
ネパール
カトマンドゥ
ブータン
ティンプー
ダッカ
カルカッタ
ミャンマー
バングラデシュ
アラビア海
インド
ネーピードー
タイ
ベンガル湾
バンコック
スリランカ

ダラムサラ
マナリ
ヒマーチャル・プラデーシュ州
シムラ
リシケシ
ハリドワール
ウッタラカンド州
ジャムナー河
デリー
ヴリンダーヴァン
ネパール
ヒマラヤ山脈
ポカラ
スワヤンブナート
カトマンドゥ
パタン
ウッタル・プラデーシュ州
ルンビニ
クシナガラ
ガンジス河
アヨーディア
ビハール州
サールナート
パトナー
ヴェナレス
ラジギール
ガヤ
ブッダガヤ
バングラデシュ
0
200km
地名の表記は本文と同じとした
カルカッタ
N

6

インド巡礼日記

凡例

――本書は、山尾三省さんが、一九七三年十二月から一年間、一家五人でインド・ネパールを旅した際に記したノートを活字化したものです。

――日本を発ってからインド滞在中を『インド巡礼日記』に、インド・ダラムサラを発ちネパール滞在中を『ネパール巡礼日記』に収録しました。

――当時の山尾三省さんについて、また本ノート発見の経緯については、『ネパール巡礼日記』巻末に収録しました、宮内勝典さんの寄稿「永遠の道は曲がりくねっている」を参照してください。

――原則として原文のまま収録しましたが、明らかな誤字は直し、地名や漢字の表記、送りがな等を若干整えました。また、ルビを加えました。

――数名の人について傍注を付しました。

――特定の個人についての記述、書物からの移し書きを一部削除しました。

――今日の人権意識からするとふさわしくない表現もみられますが、故人の作品であり、歴史性を考慮してそのままとしてありますことをご了解ください。

バンコック

一九七三年十二月九日

夢の中で唐牛《かろうじ》*と抱き合った。あの大きな男が何故か私と同じほどのボリュームでしかなく、私達は互いに済まなかったという気持ちで抱き合ったのだった。バンコック滞在二日目の夜のことである。唐牛が来たというので酒宴が張られ十人前後で酒を飲んでいたが、いつのまにか私はマモ**と一緒になってしまい唐牛中心の集まりから離れてしまった。とは言え、唐牛の取り巻きがいるわけではなく、彼は一人でしかなかった。私はその集まりの中に一人でいる彼が好きであり、自然に彼から離れて行った。

日吉さん***のおかげで私はネパール・インドの旅に出ることができた。彼のおかげでこの旅に『ブッダの言葉』を持ってくることができなかった。その代わりにもらった『軽蔑』という本がバンコックにおける代表的なヒッピーホテル「アトランタホテル」の鏡付きテーブルの上に置いてある。その本をくれる時、日吉さんは、軽蔑をあげると言った後で、『軽蔑』という本をあげる、と言い直した。

その本の白い扉に日吉さんは次のように記した。

贈　山尾三省さま
言葉を売った人間に与えられる
刑罰《軽蔑》についての物語。
この物語によって作者は
言葉を買い戻そうとした。
言葉とは行動の意志である。
七三年十二月五日　　日吉眞夫

厳しく制限される荷物の中にこの本を入れておくことは、私にとっては少しも嬉しいことではない。私はもうこの本は一度日吉さんから単行本で借りて読んだのであり、私自身に限って言えば二度とこの本を読む必要はないのである。ただこれから先長い外国の旅を思えば、日本語の本を順子が読みたくなることもあろうと思い、このアトランタホテルで棄てることはよそうと決めたところである。

初めての外国の旅、それも一歳十一ヶ月のラーマ、次郎、太郎の三人の息子達を連れての旅は、理性と聖性との闘いの旅として展開されてゆくだろう。何故なら、多くの人達、仲間達が出かけて行くインド・ネパールの旅にかくも遅まきに出かけることになったのは、私の内なる理性が私の内なる聖性を否定しつづけてやまなかったからである。少なくともここ十年間にわたって私は観世音菩薩の信仰を通して内なる聖性の開発につとめそれを唯一の生きる光としてきたのであるが、その間も今もそれを否定する合理性の粋としての理性の声がきこえてくるのである。

熱帯にあるバンコックの街は、今乾季の真っ盛りで連日強烈な日光と植物の緑に照り返されている。市場に出れば異様な匂いとわからぬ言葉と群衆の視線にさらされて、私はともかく次郎と順子は食欲も失せて、次郎はお腹が痛くなり、順子は脇腹のあたりが痛くなってしまった有様である。もともと暑さに強い私にとっては、異国の物めずらしい食べ物や果物はすさまじいほどの食欲となるのだが、一方では二人の嫌悪の気が伝わってきてその折角の食欲が失われてしまう。

そのような状態の中で、ホテル代の四ドルを始めとして毎日何ドルかの持ち金が何故かどんどん消えてゆき、今日はバンコック名物たる水上マーケット見物なるものに誘いこまれ、一時に六ドルもの大金を取られてしまったわけである。それはそれで忘れ難い印象の風物詩を与えてくれたのだが、順子は終わったあとで「もうこんな観光旅行はやめましょうね」と静かに言った。そしてホテ

＊——唐牛健太郎　六〇年安保闘争時の全学連委員長。六九年から七〇年、当時、日本の最南端だった与論島に移住し、やはりこの島に暮らした三省と親交を深めた。インド・ネパールへ行きたいという三省に、渡航費の支援を約束。一九八四年、逝去。
＊＊——マモ（加藤衛）　六七年、「魂の自由」「自己の神性の実現」「大地へ帰れ」と呼びかけた「部族」のメンバー。この「運動ではない運動」の新聞に『部族』というタイトルを提案し、「部族」と名乗るきっかけをつくった。藤井日達上人と出会い、七三年、インド・ラジギールの日本山妙法寺で出家。
＊＊＊—日吉眞夫　六〇年安保闘争に深く関わる。三省の長篇詩「カラス」に感動し、三省を訪ねる。三省のインド・ネパールへの渡航費を支援。七五年、屋久島の一湊白川山へ家族と共に移住。八六年、屋久島発の季刊雑誌『生命の島』を創刊。二〇〇八年、逝去。

ルに帰るとすぐに寝込んでしまった。
私としては子供達に楽しみにしていた外国旅行という光を、飛行機に乗ることだけではなくほんの少しの間だけでも与えてやれてよかったと思うし、象の子供が一頭いて、鼻や頭を次郎と太郎がかわるがわるなぜてやっているのを見た時には感動さえしたのだった。メナム川は濁りに濁り、その多くの支流をつなぐ運河沿いには無数の人家が群がり、人家が絶えると無気味なジャングルの緑だけしかなかった。また人家が現われ、その間を数えきれぬほどの小舟が様々な品物を売りながら行き交うのである。それは昔から心に描いていた土人の生活にあまりにもそのままであり、ちがうのはその一人一人の表情が私の眼にははっきりと明るい幸福な表情としてとらえられたということである。メシを食べた店のおばさんがアロマーイという言葉を三度ほどゆっくりと繰り返したが、それは多分、子供達が「可愛い」という意味だったと推測できる。
今、私には日吉さんの贈呈の言葉を次のように受け取ることが出来る。

理性を売った人間に対する
刑罰《軽蔑》についての物語。

以前、私が大麻取締法違反で二十二日間拘留され、釈放されて出てきた時、殆ど同じふるまいをもって彼は私を責めた。その時は芹澤ともう一人日吉さんと同じく東大出のきんきん声の何とかいう男が一緒だった。今度は日吉さんが一人でそれをした。その時には私は自分の正当性に確信がありながら確信がもてず、その何とかいう男だけは許すことができず、以後の関係を絶った。日吉さんと芹澤の二人は許すことができ、以後も関係が続いて現在に至っている。

羽田空港へ私達を見送ってくれた人たちは母、紀子、林、忠夫、民子、宮内、カナ、アキラ、ボブ、サタン、ミロ、ポン、ジョー、それから久子ちゃん、最後にチビクロとチマであった。この内、紀子は子供達に対して、チマは私に対して涙をもって送ってくれた。どの一人をとっても私には重要な人達であるが、旅はそのようにして始まり、私は決して嘘をつかず、現実的に私を旅へ押し出してくれた日吉さんの軽蔑をしっかりと受けとめることが必要なこと、確かである。つまり理性がどのように聖性に融合してゆくか、そのことを私は記してゆく義務があると感じるのである。

十二月十日

今日も日中は三〇度を確実に越す暑さが続いている。十二月の平均最高気温が三三度とあるから、暑いのも無理はない。私はやっと街を一人歩きできるようになり、群衆の視線も感じずに済むようになった。

カルカッタ行の飛行機は十三日にしか出ず、ここで足止めされている感じであるが、順子の調子が悪いのであせらずに他の航空会社を探さないことにする。順子は疲労からくる肝炎か、筋肉痛か、または腎う炎の気配である。インドに着かない内にこんな状態になって情けなくもなるが、彼女となりたくてなっているわけではなく、もう二、三日バンコックの休日を楽しむ他はなさそうである。

夜、薬屋に行って約三十分必要な薬の交渉をする。台湾生まれ、バンコック育ちの二十二歳の青年で、最初は非常に突っけんどんで威張っており、英語も漢字も殆ど判らず、絵を描いて説明したがそれでもまだ通じない。彼を無視してウィンドウの中を捜したとしても、そのような薬は結局役に立たぬことが判っているので、辛抱づよく説明をつづけた。最初タバコをすぱすぱふかしてその煙を私に吹きかけ、コンドームを出して見せるなどしていた態度が少しずつ変わってゆき、十種類近くの薬を出してもらったあとで、最後にやっと治腎丸なる薬を手に入れることができた。別れる前にたどたどしい英語で、自分は台湾生まれなのに漢字が判らず、英語もよくは知らないなどと話をし、お互いに合掌して別れた。今日手に入れたのは腎臓の薬なので、もしかしたら明日は肝臓の薬を手に入れねばならないかも知れないが、それにしてもバンコックの人と心をこめて合掌できたのは今日が初めてである。この街へ着いた次の朝にアトランタホテルを探して歩いている時、六、七人の子供にアメ玉を与え、それを受け取る時にパンツだけしかはいていないような子供が次々に手を合わせて受け取ったのであるが、それは心の通じ合いということは出来ぬものだった。その証拠に彼は手を合わせる前にアイアムソーリーと言った。

今日初めて、ワットトリミットという寺院に入った。バンコック中央駅のすぐ近くのお寺だが、そこに純金のブッダ像があるから是非行ってみろと初老の上品な老人に教えられて行ったのである。純金のブッダはカラッと乾いており、全く純金に輝いていた。二バーツ（三十円）の線香を買って供養したが、線香の上に三枚の金箔《きんぱく》を入れた紙がはさんであり、線香を供えた後で、その金箔を、本尊の横にある三体のブッダの像に一枚ずつ貼りつけたのである。多分、そのようにして純金のブッダへ一人一人の供養がなされ、また純金のブッダが出来上がるのである。純金のブッダははるか上方から極端と言ってよいほどに衆生を見下ろしている。橙色の衣をまとった数十人の坊さん達が、多分今日は憲法制定の国民の休日のせいであろうが、大講堂に集まって昼前の今日最後のかなり豪華な食事に忙しそうであった。

多分、きのうか今日が満月である。大きな美しい月がバンコックのビルの上にゆっくりとのぼってくる。排気ガスは東京と同じほどひどいけれども、月がのぼる空はまだ汚れていない。金星も木星も火星も、くっきりと明るい空に輝いている。

薬を買って帰りながら、ふと人間ということを思った。ジャンの生まれた子供は「人間」という名であり、人間には智慧が必要なのだと思ったのだった。その智慧とは、今日の私にとっては、西欧人のごとくにではなく、東洋人として、というより私、一個の私としての信頼の流儀によって生きるということである。具体的には西欧人のごとくウィンドウの中を自ら点検して薬を選ばず、薬局の人間を通して薬を買うという行為だったのである。

今日はまた初めてヤシの実の汁とココナッツの部分を食べた。ヤシの実は一個二バーツ（三十円）。この街へ来て初めて安くておいしい物を食べた気持ちであった。

現在私の理性はインターナショナリティ、即ちほんのわずかにしろこれまでの私が見、体験した範囲の人類のすべての人々が、様々な変化の内にありながら等しく生きてゆかねばならぬ、という一点において生き生きとしている。

『軽蔑』について言えば、「オレはこの本がとても好きなんだ」と言った日吉さんの言葉を思い出す。今晩、私は彼をかなり理解してきたことを告げ、順子の痛みが治ることをワットトリミットのブッダの金色の輝きに祈ります。

十二月十一日

ジョーが作ってくれた学生証明書で、カルカッタまでの飛行機の学割に成功した。ジョーと私との嬉しい旅の成果である。

風邪が少しひどくなった。煙草をひかえることにする。

飛行機の学割に成功した後で柳田君と昼飯を食べていると、赤ん坊に乳を含ませながら乞食をしている女が私の所にやってきた。ワンバーツ、ワンバーツという。私のポケットには一〇〇バーツ札とか二十バーツ札とか、十バーツ、五バーツもあったけれども、一バーツ貨がなかった。不本意ながら、私は無いと繰り返し、左手で赤ん坊の背をなぜてやった。女はもう一度ワンバーツと言ったけれども私が首を振ると行ってしまった。一時間ぐらいの間、私の左手に「汚れ」の感じが残った。手を洗いたかったが洗う場所も無いままいつか忘れてしまった。私は今は、柳田君に一バーツを借りて彼女にあげるべきだったことを思う。それが私の思う正確な行為というものである。

その後で二人の男の乞食、一人は両手両足のいずれも半分ずつ無くなったライの者であり、もう一人は軽症のライの者だったが、二人ともにバーツをあげる気持ちは少しもおこらなかった。

暑いバンコック。今日初めて昼寝をとることが出来た。

今日やっとローソクを買ってきた。

今日私の心を占めていたことは、元気な体でカルカッタに入りたいということ。

今日私の体が感じたのは、観音の御名《みな》を呼ぶこと以外に、この体を支えるものは何もないということである。

バンコックの商店では殆ど神か仏を祭る小さな木製の廟《びょう》が置いてあり、そこに豆ランプ又はローソクが灯明され香も焚かれている。眼に先ずそれが入ってくる。街を歩いていて至る所でこの小さな（日本で言えば神棚と同じ大きさぐらいの）廟に出会い、それは決してあきることのない小さな楽しみである。出会いは即ち祈りだから、無条件に楽しいのである。

タイ人は少しどんよりしていて善良な感じ。華僑は目はしがきいて一方では卑屈で、しかし根は必死に善良である。買い物をして釣り銭をごまかすのは必ず華僑の人である。

今日コルゲート歯みがきの箱の中から、生まれて三、四ヶ月と思われる私の写真が出てきた。この旅にその写真がまぎれ込んだ径路ははっきりしているけれども、ちょっと驚いた。

十二月十二日

今日私の意識を占めていたものは、健康状態を回復しようということだけだったように思われる。健康とはやはり愛することなのである。次第に日本とのつながりが切れてゆくのが判る。日本とかタイ国とかいうことではなく、ただ人間が表面に浮かんでくる。微笑、ほほえみは人間の表情の中で最も美しいものである。ジョーが言っていたように、絶えずブッダの微笑を瞑想することは大切なことである。

アトランタホテルから街へ出る真っ直ぐの五〇〇メートルほどの道の内、半分ほどは水浸しになっている。道の両側は高級住宅街なのだが、排水溝がないためにここに到着して以来約一週間、水は少しも引かない上に工事中の地下水か何かが日々増えてきて、きのうあたりから住宅の庭にまで浸水が始まっている。私達はこの道を日に何度か往復する。ラーマ、次郎、太郎を連れて、買い物に行ったり、食事に行ったりする。

十時をすぎると、もう陽は酷熱と呼んでよい。暑さには強い私であるが、きのう今日は頭痛がつづいている。バンコック風邪とでも名づけておこうか。順子の背中の痛みは殆どなくなったという。どうにか、カルカッタへ飛ぶ状態になってきた。

カルカッタでの最初の仕事は日本でし残した最後のこと、チマへの手紙を書くことである。そしてインドの旅が始まる。チマは諏訪之瀬へ行かねばいけない。信頼の旅。

カルカッタ

十二月十六日　パドブエホテル

飛行機から扇状に広がるガンガーの終わりを見下ろし、オーム　ガンガー　ナマステとつぶやきながら、カルカッタ、ダムダム空港に到着した。

インドは強烈であった。過酷な汚れであった。ここで生きてゆくのかと思う時、絶望的な恐怖がゆっくり体の中に沁みこんできた。十三日の午前のことである。二日間、多分肺炎を起こして寝込んでしまった。旅の初めての恐怖の夜は死の直前まで行ったようである。しかしそれは不思議な安らかさを用意していた。ましてこのまま死んでもそれでよいと言える、不思議な深い濃密な安らかさがあった。

柳田君が持っていた抗生物質の薬のおかげで、わずか二日の間に起き上がった。『大法輪』の禅や他の仏教のお話が、まるで幼稚園の生徒に話して聞かせるように理解できた。それも元気を与えてくれた。必要な時に必ず必要なものが与えられる旅の重さ、美しさ、そして偉大さを内なる涙を流しながら思う。

インドなる観世音菩薩。

今わかったのだ。

インドは観音なのだ。観音の巨大な手の内、観音のハートの内なるケシ粒ほどのアートマン、それがインドなのだ。

ダクシネスヴァール寺院に行く。

美しい一日、厳しい一日、一日がそのまま信仰に献げられており、信仰が信仰ではなくなり日常生活となり、その日常生活が美しいラーマクリシュナの福音のなかで説かれている風景をそのまま眼《ま》のあたりにしている自分。

川沿いに立ち並ぶシヴァリンガム、十五、六の小神殿に礼拝した。それからガンジスのガートで足と手と顔を洗って、カーリー神殿に礼拝した。ちょうど月曜日で境内は美しいサリーに着飾った女の人達や男の人達で賑わい、そのような熱心な参拝の人のひとりとして参ったわけであるが、そこになんのこだわりもなく、ほんとうに素直に、礼拝することが出来るのだった。

横のラーダクリシュナ像への礼拝。

境内を出て横のラーマクリシュナが居られた寝台のある部屋に自然に導かれた。しばらく、心静かに充実して瞑想の内にあった。

両眼から熱い涙がじわっと流れた。インド、観音の故郷。

巨大なバンヤンの木陰で休んだ。一ルピーの炒り大豆を買ってきて五人で食べながら、牛やリスや猿やインド人と遊びながら、人も動物も食べ物も河も樹々も太陽も雲もすべて賑やかでいて静かな、貧困でいて底知れず豊富なインドの聖地の姿であった。私ではない、順子でもない、子供達でもない、インド人でもない、かといってもちろん日本人などでもないひとつのホーリーな空間、ホーリーな事実、ホーリーな現実、ひとつの光景となったことだった。

境内で順子は軽く二度失神した。シヴァリンガムを拝んだあとと、ラーマクリシュナとカーリーの写真を買ったあとの二度である。その謎を解くことはない。だが心配はなかった。上品ですらあった。

母よ。母カーリーよ。

彼女にあなたの豊かさを恵み給え。彼女が眠っている間にそっとその恵みを与え給え。

帰りのバスの中から葬式を見た。死ではなかった。死は死んだのだ。又、行きにバスを待っている時によいサドゥ（聖者）一人を見た。

ラーマクリシュナの信仰の核心は、喜びは金と女からは来ないということである。家族一家がなにがしかのお金をもって旅にでて、そのことを確かめているのだから確かなことだ。大地が持っている大気を気として、水を滋養として生きるのだ。インドに来て最初の喜びは水が飲めるようになった時にやってきた。その時からインドは恐怖ではなくなった。

水　豊かさの源
ガンジス河の濁った水を飲む
その水は豊かさの源となる濁った水である

十二月十八日

インドとは不思議な国である。人との出会い、人との関係、出来事、そのすべてが真理にもとづいている。より正確にいえば礼拝にもとづいている。出来事の流れは次から次へとちょうど河の流れのように流れつづけ、ひと時も休まることがない。休むということが許されない。眠っていても休息していても、もし休んでいるならばたちまちその支払いをさせられる。このカルカッタでは金持ちから無数の乞食に至るまですべての人間が必死に生きつづけている。必死に生きていない人間は、すでに人間ではなくたちまち現実的な死がやってくる。

街路にあふれているすさまじい人間の群れが、日常生活そのものとなっている信仰の中で、信仰そのものを生きている。

乞食達はそれぞれに自己の最も激しい欠点、例えば足がないとか、手がないとか、盲目であるとか、癩病であるとか、赤ん坊を連れているとか、更にはただ完全に怠け者であるとか、そういう欠点をさらけ出して、乞食をしている。一日そうやっていれば誰かがその欠点にひっかかるのだ。その日、あるいはその前の日、あるいは何ヶ月か何年か前に行為したその因縁がめぐって、ひとりの乞食のひとつの傷口にはたとぶつかる時、それは即ち五パイサか十パイサのお金となってアルミ缶の中に放りこまれずにはおかない。乞食とお金を放る人との関係はだから、お金を投げる人が実はその相手に喜捨、又はお詫びをしているのである。乞食はあくまで乞食であり、哀れでありみじめでもあるが、それでいて少しもあわれでもみじめでもない。彼らは堂々としており、社会の構成員の確固たる一人であり、なくてはならないものであり、更に言えば人々に無言の内に贖罪を迫るものである。もしこちらに一分のすきもなく完全体であるとすれば、彼らは決して手を出すことはないのだから、彼らが手を出す時には必ずこちらにすきが、つまり欠点があるのである。市街には市街の、寺院には寺院の乞食がいる。更にくわしく言うならばひとつの寺にはひとつの寺の乞食がおり、ひとつの街すじにはその街すじの乞食がいる。そして必死のまなこでカモがやってくるのを待っている。大切なことは先にも書いたように、乞食と言えども正確に真理、神の下《もと》に立っているということである。差し出される手は神からの要求なのである。だからと言って、その手のひとつひとつ、その姿のひとつひとつに金を与えれば、たちまちの内にこちらの生存が干上がってしまう。乞食だけではない、ポン引きからマネーチェンジの勧誘人、ハシッシュ売り、くつみがき、露店商人から店舗商人、政府役所の役人、つまりありとあらゆるすべての人が自己の真理、神の下に立ち、生きること、生存していくことを正々堂々と主張しているのである。しかしもちろん彼らは謙虚である。乞食と言えども身の程以上のことは決してしない。もし自分が謙虚さのらち外に出ればたちまちその報いが訪れ、生存が消されてしまうことを彼らはよく知っているからである。私がちょっとでもぼんやりとして傲慢であれば、つまり神への献身から外れていれば、たちまちの内にその報いが訪れ、一ルピー、二ルピーという現金として巻きあげられるか、或いはどうしようもなく不親切に扱われるかするし、逆に私が謙虚で正確に自己の主張を通せばそれは必ずそのように報いられてくる。邪悪には邪悪が報われ正義には正義が報われること、太陽が東から昇り西に沈むように正確なのである。正確さの基準は神である。神は真理であり、神こそは唯一の人間が究極的に肯定できる基準なのだから、すべてはそこへ、神へ、真理へと流れこんでゆくのである。

日本山妙法寺、篠崎上人に会う。五年もインドにいて、まだヒンディ語がうまく出来ないという。立派なお寺であるが、日達上人が生きているだけで、篠崎上人自身が言っているようにただ留守番をしているだけの感じである。昼間なのに鉄条網を張りめぐらした門は閉ざされ鍵までかかっていた。或いは昼間は参拝人がないせいかも知れぬが、折角の信仰の場が半ばは死んでいるのにむしろびっくりしたほどである。篠崎上人をせめる筋合いは全然ないが、日本山の前途を思えば嘆かわしいことである。

カーリー神殿のカーリー像の瞑想が、あの日以来、私のカルカッタ生活を支えている。カーリーを思えば、心はたちまち静まり、世界は途端に好ましい生気をとりもどす。心と感覚の対象とが完全に一致しているものであり、色《しき》は空《くう》であり空《くう》は又色《しき》であることが刻一刻の内に証明されていることを、あまりにも明瞭に見せられるのがインド生活の第一歩である。

今日はたくさんのサリー姿の女の人の顔を見せられた。インドの女の人はまだアメリカや日本の女の人のように欲情していない。彼女たちが希《のぞ》んでいるのはやはりクリシュナのようなラーマのような男性であり、自らラダーやシーターやサティのような女性となることのように思われる。欲情のない女性の姿は全く美しく清らかである。クリシュナの偉大さが彼女たちの表情をとおして直接に伝わってくるようである。

クリシュナの涙。

インドはもっともっと現在の一〇〇倍もヨーロッパ、アメリカ、日本などの極悪文明に対してもの言わねばならない。私はそのような仕事の一端をつつましく確実に受け持たねばならない。

人間と人間の裸の関係が世界を構成している国。この一見混乱としか言いようのない国を、神という究極の原理が見事に貫いている。悲惨？　悲惨といえばすさまじい悲惨である。だが悲惨の余地もない日本の現状のほうが、実ははるかに悲惨なのではないだろうか。街では所々に、Let Calcutta be proud of heaven someday という巨大な看板がかかげられている。

ブッダガヤ

十二月二十一日

広々としたガヤ平原に菩提樹やガジュマルの樹がこんもりと点在している。ブッダガヤはこの平和な実り豊かな土地の明るさの中心である。空からはさんさんと明るい光が降りそそぎ、大地はあくまで静かにその光を吸収している。吸収された光は別の慈光とも呼ぶべき光となって大地から立ちのぼっている。この途方もない光と静かさの中に大塔《マハーストゥパ》が立ち、大塔の内なる奥合いに主ブッダが坐っておられる。初めてこの大塔の門にひざまずいた時、内なる私の涙はほとばしり出てとどまることを知らなかった。門から正面はるか彼方に主ブッダの像が見られ、顔をあげてその像を拝せば涙はさらにあふれ、打ち伏せて石の畳に額をつければ石畳から新たな光がじんじんと流れこみ、また新しい涙をさそうのだった。

多くのチベット人、インド人、ブータン人、セイロン人、そして日本人。中でも投身礼拝を繰り返すチベットの人達にまじって、私も投身礼拝の者となり吸いこまれるように主ブッダの像の前に打ち伏せた。涙はとまることなく流れ、ブッダ御自身はひとことも語ることなく私のすべてを青空に吸いこまれる塵のように吸収された。

悟りの木、菩提樹。

ブーゲンビリアの色とりどりの花。

様々な花。

十六歳のインド少年、ジャガトー・プラサードと友達になり、チャイやあげうどんを御馳走になる。

宿はチベット人のテントである。チベタンのテント村の一番奥の大きなテントに、兄弟夫婦と赤ちゃん二人、子供二人、おじいさん一人の家族が住んでおり、その四分の一の部分を借りる。パドマサンバーバの図像が祭られてある。

夢に見たチベット人の世界に、私は今居る。

今日は夜明けと共に起き、右まわりに大塔をまわった後、大塔に入る。ブッダ像の部屋まで入ることができず、ひとつ手前の室で礼拝して出る。チベタンは左回りにまわっている。たくさんの人達の投身礼拝。体での礼拝、それはひとつのカルマヨーガを想わせる。

ジャガトーの案内でラトナハウス、ブッダがあの木が良さそうだと菩提樹を見つけた所にある堂に行き、アソカポールの下に立ち、ブッダが水浴びをされたハス池のガートの水をヒンドゥのしきたりで浴びる。マヤ夫人が祭られてある小ストゥパに礼拝し、乞食の小母さんに二十五パイサを喜捨する。

ゆっくりとヒンドゥ寺院ジャガトーテンプルに入る。マンゴーの木を初めて見る。ハヌマーン像礼拝。二階に上がり、ジャガトー礼拝。次の室でラダークリシュナ礼拝。今まで出会ったラダークリシュナの中で最もリアルなものだった。次の室でシーター、ラムを両脇にしたヴィシュヌ像礼拝、前においてある金属性のガネシャの像で頭を触れられる。水を戴く。

タイ寺を横に見て、日本寺のブッダ礼拝、背後上方の壁画、ブッダ成道の絵はすばらしい光を放つ。まさに日本人の眼にうつる光の絵である。

ジャガトーの家に行き、お茶を御馳走になり、インド菩提樹の数珠《じゅず》を仕入れる。ネパール菩提樹は金剛菩提樹という。順子は白檀《びゃくだん》のもの、太郎、次郎、ラーマは紫檀《したん》のものをプレゼントされる。インド香を一筒ラーマが受け取る。

昼食の後、大塔に行き、ラトナハウスの横で瞑想する。鳥の声、人の声、読経の声、降りそそぐ光。ジャガトーの弟のラージャの友達にライターをプレゼントしたらローソクを一本プレゼントされたので、それを持って大塔に入る。初めてローソクを供養する。ブッダの部屋に入って投身礼拝。罪に真っ黒に汚れた自分の内に金色の光の輪を見る。深々とした天空から響くようなマントラが、どこからともなく体の中に沁みこんでくる。

大塔を出て帰りの菩提樹の横で瞑想する。終わって二つの仏足石に額をつけて礼拝、偉大な御足、大きな慈悲が沁みこんでくる。マヤ夫人のストゥパの横でひと休みする。マヤ夫人への礼拝に自然な喜びがわいてくる。ジャガトーのお父さんに会い、売店に入ってお茶と炒り米を御馳走になる。子供達はジャガトーにタコとタコ糸を買ってもらう。

真っ赤な静かな夕陽、夜に入って満天の星空、豪華な金星の光の御馳走。孫悟空の話を子供達と。数珠の使い方を子供達に。虎の話。

隣りのテントからはもう二時間以上もマントラを唱える声が絶えない。多くの犬、豚もいる。飛行機をラーマと見る。次郎初めて星空を見る。次郎三日ぶりにクソをする。

嘘を自らにつかない。

お金は必要である。必要以上のお金はいらない。必要の節制。食べ物、衣類、その他。だがチベット式のストールが欲しい。日本式の字の書き方（たて書き）はジャイナ教の人達と同じだそうである。

十二月二十二日　チベタンテント

みかん箱をこわして作った、赤い生地に白い米粒をばらまいたようなもようの布地を張ったテーブルで、この日記を書いている。

今朝は霜は殆どなく、明けかかった空に今月最後の月が昇っているのを見る。ガヤ平原地、ココナツヤシ・マンゴー・パパイヤ・ブーゲンビリア・ハイビスカスなど熱帯性の植物が大地を飾っているが、朝方の冷えこみはかなり強い。井戸水を汲み上げて水道に使っているが、その水が殆どお湯のように温かい。昼と夜の温度差が激しいせいである。

朝、チベタンに混じって左回りに大塔を三回まわり、内部に入って礼拝。入口が線香のから箱やローソクの箱で散らかっているのを見る。敷いてあるじゅうたんもめくれて曲がっていた。チベタンは終始熱心に投身礼拝を繰り返している。朝食後、テントの老主人からチベット銭を三ルピーで買わぬかと言われ断る。ではと言って丸い青い石を出して見せたがそれも断る。最後に戦前のものである一円銀貨を出して見せたのに驚いた。

ニランジャー河に行く。広い川幅は乾季のため広々とした砂原となっている。その昔、ブッダが苦行の果てにたどりついた川である。スジャータという女の人がこの川原でブッダにミルクがゆを献げたのである。川の水はきれいに澄み、さらさらと心地よく流れ、遠くに大塔や小塔、スジャータ寺の屋根、この地方の王が住む館の白い壁も見渡せる。写真を撮ったりしている内に太鼓の音が聞こえ始め、小さな子供の葬式の一団がやってくる。多分小さな子供の葬式なのだろう、柩《ひつぎ》はとても小さなものであった。降りしきる静かな強い光の中でやがて火がつけられ燃え上がる。それを遠くの光景に眺めながら昼食をとる。女乞食が一人寄って来る。かなり図々しく近寄り離れようとしない。結局女乞食ともどもに（食べ物はかりんとう三つ四つしかあげなかったが）食事することになってしまった。太郎、次郎ともに喉を通らないような感じだったが、結局は殆ど食べることができた。ものを食べることもひとつのヨーガである。

午後、ハス池に行く。最初の日に行った時には眼に入らなかったが、所々にいくつかのハスの花が咲いている。ピンク色の花である。池の水は溜まり水だから仕方がないがかなり汚れており、特にガートの辺りは近くのインド人が水浴びをしたり洗濯をしたりするために大変に汚れている。ガートから少し離れた石のベンチに坐り、『このようにブッダは語る』というラーマクリシュナミッションから出ている小冊を読む。強い日射しに幾分日焼けしたようである。

五つの戒め

・殺すことを慎むという教えを取りなさい

・盗むことを慎むという教えを取りなさい
・姦淫を慎むという教えを取りなさい
・嘘をつくことを慎むという教えを取りなさい
・アルコールを飲むことを慎むという教えを取りなさい

八つから成る道

・正しい理解（迷信や惑いからの自由）
・正しい思考（高く価値ある知識）
・正しい言葉（親切に心を開いて真実に）
・正しい行為（平和、正直、純粋）
・正しいなりわい（生きものを傷つけたり危険な目に合わせない）
・正しい努力（自己訓練及び自己抑制）
・正しい心づかい（活き活きとした注意深い心）
・正しい集中（生命の真実についての深い瞑想）

その他にブッダが生まれた日、成仏した日、涅槃《ねはん》に入った日はいずれも満月だったということ。ガンジーのブッダについての評言。ヴィヴェカーナンダのブッダについての評言。ハス池を見下ろしながら何故かガンジーのことが親しく思い出される。インドを愛し権力を嫌い、ブッダを思うと共にラーマ信仰に死んでいった小さな人ガンジーの姿。その時、二、三十人のインド人がどやどやとガートに入りこみ、盛んにハス池の水を浴びて一団となってたむろし、その内の一人が演説を始め拍手をしたりジャーイーと歓声をあげたりして引き上げていった。身なりからして貧しいヒンドゥ人である。

大塔は澄み切った青空にさんさんと降る光を浴びて沈黙し、これらの光景をすべて見下ろしている。思えばこのブッダガヤは不思議な国際性を持つ場所である。インドにありながらむしろチベタンの雰囲気が強く、何百人何千人というチベット人が朝も昼も夜も大塔をめぐり、投身礼拝しているかと思うと、私のように日本人がおり、日本人の団体も五〇〇人、一〇〇〇人とくりこんで来、ブータンからは何台ものバスがブータン人を乗せてやってくる。スリランカからもやってくるし、タイからもビルマからもやってくる。そして最後にジャガトーの言葉によれば英語人、つまりヒッピーあがりかヒッピーの後輩である普通の真面目な探求者である欧米人も、チベット式やヒンドゥ式のストールに身を包んで静かに敬虔に歩きまわっている。

ガジュマルの大木、菩提樹の大木はちょうど実のなっている季節で、数知れぬさまざまな小鳥たちが時に鋭く時にやさしく時にはうるさいほどに日がな一日啼きながら飛びまわっている。その下でインド人やチベット人が売店を開き、鳥のフンに商品を汚されながら、賑やかに楽しそうに商売をしている。

樹々の緑は青々として、その上の空は限りなく明るい。平和。

悟りの菩提樹の下でしばらく瞑想する。深い瞑想。眼を閉じれば金色のさん然と輝く光に包まれ、眼を開けば青々とした菩提樹の葉、梢。ゆっくりと般若心経を唱える。やさしい深い光に包まれて体ごとその中に巻きこまれてゆくような感じである。南無阿弥陀仏も自然に出てくる。大塔内に入って礼拝。出てマヤ夫人、マザーブッダに礼拝。出てきた所で今度はインド人から又チベットの銭を買わぬかと誘われる。二度目なので考えたがやはり断った。お金はいずれにしても必要なものである。チベットのお金に価値がないならば、チベットという国にも価値がない、という論理が一応成立するように思われたからである。やがてチベットのお金が価値を持つ日は来るだろう。だが、私はそれは今はいらない。記念品としてのお金は必要ない。もしチベットのものを買うならば、やはりパドマサンバーバの絵を買った方がよい。

よく見れば判るわけなのに、インド人、チベット人は、私達を金持ちの日本人のひとりと思っている。

ダライラマがやってくる。それで多くのチベット人、ブータン人が続々とこのブッダガヤに集まっている。今晩は私たちのテントにも五人のチベット人？　がやってきて、同居が始まる。これはひとつの出来事である。すでにチベット寺の前には、ダライラマを迎える館の装飾が出来上がり、夜はイルミネーションまで点《つ》けられている。

夜、三度《みたび》大塔内に入る。順子と一緒である。夜のローソクに飾られたブッダは、また別の静かな深い眼差《まなざ》しを投げている。夜の礼拝者は英語人が多い。

夜、火の玉を見る。まるで花火のように大きな玉が火花を散らしながら三〇度近くも尾を引いて流れた。四方拝。金星はますます美しく黄金色の光を放っている。その光を両手で受けて飲む。

昼間、シヴァリンガムの小寺に礼拝。夕方、三年ほどこの地に住み、今王舎の別院に住んでいるという真言僧、田中さんの訪問を受ける。新しい仏教の始まりの波をなんとなく感じさせられる。

おお、主ブッダ、あなたの愛と慈悲の光がシャワーとなって私たちすべての上に降りそそぎますように。

インド人とチベット人のちがい。

ヒンドゥと仏教の違い。それがひとつのテーマである。

十二月二十三日

・サールナートでの最初の説法

「五人の比丘《びく》衆に向かい主は言われた。

タターガタをその名前で呼ぶことをするな。又、彼を「友よ」と話しかけてもいけない。何故なら彼はブッダであり聖なる者だからである。ブッダは親切な心をもってすべての生きものをひとしく見、それ故彼らは彼を父と呼ぶ。父を尊敬しないことはよくない。父を軽蔑することは罪である。

タターガタは厳格さの内に救いを求めることをしない。しかし、それ故に彼が世俗の喜びに耽《ふけ》っているとか富裕に住んでいるとお前たちが考えてはならない。タターガタは「中道」を見つけた。」

スジャータテンプルに行く。

ブッダがニランジャー河のほとりにたどりついた時、ミルクがゆを持ってきた女の人を祭ったお寺である。大塔のすぐ脇にあるが、何故か正門には鍵がかかっていて入れない。裏木戸のような所から頭をかがめて入る。寺番のインド人は今まで出会ったどの寺番よりもハイな感じである。コンクリートの上から白い塗料を塗ったお寺は、大塔のすぐ横にありながら参拝する人は私たちの家族だけで、ひっそりと清潔に掃き清められてあった。裏から入ったので本来ならば一番奥にあるスジャータの堂が一番最初になり、例のように裸足になって堂に入る。入る前に私達一人一人にひとつずつきんせん花に似た橙色の花をもらい、その花をまたひとつずつスジャータの像に献げた。太郎も次郎も少しずつ礼拝になれてきたせいか、五つの花をまるく輪にして献げることになった。寺番はその間ずっとマントラを唱えている。終わって二十ヶ所以上あるシヴァリンガムの堂をひとつずつ礼拝してゆく。どの堂もすべてシヴァリンガムが祀られてあり、その大きさも形もひとつずつすべて異なっている。シヴァリンガムとは男根の象徴と女陰の象徴が組み合わされて出来たもので、ヒンドゥ世界では一般に礼拝の対象となっているものだが、それは時には生殖への祈りであり、時には性交を断つことへの祈りとして祀られる。生殖への祈りの場合でもいわゆるセックスへの祈りではなく、男性と女性の純粋な愛による結びつき、性の清めとして祀られているように思う。性交を断つことへの祈りの場合は主として修行者によって行なわれるもので、このシヴァリンガムを礼拝することにより性への欲望を少しずつ断ってゆくのである。これは私の解釈というより感受であるからヒンドゥ本来の事情がどうであるかは確かでないが、まず見当外れのことではないと思う。

次郎も額をコンクリートにすりつけて礼拝している。太郎もまんざらではなく礼拝している。あるシヴァリンガムには頂上に花がひとつ。あるシヴァリンガムには水だけがかけてある。あるシヴァリンガムにはヨニの部分に蛇が這っており、その横に牛が足を折って坐っている。次のシヴァリンガムにはたくさんの花がまるで蝶のように散りばめてある。だからもし正面から入って行くとすれば、スジャータの堂は二十幾つかの厳粛なシヴァリンガムの堂の一番奥に、シヴァリンガムに守られる形で祀られていることになる。ヒンドゥと仏教の混肴《こんこう》という点で興味深いけれども、それよりもブッダにミルクがゆを献げたスジャータという女の人をそのような形で祀ることに、私は異様といって良いほどの感銘を受けていた。石畳から伝わってくるのは午前十時をすぎてすでに気温は熱くなっているにも拘わらず、氷のように冷たいぞくぞくするような感じであった。ひとつのシヴァリンガムを礼拝する度に私の体の内に何か異様なものが走り、もう性の交わりを断つ日が近いことを告げるのだった。ひとまわりした後でもう一度スジャータの像を礼拝し、シヴァリンガム礼拝のマントラ、シャンカラバガヴァンハーイを寺番から教えてもらった。二ルピーをお礼に上げた。

出ようとすると、二、三日前にマヤ夫人を祭ったストゥパの前で会った女乞食がまた来ており、完全に抜け切った、歯の抜けた口をあけて宙に笑いながら手を差し出した。マヤ夫人のストゥパとスジャータテンプルの裏門とは斜めに向かい合う位置になっており、その間を大塔境内の一番外側の道が距《へだ》てているのだが、彼女はその二つの聖堂、マヤ夫人とスジャータの間を行ったり来たりしながら生きているのである。乞食はブッダガヤにもたくさん居り、女乞食も少なくはないけれども、二、三日前に初めて彼女に出会った時、私としてはインドに入って以来最大の額、二十五パイサを喜捨したのだった。今日は私はあげなかったけれども順子は何パイサかを払ったと言っている。しかし、それはしてやられたのではなく確かに喜捨なのである。五十歳か六十歳かぐらいの年齢で、彼女の乞い方は歯の抜けた口を大きくあけて宙に笑いながら手を差し出すのであり、そのやり方はもし正気であるならば完全なヨーガの行のひとつと言えるだろうし、信仰に狂っているのだとすれば、まことに抜け切った信仰であると言わねばならない。女性であることを完全に放棄した地点で不思議な母性、こまが回転して静止しているような、狂っていて狂っていない異常な女性が感じられるのである。彼女は多分スジャータテンプルに眠ることを許されているのだと思うが、彼女の他に、二人か三人の女乞食がマヤ夫人のストゥパ及びスジャータテンプルの石の床に眠ることを許されているようである。信仰によって乞食になったのか、乞食となった果てにこの二人の聖なる女性の堂に身を寄せることになったのかは判らないが、月や星や太陽と共に流れるゆっくりとした巨大な時の中で、ココナツヤシやパパイヤ、菩提樹やマンゴーの木に囲まれたこの聖地に、純粋な母、永遠に女性的なるものが生きて呼吸していることは確かである。

三時頃から今日は別の菩提樹の下で瞑想する。すべての人にすべてのものに愛を贈ること、すべての人のハートにハスの花が開き、私のハートにもハスの花が開くというヴィジョンが終わり頃になって訪れ、スジャータテンプルの経験で冷えきった私の体にやっと暖かい血が流れたことだった。ブッダへの礼拝を般若心経とともに献げ、鐘を鳴らし、再びマヤ夫人のストゥパの背部に行ってしばらく瞑想しながら夕陽が純粋オレンジ色に燃えて沈むのを拝した。
今日は朝からカラスどもが激しく啼いていた。太郎はまた気分が悪くなって元気がない。ラーマも風邪気味。今夜は二人のブータン人と同居で眠ることになる。『遠野物語』を少しずつ読んでいる。
シャンカラバガヴァンハーイ
ダライラマの到着が近づいている。

十二月二十四日

・サールナートでの最初の説法（続き）

「魚を食べないという節制をしなくても、肉を食べないという節制をしなくても、頭をそらなくても、裸で歩かなくても、もつれ髪にしなくても、粗末な上衣を着なくても、ほこりに汚れていなくても、アグニ神に犠牲供養をしなくても、迷いから自由でない人が清められる。ヴェーダを読むこと、僧に供えものをし神々に犠牲供養すること、暑さや寒さによる苦行、このような多くの行為は不死の目的のために行なわれる。これらのことは迷いから自由ではない人を清めはしない。
怒り、酒酔い、頑固、偏信者、詐偽、羨み、自分をほめること、他のものを軽蔑すること、高慢、そして悪い意志、これらが不浄を作り出すのであり、肉を食べることそのものが作り出すのではない。

　おお比丘衆よ、二つの極端から超越してある中道をお前たちに教えさせてくれ。苦痛により弱められた信仰の愛が心に病んだ考えと惑いを生み出す。苦行は世間の知識のためにさえもならない。感覚に対し偉大な勝利を得るためにそれは何と劣等なるやり方であろう。

　ランプを火で満たす人は暗やみを追い散らすことは出来ないだろう。そして腐った木で火をつけようとする人は失敗するだろう。

　苦行は苦しみ多く、空しく、利益がない。そしてもし人が肉欲の火を冷やすことに成功しないならば、みじめな人生をひきずって誰が自我から自由になることができよう。

　自我が残っている限りすべての苦行は虚しい。それが世間的なものであれ天上の喜びであれ、自我が肉欲しつづけるならばすべての苦行は虚しい。しかし、その内に自我の消滅した人は、肉欲からも自由である。彼は世間的又は天上の喜びの双方とも希まない。そして彼の自然の希みの満足は、彼を汚すことはない。彼をして体の必要に従い、食べかつ飲まさせよ。

　水は蓮の花をとりかこみ、しかもその花びらを濡らすことはない。一方ではすべての種類の好色性は人を衰弱させる。官能的な人はその熱の奴隷であり、喜びをもとめることは堕落することであり、下品なことである。

　しかし、生命の必要を満たすことは悪いことではない。身体を良い健康状態に保つことは義務である。というのは、そうしなければ私達は智慧のランプを整えることができないし、心を強く清潔に保つことが出来ないからである。

おお、比丘衆よ、これが両極端からの超越を保つ〝中道〟である。

祝福された人は弟子たちにそのように親切に語り、その失敗の故に彼らを憐み、彼らの忍耐の無益なことを指摘し、彼らのハートを凍らせた悪い意志の氷を、師の教えのやさしい暖かさのもとに溶け去らせた。」

旅に出て以来一度も病気にならないのは結局次郎である。順子はバンコックで、私はカルカッタで、太郎はカルカッタからガヤへの汽車の旅で、ラーマはカルカッタ及びこのブッダガヤで風邪熱を出している。今日の夕方もラーマに薬を飲ませるのにひと苦労したことである。精神状態は大むね良好だが順子がまだ調子が出切らず、日に十時間近く眠っている。

太郎は一人でジャガトーと遊びにゆき、馬車に乗ってブッダが修行をした山まで行ってきたという。昼飯もジャガトーの家に行って飯とカレーとをたらふく食べてきたという。次郎は次郎でジャガトーの弟や別のインド人の子供と仲良くなり、チャイを三杯も御馳走になったという。夕方には順子が、乞食だと思ってパイサ、チャイナと手を振って追い払った子供達とたちまち仲良くなって、握手をしたりコンニチワと言い合ったりしていた。ここブッダガヤでは、日本人の参拝客が結構多く、それもお寺関係の人とか金持ちの団体が多いせいで、日本語はひとつの有力な商業手段となっているから、日本語をしゃべる商人（大人も子供も）が四、五十人はいるのである。ジャガトーなどはまだ十六歳なのにもういっぱしの商人で、カトマンドゥへ飛んだりヴェナレスへ行ったり、カルカッタ、ニューデリー等の大都市へも商用で出かけるほどである。

この附近の動物はまず犬である。無数といってよいほどたくさんおり、その殆どが皮膚病にかかっている。食べ物をあさって絶えずうろつきまわっているが、一時間に一度位は五、六匹の群れが猛烈な喧嘩をはじめる。そのすさまじい吠え声とうなり声の中から幾つかの悲鳴があがり、その都度何匹かの犬が怪我をしているのである。だから皮膚病にかからず、怪我もしていない犬はめったになく、たまに毛並の揃った美しい犬に出会うと、おやっと思うのである。犬でも美しい犬には品位がある。駄目な犬はもう毛もまばらなほどに皮膚をあらわにし、びっこを引き、背中あたりとか首のあたりに噛み傷を作ってうろつきまわっている。人間には決して吠えたりしない。

次に豚である。黒灰色の口の長いむしろ猪に似た豚で、背中のあたりにたてがみがある。完全な放し飼いで、所かまわずうろつきまわっていること、犬と同じである。何処からともなくタッタッと走ってきてはまた何処へともなく走り去っていく。子豚はしっかりと母豚のあとをついてまわる。今はガジュマルの樹の実が盛りで朝など木の下に数多く落ちているのであるが、それをひとつずつ夢中になって食べまわっている。樹の上ではこれまた無数の小鳥たちが、それぞれにさえずりながら同じ実をついばんでは飛びまわっている。

次に牛である。茶色か白色の小型の牛であるが、カルカッタ辺りで見られるように放任されているのではなく、一応子供か女がついていて番をしている。現在は季節がら牧草は殆ど生えていないけれども、短いほんの一センチか二センチの草を終日のんびりと啼き声もたてずに食べている。その側では番人の子供か女がやはりしゃがみこんで、いつまでも同じ姿勢でそれを眺めている。近くで見てものんびりしているし、遠景にして見ればいっそうのどかで、ブッダガヤの最も美しい田園風景のひとつである。

あとは馬だが、この附近にはほんの少ししかいないようである。小型の馬で馬車を引いているものは、両眼に目隠しをされ鈴を鳴らしてしゃんしゃんと走って行く。

牛は牛車に使われる。多く二頭立てである。リスはガジュマルや菩提樹やマンゴーなどの大木に住み、優雅な自然生活を送っている。誰も彼女らをいじめないので、彼女らは朝から晩まで何のくったくもなしに遊び暮らしている。濃茶色と白のしまもようのあるリスで、大塔内の悟りの菩提樹にもたくさん住んでおり、礼拝に緊張している者の眼をふとかすめ、慰めてくれる。

今日はタイのお寺に行ってきた。ここには私の眼に入る限りでタイ寺、日本寺、中華寺、チベット寺、セイロン寺と各国それぞれのお寺があるが、外観の一番立派なのは青やオレンジ色の瓦で屋根をふき、規模も最も大きいタイ寺である。バンコックで一週間滞在した因縁と、きのうの夕方このテントへ茶を飲みにきたタイの留学生の坊さんと話をした因縁とで、何となく足が向いた。参道の両側にびっしりと橙色と赤色の花が咲きつめ、石畳は清潔に掃除されてあり、タイという国の仏教信仰の厚さをはっきりと示している。本尊のブッダ像は黄金色に輝き、眼から涙を流しているように思えるほど慈悲を強調した造りであった。偽りのない感動に打たれ、地に額をつけて深く礼拝することができた。

ブッダガヤに着いた日にひときわ人目を引く狂信的比丘《びく》ともいうべき一人のタイ僧が眼に入ってきた。彼は普通の僧とはちがって頭に木製のヘルメットのようなものをかぶり、真っ黒のサングラスをかけ、長いオレンジ色に塗った竹竿を持ち、その竹竿に数珠だの旗だのを結びつけ、絶えず踊るように歩きまわり、大声でわめき散らし、歌い、周囲の人々の好奇心と軽蔑の眼を一人で引き受けている人であった。太郎などは頭がおかしいと言っているし、私が見てもやはり普通の人間でないことは確かであるから、なるべく近寄らないようにしていたのだった。ところが今朝、大塔内のブッダの部屋に入った時にそこに彼が来ており、静粛なるべき部屋の中をタイ国の旗を何本も振りまわして歩きまわり、大声で何やら叫び、これはもう完全な気狂いであると思ったのだった。タイのお寺に行く途中からまた彼がやってきて、今度は今まで出会ったどの時よりも大声で、はっきりと演説またはアジテーションの口調で、アメリカがどうのドルがどうの、ヴェトナムがジャパンがイングランドがと、恐らくはタイ語でわめき散らしているのだった。タイ寺の本堂に入った時にはその彼と、私と順子とラーマだけになり、これは困ったことになったと思ったが、かまわず黄金のブッダを感動のままに礼拝していると、いままでの演説口調がにわかに涙声になりおろおろと震え、見上げてみれば眼からぼろぼろ涙をこぼしながら深いトランス状態に入って、タイランドタイランドと低く繰り返しながらローソク一本一本にていねいに火をつけてまわっているのだった。その涙声のタイランドタイランドという調子の中には、明らかに嘘のない悲しみ、黄金のブッダの眼から流れているかと思われる言うに言われぬ深い悲しみが流れていて、側にいる私まで思わず涙がこぼれそうになったのだった。ラーマも両手を合わせて心から礼拝しているようであった。

午前十一時頃、もう日は高くなり、シャツ一枚でも暑い陽が寺の外ではさんさんと降りそそぎ、石畳に反射し、両側の花壇の花々はしーんとなるような美しい色合いを見せていた。

近くに日本国が建てた小さなストゥパがあり、そこに行って眼下の広い畑で稲の脱穀をしている

二、三十人のインド人の農民を眺めた。わら塚は小さい頃に私が育った山口の田舎のわら塚の型と大体同じであるが、脱穀の方法は厚い鉄板に稲の束を叩きつけて穂だけを落とす、私などはかつて見たことのない光景であった。稲穂をくるくるとひねりまわしながら叩きつけるのはかなり激しい労働であり（私なども小さい頃、ぞうり作り用のわらを柔らかくする時に石の台に乗せてひねりまわし、爺さんがそれを木槌でもちをつくように叩く手伝いをよくやらされたから判るのだが）、決してのん気な仕事ではないのだが、ストゥパのみがきのかかった石に腰かけて眼下にそういう作業を繰り返している農民を眺めていると、眠たくなるようなのどかな平和な感情に浸ってしまうのである。実際彼らは、男はシャツを着たまま、女はサリーをまとったままで仕事をしているのだが、汗ひとつかかずそのリズムは少しもくずれることがないのである。

ストゥパの石の階段の両側の手すりでは子供達がおすべりをして賑やかに遊んでいた。十パイサで小さなアメ玉を八つ買ってきて私と順子でひとつずつ食べ、残りをラーマに食べさせてチベット寺に向かった。最初チベット寺と思って入った所は寮のような所で、寺であるには違いないが、五、六歳ぐらいから十四、五歳ぐらいの子供達が庭の芝草のあちこちに経本を広げて盛んに暗誦《あんしょう》しているところだった。ある者は木の陰に、ある者は花の陰に、ある者は二、三人、四、五人と寄り集まって、てんでんばらばらに、しかし大きな声をあげて経を読みながら、そのリズムによって暗誦するらしいのである。四、五十人もいただろうか、どの子も暗赤色の僧衣を着ているからもう僧侶なのであり、僧侶として一生を送るべく日々の日課をつとめているのである。中には小石を投げ合ったりして遊んでいる子供もいるが、そうしながらも口では絶え間なくお経を唱えつづけ、それはひ

とつの可愛らしいお経の合唱となって広い庭いっぱいにひびいているのである。そしてここにも、透明で暑い静かな陽の光がさんさんと降りそそぎ、ブッダガヤの静寂とでも呼ぶべき特別の深い透明な静けさが支配しつづけているのだ。チベタンの小坊主が一〇〇〇年変わらぬお経を暗誦しつづけているように、一〇〇〇年変わらぬブッダガヤの静寂が、信仰の失せた国日本からやってきた私の体にもしんしんと沁みこんでくるのである。

チベット寺は極彩色の夢の宮殿であった。入口も内部も側壁《そくへき》も天井も極彩色の赤、青、黄色、ありとあらゆる色彩で、すきまなく絵物語で埋めつくされて、正面のブッダはまたまぶしいほどの金色に輝いている。無数のローソクの火がともされ、バター油の灯明が燃やされ、線香の香りに入りまじって何とも言えない濃密な匂いがたちこめている。暗赤色の僧衣をまとった何十人もの僧侶が、ブッダ像を中心にして二列に背中を向け合って並び、ここでも低い深々とした読経をつづけている。走りづかいの僧がミルクかおかゆのようなものを持ち運び、ひとりひとりの前におかれた木椀にそれをついでまわる。食べている間は読経を休んでいるが食べていない僧は読みつづけているから読経の声は絶えることなく続き、参拝人は私を含めて絶えることなくつづいている。なにしろダライラマがやってくるのだ。ダライラマの居住地であるダラムサラからも、ダージリン、アッサムからも、私はくわしくは知らないがインドのあちこちに住んでいる何千人というチベット人が毎日毎日バスに乗ってくり込み、今やブッダガヤ全体がチベット人の祭りの地のような様相を呈している。そのチベット人にまじってブータンの人達もこのチベット寺に参拝し、インド人も英語人も参拝しにくるのだが、その数の多さは言をまたない。それでいてその参拝は日本の神社やお寺のような形だけのものではなく、ある意味では命のかかった、信仰なしでは生きてゆけない人達の信仰の場であるから、いわゆるお祭り気分とはほど遠く、寸分のすきもない厳粛さの内に礼拝されているのである。本堂は二階にあり、その向かって左下の方に法輪堂がある。入口にチベット語と英語で説明がしてある。

「この法の輪を転じることにより人類のあらゆる苦しみが救われる。右から左へ少なくとも二度はまわして下さい。」

赤ちゃんのがらがらに似た形の高さが三メートルほどはある巨大な筒を、それにつかまるようにしてまわるのである。オンマニペメフーンという観音のマントラを誦えながら、私もちょうど入ってきた七、八人のインド人にまじって何回も何回もまわし、まわったことであった。壁には何枚かのマンダラ（タンカ）がかかげてあり、そのひとつマハーカーラマンダラの前で年上の僧が年下の僧に説明してやっている。説明というより、無数にかかれた絵のひとこまひとこまを思いつくままに話してやったり批評したりしているのであろう。言葉は判らないけれども手振りや声の調子で、それが決して教授というようなものではなく、眼にとまったものをしっかりと眼にとめる、という教え方であることが判る。マハーカーラマンダラは恐ろしい図柄のものである。

ダライラマは今晩の真夜中に到着するというニュースである。大塔の裏側、悟りの菩提樹のある側に、祭壇がもうけられ、無数のバター油の灯火が燃えている。ひとつの火は小ローソク一本ほどの火であるが、それが大塔の西面いっぱいに帯状にぎっしりと並んで燃えている様は、幅広い火の川が流れている感じである。ひとつひとつのカップに燃える火のちらちらと揺れるのが全体として川の流れのせせらぎのようであり、日が暮れてからはその輝きはいっそう明るい帯となり、見つめていればちらちらきらきら気が遠くなるほどに流れつづけるのである（海の光との類似）。数多くのチベット人がすでにぎっしりと坐りこみ、マントラを合唱し、その合い間に高い管楽器と鐘の音がいんいんとした響声をあげる。私達家族五人しばらくはその美しさにみとれ、ラーマが風邪を引いていて夕闇とともに訪れる寒さに気をつけることも忘れてしまうほどであった。今日の瞑想は小ストゥパ群の中で悟りの菩提樹に向かって行なった。その後、大塔周囲を般若心経で六周し、大塔内に入って般若心経を献げた。マザーブッダのストゥパに礼拝。

夕飯が終わって子供たちが眠ってから散歩に行き、チャイと蜂蜜づけにした小麦粉のあげ団子のような非常に甘いお菓子をひとつ食べた。順子も少し元気が出てきたようである。

今晩は一人のブータン人と六人のチベット人、合わせて十二人が同居で眠る。三人のチベット人は食事と眠る時を除いては経本を開いて、ある人は声を出し、ある人は無言のまま読みつづけている。太郎、次郎、ラーマ、順子、私、その低い声の読経の雰囲気の中で太郎は日記を書き、次郎は絵を描き、ラーマは薬を飲みたくないといって泣き騒ぎ、私と順子とは薬を飲ませようとしてラーマを叱りつけている。もう夜もかなり更け十一時をまわっているが、隣りのテントではまだまだ読経がつづいている。遠く大塔の方からは管楽器のうなり声と犬の吠え声がつづいている。私は朝から時々腹がしくしくと痛み、今もそれが続いている。

オンマニペメフーン　南無観世音

十二月二十五日

三つの戒め

（1）お前たちは世において男又は女で八十歳、九十歳、或いは一〇〇歳も年をとり、弱々しく、切妻屋根のようにねじ曲がり、腰は折れ、松葉杖にすがり、よろめく足どりでおろおろと若さが逃げ去ってはや長い年月が経ち、歯は抜け、灰色のまばらな頭髪あるいははげとなり、しみのついた腕はしわだらけのものを決して見たことがないのか。

そしてお前たちもまたそのような腐敗の主人であること、お前たちもまたそれを逃れることはできないのだという考えがやってきたことは決してないのか。

（2）お前たちは世において男又は女で、病み、苦痛であり、ひどい病気で、彼又は彼女自身の汚物の内をのたうちまわり、誰かに抱き上げられ、他人にベッドへ運ばれるのを決して見たことがないのか。

そしてお前たちもまたそのような病気の主人であること、お前たちもまたそれを逃れることはできないのだという考えがやってきたことは決してないのか。

（3）お前たちは世において男又は女の死体、死後一日又は二日経ち、ふくれ上がり、青黒い色になり、腐敗しつくしているのを決して見たことがないのか。

そしてお前たちもまたそのような死の主人であること、お前たちもまたそれを逃れることはできないのだという考えがやってきたことは決してないのか。

動物達のことを書いて山羊《やぎ》のことを書くのを忘れていた。犬や豚や牛にまじって、少し大きくなれば死ぬべき運命にある山羊がいる。褐色や黒や褐色と黒のまだらなどの山羊で、中にはロバのように耳の長い山羊もいる。つながれているものもあるが、大体は放し飼いで二匹、三匹と連れ立って、時にひづめを鳴らしながら歩きまわっている。山羊は大むね可愛く、人々からも幾分重きを置かれているようである。

今日の午前中、ハス池に行った時に何処からともなく二匹の山羊が現われて近寄ってき、しばらくラーマや私や順子の遊び相手になり、やがて行ってしまったので思い出したわけである。その時、ラーマは行ってしまう山羊を追いかけながらヤギサーンヤギサーンと十回ぐらい熱心に呼んでいたが、池の角を曲がってしまうとイッチャッタと言いながら私達の元へ帰ってきた。ハス池には今日もいくつかの赤いハスの花が咲いていた。花の季節はまだ先なのでぽつんぽつんとではあるが、ハスの花が咲いてくれているのは嬉しいことであった。ラーマはまた池の門の外へ出て一人でしばらく遊んでいたが、帰ってきた時に菩提樹の実をひとつ拾ってきた。アッタと言った。ラーマは何かを見つけた時にアッタと言うのである。もっともその実はダライラマが到着するのを待っている間に与えておいたら失くしてしまった。

太郎と次郎は今日も二人で遊びに出て、インド人の子供達と遊んでいる。もう二人だけで遊びに出しても心配ないほどにこの土地に馴れてきている。今日もジャガトーの家に行ってお茶とお菓子を御馳走になったらしい。インド人は大人もそうだが子供は特別に天真らんまんである。深く澄んだ美しい眼で、十歳にもなればもう小さな露店の店番をし、店番をしながら合間を見ては遊ぶのである。十六歳にもなれば、ジャガトーのように商用でヴェナレスにでもカルカッタにでも出かけてゆくほどだし、人を見る、という点では非常に鋭い直感を持ち、商取引にかけては十歳でももういっぱしの商人なのである。

ブータン人は厚手の布地の、着物ともオーバーともつかぬものを着込み、帯ひもをしめ、毛皮の帽子をかぶったりなどしてかなりの重装備で、仲々に重厚な感じを与えるのですぐ見分けがつく。きのう順子が買い物をした時、おつりの五十パイサ貨の中に見知らぬ硬貨がまじっており、テントの人に調べてもらったらブータンのお金だということだった。五十パイサ損をしたわけだが、ブータンとの出会いの記念として有難く取っておくことにした。

ブータン人については、最初に出会ったのはブッダガヤへ来るバスの停留所であった。何処から来たかと山男のような暗赤色の衣を着た人に聞くと、ボタン、というような発音が帰ってき、即座にブータン人と判り、何故かものすごくうれしくなり両手で固い握手をかわしたのだった。その人の顔は今でもよく覚えており、時々大塔の周囲などで出会うとお互いに合掌して挨拶するのである。ブータンの女の人は非常に強い香りのする油か香油のようなものをつけており、近くに寄るとプンと匂ってくる。香水ではない。何か重々しい感じを与える匂いである。又女の人は直径が二センチから三センチもあるような大きな色石の首飾りをつけている人が多い。これもブータン人に重厚な感じを受けるひとつの要素である。

さて、きのうの夜は来なかったダライラマが昼の二時半頃到着するというニュースが入り、ブッダガヤ中のチベット人、ブータン人、インド人、外国人が何重にも人垣を作って、手に手にチベット線香の束をかざしてもうもうとたきながら待つことになった。

待ちくたびれて私は昼寝をした。木枠で組んだ上から縄で編んで作ったベッドに横になっている内に眠ってしまい、眼が覚めたら空が真っ青で実に気持ちのよい昼寝だった。

ダライラマは、疾風のごとくジープで到着し、あっという間にチベット寺の内部へ消えてしまった。私は幸運にもチベット寺の塀の上に登り、その姿を見ることができた。清潔な美しい人という印象だった。

大塔の中周を三回、内周を六回。朝、ブッダ礼拝。

大塔の内周を六回、ブッダ礼拝、第二の悟りの菩提樹の下で瞑想（夕）。

ダライラマが到着した途端に、私たち家族にも暖かいなごやかさがおとずれた。

大塔の中周を投身礼拝でまわっている人がいる。地面に体を真っ直ぐにのばして伏せ、手の先に数珠を置く。立ち上がって数珠の位置まで進み、そこで頭の上と胸の前で合掌し、そこからまた地面に伏せる。一回の礼拝で身長と手の長さの分だけ前へ進んでゆくのである。そうしながら口には絶えずマントラを唱え、ほこりにまみれながらのろのろとしかし厳粛に進んでゆくのである。中周を一周するのに少なくとも一時間半はかかるが、それはただ歩いてまわるよりも功徳《くどく》が大きいとされていること勿論である。外周は距離にしてほぼ一キロはあるから、投身礼拝をする人は極めて少ない。それに外周の方は石畳にはなっておらず土の道であり、多くのチベット人がもうもうと土ぼこりを巻きあげてマントラを唱えながら歩きまわっているのだから、文字どおり泥とほこりにまみれて礼拝せねばならないのである。毎朝、そして毎夕、そのような外周の投身礼拝をしている人が何人かいる。一周するのに何時間かかるのか判らないが、一見すればいつまで経てば終わるのか判らないような距離を歩いてまわる人にまじって進んでいるのである。そのような人は一見信仰深い人のようにも思えるが、そしてその行為自体は確かにまぎれもない信仰の行為であり、批評を加える余地のないことであるが、私の眼にはどうしても功徳というものが眼の先にちらついている、自尊と義務の行為のように思われて仕方ない。心がそれに打たれるということはない。気も遠くなるような距離をみの虫のようにして進んでゆくという意識が、行為自体を愛することよりも行為を意志するという方に強められてしまうからであろう。

それに反して中周、また内周を投身礼拝している人は、心の琴線に触れる何かをより多く感じさせる。特に内周をまわっている人はたかだか二〇〇メートルほどの距離であるから、歩いてまわる人の意識と殆ど同じである。彼ら又は彼女たちの姿には、信仰の熱というものが感じられる。私は投身礼拝による回周をする気持ちにはならないけども、横を歩いていて身を投げ出している人の存在が少しも邪魔にならず、ただ、ああ、こうやってやっているのだなという、暖かいような悲しいような嬉しいようなかすかな感情が動くのみである。私もまた礼拝者の一人であり、意識は大塔の内なるブッダに引きつけられているのだから、他のことは殆ど眼に触れてこないのである。そういう意味では、外周をまわっている時には眼や意識はやはり外周にあるのであり、露天商のインド人に声をかけられたり、めずらしいブータン人の服装に気をとられたり、少なくなってきたルピーのこと、今日の朝飯のことを考えたり、菩提樹やガジュマルの樹に遊んでいる緑色のインコの美しさに眼を奪われたりしているが、中周に入ってくると、気持ちは自然に引き締まり、唱えるマントラにも力が入ってくるのである。中周まではクツ又はぞうりをはいたままでよい。中周に入ってくると、ラトナハウスと、マヤ夫人のストゥパ（マザーブッダ）が道すじに入ってくるし、ブッダ像の正面に当たる位置に置かれた大鐘（ビルマから来たもの）の下も通ることになるので、それだけ礼拝が引き締まってくるのである。

中周をまわりながらふと考えたことは、こうして歩いてまわっているものと、投身礼拝でまわっている人とではどちらが早く、終局の目的地に到着するのだろうか、ということだった。中周に居るものは礼拝者だけではなく、要所要所には虚空を見上げて手と声だけを差し出している何人かの乞食がいるし、無造作にごみを掃き散らしているインド人の掃除人がいる。彼らが礼拝する人ではないとしても、中周に位置し、いわば中周の住人であることは確かである。歩いてまわることは投身礼拝でまわることよりもはるかに速い。投身礼拝でまわることはひとつ所に坐って物を乞うている人に比べれば内周に入るという点から言えばはるかに速いのである。乞食が内周に入ることはない。私の思いの内を走ったのは、これこそが時というものである、ということであった。乞食にも掃除人にも投身礼拝者にも歩いてまわる人にも、更に言えば外周にいる人も内周にいる人も、人だけではなく犬や豚や山羊や牛、菩提樹にもバンヤンの樹にも、祈る人にも祈らぬ人にもすべて同じ時が流れ、同じ時の流れの内にあるのである。掃除をする人は掃除をし、乞食するものは一生懸命に乞食をし、物を売る者は物を売り、歩く人は歩き、泣く人は泣き、礼拝する者は礼拝し、その時、時の本質において私達は全く同じ質なのであり、同じ時のものであるということが感じられたのだった。それが信仰の豊かさであり、ブッタガヤという聖地に蔵されている豊かさであり、インドという何千年も変わろうとしない国の豊かさなのだということも感じられたのだった。

ガヤへ来る汽車の中で一人のインド人の紳士に会い、何処から来たかと聞かれカルカッタから来たと答え、カルカッタはどうだったかと聞かれた時に、一瞬、あの騒然とした巨大なごみ箱のようなカルカッタの街が眼に浮かび、その光景に対して私はスプレンディッドという一語をもって答えた。スプレンディッド？　それは本当ですか、冗談でしょう、と相手は言った。いえ、本当です、スプレンディッドですと私は答えたが、そのスプレンディッドという言葉がどういう意味なのか、その時私は、実ははっきりと知っているわけではなかったのだ。きのうふと思い出し、辞書を引いてみると、スプレンディッドとは光輝のある、輝かしい、立派な、素晴らしい等々の意味を含んだ言葉で、その紳士が冗談でしょうといったのもよくうなずけるところなのである。しかし、私は今もその答えがまちがっているとは思っていない。私の乏しい英語力の意識の底から自然に飛び出してきたその言葉は、確かにひとつの内的な応答だったのである。カルカッタはヴェナレスのようなヒンドゥの聖地ではなく、ここブッダガヤのような仏教の聖地でもない。まして私が滞在していたニューマーケット近くの安ホテルの附近は人間のあらゆる汚濁、糞尿から乞食の群れ、癩病、ポン引きや闇取引の商売、嘘とかっぱらい、カラスの群れ、トンビの群れ、何ひとつ秩序のない混とんとした異臭と騒音につつまれている所だった。しかしそこで私が見たもの、というより見せられたものは、確かに、人間の生きている姿、すべてを平等に支える大地の上に、乞食は一生懸命乞食をし、犬は一生懸命エサをあさり、商人は必死に商売をし、大声を出し、道行く人は一部のすきまもなく自己の分を歩き、遊び人はそのように必死の遊び人であり、マネーチェンジャーはマネーチェンジの一瞬に全精力を集中し、そのようなひとりひとりの全精力を何百万と寄せ集めた街が、あの見たものでなければ決して理解することのできないカルカッタの街なのである。

私は到着早々にすぐ気管支炎をおこし、呼吸も出来ないほどの痛みで丸二日間寝こんでしまった様《ざま》であったが、その後どうにか回復し、その私がスプレンディッドと呼んだ内なる輝きに触れることが出来たのである。服装の汚なさ、みすぼらしさ、匂いの強烈さ、空気の汚なさ、人間の勘定高さ、ちょっとでもすきがあればすぐにつけ込んできて金に換算して巻き上げる狡猾《こうかつ》さ、そのような外観のすさまじい酷烈な汚濁がそのまま、ひとりひとりの内面の時となって結晶し、その時の不動の輝きこそは人間の侵すことの出来ない輝きそのものと言えるものだった。恐らくはそれはかつてキリストにより地の塩という言葉で呼ばれた内実であり、私の言葉でいえば、生きているというまぎれもない事実の結晶、塩のように苦く、石炭のように黒く、糞のように臭い固まり、その内にはぎりぎりの線を絶えず離れることのない愛があり慈悲があり、耳には耳飾り、足には足輪、そしてあのインド人の何よりも素晴らしい奥深い底知れぬ神秘の眼が、何の屈託もなしにいつでも光のような微笑を送る力を保持しているのである。乞食だって、癩病の乞食だって、微笑を送ってよこすのである。

私は時というひとつの根源から我が身を振り返っている。それはインドという国を巡礼するものの必然のなりゆきである。自分を一人の観光客と規定するならば、勿論インドはそのようなものとして受け入れてくれるだろう。しかし、私が入国管理官に手渡したカードには訪問の目的は巡礼と記したのであり、事実、巡礼以外に家族五人も一緒に、ろくにお金も持たずにこんな国にやってくる必要はないのである。

投身礼拝にはもうひとつの種類がある。それはひとつの場所にとどまり、そこで何回となく礼拝を繰り返すやり方である。その礼拝をする人は大きい自分専用の木の枝を持っている。自分の身体より少し大きめの枝で、この枝をそれぞれ礼拝の対象の方向に向け、その上でマントラを繰り返しながら投身礼拝するのである。ブッダ像の置いてある正面の参道でこれを行なっている人が最も多い。入れかわり立ちかわり、一日中決して絶えることがない。裏側(西面)の悟りの菩提樹に向かって行なう人もかなり多い。殆どがチベット人であるが、中には何人かの英語人も混じっている。好奇心からやっている感じではない。少なくとも大塔の内周に入ってくると、普通の感覚の持ち主ならば好奇心だけでは立っても居れぬほどの強いヴァイブレーションが支配している。私が第二の悟りの菩提樹と、何故か自分で名づけた大塔の北側にある巨大な菩提樹の下には、朝と夕方と必ずこの投身礼拝を行なっている二人の女性の英語人と男の英語人一人がいる。彼らは大塔そのものに向けて、非常にたんねんに形正しく礼拝を繰り返している。チベット人のそれがもう生活の一部となっており、なんのけれん味もないのに、英語人の場合はどうしても行なっている、という感じがいなめないけれども、それは今までの歴史の違いがあるのだから、仕方のないこととして受け入れられる。投身礼拝の他に、多くのチベット人は広い境内のあちらこちらに、思うままに場所を占めてお経を読んでいる。黄色いふろしき包みのようなもので大切に包んだお経を開き、いつまでもいつまでも低い地から生まれるような声で読み上げている。その声は境内の何処にいっても何処からともなく聞こえてき、心が聖なるものから離れることを許さない。大塔はただひとつであるが、マザーブッダのストゥパをはじめ大小様々なストゥパが全部で五〇〇個以上もあるということであり、そのストゥパのひとつずつはやはり礼拝の対象なのである。ここには人がいないのかと思うと、その人気のない冷たい石のストゥパの内側でローソクをともし香をたいて、その前にうずくまりお経を読んでいる僧がいる。僧ではなくて女の人が二、三人、あるストゥパの前に固まって一見雑談しているかと思いよく見れば、右の手か左の手ではちゃんと数珠をまわして、雑談しながらも心はオンマニペメフーンシャーを唱えているのである。このようにして大塔境内の全体はひとつの大きな礼拝の場となっている。誰が何をしようといつどんな人が入ってこようと自由である。きまりはただひとつ、内周より内側は裸足になることだけしかないのである。夜も朝も昼も門がしまることはない。人は入ってゆき、礼拝し、礼拝が終われば出てくるだけのことである。

きのうの夕方、ひとりの非常に好きなタイプの坊さんに会った。会ったというより見ただけなのだが、その人は大塔の南側で大塔そのもののつけ根の部分に坐り、頭を垂れ、経も読まず、ただじっと動かずにいるだけだった。体つきは女性のようにやわらかく、頭を垂れたその姿からは何か言いようのない悲しみが伝わって来、その姿を見るだけで私の方までもマントラを唱える声に涙がまじってしまうのだった。夕暮れ時だった。私の最も好きな礼拝の形は投身礼拝でも座禅でもなく、お経を唱えることでもなく、歩きまわることでもなく、あのお坊さんのようにただ大いなるものの下にじっと坐り、あらゆる力は体から脱け出して頭を垂れ、眼ではなくハートの内なる涙をとめどもなく流しながら、いつまでもじっとじっとしていることなのである。私にはまだそれが出来ない。

だから多くのチベット人のようにやたらに大塔の周囲を歩きまわり、仏足石に頭をつけ、菩提樹の下に坐って瞑想し、はるかな思いにとらわれてうろつきまわるより仕方ないのである。

私は出家ではない。私は日本を出る前にはっきりとそのことを確認してきたし、今もその気持ちに変わりはない。しかし、あの大塔のつけ根で静かにうなだれていたお坊さんの姿は、夕暮れの美しい空や樹々のたたずまいと一緒になって、家族生活にある私にとっても失うことを許さない、実現の姿なのである。

観音の化身と呼ばれるダライラマが確かにやってきた。インド警察官の運転するジープに乗り、二時間以上も線香を手に手に焚きつづけて待っていた群衆をわけて疾風のような早さで、あっという間にチベット寺の内部へ消えていった。太郎は私に質問した。パパはダライラマを見たか。見たというと、一秒ぐらいかと重ねて聞いた。いや、パパは一分間ぐらいみたよ、と私は答えた。一分は少し長すぎるにしても、少なくとも三十秒は私は彼を見た。私はチベット寺の塀の上から、彼がジープから降り、迎えに出ていた何人かの人と握手とお辞儀をかわし、ゆっくりと寺の内部へ入ってゆくまでを見ることが出来た。その印象は前にも書いたように清潔な美しい人という感じであった。彼こそは観音の化身なのである。何故ならすべてのチベット人からそのように呼ばれ、そのように疑いもなく信仰され、二時半頃来るというのが五時すぎになってやってきて、待ちに待った人々に一瞬の顔も見せず、風のように消えて行っても、待っていた群衆には何ひとつ不満はなく、今日の午後中そのように彼を待って過ごしたことにこそ喜びと幸せがあったからである。何故なら、彼が到着するや否や、何とも言えぬ安堵、安らぎ、満たされた暖かさがこのブッダガヤ全域に行きわたり、異郷のものである私たち家族にまでもその感覚が伝わってきたからである。陽が落ちると急激に寒さが押し寄せ、素足では冷たいほどの土地なのに、今日ばかりは不思議にいつまでも暖かく、心に不満がなく、子供達のふるまい、順子のなりふりにもただ静かな喜びが見られるだけなのである。

十二月二十六日　ダルマチャクラ・プラヴァルダーナ

「祝福された人は、最も優れた法の輪をサールナートにおいて一回転させ、五人の比丘衆に対して説教をはじめ、彼らにニルヴァーナの至福を示しつつ、その前に不死の門を開いた。そして祝福された人がその説教をはじめた時、ひとつの恍惚が全世界をつらぬいて流れた。

ブッダは語った。

車輪の輻《や》は純粋な行為の規則である。正義はその輻の長さの等しさである。智慧はその輪である。慎みと思慮深さはそこに動かしがたい真理の車軸が固定される中心点である。

苦痛が存在することを認め、その原因、その治療法、そしてその停止を認める者は、四つの貴重な真理の深さを測ったものである。彼は正しい道を歩くであろう。

正しく見ることは、彼の道に光を与えるたいまつとなるだろう。正しい目的は彼の案内役となるだろう。正しい言葉は路上において彼の住む場所となるだろう。彼の歩きぶりは真っ直ぐであるだろう。何故ならそれは正しい身の振る舞い方だからである。彼の飲食物はその生計を立てるための正しい方法となるであろう。正しい努力は彼の歩調となり正しい思考は彼の呼吸となるだろう。

そして平和が彼の足跡につづくであろう。

それから祝福された人はエゴの不安定性について説明した。

たとえどんなものが新しく始められようとも、それは再び溶け去ってしまうであろう。自我についてのすべての思い悩みは虚しい。エゴは蜃気楼のようなものであり、それに触れくるすべての苦難は過ぎ去ってゆくだろう。それらは眠りから覚めた時の悪い夢のように消え去るだろう。

目覚めた人は恐れから自由になっている。彼はブッダとなるのだ。彼はすべての心配の虚しさを知っており、野心の、また苦痛の虚しさを知っている。幸せなのはすべての自己中心性を乗りこえた者である。幸せなのは平和に至った者である。そして幸せなのは真理を見出した者である。

真理は高貴で甘いものである。真理は邪悪からお前を救う。真理の他には世界に救済者はない。

真理の内に確信を持て。お前がそれを理解することが出来ないとしても、お前がその甘さを苦さと思うとしても、最初はそれからしりごみしちぢみ上がるとしても。真理を信ぜよ。

真理はあるがままにして最上である。誰もそれを変えることが出来ないし、誰もそれを改善することが出来ない。真理に信仰し、真理に生きよ。誤りは堕落へと導き、幻想は悲惨を生み落とす。それらは強い酒のように酔わせるが、それらはすでに色あせ、後に病みとうんざりした気分を残すだけである。

自我は熱病であり、一時的な見方であり、夢である。しかし、真理は健全であり、真理は崇高であり、真理は永遠につづくものである。真理にあることより他に不死はない。何故ならただ真理のみが永遠に死なぬものであるから。

ただひとりで居るものは、真理に従おうと決意してなお弱く、彼の古い道へすべり戻ってしまうかも知れない。それ故に互いに共に立ち、助け合い、各自の努力を強めよ。

兄弟の如くであれ。ある者は愛に、ある者は聖なるものに、そしてある者はお前の真理への熱中に。

四方世界のすべてに真理を広げ教義を述べよ。終《つい》にはすべての生きてあるものが正義の王国の市民となるために。

聖なる生を苦痛の消滅へと導け。」


チベタンのテント村の背後は広い牧草地になっており、牧草地が終わると、田園地帯がのどやかに広がり、彼方に低い小さな山がぽつんぽつんとかすんでいる。ところどころに樹木のかたまりがあり、樹木の合間に家の屋根が見える。インド農民の不滅の住居である。ゆっくりと牛を追ってゆく人、土製のカメを頭にのせて正しい姿勢で歩いてゆく女の人、たわむれている子供。そこには色鮮やかなサリーの世界はなく、光と乾いた土と掘り返された田があるだけである。

生まれて以来日本に住みつづけてきた者には、この大地の広大な広がり、即ち陸つづきのままソヴィエトがあり、中近東があり、ヨーロッパがあり、中国があり、東南アジア諸国があるという感じが、決して現実には理解できない。ただ気づいて見れば、ここはそのように広がり広がりつづいているユーラシア大陸の一部なのであり、大地を信仰して生きるものには、あくせくと生きる必要は何処にもないのである。ただ一生懸命に生きればよい。

牧草地には牛が放たれている。放たれていても牛達は決してばらばらにはならず、ひとかたまりになって終日ゆっくりと短い短い草を食べている。昼間は二〇度以上に暑くなるが夜は五度ぐらいまでは冷えこむようで、草はあまり豊かではない。芝生のような固い短い草地である。

この広い牧草地がチベタン及び私達の共同の便所でもある。牧草地のあちらこちらで、しゃがみ込んで用を足している姿は、ひとつの瞑想の姿である。牧草地を歩いてゆけば至る所に牛の糞、人間の糞、犬の糞、豚の糞、山羊の糞も見かけられ、ぼんやりと歩いては居れないが、格別に臭くもない。昼間の強い太陽でたちまち乾きあがってしまうせいか、それとも空間があまりに広く、空が高く、糞などに気をとられている暇がないせいか。

そしてそれはひとつの賢明な自然循環の姿でもある。自然の恵みが動物を養い、動物の恵みが自然に還元される。その点では人間も明らかに動物の一員である。しゃがみこみ尻をまくって糞する時に否応なしにそのことを強制され学ばされる。この強制、この学習はしかし楽しいものである。人間が人間の智慧と感情を保ちながら、動物たちとまじわり動物たちと近しくなれば、それだけ大地の恵みの豊かさが増すのである。逆に、はからいがあればそれは人を貧しくさせる。汚なさという点から言えば、カルカッタの裏通りなどはひどいものである。なまじ舗装されている故に裏通り全体に糞尿の臭気が立ちこめ、その中で糞をたれる姿はみじめでさえある。ここブッダガヤでは空気は何処も同じように透明である。至る所に糞がつまれる牧草地の空気も大塔の空気と同じく清らかな流れを持っている。糞は汚ないものという観念は死なねばならない。それが学習である。

ハス池の光景にも似たようなことが見られる。ブッダがその池で水浴をし、以後年々絶えることなくハスの花が咲きつづけているこの池は、仏教信者にとってはかけがえのない聖なる池である。インド人達はここで洗濯をする。石けんをつけ体を洗う。つばも吐き出せばたんも吐き出す。聖なる池と思って近づいてみれば、石けんの汚れかすが浮き、たんが浮いている。川とちがって流れるということがないのだから、これらの汚物はすべて池の中において消化されなければならない。だが信仰というものは不思議なものである。ひとりのすらりとした体つきのインド人がアルミ製の水入れを持って現われ、目の前の水を四、五回ざぶざぶとかきわけ、水入れに水を満たし、それを静かに池の面に注ぐと、もうそこは透明に澄んだ聖なる水と変わるのである。彼は東南の方角に向けてじつに長い間、ラマ教のマントラであるオンマニペメフーンを繰り返し、祈り終わって水入れに水を満たし足早に去って行った。彼のハートの前には他の誰が洗濯をしようとつばを吐こうと、そんなことは問題にならないのである。彼が去ると又洗濯人がやってくる。何人か一緒になったインド人達が体を洗う。次にはチベット人の一団がどやどやとやってくる。彼らが聖水を額につけ、礼拝しはじめると、水はまた聖なるものに変わるのである。同じ池の水がそのようにして何にでも使われ、私などは最初にそこを訪れた時などは感動して一口、口に含みさえしたのである。真理は決して変わらないとブッダが説く時、浄らかなものは決して汚されることはないのである。汚れは汚れである。汚れに出会うのはこちら側の心に汚れがあるからである。汚れは悲しい。しかしそれは汚れた悲しみがこちら側にあるからである。認識のそのような同時性、それが厳として金剛のごとく貫いていることを学ぶのが、私たちのつとめである。よいも悪いもない。そのようにしてしか生きられず、そのように生きることを引き受けることこそ、インド人が生まれた時から学びつづけている不動の哲学なのである。その哲学はブッダの悟りの日も今も変わることがない。何故ならブッダは法を説いたのであり、法はブッダ以前から、確かに人類などが生まれ出る以前から存在していたからである。

夕方、大塔の内周をまわりながら、新しい月を見る。今まで見たなかで最も細く、まさに金線三日月の名に値する、素晴らしい優しい月であった。私はブッダガヤでひとつの目的があった。それは終生自分のものとして大切にする数珠を一本手に入れることであった。出来ればそれは師と呼ぶ人からもらうのが最上である。しかし私に師はなく、出家でもない身であってみれば、数珠は買うより他に仕方ないのである。ジャガトーの家でインド菩提樹の上等のものを買った。だがただ買った数珠ではどうにも物足りなく、自己証明となるような印可《いんか》を何かから与えられたいと願っていた。結局、私は仏足石にその数珠を献げ、仏足石の御名《みな》においてそれを戴いた。それからブッダの部屋に入り、祭壇の真下まで行って、もう一度数珠を献げ、どうぞこの数珠を私にお与え下さいと願った。その瞬間、気が遠くなるようなやわらかな恍惚が訪れ、私はそれを自己証明として数珠を戴いた。終わってしばらく部屋の中で瞑想した。ダライラマに会うことが出来、数珠を手にした。ブッダガヤにこれ以上いることはもうなくなった。もちろんここは平和そのものの土地であり、水はおいしく、人もやさしい。ブッダが悟りを開かれた土地である。ここに住みここに住みつづけてインドの旅を終わってもよいのである。だがラジギールが呼びヴェナレスも呼んでいる。ネパールが呼んでいる。旅することは辛いことである。ここが最良の土地であるかも知れないのに、そこを去って又行くのである。

十二月二十七日

「これは法の輪である。これは何百万回もの、金剛薩埵《さった》及び他の菩薩の讃歌に満ちている。これは右から左へとまわすべきものである。どうぞ一回又は二回ほどおまわしなさい。人類の救済と罪の消滅のためにあるものです。」（チベット寺法輪の説明書）

チベット寺の入口で火を燃やし、そこへ米ともみつきの麦と大豆とゴマを投げ込み、それを参拝人に与えていた。チベット人、ブータン人達が群がり集まってそれを掴み、ある者は木の椀に、ある者は両手にいっぱい、ある者はビニールの袋にと夢中になって取り合っていた。ちょうど行きあわせたので私もほんの少しだけもらい、何のことだか判らないままに生焼けの米と麦と大豆とゴマを食べた。現在、チベット密教の基本的な教理さえも私には判らないが、チベット人の信仰というものが非常に低い位置での礼拝にあることは確かである。投身礼拝はその代表的な例であるが、読経の声、その発声の位置が殆ど尾てい骨のあたりから出てくるように感じられるほどに低いのである。地の底から聞こえてくるような低い読経がこのキャンプでは朝の四時頃から夜の十時、十一時まで絶えることなくつづいている。読経をしているのは別に坊さんではなく普通のチベット人で、仕事をしながらも休みながらも絶えず声を出しているのである。私達のテントにいるチベット人もやはり暇さえあれば読経をしているが、面白いことに、夜に入ると私がローソクをつけ、その一本のローソクの火の明かりで彼はお経を読み、私はこうして字を書くのである。インド人はどちらかというとチベット人を軽んじている。それはチベット人の瞑想の位置が低いからである。インド人の瞑想はどちらかというと心臓から上、心臓、喉、額、後頭部などで為されるのに反し、チベット人の瞑想は眼をつぶって尾てい骨のあたりの暗闇から行なわれるようである。チベット人の祈りは暗く深い。祈りが深い故に、それは力を持つのである。夜が更けて、テントテントから咳をする声と犬どもがけんかをする吠え声しか聞こえなくなる頃、その低い深い読経の声がまるで夜の遠い潮騒のように、低く低く波打ちながら聞こえてくる。あっちのテントこっちのテントから、ある時は呪文のように、ある時は子守歌のように、又ある時は、何も何も心配するな、私達がこうしてお経を読んでいるし、お寺にはダライラマも来ておられる、というふうに。

ラジギール

十二月二十八日　ツーリストバンガロー

ガヤでマネーチェンジをして夕方五時頃ラジギールに到着。

インドのバスのすごさは長距離バスでも同じことである。大人しい謙遜な日本人の態度ではとてもやってゆけない。

今日はどういうわけか職業は何かという質問を三度受け、その都度、詩人と答えた。一回はステイッバンクオブインディアで。では詩を書いてくれと頼まれ、その場でダクシネスヴァールで会った黒いサリーを着た婦人のことを日本語と英語で書いて渡した。紅茶を一杯ごちそうになった。二回目はバスの中で。そうか実は僕も詩を書いているんだということで握手をかわした。ウルドゥ語と英語で詩を書いているそうである。インドでは詩人という言葉は驚きをもって迎えられ、次にはそれで一月にどの位かせぐかという質問が来る。四〇〇ルピー（一万六〇〇〇円）ぐらいと答えると、なあんだという顔になる。私は貧しい詩人なのだと言うとどうにか納得する。三回目はこのツーリストバンガローに泊まっている日本人からである。

きのうまでのチベタンテントの生活とはうって変わって、このツーリストバンガローはちょっとした高級ホテルでベッドには蚊帳《かや》までついており、シャワー、トイレ付きで一泊五ルピーという安さである。

ラジギールの印象は落ちついた田舎町という感じで、ブッダガヤで受けたような強烈なものはなにもない。遠くから日本山の仏塔が見えてき、ああれが霊鷲山《りょうじゅせん》なのだなと思ったがその山は思ったより低く、中国的な霊山の感じは殆どない。それでもその山中には虎が住んでいるというから山深いことはまちがいない。きのうまで絶えず耳にしていたオンマニペメフーンの低い読経の声が聞こえてこないのは何とも物足りなく、まるで俗界に舞い戻ってしまったような感じである。チベタンテントが六ルピーだったことを思えば安い上に設備も完全に整っているが、これではまるで遊覧旅行みたいで何とも物足りないことおびただしい。それでも夕方食事に行った時、真っ暗な彼方で何人かの人がジャパパ（称名）をやっているのが聞こえてき、ああやはりインドだなとは感じたぐらいである。
だが結局これはこれでよい。明日、日本山妙法寺に行ってマモに会い、宿の安い所を見つけて、一週間か十日ぐらい落ちついて正月を迎え、山にも登り、マモと一緒に初日の出を迎えることにしよう。インド人の間には正月気分はさらさらないが、私達はやはり日本山と共にお正月を迎えることにしよう。

十二月三十日　日本山妙法寺

きのう妙法寺へ移る。マモはやはり出家の人であった。私の最も好きなタイプのお坊さんになっていた。出家するということが並大抵のことでないことが、この三、四日の経験でよく判る。私がこうしてお寺に移り、チアキやガンジャなど三、四年前にここに寄宿し、今はそれぞれに日本山のお坊さんになった連中が泊まっていた部屋に家族と共に住んでみると、ひとすじの感慨めいたものもわいてくる。かつてここへウタエがたどりつき、ナーガ*もピーちゃんもやってきて、又去って行った場所である。私は何をしているのか、と自らに問えば、依然として真理の名の元に作家、詩人の修行をしているのである。

*――ナーガ（長沢哲夫）「部族」のメンバー。六八年から六九年に、インド・ネパールを放浪。七二年、トカラ列島の諏訪之瀬島に移住。時間の経過と共に、「ガジュマルの夢族」「バンヤン・アシュラム」と名乗った「部族」としての共同性は消えていくが、漁に出、詩を書く暮らしを続けている。

こっちへ来てまだ一日しか経たないが、法華乗《ほけじよう》という言葉と、師資相承《ししそうしよう》という言葉の二つが大きく重い現実として感じられる。ツーリストとしてバンガローに泊まったおとといの日は、ラジギールという場所はのどかな田園の町という風に見えたけれども、いざお寺に入ってみると、ここを支配しているのは法華乗という重い黄金の乗り物であり、それを支えているのは、ブッダ、日蓮、日達と相続されてきた行為《カルマ》による清めの世界である。我々のかつての仲間の中で行為することを最も嫌ったマモが、遂にその世界に飛びこんで行ったことを思うと、あれやこれやの言葉は別にして、ただ生きることの厳しさを感じるばかりである。彼がそのようにして生きているのに対し、私の方はと言えば五人家族の仲間でインドという初めての土地を旅しているという現実が対置されるのみである。その重さが全く等しい故に出会えたのは有難いことであるが、当然、家住者としての清らかな生きぶり、誠実さといったものが要求されてくるのである。

日本の仏法月氏《ぶつぽうげつし》に帰ると日達上人は言われるが、ここラジギールで思うのは確かにそのような大変な菩薩行の世界である。寺の外では昨日の夜からマイクを使ってシーターラーム　シーターラームのマントラが繰り返され、朝の四時にはもうそれをやっている。ヒンディはヒンディでそのやるべきことをやっており、日本山は日本山でやはりそのやるべきことをやっているのである。シーターラーラームを聞いていると一日も早くヴェナレスに行きたくなるが、ゆっくりじっくりと進んでゆくのでなければ、旅は単なる観光旅行に終わってしまう恐れがある。

何かがある筈である。

日達上人が生きていて、その血脈が生き生きと師資相承されているのは、明らかにひとつの力強い深い力である。そしてその力こそは法華乗と呼ばれる菩薩道の中の菩薩道である。日達上人がかつて言われた、菩薩道というのは生やさしい道ではない、という言葉がよく判るのである。喜びがある筈である。

黄金色の法華の喜びがあるはずである。

この寺の庭はアーナンダ尊者の墓所でもあるという。ブッダガヤで得た原始仏教の輝くばかりに美しい平和な姿は、ここラジギールでいっきょに大乗仏教の重厚な世界にのりかわっている。そしてこの重厚さ、つまり行為による清めがつとまらぬならば、原始仏教のあの甘い喜びは自分のものとはならないのである。

不思議なことに、街にいれば決して腹いっぱい食べることはないのに、お寺にいれば食べるものは充分すぎるほど大量であり、しかもお金を払うこともないのである。それが行の功徳というものである。

最初にマモに会った時、ちがった世界に住んでしまった人間が見せるためらい、うしろめたさのようなものをちらっと彼は見せた。それはガンジャが二度目にインドから帰ってきた時に、辛い旅をしてきましたと言って見せた表情と同じものであった。

しかしそのような一瞬の気弱さも、他のすべての瞬間における行の力強さによって完全に打ち消され、彼は加藤上人になったのである。白衣の僧服に緋色に近いオレンジ色の袈裟《けさ》をつけた彼の姿は美しくそしてやさしい。美しさとやさしさのまじり合った一瞬のふるまいに、私の内なる涙が走る。その涙が俗世から離れる人への餞別である。そしてその涙がまた出家と在家をつなぐひとすじの嘘いつわりのない友情であり、関係である。

ここにもう一人、成松《しげまつ》上人という人がいる。きのうほんの少し会っただけであるが、信頼のおける僧である。ただ信頼がおけるだけではなく、鬼気ともいうべきものを秘めている立派な坊さんである。そしてやさしい。このような立派な弟子を持っている日達上人は、とにかく今まで私が出会った人の中で最も及びがたいという感銘を受ける人である。

十二月三十一日

此処は単に法華経の聖地であるばかりでなくジャイナ教の聖地でもあるという。五山と言って、何々五山という名前の始まりとなった山があり、以前はジャイナ教の寺がその峰々を荘厳《しょうごん》していたという。又、ラーマクリシュナマートも川の向こう側にあり、インドに於ける数多くの聖地の内のひとつとなっている。しかし何と言っても霊鷲山、法華経の聖地であることが最大の特徴で、年末のせいかも知れぬが数多くのインド人、チベット人が巡礼に来ている。インド人の多くは観光的な感じであり、チベット人達にしてもブッダガヤほどの信仰熱心さは感じないが、とにかく人があふれて昨夜などはチベット人の一グループとインド人の一グループがこの寺に泊まり込み、寺自体に寄宿している我々のようなものを含めると四十人近い人間が同じ屋根の下に眠ったことになる。

法華の世界が少し見えてくる。法華とは何よりもダルマであり、徹底してダルマである故に、それを顕現して現われる人格が、日蓮、日達という絶対の信仰対象としてあるのである。法華乗においては先ず南無妙法蓮華経というダルマ（題目）があり、このダルマをどのような人格と言えども越えることはない。題目というのは、そのように真っ先にダルマをかかげることであり、題目の理解の深さがそのまま宗教的人格として顕現されてくるのである。この点、禅宗のように自己の仏格を顕現する宗旨とは全く異なったものであることは言うまでもない。

私にとって南無妙法蓮華経は厳しい行為である。ダルマを最も愛している筈のものが、ダルマを題目とすることに厳しさを感じるのはおかしなことではあるが、日達上人という超大な人格がその間に存在しており、法としての題目を唱えるとそれがそのまま日達上人という人格に吸収されてしまうからである。私は勿論、日達上人に最大限の尊敬を献げ、かつ礼拝するものであるが、私の全存在を彼に与えているわけではない。つまり弟子ではない。師資相承のものではない。勿論、誰もはじめからそのようなものではあり得ないわけで、弟子となるまでにはそれだけでも長い行が必要なのであるが、すでにして、師という壁に突き当たらざるを得ないほどに、此処における法華行の態度は厳しいのである。それだけ師が絶対であり、それがまたいくら寛容であるとは言え、日蓮宗旨の持つ特徴でもある。

まだわずか二日の行であるが、きのうそして今日と、ブッダ、日蓮、日達、ガンジー翁と上から順に並べられた祭壇をひとつのマンダラとして理解し、日蓮上人の像に初めて触れることが出来た。日蓮上人は太く優しい絶対である。他の宗旨を決して許容しなかった人の信仰は勿論心の狭さや寛容心のなさから来るのではなくて、彼が体現したところの絶対がそのようなことを決して許さなかったのである。その意味でこそ法の絶対性があるのであり、日蓮という人はそのような絶対の道、法解釈の人だったわけである。このような信仰に私はやはり魅《ひ》かれる。

私の体質からして言えば、そのような絶対を希みはするが、真の絶対は個人的、又は法華経の絶対のみではなく、他のすべての経文、又は仏教以外の宗旨もすべて含められて然るべきだという、引くことの出来ぬ信念があるのだが、そのような完全な法、ダルマをどのようにして顕現するかということになれば、誰しもひとつの道を選ばねばならぬのである。他宗を認めぬ宗旨は、ひとつの絶対をもって普遍の絶対に至る道である。力強く太刀打ちできぬ道である。それが日蓮の魅力であり、又現代の日達上人の信仰の深みである。もうひとつこれは、今までに私の理解した経験によれば、法華乗の世界は行の世界、即ち、カルマヨーガの世界である。

太鼓を打ち、題目をするという信仰の核心がすでにして全肉体的な行為でありカルマヨーガである。知性が入りこむ余地、愛が入りこむ余地がないわけではなく、もちろんそれらの総合としての行ではあるが、全体として見ればカルマヨーガである。このヨーガにより、宝塔がゆう現し、宝塔を中心としたサンガが出来上がるのである。このサンガのなすべきことは宝塔を護持し、さらに新たな宝塔をゆう現させるべく行為することである。

今朝の食事の際、成松上人は霊鷲山のふもとに一〇エーカーかの土地が手に入るので、そこを旅行者の収容を主体とするアシュラムとすることを話しておられた。来年一月からは着手の予定だという。法華の行がそこまで広げられようとしている現在、私も又、その乗に対する態度を全く明瞭にせねばならぬのである。

基本的なことは、私はこの乗に敵対又は反対するものでは全くないということである。のみならず先にも書いたように、日達上人を頂点とするこのサンガに対し非常に豊かな大きな内容を感じ、それを愛するものである。しかし私の歩むべき道は絶対をもって絶対に至るという太く優しい方法とは異なっている。私の認識、私の愛は相対の全姿をもって即絶対とする、愛と知性の世界である。それ故にこそカルマヨーガの側面において、自ら省みて多くの致命的な欠点があり、私自身としてはこの妙法寺サンガより学ぶものは限りなく多くあるのである。これは即ち、体質という点から言っても私の生涯を通して見張りつづけなくてはならぬ課題である。自己を無にして法と僧とのサンガに献げるのである。

ブッダガヤでは自由な礼拝、深い詩的な愛、涙の流れる礼拝があり、それが結果として行であった。私はそれが好きだ。しかしここでは礼拝、題目という行為をとおした礼拝が真っ先にあり、愛、自由、涙、平和、というような情緒はその当然の結果としてもたらされるのである。

だが結論をするべきことはなにもない。今日は午後からいよいよ霊鷲山、多宝山に登り、正月一日の初日をその山頂から迎えることになる。有難いことである。

子供達も順子も元気である。飯は大量でおいしく、ただ遊びがない故にいささか厳しいけれども、子供は子供だからそのわずかの瞬間瞬間を盗みとっては遊びにしてしまう才能をもっている。甘えることを許されぬラーマが一番辛いところであろう。事実よく泣く。ラーマもきたえられている。それも時である。インドという大きな国の天と地を流れる大きな時の流れの中である。それを思えば意識の底の底で、殆ど感じられないような場所で、有難い涙が流れている。

小林、峯岸、井上、その他名前を知らぬ外国人三名、日本人一名が現在寄宿して御同行をしている。

アーナンダ尊者の墓

日本山妙法寺の庭に
少し盛り上がって芝生地になっている広い場所がある
そこは様々な国から様々な旅をしてきて
この法華経の説かれた聖なる土地ラジギールにやってくる
外国人達のしばしの安らいの場所である
十二月三十一日
おとといここに来たアメリカ人と　きのうここに来た日本人の二人
少し暑い日射しを浴びてぐったりと昼寝をしている
ここのサンガでは
不惜身命の南無妙法蓮華経が実践される
不惜身命の旅人は　ここで新たなる不惜身命の壁に突きあたる
旅人二人ぐったりと昼寝をしている
ブッダの十大弟子の最長老　アーナンダ尊者の墓所の上である
一尺に満たない小さな仏像　二尺に満たない小さなストゥパが
この法のごとくに冷厳なサンガの中で

しばしの安らいを希むものの場となっている
ストゥパも仏像も野ざらしのまま
野仏の如くに気安い陽差しを浴びている
ブッダが生きておられて　法を説いていたころ
このアーナンダ尊者もブッダに従い　このラジギールの山や野を歩いていた
その風景は少しも変わらない
大きな巨きな時　それはブッダの時ですらない　まして法華乗の時でもない
ただひたすら大きな巨きな時である
アーナンダ尊者の墓所の芝生に坐り
献げられた二輪三輪の花に眼を放つ時
旅する者は法華乗の慈悲の光を身に浴びて
おいしい御飯をいただいた時のように
生きる希望と冷厳なる法への信仰を取り戻すのである
ニューヨーク市から一人でやってきたまだ若い女の人が
一週間前から一日一食の節制に入り
時おりその仏像の前に坐り頭を垂れてじっとしている
彼女の後ろ姿に苦しんでいるアメリカの姿がある
或いは又ヨーロッパからヒッチハイクではるばるたどりついた日本人の若者がいる

彼は芝生に横になり柳田國男の『祭り』という文庫本を読んでいる
私達の息子は彼にねずみ男というあだ名をつけて親しんでいる
アーナンダ尊者
その師なるブッダ
母なるインド
その時の流れるままに不死の法門は至る所に開かれてある

一九七四年一月二日

三十一日の午後よりトンガ（馬車）に分乗して、そのお寺の寄宿人及びお坊さん達と霊鷲山に行く。途中死体焼場を左手に見る。何故か数多くの牛がその辺りに群がっている。日本人の手により作られたスキー用のリフトに乗り、山頂まで行く。

仏舎利塔の建っている所は多宝山と呼ばれ、そう高い山ではないが頂上からはビハール州の田野がはるかに見晴かされ、ちょうど陽が沈んだあとのしっとりとした夕暮れどきで、純白のストゥパはこの空気に全く調和し、心の奥までとろかすようなたたずまいであった。

ブッダが隣りの霊鷲山で法華経を説いた時にゆう現したという多宝仏塔を再現したものの正面にブッダ像、南面して多宝如来、西面してブッダ涅槃像、北面してブッダ誕生像が純金箔に塗られて白亜のストゥパを飾っている。純白と純金という二つの色彩が少しもけばけばしくなくしっとりと落ちついて調和していると、それだけでもう深い感情を喚起し、今まで訪れた何処の妙法寺ストゥパよりも美しく荘厳なものを感じさせた。

夕方のおつとめは最初からっきし声が出なかった。何かで頭をぶんなぐられたようなショックであった。日本山の中でもここの僧たちの力量が頭抜けていることが判った。気安く本堂に入って行ったため力が出てこないのだった。真の祈りの力からしか南無妙法蓮華経の声は出てこない。夜は総勢三十人以上、内インド人十五、六人と共に食事、久し振りに日本のうどんを食べる。

食事を終わって十二時すぎまでおつとめ、その間に通称霊山風呂とお寺の人達が呼んでいるドラム缶の風呂に入れてもらう。聖なる山の頂上で風呂に入るというゼイタクはおつとめの間にそそくさと済まし、次の人に代わって又太鼓を打つ。八木上人は真ん中に坐って時々居眠りをする。居眠りをしていても確かにおつとめをしているのであり、それはかつて日達上人がナーガとかポン*とかチアキ、ガンジャなどに体をもませながら眠ってしまい、眠ってしまってもその低いいびきが素晴らしい説法だったことに少し似ている。日本山妙法寺において八木上人は第二の上人であり、そのえらいお坊さんが一見すればそこらのチベット人のお爺さんと少しも変わらぬほどににこにことやさしく背も小さく、聖人という雰囲気はさらさらにないのである。しかし八木上人が真ん中に坐っておつとめをすれば本堂の空気はきしっと引きしまった中に春風のような豊かさが流れ、本来なら

*———ポン（山田塊也）「部族」のメンバー。磁器画工、京都友禅染画工として働き、六〇年より街頭で似顔絵を描く。七一年、インド各地を放浪。七五年、奄美大島に「無我利道場」をつくる。その後、故郷の高山、そして秩父で暮らす。二〇一〇年、逝去。

ば夜に入って冷え込むはずの山上は、かえってふもとのお寺よりも暖かいのである。それが八木上人の人柄から来るものか、山自体の持つ多宝性なのか私には判らないが、居眠りをして太鼓がひざまで落ちてしまっても、それがだらしなさやこっけいさという感じを少しも与えず、かえって余りにもきびしい空気の中に居眠りという行為をとおしてやさしさを説くという、或いは逆にきびしさを思い知らせるという不思議な説法を行なうのである。成松上人の唱題及び太鼓はすさまじい気迫を持っており、ここの日本山の厳粛な空気を一人で背負っている感じである。しかもその優しさは本物である。ラーマクリシュナとヴィヴェカーナンダの関係を思わすようで、見ていて何とも素晴らしいサンガのあり方だと思う他はない。一時頃お茶を飲み一休みして四時からまたおつとめ。気づいてみれば今年はおつとめの内に過ぎおつとめの内に明けていたのである。

お寺の外には正月の雰囲気は殆どないのだが、日本人ばかりが集まっているサンガの内ではやはり大晦日があり新年があり、初日の出がある。夜が明けたころ、八木上人を先導に霊鷲山第一嶺まで撃鼓唱題しつつ歩き、全員で初日の出を迎える。私は少しぼんやりしていて、自分の向いている正面から陽が昇るとばかり思って待っていたが、角度にして一度か二度ずれていた為に、はっと気づいた時にはもうピンク色の陽が半分ほどは地平のかすみの中から姿を現わしていた。陽は八木上人を中心とする日本山の真正面から昇り、私がそれに気づいたのは一同よりも一秒か二秒か三秒ぐらい遅れたはずだった。その遅れを私は認識した。美しい初日であった。ピンク色のやさしいとろけるような太陽だった。空には恐らくは鳳凰《ほうおう》とでも呼ぶ他にない鳥の形をした雲がうろこ状にひろがり、天頂はすでに青空であった。しかし昇る朝日の真上にひとすじの黒雲があり、太陽はやがてその黒雲に吸いこまれていった。一同の間に深い沈黙と祈りが支配し、雲と私たちの間には気球のように張りつめた、透明な空気が存在し、この二分か三分の沈黙の張りつめた美しさの中に、祈りに生き、ただ祈ることだけに生きている人達の厳しい恐ろしいほどにやさしい姿があった。やがて再び姿を現わした太陽はすでに黄金色に変わっており、もやも去り、ビハールの田野は今日も変わることのない上天気の一日を迎えているのであった。

　お雑煮を食べ、ネーブルを食べ、その他色々のものを食べて朝の食事を終わる。日本山の食事は量は大量だが質素という感じを一歩も出ることがなく、どんなにおいしいものをたくさん食べても質素であり飽満な感じは全くない。

　八木上人の物静かな日常会話のような新年のお話がある。四恩ということ。衆生の恩、国の恩、父母の恩、仏の恩ということをゆっくりと色々な例をひきながら話される。インド人が物質的にどのように貧しくても、心からの笑いを持っているインド人の生活の幸福を、信仰ということを根においで話される。日本人には笑いがない。日本人は暗い心と物質的な欲望及び飽満感しかない。破滅が近づいている、暗い心に南無妙法蓮華経の灯をかかげよといわれる。

　このような危機感を確実に持って行に励んでいる人が世界にいることを思うと、それだけでも心が明るくなり、それだけにラジギールに来てよかったと思ったことである。一見食べ放題に食べながら、同時に四日から始まる断食の噂が耳に入り、僧堂の運営がじつにうまく行っていることに驚く。断食は四日、五日のわずか二日であるが、正月の料理にちょっと顔を見せてしまう食欲が、この断食そのもの及び噂によって早くも行に変じてしまうのである。断食が近いから今のうちに食べてしまおうと思うようないやしさは、少なくとも顔を出すことさえ出来ない。

夢の又夢である。ストゥパからは眼下にブッダが居住し、法華経を説いたという霊鷲山第三嶺が見下ろされ、私たちはリフトに乗らず歩いてその霊場を参拝しつつ山を下りる。

お寺に帰って休む間もなく近くの雑木林に薪取りに行く。薪は殆どない。少し立派な薪はインド人の専門家がすべて取り去っており商売として売っているのだから、残っているのは曲がりくねった竹だとか、トゲだらけの木の小枝ぐらいのもので、そのようなものを苦労して集めるよりは、そこら中に落ちている牛糞を集めて干し燃料とする方がずっと易しいのである。

インド人は本当に陽気である。ここラジギールには温泉もあり、リフトもあり、ひとつの観光地になっているらしく、何百人、何千人というインド人が遊びに来ていて思い思いに食べ物を作り、ラジオを最大ボリュームにして楽しんでいる。温泉場の辺りなどは馬車、力車《りきしや》、自動車のラッシュで動きもとれないほどである。一歩林の奥に入れば静かな人気のない場所が無限にあるのに、誰もそんな所には行かない。パトナガヤを結ぶ幹線道路に面した岩山や原っぱにそれぞれに陣取って、温泉につかって濡れた衣を乾かしたり奇声をあげたり、とにかく遊びに遊んでいる。まるで最も大きな声又は音を出すものが最も楽しんでいる証拠でもあるかのように、ラジオにまで拡声器をつけて歌わせている。

そのような雑踏の中で一度だけハッピーニューイヤーと書いた垂れ幕つきの自動車を見たが、それだけであとは格別に正月を祝っている風ではない。ただ季節は最高に良いし、官庁が休みなので高額所得者は休暇になっているはずであり、そのゆとりの中で遊んでいるのである。ここにはインドにつきものの貧しさは殆どなく、服装も物腰も立派で活気に満ちた人達が集まっている。勿論、街道には乞食も並んでいるが。

私はマモのことをふと思った。出家とは何から出家するかと言えば、このような楽しみから出家するのである。家族旅行とか物見遊山とか食べたい放題の飲食とか、そしてその底にはセックスの楽しみもある。このようなすべての楽しみを自らは放棄し、他者に対してはそれを与える立場に至るのが出家である。同じトンガに乗ってふとマモの顔を見ると彼の中に淋しさのようなものは少しもなく、いやあインド人というのは実に面白いと符牒《ふちょう》を合わせるほどに心静まっているのだった。

前の晩は二時間位しか眠っていないのに、行というものは不思議なもので大して眠くもならぬ。夕方のおつとめを済まし、夕食を取るとさすがにぐったりとして、九時頃か、早々に眠る。

成松上人、夕方飯前に山より帰ってくる。彼が帰ってくるとそれだけで寺は引き締まって、引き潮のように疲れと怠惰が去ってゆく。行の人となる。彼に不思議な友情のようなものを感じる。尊敬と同時に、実にいいやつだなあという感慨がある。だから彼が下山してきた時には緊張と同時に喜びがある。だから日本山は生きている。

今日の朝のおつとめは良かった。ゆうべ夢精したので力がないのではと気づかったがそのようなことはなく、初めて南無妙法蓮華経が見えてきた。その文字は黄金色であり、暗闇の中に南無妙のところまではっきりと、残りの四文字はうっすらと見えた。するとこれと同時に今まで何のコミュニケイションもなかったニューヨーク生まれのシルヴィアという女の子の唱題の声がやさしく遠く聞こえてきた。朝食を食べながらボードナートの話などしていると友達を一人紹介してくれた。不思議な出会いであり、確かな出会いであり、それはネパールへのパスポートでもあった。馴れてくると唱題は大変に興味深い。発声法、リズム、節まわしに一人一人ののっぴきならぬくせがあり、それはやがてくせではなくその人間の南無妙法蓮華経の中における運命となり、その人間はその運命を唱題しつつ突き進んでゆくのである。ただやたらと唱えているのではなく、力強く唱えれば力強い呼応があり、やさしく唱えればやさしい呼応があり、深く唱えれば深い呼応があり、乱暴に唱えれば乱暴な呼応がある。

ひとつ見えれば更に次の壁があり、その壁を破ればまた次の課題が生まれてくる。果てしなくつづく南無妙法蓮華経の旅である。

私などはまだその入口にも行かず、南無妙法蓮華経の大海に書かれたひと下がりの文字を遠見しただけであるのに、早くも霊鷲山下の二〇エーカーの土地にアシュラムを作る話が舞い込んでくる。私がもしそれをやるならインドの学校に子供をやり、アシュラムの住人、初めての住人となる道が開けているのである。成松上人が言うには、もしその気になるなら今日にでも学校に行って太郎のことを話してくれるということだったが、太郎はうんと言わず、私にもまだ行かねばならぬ所があるのである。

しかし出会いは確実である。私は南無妙法蓮華経に出会い、それは嘘ではなく、誠にお坊さんは嘘をつかないのだから。私は成松上人に会い、私達を援助してくれようというマハラティさんという建築設計家の金持ちのインド人の信者にも出会ったのである。

それと同時にそのお寺に住みこんでいるインド人の警官でガンジャ好きの怠け者、代表的なインド人の一人にも会った。きのう薪を取りに行った帰りにとげだらけの小枝を三本持って帰ってきて、彼に見せると、彼もよく判っているという風にうなずいてにっこり笑ったのである。彼が寝そべっている台の上にはガンジャを吸うチロンが置いてあった。彼が何故、又どのようにしてこの寺に寄宿しているのか知らないが、警官と言っても出勤している様子はなく、一日ごろごろしているような人である。ハレクリシュナ信者のように頭をそって後頭部にほんのひと房だけを残している。

成松上人は言う。ボンベイ、デリーの文明は一発でこわれてしまう。ネパールは小国であり、楽しいけれども上皮《じようひ》である。決してこわれずこの人類文明の新しい発端となるのはカルカッタの街であると。恐らく、カルカッタとヴェナレスに象徴される二つの都市、そして深く広大な高原、田野地帯、北部のアッサム、ダージリンのチベット人、ダラムサラのチベット人、そしてリシケシ、アルモラあたりのヒンドゥ教、そして南部、マドラス、マドライ、ゴアのヒンドゥ教、そこらがインドというこの巨大な国を象徴する信仰の姿なのであろう。カルカッタのパドブエホテルを出る時に、日本から顔見知りの三人の米国人に見送りを受け、ビハール州出身の老人に、あなたはもう一度ここに帰ってくると言われ、太郎がホテルを出たばかりの道に食べたもの全部吐き出してしまったことを思い出す。そしてあの絶対の混乱であるカルカッタステイション。

いずれにしても、日本山妙法寺に身柄を預けるのはまだ早すぎる。二日後の断食で新しい何かが生まれるかもしれないが、この度は私達がこのまま法華経の世界に突入するということはないだろうと思う。しかしおつとめは真剣に突入するべく行なっていることは確かである。

今朝、マハラティさんと成松上人が出かける時に、車のバッテリーがあがってしまって動かなく

なった。成松上人が、それは太郎がいたずらをしたせいだと言った。そんなことは何もしていない太郎はびっくりして嘘いってらあと言ったのだが、それに対して成松上人はお坊さんは嘘をつかないのだ、と答えた。太郎は何もしないのに太郎がいたずらをして、車のバッテリーがあがって車が動かなくなった。二人はリキシャで出かけた。

これがアクシデントである。順子は食べすぎで胃を少し痛めているようだ。

一月六日

四日、五日とお断食をいただく。三日は午前中から成松上人、マハラティさんと新しいアシュラムの場所を見に行き、多宝山の真裏にあたる位置に二ヶ所合計九エーカーの土地を買ってくる。私が日本でアシュラム作りに興味を持っていたことを知って、同行をすすめられたものである。最初トンガに乗って行き、街道で降りると、あとは広いビハールの野をあてどもないほどに歩いてゆき、ようやく到る。地主の親父さん、その息子も交えて太鼓を打ちながらのんびり歩いていると、何となく諏訪之瀬の感じになってくる。ただ山の上には宝塔が純白に輝いて見え、この辺り至る所に昔のお寺の遺跡がある点で異なっている。予定では六エーカー（二町四反）を畑とし、三エーカー（一町二反）をアシュラム（住居）として、もうすぐにでも活動に入るという。成松上人の期待が私の上にかけられているのをかなり重たく感じたが、この度は協力は出来ぬことを告げる。もしあの土地が、日本山の土地ではなく、もっと一般的な仏教教会というようなものの土地であるとすれば、私はもっとよく考えることになっただろう。なにしろ、夏は暑い（五〇度にもなる）とはいえ広い広い土地があり、しかもその土地は多宝山という山の下にある霊地なのである。土地を見終わって、又のんびりとラジギールの街まで今度は歩いて帰り、地主の親父さんの家に行って値段の交渉をする。親父さんは大きなベッドになったブランコに腰かけ、私達は普通のベッドの方に腰かけ、その内おかみさん、ものすごく肥って声も大きい人も加わって一時間ぐらいああでもないこうでもないとやったあげく、結局予定どおりに全部で二十万円で買い上げる。マハラティさんが活躍する。

この土地買いの旅は大変興味深いものだったが、お断食の二日間を経たあとではもう色あせてしまっている。三日の夜には温泉に行った。マモと成松上人と三人で一時間以上ものんびりと浸《つか》っている。温泉場自体がひとつのお寺になっており、主神はヴィシュヌである。庭は竹と砂利石、天井はなく、菩提樹らしい木の梢に上弦ぐらいの月がこうこうと照っていた。夢のような感じである。ただあくまで背後に法華経という行《ぎょう》の刃《やいば》が光っており、私の一番好きな気を抜く、ということが出来ない。不思議と空《す》いており三人でゆっくりと浴びる。夏にはホタルが飛びかい、ホタルだか星だか判らないほどであるという。

二日間のお断食はなかなかに大変なものであった。朝五時の普段のおつとめと変わりなく始まり、そのまま夕方六時半ぐらいまでお題目を唱えつづけ太鼓を叩きつづけるのである。夜が明けてやがて日が昇り、陽が高くなり、やっとお昼になり、その時私は疲労こんぱいして一時間ほどぶっ倒れるようにして眠った。食事がないだけでなく、水もいけないのである。撃鼓唱題は全身的な肉体労働であり、それは非常に激しい肉体労働である。声を限りに普通の場合なら一体何時間叫びつづけていられるだろうか。

午後二時すぎ再び倒れるようにして眠り、約一時間半ほど眠りつづけた。やがて陽がゆっくりと深くなり、陽が落ち、日が暮れて本堂の窓が閉じられ、尚唱題はつづく。力つきてふらふらしていても逃げることも出来ないし、とにかく頑張って第一日を終わる。

水断ちの断食であるが、第一日目が終わった時に成松上人から二日目はもっときついことを告げられ、ひそかに口をしめらすほどの水を飲んで眠る。腹は少しも減らないのだけども、一日中、力の限りに声を出したせいで喉はからからになり、体に熱があるようで水が必要だと思われたからだった。

二日目の朝はここへ来て初めて余裕をもって起き、四時半には寝袋からでて顔を洗っていた。顔を洗った時、またひと口の水を飲んだ。部屋においてあったトマトを一個食べた。それだけのことをしておいておつとめに入り、第一日目よりははるかに楽に二日目を終えた。しかし、二口の水、一個のトマトの重みははっきりしており、断食をしたという実感はそう深くはない。しかし、とにかく二日間、合計二十七時間の撃鼓唱題をつづけ、正月に食べすぎたお腹を清めたのである。

第一日目は朝どういうわけかブッダガヤで手に入れたあの数珠を部屋においたままおつとめに出た。二時間か三時間つとめている内に成松上人の遠くはるかに呼ぶようなたとえようもない甘い声が聞こえ始め、それに応じて私も唱えかけると、その声は次第次第に深くはっきりとしてきて、もうどうしようもなくその声の内に涙が流れはじめた。私の応えは涙であり涙の中で声を放つが、放った声に帰ってくる向こうの呼びかけは更に力強く深く確かな法華の声そのものであった。法華行者という言葉があるが、成松上人はそういう人であり、私はそのことに気づき、何故か、これ以上入ってはいけないと涙の中で自らあふれんとするものをとどめ、とどめ切ってしまったのであった。その内疲れ切り、部屋に帰って一時間ほど倒れるようにして眠った後、ふと気づけば枕元に数珠があり、私はそれを自己の確証のようにして戴き、再び首にかけて道場に入って行った。それ以後は何も起こらなかった。何時間も何時間もつづく唱題、足の痛み、腰のだるさ、喉の乾き、窓の外を夜が明け、陽が昇り、午前となり午後となり夕方となって、日が暮れるまでただひたすら耐えに耐え、全力を唱題撃鼓に集中するのみであった。

　お断食をいただいたのは全部で七人だったが、きのうようやくのことで打ち上げた時には皆、心の底から疲れ切っていた。中でも成松上人とマモとは十二月の臘八《ろうはち》接心《せっしん》で一週間のお断食をいただいたばかりなのに、成松上人などは何年もの経験の上に立っているのでそのくらいでは全く平気であった。私にはそれが気に入らなかった。きのうの夜は眠れなかった。ちょっと眠ったと思ったら十時半頃に目が覚め、眠れぬままにまだ今日の朝までつづけられるべき断食を水一杯、トマト一個、タバコ一本、をもって今度は完全に破ってしまった。

　部屋の入口の石に腰かけて、巨大な菩提樹の梢にかかる月を眺め、ここのお寺で良い所は、この菩提樹とアナン尊者の塚だけであると思った。何故日本山妙法寺、日蓮宗の一派を、よりにもよってこの私が選ばなければならぬのかと思った。それに比べてブッダガヤの自由さはどうだ。あそこには誰も指導する人はいないのに、終日礼拝の気持ちは絶えず、人々はおおらかで平和で清められているではないか。完全断食ではなかったにしろ食を絶って鋭くなっている感覚は、次から次へと法華経だけが法門ではないことを持ち出して、何か腹いせでもしたような気持ちになって眠りについた。

今朝のおつとめは咳がひどく、啖もひどくて大変だった。二日間続けておつとめした後だけにあっという間に終わってしまったが、その間にひとつ面白いことがあった。成松上人が祭壇の側のヤモリを見つけ、それを太鼓を叩くバチで追いまわして殺してしまった。皆はおつとめに熱心で気づかなかったが、私はそれを見て一人で笑っていた。彼は殺してしまうと二回か三回合掌して、窓の外に棄てた。その頃には私の心は成松上人と呼ぶこともやめて成松っちゃんと思っていた。

朝食は大根、人参、青菜、カリフラワー、トマトの生野菜とうめ湯及びレモン湯だった。うめ湯を十杯以上もどんぶりで飲み、飲みながら、野菜を食べるのである。お師匠さんが考え出された断食流しの方法で、そうすると急激な下痢となり、体の中にたまっていた悪いものが全部流れてしまうのだそうである。うめ湯をお腹が苦しくなるほどに飲み、野菜を食べるということもひとつの断食行であり、やがて私にも下痢がおこった。成松上人がいうには最低三回は流す必要があるという。言葉どおり、三回流れた。その頃から寒気がしてきて、体力が消耗したところにやってきた風邪だということが判った。朝食後二時間ほど眠り、昼食をやっと食べて又横になっていた。その頃から考えが変わりはじめた。煙草を吸わないという行をこれから自分に課そう。私の肉体の最大の欠陥は気管支から肺にかけての呼吸器官であり、小さな時からその病気で死に直面したことが何回もある。カルカッタでもそうだった。今またそれが起ころうとしている。煙草を吸うかわりにマントラを吸おう。どのマントラが良いか。そしてここが日本山妙法寺であり南無妙法蓮華経のお寺であるからにはどうしてそれを嫌うことがあろう。

夕方のおつとめは多くのインド人の礼拝客がきていつもの通り賑やかだったけれども、初めて心をこめて南無妙法蓮華経を唱えることが出来た。自分の体の毒をそのお題目と共に吐き出すのである。普通ならば体力はどんどん落ち、やがて肺が痛くなり、肺炎になるのが目に見えているのに、今日は不思議とそのお題目のせいで自分の体の毒を外へ外へと吐き出しつづけ、おつとめが終わった時には風邪は殆ど治っていた。南無妙法蓮華経、この十日間毎日唱えつづけてきたお題目の力は、ひとつには体内の心の毒を清浄なるマントラに乗せて吐き出してしまうことである。その秘密は行にある。行と合わせてそれが行なわれる時、体内の心の毒は見事に吐き出されてゆくのである。

夕食の時、お灸の効用を聞いた。お灸は内部に養分（カルシウム）を作り出すものであるとのこと。背骨の上から三つ目と四つ目の間、左右一寸の所にツボがある。風邪が治る。断食、お灸、ハリ、温泉、いろいろと東洋の治療法が出てくる。

部分的であるが私は法華経を受け入れた。まだ太鼓をもらう気持ちにはならないが、『法華経要文集』なるものを今夜成松上人より戴いた。その他『毒鼓』『我が非暴力』の二冊の日達上人の本をもらった。

今晩、私の気持ちは清らかである。他を誹謗しないことはうれしいことである。日本を出て以来、初めて落ちついた感じで夜を迎えたと言える。

成松上人の部屋でマモと三人少し話をする。

地獄に落ちそうで片足がひっかかってどうしても落ちない人。それは前世《ぜんせ》に法華経を足で蹴った縁が逆縁となって地獄に落ちないのだそうである。

日達上人が奈良で見た上行《じょうぎょう》菩薩とお釈迦様の話、地涌《ちゆう》菩薩の話、いずれは仏の前に手をつき、皆で涙を流す日がくるという話、など。

結局、気を抜く、ということは出来ないのだ。それがインドだ。すべては因縁、気を抜いたらその分だけつけがまわってくるのだ。

ブッダガヤ

一月十一日　パンジャブホテル

八日に妙法寺を出発して、そのまま再びブッダガヤへ行った。八木上人、成松上人、御此木上人の心暖かい見送りを受けて、一時は悪化していた風邪も治ったように思われた。ブッダガヤへ行くつもりはなかったが、バスが直行便だったのでマモの気持ちも汲んで行くことになった。

八日は満月である。七日から始まっていたダライラマのイニシエイションはその日が最高潮であり、九日をもって終わり十日、十一日とアトラクション（プージャ）が行なわれている。十日前に私達が去った時にはせいぜい二万人ほどと思われたチベット人は、いつのまにか六万人と言われ、一説には十万人と言われるほどにふくれ上がり、全く身のおきどころのないほどの混雑であった。インド在住のチベット人の人口が六十万人というから少なくともその一割が集まってきたことになる。空地という空地にテントが張られ、その余りの空間はすべて何万人という彼らの青空便所となって、糞尿の匂い、線香の匂い、土ぼこりと体に塗りこめた香料の匂いがむうーっと大広場を埋めつくしていた。時々ちらりと横顔が見られるだけのダライラマは、静かな高めの声でゆっくりと何かをしゃべっていた。一束十五パイサのわらを尻に敷いたチベット人たちは、朝から夕方の五時までじっとその声をききながら坐りこんでいる。道路はうめつくされて道路の用をなさず、大塔内部もこの日ばかりはダライラマへ向けて坐りこんだチベット人に占領されてしまい、何処へ行ってもチベタンチベタンばかりで、インド人などちらほらとしか見当たらない。西洋人もかなり集まっている。

マモと、チベット仏教及びチベット語を勉強しているという福田さんという元楯《たて》の会幹部だったという人と三人で、その八日のイニシエイションの最後の一時間ほどを立ち会った。福田さんの話では、このダライラマのイニシエイションはひとつのマンダラの解説なのであり、このブッダガヤという場所に集まってきてこうして話を聞いていること自体が、それでイニシエイションを受けたということになるのだそうである。マモも福田さんも私も、だから部分的ではあるがイニシエイションを受けたのである。時々、ダライラマの声を復唱して低い津波のような声がわき上がる。十回ぐらいつづくと終わってしまう。あとはまたゆっくりと静かな高めの声がマイクをとおして流れてゆくだけである。何万人集まってもチベット人はあくまで静かで沈んでおり、その暗赤色の服と同じく重々しくくじっと坐りこんだままでいる。夕陽が沈む頃、八日の分はすっと終わりになった。夜、大塔の美しさは得もいわれぬものであった。広い大塔内部が恐らく何十万本というローソクの火に飾られて、大塔はローソクの火の湖となっていた。この中に黒々と大塔がそびえ、大塔の上には澄み切った満月の姿があった。

一週間も二週間も前から待ちに待っていた、最高の時がついに訪れたのである。チベット人たちは何千人何万人と大塔外部、中部、内部をぐるぐるまわり、時に声を放ってオンマニペメフーンと唱え、いくつかのグループは御詠歌のような節のある歌を大塔の四つのそれぞれの角で歌っていたりした。混雑はもの凄かったけども、それは騒ぎでは決してなく必死の信仰が自然にもたらす混雑そのものに過ぎないのだった。私も波にもまれ押したり押されたりしながらまるで満員電車の中のような混雑の一人となって塔をまわり、とうとう大塔内部まで入って一度はお別れをしたブッダにもう一度祈りの言葉を献げた。

南無妙法蓮華経の世界から再びブッダそのものの悟りの世界へ、更にはチベタンのオンマニペメフーンの世界へ舞い戻ったショックは相当のものであり、そのアンバランスは直接に風邪の悪化となって次の日から丸二日間、カルカッタへ着いた時と全く同じ症状で寝込んでしまった。幸い泊めていただいた日本寺の方達に親切にされ、薬を大量に貰ったりおかゆを作って戴いたりしたせいもあって、一時は又もや駄目かと思ったものの回復は早かった。ひとつには十二日でヴィザが切れるのでどうしても動き出さねばならぬということがあり、寝ては居れない状態でもあった。今日どうにかヴィザの延長に成功し、あと三ヶ月間はインドに居られる身となった。

息もつけないほどの疼痛《とうつう》が続き、それがどうにか切れてまるで有難い法の救助のような眠りが訪れ、その何分かの短い眠りの中で私は観音の至福に酔っていた。それから又痛み。今回はうなり声を放たずにおれないほどに強烈なものであった。このようなことを繰り返していたら、本当に体が駄目になってしまう。タバコをやめなくてはいけない。

今日は福田さんと一緒に来たチベット人のリンポーチェ（活仏）であり、ダライラマの政治秘書をしている人に紹介され、一緒に昼飯を食べた。彼の話によれば今回のイニシエイションのテーマはカーラチャクラタントラであったという。カーラはこの場合カルパ（劫）を示す時、である。

マモと別れる。再び私達家族だけとなり、インド世界、チベタンのいないヒンドゥ人の世界に戻ってくる。ヴェナレスへ向かうのである。この途方もないインド人の聖地へやがて行くのである。成松上人の話では泥棒ばかりがおり、八木上人の話によればあんな所には何もないよという、仏教との縁など爪のあかほど（サールナート）しかない所へ行くのである。

一月十二日　パンジャブホテル

結局、私は此処で何をしているのだろうか。朝起きて飯を食べ、ヴェナレス行きの切符を買いに行き、帰ってきてからしばらく昼寝をする。昼寝から覚めてしばらくヒンディ語のレッスンをし、それから晩飯を食べに行く。何事もなく、朝、日が昇り、夕方確実に沈んでゆく。天気はインドに入って以来一日も変わることがない。日が昇り深々と晴れわたり、二五、六度の暑めの日射しが照りつけ、夕方になるとゆっくりと大きな陽が沈む。しばらく暑さが残り、夜中頃から急激に冷えこんで夜明けは寒い。或る日少し風があり、ある日少し風がない。雨の気配は完全にない。しかし街には水道や井戸から水が溢れ、水ききんというような感じは全然ない。もっとも乾季がくる度に水ききんになるようなら、一年の半分は水ききんになるから大変なことである。しかし一方ではこれだけ雨の気配もない天気がつづいていて、それでも何の心配もなしにふんだんに水を使って生きているインド大陸の豊かさというものに驚くのである。と同時に来る日も来る日も同じような天気、同じ表情をした日の下に生きていることが、人の心に及ぼす悠久な時間の感覚といったものについて考えさせられずにはおかない。

日本だったら、きのうと今日の天気が同じであるということはまず三日間とはつづかない。来る日、来る日に天気は変わり、一日の内でも晴れたり曇ったり雨が降ったりまた天気が回復したりする。それにつれて多かれ少なかれ人の心も影響され、天気次第の挨拶の言葉があり、様々に心のひだが細かく揺れ動き変化に色彩を与える。しかし此処ビハール州では少なくとも三ヶ月か四ヶ月の間、天気は少しも変わらない。朝、日が昇って冷えこんだ大地と人間を暖める。日が昇るにつれて人々は動き出し、日が高くなると暖められて少し幸せになる。十時を過ぎると暑くなる。この暑さは日暮れまで続き、夜になると少し涼しくなる。街にトーチランプの売店が店を出し、商店は明々と電灯をつけ、繰り出す人波でごったがえす。少し涼しくなって人の心は少し幸せである。その涼しさが一日が終わったなにがしかの贈りものであり、慰安とも言える。そして夜更けを過ぎると冷えこみはかなり厳しい。シャツ二枚着て羽毛の寝袋に入っていても、チャックを完全にしめないと寒いほどになる。真っ昼間は裸になってシャワーを浴びる人がたくさんいる。道ばたで下ばき一枚になり体中に石けんを塗って洗っている姿は、インドのひとつの美しい風物詩である。毎日毎日が気候という大前提において変わらない時に、人の心はきのうの心がそのまま今日の心となり、今日の心はそのまま明日の心となる。悠久な時間という、インドについて何かとらえようとすればどうしても持ち出さざるを得ないこの概念は、ひとつにはこのような天候の不変さから生まれてくるものである。

私はこの感覚が嫌いではない。一体自分は此処で何をしているのだろうかと問うことはあっても、それはそのように問う自分を否定するものではなく、むしろそう問えば自分はここでこのようにしているだけであるという動かしがたく明快な答えが帰ってくる。このようにしているだけである、ということはしかし、それほど易しいことではない。ガヤという街は一応飛行場を持っているからインドにおける代表的な中都市のひとつであろう。特徴と言えば近くにブッダガヤというヒンドゥ人にとってはそれほど有難くもない聖地があることであり、多分飛行場もそこを目当ての観光客のために作られたものであろう。カルカッタのような超大都市とはちがって人の心ははるかにのんびりとしているとは言うものの、ここはここでやはりのっぴきならぬインドの現実というものが支配している。

三歳か四歳になれば子供達はもう何らかの仕事をさせられる。食堂、茶屋の給仕は殆ど子供だし、五、六歳の小さな子が注文を聞きにくることもめずらしくはない。チャナという豆を売っている小さな屋台をやっている子もいるし、タバコ売りの売店を任せられている子もいる。自動車の修理工場でも十歳ぐらいの子供が油にまみれてスパナをまわしているし、石炭を砕くのも子供である。簡単な誰にでもできる仕事の分野には必ず子供が半分ぐらいは入りこんでおり、商売というもの、仕事というものを叩き込まれている。給仕の子供が誤ってコップひとつでも割ろうものならその場でピシャッと親方、或いは父親や大きな兄弟からはたかれるのである。そのように小さな時から働かなければ生きていけないし、働かなければ生きていけないということを教えこまれている彼らは、一方では欲望の放棄ということを徹底して迫られるのである。あれやこれやの欲望を追求し、その欲望を追求することが生きることであるという西洋式あるいは現在の日本式の人生哲学を一方に置くならば、インドの人生哲学は無条件に、欲望を否定することである。隣りの人がおいしいものを食べていたからといって、それを食べようとすることは無駄なことである。自分には自分の一食一ルピーの食事があるのであり、一食一ルピーの食事が食べられるということはかなりぜいたくなことなのである。この徹底した諦めの内に、インド人の明朗さと絶望が同時にひそんでいる。それは西欧人の、又は日本人の、欲望は追求しても追求しても遂には満足されうるものではないと知っていながら、なおも欲望に釣られて欲望を追いつづける姿勢の内に、悲しみと絶望が同時にひそんでいるのと対称されてよい。よく言われるように、もはや西欧人、日本人には笑いがない。欲望に喰いつぶされて笑いが死んでしまったのである。インド人は笑いを持っている。インド人の笑いを一度でも見たものは、心が驚きと驚嘆でちぢみ上がるのを覚えるだろう。私などはインド人の笑いに出会う時、自分の笑いの不純さを思い知らされて心がちぢみ上がるのである。

　インド人は欲望を追求するという生物学的な生命においては絶望し、諦めきって、ただあるようにだけ生きているのである。そのだけという点にインドの貧しさ、インドの不潔、インドの悲惨、そういったもののすべてが含まれるのだが、私がここにこのようにしてあるだけだという時には、そのようなインド的な生き方への敬意をこめた学習があるのである。

　今日は順子が病気である。次郎も太郎も下痢である。私とても病み上がりで体に力は入らない。

明日をも知れぬ旅の途上にあって、インド人のように底抜けの笑いを笑う学習をしているのである。思えば欲望がそこまで追いつめられたのである。人は自らそのような旅に身を置くものをゼイタクと呼ぶかも知れない。しかし、物質によって心が完全に満たされぬことを知った以上は、心は心によって満たされる道をさぐり求めるしかないではないか。少なくとも文明というものの質において、心をもって心を満たすという文明の伝統を保ちつづけているのはインド亜大陸の伝統だけである。

今日はつまらないことをたくさん書いた。

牛の話、ロバの話などもっと具体的なことを書けばよかった。

具体から離れるということは、疲れている、死んでいるということである。

ヴェナレス

一月十四日　パールヴァティロッジ

とうとうヴェナレスに来た。ヴェナレスに来れるかどうか、いずれは来るにしても、やはり来られるかどうかと気づかったこの街に、昨日の午後到着した。鉄橋を渡る時、パイサ銭を多くのインド人にまじって放りこんだ。大地の歌という映画で汽車が鉄橋を渡りインド人たちがいっせいにパイサ銭を放り込むシーンを見た時に、やがていつかはあの橋を渡らねばならぬと何故か涙を流しながら思い、しかしそのようなことが自分の身におこるのだろうかと殆ど夢のようにして見ていたことがいつのまにか現実となり、母なるガンガーの向こうにヴェナレスの名高いガートが見えた時には胸の内に熱い感動があった。同席していたインド人の青年が私の肩に手を置いて、ガンガーはインド人の心の母だと二度繰り返した。胸が躍りヴェナレスヴェナレスと子供達に何度も教えた。それが先入観からくるものにしろ何にしろ、ヴェナレスとは私にとってまずそのような憧れと重みを持つ街であった。汽車を降りてリキシャに乗り、リキシャまかせのホテルに行く間、景色は非常に明るく、陽ざしは暑く白っぽい感じで街にあふれていた。ブッダガヤの明るさが透明な沈んだ明るさだったのに比べて、ヴェナレスの明るさははなやいだ白っぽい希望のような明るさだった。ホテルにつくまでの間中リキシャマンと声高に話しながら行く時、私の心は何故ともなく浮き立ち子供のようにはしゃいでしまうのだった。ドゥルガ寺院(?)を左に見て着いたホテルは二十ルピーと高いホテルだったが一晩だけ泊まることにした。

一休みして飯を食べがてら散歩に出、意外に遠い距離を歩いていつのまにかメインガートに立っていた。あこがれのヴェナレスのあこがれのメインガート。人々が沐浴したり洗濯をしているガンガーの水を初めて頭にひとすくいだけふりかけた。期待していたような感動は訪れず何か拍子ぬけした感じであった。順子も子供たちもひとすくいだけ戴いたけども、同じようにあまり感動をうけたような様子はなかった。

近くにヒッピーらしき外人が一人坐っていたので近くに安いホテルはないかと尋ねると、有るから一緒に行こうというのでついて行くと、五分も歩かぬ内にマドラスホテルという暗い汚れたホテルがあり、三つベッドの大きな部屋が八ルピーだということでそこに予約して、先のホテルに帰ってこれから移ると言ったら、それならすでにサインがしてあるのだから二〇ルピー払えということなので、あきらめてそのままチャンドラホテルという高いホテルに泊まることになった。チャンドラは月という意味である。

メインガートでは噂にきいていたとおり、シュリラム　ジャイラム　ジャイジャイラムやシータ　ーラーム　ジャヤシータラムのマントラを拡声機をとおして朗々と流しており、乞食が群れ、屋台の店が出、犬がおり牛がおり聖者がおり、時々鐘が鳴ったけども、私には何かにやにやするような親近感があるのみで、本当に聖なる感じというのは殆どおとずれて来なかった。

今日になってきのうのマドラスホテルに移るつもりが、今日はキチョリプージャという国民祭日でリキシャが交通止めになっている区域にそのホテルがあったために、このゴドリアという同じ八ルピースリーベッドのホテルに入ることになった。外人はひとりも居らず、インド人専門のようなホテルである。ゴドリアとはハートという意味でゴドリアロードという道もあり、ホテルの人はヴェナレスのハートなのだと自慢をした。私もヴェナレスのハートのホテルに泊まることになったのは嬉しく、安いのも嬉しいが、やはり西欧人がひとりもいないというのは淋しい気がするのが不思議である。インドに入って以来、ずっとインド人よりは西欧人の方にはるかに親近感を感じるのは同じ旅をしている仲間という感じからだろうが、やはりヒッピーという連帯感があるのは否めない。ヒッピーという言葉を人から呼ばれる時はそれを嫌うが、実際には私達もやはりヒッピーなのであり、ただハシッシュを吸ったり馬鹿騒ぎをするヒッピーではなく、真面目に自分及び人類のことを考えているヒッピーなのだと思う以外に仕方ないのである。

午前中ガートに行く。今日はキチョリプージャの日であり、それは夫と妻の愛が祭られる日なのだそうである。そしてタコを大人も子供もそろってあげる祭りの日なのだそうである。街中、何処へ行っても数え切れぬほどのタコが上がっており、時々糸が切れたタコが地上に落ちてくるとそれをうばいあって子供達が大騒ぎをしている。一時間も街を歩くと二、三回はそのような光景にぶつかる。糸の切れるタコなどはそんなに数多くあるはずはないのだから、逆にどれだけたくさんのタコが上げられているかということが判るであろう。

メインガートは超満員だった。大人も子供も男も女も、次々と沐浴しては眼を輝かせてあがってきた。サリーを着たまま頭までつかり、びしょぬれになってあがってくるのがインドの女の人の沐浴の仕方であり、男は腰布一枚になってやはり頭までつかる。子供も同じである。なかには泳いでいる大人もおり、子供達も泳いでいる。神聖ということが日本で考えていた感覚とは大分異なり、何もかも母なるガンガーに任せきって、母なるガンガーの故に何をしてもかまわない深い大きな途方もない信頼をこの河に対してもっていることがうかがえる。私などのような旅行者がたまたまやってきて、あこがれてきて、ホーリーという情感を味わおうと望む方がまちがっていることが判る。ホーリーということはまず楽しさなのであり、何の心配もないことなのであり、神聖なものと共に、ただそこにあるだけのことなのである。チベット人の礼拝、日本人の神聖感とは大分異なった、遊びの雰囲気がこのメインガートには溢れていた。しかしガートに至る道にもガートの石の階段にも、無数といってよいほどの乞食が群がっている。ぎっしりと乞食でつまっている。インドでは祭りは乞食のかき入れ時でもあるわけだろうが、カルカッタの乞食を体験した後でも、やはりこの乞食の群れはひとつの恐ろしいような驚きであった。たいがいはらい病でやられた手足をむき出しにしており、中にはまだ腐りつづけていてその傷口にハエのたかっている女の乞食がいたり、又逆に傷は治りきってその丸太のようにのっぺらぼうの腕の治った傷口に毛が生えているほどの男もいる。

マイクはシュリラム　ジャイラム　ジャイジャイラムをぎゃんぎゃん歌い、ボート屋の客引きの声が飛び交い、ぬれた着物を着替える男や女、その間をのそりのそりと歩く牛などで何とも言えない祭り気分にわき立っている。

一月十五日　パールヴァティロッジ

牛、犬、ロバ、山羊、ヴェナレスの街においてもこれらの動物と人間は共存している。ガートの近くには猿もたくさんいる。石造りの家のヴェランダや屋根を大小さまざまな奴が勝手に飛びまわっている。牛はどっしりとかまえ、その重量によって言わず語らずの内に存在を主張している。こちらに存在の気恥ずかしさがあると、牛と言えどもかまわずその弱点をついて自己の存在を主張してくる。ただ牛は、言葉に走らず金銭にわずらわされず、その存在の重量感によってここに俺がいると主張する。ロバはもっとひそやかである。人々が雑踏し、リキシャがベルを鳴らしてうるさく交錯している街頭で、ロバはうなだれてうつむいてエサを求めてうろつきまわる。ロバの存在の主張の仕方はうなだれた悲しげな姿によって、考え深そうな詩人のような眼つきによって為される。ああ、またロバがいると私は感じる。背中のひとつも叩いてやりたくなる。犬は最も乞食に似ている。人間の乞食は多く坐りっぱなしで動きと言ったら手を差しのべたり自分の傷口を差し示すぐらいのものだが、犬の方はうろつきまわるのが専門である。それも人間の乞食と同じように多くは皮膚病にかかり傷を負いみすぼらしく、愛犬などという思いのかけらもなく、ただ朝から晩まで軽蔑のさなかをうろつきまわっている。子供でさえ犬どもには何の興味も示さない。

金銭が合理性の終局としてある時、人間の存在の仕方はその中心に金銭へのあからさまな関心を示す。インドのように途方もない自由、混沌と呼んだ方が早い群衆の内に、ひとつの究極の原理として神と金銭とが支配している。金銭より神の方が深い位置にあることが最もインド的な特徴ではあるが、その次の位置にある金銭は神の位置が深く尊いのに比例して強力な原理となる。神は金銭に具現され、パイサパイサをめぐってすべての大衆の生活がなされる。それは日本においても変わることのない事情ではあるが、その度合いが、日本に比して十倍も時には一〇〇倍もあからさまなのである。その背後には生命がある。生命の背後には神がある。私などが観光客、或いは単なる外国人として触れる範囲のインド人は上流階級、或いは中産階級の人々は殆どなく、リキシャマンとか茶屋の小僧とか宿屋のおやじなど、或いはただ街頭ですれちがう無数の人々だけであるが、彼らの存在の主張の仕方はすべて金銭によってなされる。パイサパイサという呼び声が食べ物にも他のすべての商品にもあらわにつきまとっており、パイサをめぐって売る者と買う者の人間の対決がある。弱い主張しか持たぬ人間は一パイサの品を五パイサ、十パイサに売りつけられ、その連続の果てには乞食になる道が待っている。弱さが乞食までに至った時に、その弱さは逆に強さとなり、不動の強さを通行人に突きつけることとなるけども、人と人との関係は、まず金銭をあからさまに中心におき、それをめぐって為されるのである。店で食事をとり、おいしいものを安く食べることは大変に難しい。ちょっとでもぼんやりしていたりおいしさに酔っていたり、或いは逆に食べ物に不満を持てば、それはすぐ価格になって現われ、店を出た時に砂をかむような思いに追い込まれる。私にはヒンディ語は殆ど判らないのだから、ひとつのものを食べてもその値段は判らないし、また一々の値段をへたくそなヒンディを使って食事するのではなおのことわずらわしい。たいがいは見当で大体この位のはずだとおし測るわけだが、その見当は時に当たり、たいがいはずれる。このはずれた分だけは、この人間関係における私の側の敗北なのである。敗北がつづくとインドに対して嫌悪感を持つ。ひどい人間どもだと思うようになる。すると何かの奇跡が必ず現われ、思いがけぬ喜びがインド人の誰かから不意にやってくる。それによって今までの敗北は帳消しにされ、インドの信仰深さが、インドのやさしさ美しさが、再び前面に現われてくる。

旅行者の間でよく言われることは、インドでは怒ったら絶対に損をするということがある。実際、日々刻々のその時その時のインド人との関係のなかで、耐えに耐えた上でもなお腹の立つことが日に一度や二度はある。特に官僚関係、鉄道だとかヴィザだとか、ホテルの記帳だとかにおいては、存在自体が否定されるような目にしばしば会うので、それこそ呪いの言葉のひとつも吐きたくなるのが普通である。しかしそれを耐えることこそが耐えるということなのであり、一般大衆としてのインド人の生活感覚とはそのような非存在に等しい屈辱を日常感覚として生きることなのである。怒り反抗すれば、より強大な怒り、束縛が待ち受けており、それに対する恐怖は、例えば皮膚病だらけのやせた犬が人間に向かって怒ったらどうなるのかということと全く同じなのである。叩きつけ打ちすえられ、下手をすれば命も奪われかねない。力の強いもの、より智慧のあるもの、より美しいものは、それ自体が動かしがたい事実なのであり、その頂点にあのヒンドゥの神々が一〇〇〇年変わらぬ存在を示しつづけているのである。

怒りは怒りとして当然である。しかしそのエネルギーが外部に発散されず内なる反省として蓄積された時には、怒りは怒りとして反省は反省として、二重の果報として神々の内に登録される。神々はまさに神としての超能力を持ち、人々の心のひとつひとつの細々とした行為、心の単なる振動に至るまでも正確に記帳し、決して怠ることはないのである。だからこそ神なのであり、それだからこそ神々は何千年も変わらずに生きつづけているのである。

ヴェナレスの街の東をガンジス河が流れている。一説によればガンガーは一〇〇メートル下ってもその高低の差が一センチほどしかないのだと言う。ちょっと見ただけではどちらに流れているのか全然判らない。河面に浮いている汚物は行きかう小船やボートの波を受けて少しは動くが、川上から川下へ流れるということはない。私たちは三十分以上も河に沿って歩いたけども、どちらが上流なのかついに判断することが出来なかった。向こう岸は昔からの名前が残っているカーシーという街であるが、街というよりただ樹木が生いしげっているだけの河岸である。こちら岸には石の階段がつけられ、多くの人々が沐浴をしたり洗濯をしたり、昼寝をしたり、経を読んだり、ヨガ体操をしたりして過ごしている。街からこの石段に至る入口のようなものがいくつかあり、それはガートと呼ばれている。一番多くの人が集まり、それ故にメインガートと呼ばれている附近の宿に私達は泊まり、これからしばらくヴェナレスという街に住もうと考えている。

エゴがエゴとして正確に登録され、悲しみが悲しみとして、不正が不正としてすべて正確に登録され、ただ登録されるだけでその果報はなく、果報といえばただゆったりと流れている母なるガンガーにすべて献げられ、それ故に又すべての果報はこのガンガーからやってくる。底知れぬ聖都ヴェナレス。すべてのヒンドゥ寺院からは異教徒故に拒絶されており、神の儀式においては拒まれているが神自体は勿論拒みようもなく私達を受け入れてくれたこの街で、まず生活をし、同時に二〇世紀後半に生きるひとりの日本人として、詩人としての仕事を励むことにしよう。

出会いということを考える。

ひとつの事物、例えばロバについて。

ロバがインドにいるという噂があった。それを日本で聞いて知っていた。

カルカッタではロバには出会わなかった。ブッダガヤでもラジギールでもロバに会わなかった。ところがガヤの街では多くのロバを見た。ブッダガヤに行く時もラジギールに行く時もガヤの街を基点にしたのだから出会わないはずはないのだが、ガヤの街に二泊して初めてロバに出会った。ガヤの街で夕方、ヴェナレス行きの切符を買うことが出来ず、満身に腹立ちと悲しみをかかえて太郎と二人で宿まで帰る途中、暮れかかった裏通りにたくさんのロバがたむろしていた。低くうなだれ物も言わずじっと考えこんでいる様子は、哲学者か詩人の心の位置を見るようで心に沁みた。その時に「ギリシャ人ゾルバ」という映画のことを思い出し、ロバに乗った大男が陽気に踊るシーンを思い出して、このような悲しみに満ちた生き物に乗って陽気に踊るということがどんなに至難のことであるか、に気づいたのだった。太郎はロバに出会う度に「ロバは悲しそうだなあ」と繰り返し、道々どうしてロバはあんな格好をしているのだろうかとか、ロバはあんなに小さいのにどうして力があるのだろうかとか、ロバのことばかり話していた。しまいにはもうロバを見るのもロバのことを話すのもいやになるほどになったが、ロバは歩いても歩いてもうす暗がりにじっとしており、更に暗い所にはインド人がしゃがみこんで用を足していたり、すでに晩飯のための火を起こしてチャパティ焼きを始めていたりするのだった。そしてここヴェナレスの街にもたくさんのロバがいる。ガヤのロバは多くはつながれていたが、ここのロバは放し飼いで、牛や犬と同じようにあてどもなくうろつきまわっている。ヴェナレスではすでにロバとの出会いは日常であり、めずらしくもなく悲しみをもたらしもしない。

見ない内に見るのが噂である
見れども見ないのは縁がないのである　或いは影の出会いである
見る時に見る　これが出会いである
出会いを愛と喜びで飾る仕業をつかさどるのは忍耐である
ヴェーダの内にも歌われている
ブラフマンは最初風の噂に聞かれる
やがてブラフマンは日常の目標となる
最後にブラフマンは見られる

朝起きて緑色に塗った木の窓を開けると、裏町ながら一本の大きな菩提樹の木が見える。右の方からうすい陽がさして、梢という梢がさわさわと震え淡い光が反射している。さまざまな鳥が遊んでいるかと思うと猿の親子が現われ、鳥にまじって梢から梢へと遊びはじめる。まだ街になじまない身にとっては心を慰めてくれる風景である。皆んなを起こして身支度をさせ、順子の親父さんの遺骨の一部と、カドの髪の毛とカメラを持ってガンガーに行く。ダサシュヴァメードガートというのがメインガートの正式の呼び名である。そこで大きな花輪と小さな花輪をひとつずつ買い、お菓子を一盛り買って、少し上流のすいた所へ行く。順子が白い花が良いというので白い花を主として黄色い花が少しまじっている花輪を買ったのだった。男の葬式には白い花で、女の葬式には赤い花で飾るのがヒンドゥのしきたりだったことをちらと思い出す。花輪の上にお菓子を載せ、その上に遺骨をのせて船のようにして押し流す。河は少しも流れないので、いつまでも浮いている所を写真にとっておこうと思ってカメラを出したけども、ちょうどフィルムが終わってしまっていたので写すことが出来なかった。その内にインド人が集まってきてわいわい騒ぎ出し、遺骨は真っ白いガーゼに包みオレンジ色のひもで結んであったので何か宝物のように思ったのだろう、その内の船頭の一人が船から拾い上げて中身を調べ始めた。ノオノオとどなったが馬鹿なその男は構わずにひもをほどいてしまった。順子も怒ってノオーと叫んだ。しかし結局その男は中身が何かということが判るまではそれをつづけ、お父さんの遺骨は最終的にはインド人の船頭の手からガンジス河の中へと沈んで行った。私はシヴァのマントラを口の中で唱え、せめて一部の骨に秘められている何かがシヴァの領土へと帰ってゆくことを願った。

カドの髪の毛はシゲの部屋から出てきたもので、今もって行方が知れないままであるから、生きていることとして、インドという得体の知れない国で痛み傷つき、又強くもなった彼の心から余計な悪いものが流れ去るようにと祈って、小さな花輪をひとつつけて流した。カドの髪の毛を流した場所はお父さんの骨を流した場所とは別の場所である。

ガートの横の茶屋で石段に腰かけ、五人で茶を飲む。インドの茶はチャイという名で、ミルク紅茶に様々な香料が入れてあるもので安いしおいしい。一杯が十円前後で一日に三杯か四杯はこのチャイを飲んで過ごす。今日の最初のチャイはガンガーが朝日を真横から受けて光っているのを眺めながら飲んだわけだった。拡声機は朝から大声で歌っているし、ボート屋の客引きも相変わらずうるさい。寺の鐘が時々カーンカーンと鳴らされる。鐘の音は大変に気持ち良いものである。鐘が鳴らされると心がひきしまる感じがする。普通のヒンドゥ人が勝手にもうでては鳴らすのだが、鐘が鳴る時はガンガーもまた鳴るのであろう。

マザーガンガーは暖かい血のかよった女神である。私がマザーガンガーを思えばすぐに背中と脇腹の辺りを暖かい血潮が流れるのが感じられる。落ちついた気持ちの良い瞑想ができる。しかしマザーガンガーの本当の姿はもっと深くもっと底知れないものであることも少しずつ感じられてくる。この街にきて今日でまだ三日目である。インド人達は私が瞑想によって至るひとつの場所をすでに日常生活として住んでいるのだから、彼らが瞑想をなす時にはどこまで深く入ってゆくのか判らないところがある。ひとりのごく普通のサドゥが瞑想している時、私から見ればそれほど深い境地にいるとは思えないけども、ヴェナレスという街、ガンガーという河に対する愛着ということになれば私などは彼らの足元にも及ばず、たしかに単なるツーリストとして側を通ってゆく他はないのである。

寺の門はひとつも開かれない。異教徒禁制の掟がきしっとしきつめられており、どの寺からも呼び声はかからない。今日の午後、マネーチェンジに行く途中に網の目のように張りめぐらされたヴェナレスの裏街をとおって行って、古くからあるクリシュナテンプルの庭に出た。その寺の裏にはひとつの小さな窓があって、かつて、この寺の地下室でトゥルシダス（詩人）が彼の代表作品のひとつを書いたということが記されてあった。今のところはそれだけしか寺の門は開かれていない。古い寺はすべて異教徒には禁じられており、新しく出来た寺のみが開かれているそうである。それはインドの最後の智慧かも知れぬが、もしそうだとすれば、ヒンドゥ教が世界宗教のひとつとして万人の信仰の対象となる日は遠いという気持ちもする。又同時に、秘すべきものを持つヒンドゥ教の事実に余計に心が魅かれるということもある。

順子はシャツ二枚とアルミの中皿一枚を取りかえてくる。昼食のトマトとバナナにダヒ（ヨーグルト）をかけて作ったサラダは大変においしかった。一日に一回は、チベット人の主食であるツァンバーを食べ、一度はインド人の主食であるチャパティかプディを食べる。

ゆうべの夢にチベット人の例の部厚い暗赤色の僧服を着た坊さんが出てきて、私の魂をしっかりと導いてゆく姿を見た。私の内においてもっとも重くもっとも深い部分において、彼が私を導いてくれるのだった。そのせいか、今日ヴェナレス人の家でチベットのタンカを一枚買わされることになり、余り良い品物ではなかったが買ってしまった。ヴェナレスに住みながら私の心はどうもチベット人、ネパール人の方に魅かれ、そこに信仰の安住の地を見出しているようである。

一月十六日　パールヴァティロッジ

今日は色々なものを買った。まず炭をおこすコンロ、鉄製の頑丈なもので三ルピー半。それからチャパティなどを焼くフライパン、これが三ルピー、アルミ製のやかん六ルピー、そしてここのホテルのマネージャーと交渉して月一二〇ルピーで一ヶ月の間ここの部屋を借りることにした。先払いである。

久し振りで湯をわかし、持ってきた日本茶を飲んで、子供達にはコブ茶を飲ませくつろいでいるところにホテルのマネージャーがやってきて六五ルピー貸してくれという。明日返すというので一応紙に書かせて貸すことにした。不愉快極まりないが、これもインドの旅である。木炭コンロは彼の好意で買ってもらったのであり、もし彼が教えてくれなければ私達は石油コンロを五十ルピー以上も出して買う気になっていたのだから。私は大いに彼に感謝し、部屋代の方も一日八ルピー、普通の人は二ベッドでも十ルピーとられるところを、三ベッドで四ルピーにまで下げさせたのだから、六五ルピーぐらいなら貸してもよいという気持ちになったのである。明日が楽しみなところだが、このように心にちょっとでもすきがあると、そのすきに真っ直ぐに切り込んでくるのがインド人のやり方である。心をよほど強くもち、冷酷の仮面をかぶらないと、日本式の情緒で関係を持つと、ひどい目に会うこと請け合いである。インド世渡り入門の第一は情緒で関係を持たぬこと、決して弱みを見せぬこと、である。そしてこれは世渡りというと安易なようであるけども、生きるということに直接に侵入してくる毒なのだから、寸分のすきもあってはならぬということなのである。私の現在までの生き方には情緒によって無言の内に了解を取り付けるという部分が大きな割合を占めていたのだが、インドという国においては少なくともそれは出来得る限りにシャットアウトされているのである。情緒の部分はすべて神に任せてあるのであり、人間のこの世で為すべきことはカルマ即ち現実行為以外にはないのである。情緒はぴたりと切り棄てねばならぬ。情緒があってはならぬというのではなくて、どのように深い情緒であってもそれに溺れ、甘えてはならぬということである。悟りを得るための正しい行い、正行《しょうぎょう》というのがこのことに当たる。正しく行なうこと、それをわけても私は学ばねばならぬ。一日一日が或る意味では危険極まりない旅である。ちょっとでも油断があればそのつけがすぐさまにまわってくる。それは日本においても何処においても実はそうなのであるが、日本の場合であればそのつけは直接に眼には見えぬ形でまわってくるだけなのだが、ここインドにおいてはあからさまに物質で、パイサでまわってくるので、そのことがいやが上にも判らされてしまうのである。結局、この国において力となるものは真実以外にない。真実は真実として貫きとおされ、唯真実の清らかさと真実の重味のみが本当に通用してゆくのである。真実は切れ味鋭いものであり、ダイヤモンドのように貴重な重いものであり、切羽詰まったものであり、嘘のないものであり、青天白日のものであり、何よりも静かな清らかなものである。そのようなものをインド人は聖なるものと呼び、聖なるものには心からの献身を惜しまないのである。

今日マネージャーにあなたの仕事はサービス業かと聞かれ、成程とうなづくと共に、ずい分がっかりもしたのだった。学生時代に八嶋という一年先輩の男に、山尾は外交家だと言われてかんかんに怒り、俺が外交家なら他のすべての人間は外交家だと日記に書いた覚えがあるが、そのような表面の笑顔、表面の情緒を持って生きてきたことに私ののっぴきならぬ甘さがあるのである。インドはそのような表面のテクニックが通用する国でないことを、今日は身をもって思い知らされたわけである。

茶をわかして飲むということは素晴らしいことである。旅をしてそのことがよく判る。日本を出て以来自分達で湯をわかして飲んだのは今晩が初めてである。それもインドの炭、インドの木炭コンロ、牛糞で火をつけてホテルの部屋の中で湯がわいているのである。それだけのことで心に自然にうるおいが出来、子供達は満足して眠りについている。カルカッタに最初についた時にはまず水が飲めなかった。色々な噂を聞いていたので恐ろしくて飲めなかったのだ。それが自由に生水が飲めるようになった時にはずい分とうるおいが生じ、足が地についた気持ちがしたものだった。それが今度はお茶である。これから毎日湯をわかし茶が飲めるのかと思うと、嬉しくてわくわくするほどである。

ヴェナレスの街はじわじわとせまってくる。最初ちょっとなあんだという感じがあったのが、一日一日と、その重量感と深味を見せ始めている。母なるガンガー、カーリー神の都、シヴァの都の面目が一日一日と見えてくるようである。こんな所に一ヶ月も滞在する気持ちになったのかと思うと一方では恐ろしいような気持ちもするほどである。心を引き締めて真正な信仰に生きないととんでもないことになりかねない。

ヴェナレスの中心はガンガーである。インドの母と呼ばれるこの河の流域で最も高い信仰をかちえているのがこの街である。そしてヴェナレスそのものはシヴァの都、創造と破壊の主であるシヴァの都である。それ故に又、そのシャクティである女神カーリーの都でもある。カーシーの王シヴァ、カーシーの女王カーリーと古くから歌にも歌われ、何十万というヒンドゥ教徒が一生に一回の聖地巡礼のために、又時にはこの都で死ぬためにやってくるのである。ヴェナレスで死ねばシヴァの領土に昇天するという言い伝えがあり、ヴェナレスで死ぬことはヒンドゥ教徒の心の奥の誇りでさえあるのだ。だが一見しただけでは、在来のヒンドゥ寺院が異教徒には閉ざされているのと同じく、この街にそのような聖なる何ものかがひそんでいるようには思えない。ただガンジス河が流れ、人々が沐浴し、祈りを献げている姿が眼に入ってくるぐらいのものである。だがその姿の中にまぎれもなく二〇〇〇年、三〇〇〇年というヒンドゥの歴史が続いていることを思えば、こうして、メインガートのすぐ側のゴドリアと呼ばれる中心地域のホテルに身を置いてこれからじっくりと生活を始めるのだから、願っても得られないヒンドゥ教研究の機会が訪れたのである。

今日は五人の男にかつがれて行く、花も飾りも何もないシンプルそのものの葬式に出会った。彼らはサッチャラムハイ、サッチャラムハイと歌って、走るように死体をかついでいった。

アッシガートまで行き、六年間インドにいるというイギリス人に出会った。彼の紹介でもう少しで月九十ルピーの家を借りられそうだったが、失敗に終わった。ヴェナレスはゴドリアに決まった。

一月十八日（金）　パールヴァティロッジ

おとついホテルのマネージャーに六十五ルピーを貸した。夜突然やってきてどうしても必要なので貸してくれという。明日の十二時までに返すという。最初断ったが勢いにおされ、一応貸し証文だけは書かせて貸してしまった。それできのうは一日中そのことにかかわってしまった。昼頃やってきて夜の七時か八時まで待ってくれという。金を借りているという後ろめたさなど微塵もなく横着な態度に腹が立ったが、とにかくインドで腹を立てたらその方が負けだと、がまんにがまんをして夜になった。九時になっても持って来ないので、とうとう下へ降りて行き、返せと迫った。客が来ていてその客も口添えをして、もう三十分待ってくれという。何やらあやしい雰囲気もあり、私としては戦闘の心がまえまでして待っていると、三十分ほどして一人でやって来て六十五ルピーを返済し、証文を焼いておやすみを言って帰って行った。返してもらって当然の金であるから当然のことである筈なのだが、心はやっと落ちついてきのう一日のゲームの終わりをかみしめた。恐らく、私は宿に泊まっている客としては法外の信用を彼に与えたのであり、又彼としては返さない気になれば何とかごまかせてしまうものをやはり返すという行為をもって応えたのである。私にとっては現実には何の利益もないゲームであったが、まる一日を費やして戦ったあの戦いには多くの学ぶべき点があった。ひとつには気弱さから行為をしてはならぬということ、ひとつには無理な信頼とか友情とかは結局ゲームにすぎず何の役にも立たないということ、しかしそのような行為をしてしまったからには、その上に立ってしっかりと戦わねばならぬということなどである。

それにしてもインド人の欲望への迫り方には実に恐るべきものがある。日本で今までは何百人というフーテンとつき合い、金に困っているものにも数限りなくつき合ったけども、あのようないやな形で金を貸し、しかも返してもらったということはかつてなかった。ナナオ*が最初に出会ったころに、一〇〇〇円くれと迫ってきたことがあったが、その時には断った。それがこのような外国で何の関係も格別にはない人間に迫られて思わず貸してしまったのだから、インド人の迫り方のすさまじさを思い知らされると同時に、私の姿勢がこの国において如何に低い位置におかれているかが判るというものでもある。彼には結局、油切れのライター二個をあげ、腕時計一個を七十ルピーで売り、笛一本をもらい、ホテル代を一ヶ月一二〇ルピーほど安くさせたのである。しかし、きのうの事件をもってひとまずマネートリップは終わりを告げたようである。ヴェナレスへの入場料を払ったのである。

火が入り、食器類も一応仕入れ、米を買い小麦粉も買って自炊の態勢が出来上がり、やっと腰を落ちつけて住むことが出来るようになった。ヴェナレスの心臓ゴドリアの一角に、何のことはない新居を持ったようなものである。今朝は起きると同時にガンガーに行き、河向こう正面から昇る朝日を拝んだ。太陽のまわりにやわらかな色彩の虹もようが見えた。朝はまだかなり冷えこみ、すでに路の両側に並んでいる乞食達はがたがた震えているのだが、それでもたくさんのインド人たちは次から次へとガンガーに入り、気合いを入れて三度あるいは六度ほど頭までつかる。女の人もたくさん居り、その場で乳房を見せながら着替えをする。母なるガンガーが乳房を見せてくれるのだと思う。ちょうど去年の夏伊豆に行った時に海女が着替えをする時あらわに乳房をさらすのを見て、海がその乳房を見せたのだと感じたのと似た感動がある。インドの女の人の乳房は絵や彫刻で見るのと同じくこんもり丸々と盛り上がっていて美しい。

やわらかな朝の光の中で拡声機からはすでにシュリラム　ジャイラームのキルタンが流れ、花輪売りは花輪を売り、茶屋は茶を売り、サドゥ達はサドゥの仕事である瞑想をしている。恐らくアメリカ人の観光客らしいカメラを満載した船が一そう近づいてくると、一人のサドゥがやにわに立ち上がり、太陽に向かって堂々と両手を広げてみせるポーズをとったのには笑ってしまった。しかしそのようなことをしても単純な根が見えすいていて少しもいやらしくなく、むしろ好意をさえもてるから面白い。確かにこのヴェナレスの街には真のサドゥと呼べるサドゥはいないであろう。ヴィヴェカーナンダが真の聖者と呼び、無名でただひたすら瞑想の内にあり、彼らが支えている瞑想の重さに比べればシャカやキリストは二流の聖者であると呼んだ、そのような聖者はこの街にはいないであろう。私とてもそのような人に会えるとは期待もしていない。だが、額に仰々しく色を塗りつけ、杖を持ち、数珠をぶら下げ、公認のサドゥのいで立ちをして歩きまわっているこれら一人一人の無一文のサドゥは、種も仕掛けもない本物のサドゥである。彼らの持つヴァイブレーションが高かろうと低かろうと、又強かろうが弱かろうが、そんなことには何の関係もなく、彼らの肉体と心がまさに無一文で神に献げられているという一点において、私達のような金をもって旅をしている人間には及びもつかない世界があるのである。一見すればサドゥなのだか乞食なのだか見分けもつかないほどだし、実際彼らはお互いに仲が良く、たき火をかこんで話し合っている時などは、別

＊——ナナオ・サカキ　「部族」の精神的リーダー。五二年から五三年にかけて山谷で暮らすが、この頃から決して生活のために働くことをしなかった。アレン・ギンズバーグやゲーリー・スナイダーと深い親交があり、世界各地を放浪し、詩を書く。二〇〇八年、逝去。

に区別して考えることもないのである。サドゥとて神の恵みによって肉体を維持している点では乞食と何ら変わることはないのである。だが神の讃美をするという点においてサドゥはどうしてもサドゥであらねばならぬし、手を差し出しバブーと哀れな声を出さねばならぬ点において乞食であらねばならぬのである。

ガートでも街でも彼ら二流三流或いは四流のサドゥ達に出会うと、不思議に心がなごむ。四流ともなると乞食と実質的に殆ど変わりがなくちょっと身がまえるけども、彼らに共通して流れている不思議な心のやさしさとでもいうべきものが、その身なりがどんなに突飛で汚れていようとも、見知らぬ他人の中を旅して歩く身には、オアシスのように自然に伝わってくるのである。思うに、だからこそ彼らはサドゥなのであり、サドゥとして生きてゆけるのであり、生きてゆくのであり、確かにヒマラヤ山中で瞑想にふける本物のサドゥに比べれば瞑想の位置は低いかもしれないけども、そのような一人一人のサドゥの中に世界の重さを支えるに充分な覚悟と努力が潜んでいるのであり、それこそが、その二流さ三流さこそが、シャカもキリストも及びつかない、或いはシャカともキリストとも同等の神性の顕現なのである。

夕方又ガンガーに行き、次第に夕闇の降りてくるガートに坐ってしばらくやさしい瞑想に入り、帰ってくる途中に思ったことは、ジャータカの中に出てくる小鳥の話であった。森が火事になった時に一羽の小鳥が泉から口ばしに水を含んで運んでいる姿を見て、何をしているのかと神が聞くと、森が火事なので私は私の出来ることでその火事を消し止めようとしているのだとその小鳥は答えて忙しそうに飛んで行った。神はその姿を愛《め》で、雨を降らして森の火事を消したというような話だったが、このごろ私の気持ちの中にはその小鳥の姿勢というものが、理想的な行為の姿として深く入りこんでおり、我田引水のようではあるが、小さなものへ小さなものへと心が動いてゆくのである。勿論この道も同じく険しい道である。何故なら小鳥が水を火事にたらす姿は美しいけども、小鳥ゆえにいつその炎に巻きこまれて焼け死ぬか判らないからである。この話の恐ろしい点はそこにある。身をもってする行為のわりにその効果は殆どないという絶望が、美しい光景の背後に隠されている。そしてジャータカの中にはもっと恐ろしい話が幾らでもあるが、この話が私を魅くのは、神がその行為を愛でて雨を降らして火事を消したという現実の結果と、神がその行為を愛でたという自己の救いにあるのである。

救いのない泥沼を求めるには正直に言って私は年を重ねすぎたし、そのような姿勢が結局はただの泥沼にすぎないということを認識しもした。救いのない泥沼という刃を突きつけられる時、私の内なる青春の血はまだ戦闘する力を持ち合わせてはいるが、その力故に、私は多くの現実、わけても三人の子供の父親であり、夫であり、世界の一員であるという事実を失いつづけてきた。そのような事実を失いつづけるという力により、これまで現実を見下ろし、現実より一段高い所に立って生きつづけてきた。

だがそのような旅はインドへ旅立つ前の段階で終わってしまった。一段高い所から現実を見下ろすという姿勢に絶望がおとずれた時、私は我にかえり、私自身の旅を取りもどした。だが過去を否定する必要は少しもない。私はそのように生きてき、それは私の生き方だったのだ。現実は愛されるために絶えず否定されねばならないし、逆に否定され乗り越えられるためには愛されなければならないのだ。まさにガンジスの流れのように悠久につづくこの流れの繰り返しこそが生きるということの内実であり、この内実は平和という名で呼ばれなければならない。

ヴェナレスは美しい街である。

この美しさはガンジス河という聖なる河からやってくる。何故ならこの街にいる限りガンジスを想わずにはいられないし、ガンジスを想えば乱れた心も波打つ心も腹立つ心も愚痴をたれる心も癒されてしまうからである。それは眼には見えず心にすらもはっきりとは感じられない。ただ心が乱れ悪く陥りそうになる時、想いは自然にガンジスに向き、オームガンガーと低くつぶやけば、知らぬまにその波を乗りこえてしまうのである。私が知った聖なる街という聖性はまずそこにある。今日の夕方は短い時間であったがメインガートのサドゥ達にまじって坐り、日が暮れて星が光り始める時に出会った。ちょうど真向かいの向こう岸の暗闇から見馴れたオリオン星座の星々、シリウス星も昇ってき、川面《かわも》のところどころに火をつけた船が行き、この岸辺からはなんの祈りかさだかではないが、ローソクを灯した小さな竹のかごのようなものがひとつふたつと流されて行った。川面の暗闇に浮かぶローソクの火は、神に献げられる魂そのもののように美しい、幾分悲哀を秘めたおもむきがある。私の心はもはや決して浮き立つことはないが、浮き立つことがないという絶望がなんの重荷にもならず、逆に嬉しい永遠の事実となって胸の内にひとすじの明るさ、まちがいのない明るさを灯すのである。身を献げるということのもつ明るさがひとしずくの涙となって胸の内を流れ、オーム　ガンガー　ナマステと低くつぶやき手を合わせる。そんな行為がなんのこだわりもなしに自然に行なわれるのはガンガーの愛の深さ、ガンガーに対する人々の愛の深さのおかげである。

ヴェナレスの街が持っている不思議な優雅さ、やさしさ、明るさといったものはすべてこの河の流れと人々との信仰による結びつきから生まれてくるものである。そして背後には私が入ってゆくことを許されないいくつかの大きな寺院、ヒンドゥの伝統を守りつづけている沈黙している寺院の力がある。ガンガーは母なる故にすべての人間を受け入れるけども、寺院は父である故に、闘うべき外敵をもっているのである。そして今日の私には、その父なる寺院の沈黙も拒絶も故あるものと理解され、かえってそれを大切にしようとさえも思うのである。

一月二十日（日）

順子の咳がひどくなっている。夜も昼も激しい咳がでる。ブッダガヤで私が取りつかれた咳と性質がよく似ている。かなり悪性なので薬局に行き薬を仕入れる。ドクターなにがしという人が紙に順子の名前と年齢を書き、症状を書いて、それに対する処方成分を十種類ほど細かく書きこみ、それを調剤して出してくれた。ガラスケースの上には聴診器も置いてあり、ライターでシガレットに火をつける仕草も信頼感を与えるものだ。薬剤師というものはせめてそのくらいの威厳を持たなければならない。芝居じみていなくもないが、三日分十ルピー七十五パイサという値段でぴしゃりとそのような甘さをはねつけてしまう。ナマスカールという言葉も堂々としていて優しい。インドの薬だからきっとよく効くだろう。

子供達は三人とも元気で大飯を食べる。五日市（東京都）でぶすぶす文句をつけながらようやく茶わん一杯分の飯しか食べられなかった太郎も次郎も、今ではどんぶり一杯分ぐらいは軽く食べてしまう。大人と同じ量だけを食べないと気が済まない感じである。釣られてラーマまでが「もっとちょうだい」という言葉を覚え、つぎ足してやらないと怒り出す。三度三度の食事が最大の楽しみになっている。

太郎、次郎にとって楽しみなのは、牛をはじめロバや猿や馬などの色々な動物が放し飼いにされてうろつきまわっていることである。始めは牛を恐がっていたが今ではすっかり馴れて、牛がのそのそ動きまわっている街の生活を結構楽しんでいる。同じように街をうろついている山羊が肉屋に行くと頭を切られて転がっているのを見て、最初は驚き恐れていたが、今ではその道理も判って、次郎などは肉をあまり好きでもないのだが山羊の肉を食べたいと言う。今日肉屋の前でちょうど山羊が首を切られる直前のところに出会い、二人とも興奮してのぞきこんでいたが、いざという時になって店の人がドアを閉めてしまったので、その瞬間を見ることは出来なかった。又、インドでは猫はかなりめずらしいのだが、今日はその猫の死骸をなわでくくって道を引きづって行く乞食の婆さんを見た。二人とも、あっ猫だと叫んで、次にはその猫をどうするのかという疑問にかられてしばらくは後をついて行った。きっとガンガーに流すのだろうと言っておいたが、もしかしたら食べるのかも知れないとも思った。

何処へ行ってもそうだが、ヴェナレスの街でも甘いお菓子を至る所で売っている。すべて手製のもので、ミルクとバターと砂糖がたっぷり入った見るからにおいしそうなお菓子である。大人が見てもおいしそうなのだから子供の眼には何層倍もおいしそうに見えるのだろう。値段は一個が二十パイサから二十五パイサで、決して安くないからたびたびは食べられないが、日に一度ぐらいは何かの甘菓子を買ってくれる。彼らにとってはそれがインドの楽しみでもある。大人にとっても食べることは非常な楽しみで、何を食べてもどういうわけか非常においしい。抑制しないことには餓鬼道に陥って、ありとあらゆる食べ物を食べあさることになりかねない。

今日は初めて太郎と次郎だけで買い物帰りの袋を持たせてホテルまで帰らせた。地理がやっと足につき、自分の街になってきはじめたのだ。甘菓子には無数の蜜蜂がたかっている。面白い光景である。甘菓子の中には砂糖とバターとミルクと小麦粉をこねて蜂蜜づけにしたものが二、三種類ある。その甘菓子に蜜蜂がたかっている。蜜蜂と人間がまさに共存共栄している。店の者は蜜蜂がたかるに任せてその味のおいしさを強調している。蜜蜂は蜜をもらう。

ラーマはやっと赤ちゃんではなくなりかけている。もうそろそろ二歳だから当然のことではあるが、自分は赤ちゃんではなくなったという自覚があってそれがいじらしい。最近はすぐに泣く。最後の赤ちゃんが泣き虫の顔を出す。泣いてはいけない！　と叱りつけると、ハイという。ハイと言って泣きやむ。太郎、次郎を連れて外出しようとするとオエモイクと言ってついてくる。ラーマにはインドという意識は全然ない。なくて良い。三ツ子の魂となって大きくなった時に実るだろう。太郎、次郎には、これがインドだという気持ちが強烈にあって、毎日毎日何をするわけでもないのに少しも退屈していない。飯を作るのを手伝ったり、買い物について行ったり、食器洗いを手伝ったりしている。屋上へ行って猿が出てきた時には二人とも興奮して眼を輝かせていたものだ。よく食べよく眠り目覚めている時には驚きの連続だから、まずは非常に健康な生活をしているということが出来る。

順子の咳が心配である。咳そのものはいずれ止まるのだから大したことではないが、ヴェナレスに来てそのような状態に陥ったという事実が非常に心配である。旅はこれから深まる一方である。旅をするのでなければ咳は止まらないのだ。旅をするとは信仰を深めること、信仰を深めることとは礼拝によってその対象にエゴを、エゴの命を献げつくすことである。

今日は日曜日でゴドリア附近の商店は殆ど休業している。屋台と映画館が大繁盛し、人々はガートへとどんどんつめかけてくる。インド人の遊び、楽しみは何だろうかと思って少し気をつけてみると、ひとつには茶屋に坐って一杯二十パイサのお茶をゆっくりと飲むことである。ひとつか二つの甘菓子をつまむのもその内に入る。家族連れもいるし、友達同士もいる。ひとりでひっそりと静かに飲んでいる老人もいる。茶屋は、屋台の茶屋もいれれば殆ど一〇メートルおきぐらいにあって、ただ椅子を置いただけの店は上の方で、路上にれんがをひとつ置いてそれを椅子がわりにしている店があり、たいがいは立ったまま素焼きの茶わんで立ち飲みをし、飲み終わるとそれを地面に放り出して割るのが普通である。街を歩いていると至る所にこの素焼き茶わんのかけらが転がっている。足で踏めば粉々に砕けるほどもろいもので、二、三日も踏みつづけられればやがてもとの土に戻ってしまうような代物である。一回人が使った茶わんは不浄のものとして決して二度とは使わない。太郎がたまたま割れていないのを見つけて拾った時に、一人のインド人がやめろと言って叱りつけたのでそのことが判ったのである。ひとつひとつの品物を、例えばマッチの軸一本をそれこそ貴重品扱いするインド人がこの素焼きの茶わんだけは惜し気もなく投げすて、パアーンという気持ちのよい音を出して割ることを楽しんでいる様子さえ見える。

もうひとつはタコ上げである。日曜日になるとヴェナレスの空に上がるタコの数が普段の日の数倍にふえる。子供だけでなく大人も、竹で作った大きな糸巻きを道具にしてたこ糸を巻きこんでタコ上げしている。タコは殆ど正方形のものの対角線に十字にひごを張っただけの単純なものである。色紙を使ってあるが絵もなければ模様もない。尾もつけない。それでも一〇〇メートルも上がっているタコが少なくない。タコ上げしている子供や大人を見ていると、何とはなしにタコを上げるということの意味まで感じられる。それはまさに高く上げる遊びなのであり、無邪気な罪のない上昇の遊びなのである。子供は尚更無心、大人でも子供のように無邪気に熱中している。

もうひとつは映画である。私などが小学生か中学生の頃に、日本全体をおおっていた映画熱が思い出される。ホテルの前の映画館は毎晩十一時すぎまで朗々とトーキーの音を放ち、館内の歓声が私達の部屋まで聞こえてくる。夜はだからこの映画館から聞こえるトーキーの音を子守り歌に眠るのである。映画が終わって観衆がどっと出てきた時に出くわしたりすると、まるで幸せの渦の中に巻きこまれたようなものである。どの顔もどの体も満足した幸せの上気を放っており、その群れの中に入れば自然に私も幸せな気持ちになるのである。しかしこの映画も何年か前まではクリシュナやラーマの物語を借用したものが圧倒的に多かったそうであり、現在は同じ恋愛物語でも神の出てこない恋物語であり、看板を見る限りではピストルとか銃とか剣とかの凶器が描かれ、格闘シーンの絵も多い。カルカッタでもそうだったが、街を歩いていて、銃をこちらに向けている映画のポスターを見るとはっとし、次には心が暗くなるのを覚えるのである。ホテルの前でやっているのも活劇ものらしくて時々大歓声があがり笑い声があがり、それが手にとるように私の部屋まで聞こえてくるのである。

あとはホテルの前の石段で夕方になるとチェスをしている老人達を毎日見る。それを見物しているものも混じえ、毎日五、六人のグループが二組、夕方になるとチェスをやっている。

今日はやっと少し納得のゆく瞑想ができた。ダルマの顕現としてのガンガー、仏教、ウパニシャッド、ヴェーダの名前も久し振りに思い出された。空は少し曇っていたが星は見ることが出来た。そう言えばこの十五日かに彗星が現われるというニュースを聞いたのに見るのを忘れてしまった。瞑想を終わってメインガートの向こうの出口から帰ろうとしたら、ひとつのお堂があってそこで夕方のプージャをしていた。今までそこにお堂があることさえ気づかなかったのだから不思議である。美しいガンガーマーが祀られてあった。ヴェナレスにきて初めてプージャに出会った。終わりまで一緒にプージャした。皆んなで一緒にお堂の中でジャイマー　ジャイマー　ジャイジャイマーと歌った。私はよく声が出なかった。線香の煙を頭にいただいた。

一月二十一日（月）

街には大きなバンヤンの樹、又は菩提樹の樹がところどころに高い梢を広げている。根元は二かかえも三かかえもあるような大木である。今は冬だから真っ昼間でもない限り日陰を求めることはないが、これが春になり夏になったら、大樹の広げる木陰はどんなにうれしい休み場所になるだろうかと思う。樹の根元にはたいがい神が祀ってある。樹そのものが祀られている場合もあるし、シヴァリンガムとかハヌマーンとかカーリーが小さなほこらの中に祀られている。大木というものは

日陰を与えてくれるというような実用性を離れても、何故か嬉しく豊かでたのもしいものである。そこに神が祀られてあれば、神と樹自身の神性がぴったりひとつとなって、なつかしいようなほっとするような信仰の対象となる。まして壮大なヒンドゥテンプルに入れてもらえない身にとっては、ところどころに枝を広げるこの嬉しい大木の神に心からの祈りを献げることが最初の礼儀というものである。日本で言えば地蔵さんのような感じでその前に立ち軽く手を合わせるだけで、この土地とこの土地の人々に仲良くしてもらえる気がするのである。そして大木の下にはたいがい小さな茶店が出ている。木の縁台に坐って一杯二十パイサ（八円）の茶を飲みながら、枝から枝を移り遊ぶめずらしい鳥たちを眺めたり、時には猿の親子が渡っていくのを眺めるのは、心のなごむひとときである。

今日は一日中アッサムのヴァイシュナバ派運動の創始者、シャンカラデーヴァの伝記を読んでいた。日暮れ少し前にガートに行くと、サドゥの一人が親しみをこめて、祈りに行くのだな、という仕草をした。合掌して別れる時、彼の眼が非常に美しく微笑した。そのことは孤独なヒンドゥ教愛信者である私には大変にうれしいことだった。ガートで瞑想していると、自分は仏教徒であるという固執が非常につまらないものに思えてくる。仏教徒であることは確かであるが、それではヒンドゥ教徒ではないかと言われればそんなこともないのだ。この約十年間、私の祭壇には観世音菩薩と並んでヒンドゥの神々が祀られてきた。多くのヒンドゥのマントラを覚えているし、ヒンドゥの様式に従った礼拝もしてきた。そして何よりも、ヒンドゥの神々を私は心から愛してきた。ナーガを始めとする私の周囲の友達があまりにヒンドゥに熱中するせいで、私はそのひとつのリアクションを受け持ち、仏教をどうしても取り入れねばならぬことになっているが、仏教とヒンドゥ教の融合というような必然的な要請を私自身のテーマとして持っているのである。今日はカビールという詩人が終生をかけてヒンドゥとモスリムの融合に心をつくしたという事実を知って、ますますこの感じが強められてきた。ヒンドゥと仏教の融合ということを思うと、自分の仕事として希望というか明るい光がぱっとさしこんでくるのである。仏教の慈悲とヒンドゥの愛が手を結べば、これは本当にすばらしい世界の姿となる。それは元より非常に困難な仕事であり、下手をすればどっちつかずのものになってしまう恐れもあるが、私自身の基本的な立場が原始仏教にあることはたしかであり、それは同時にヒンドゥのヴェーダの世界と殆ど並行している。私の信仰の対象、即ちイシュワラは観世音であり、法はブッダその人であるが、哲学はヴェーダンタ哲学をもって真実とする。もともと仏教自体がヴェーダンタ哲学から生まれたものであり、その意味では、究極の法はヴェーダンタ哲学なのである。汝はブラフマンであるという一句の内にすべての思惟、すべての信仰、すべての法は結局収斂《しゅうれん》される。

今日はどういうわけか焦燥にみちた日であった。シャンカラデーヴァを読んでいる時には落ちつくのだが、昼のチャパティを焼く時には順子を、夜、子供達を眠らせる時は子供達を、それぞれ相当にひどい勢いでどなりつけずに居れなかった。インドでの生活になれてくるに従って、日本的なというより定住者的な安堵が顔を見せ始めて、それがたまらなく目ざわりなのである。夜、レストランに行って久し振りにコーヒーを飲む。

一月二十二日（火）

心の風景　その一

ベッドの上に寝て
猿よけにはめられた鉄格子の窓ごしに
ヴェナレスの青い空を見ている
日がな一日鳴りひびく街の喧噪
行列の騒ぎも　子供の叫び声も
物売りのよく通る美しい声も　そこにはなく
ただ静かな青い空があり
点のように小さくゆっくりととんびが飛びまわっている
私は軽い熱風邪に冒され
透明な鼻水をたらしながら
その静かな青い空ととんびの舞うさまを眺めている
それはまるで二十年も前の心の風景と少しも変わらぬ
至り得ぬ世界の啓示であった

クリシュナ
涙は光となって舞いつづけ
時はようやく午後の終わりに近づこうとしている

心の風景　その二

大いなるものの青い大いなる御足の下で
ただ生きてあることが
ヴェナレスの裸足の人達の希みであり　私の希みでもあるように思われる
音楽があり　叫び声があがり
悲惨のさまは数も知れない
いたずらに猿は洗濯物を持って逃げ去り
その空の奥でとんびは日がなゆっくりと舞っている
憧れることをやめ
おもいわずらうことをやめて
母なるガンジスの岸辺に立てば
悲惨の涙は響きわたる鐘の音となって空に昇り
その音に奪われた魂は

帰るすべもなくなってただ生きてあるだけのものとなる
ただ生きてあるものの心はあてどもなく
大いなるものの大いなる青い御足の元で
祈りに満たされてあるほかはなく
ただ死んでゆくばかりである
クリシュナ
静かにただ死んでゆくことができれば
あなたの慈悲が
今日もきのうの如くに
空の果てで青い光となって輝いているのがわかります

心の風景　その三

地平線のあたりから
ひたひたと夕闇がおしよせてくるとき
いつしかインド人の姿となって
破れ草履に布きれを身にまといガンジスの岸辺に坐る
ガンジス河は湖のように静かで

流れるとも見えず
苦しんでいるとも歌っているとも見えない
朝日が昇り去っていったその同じ場所から
大いなるシリウス星が昇り
その輝きは夕闇が濃くなるにつれて強さと静かさをます
ラームラーム
ラームラーム
ヒンドゥの神の中でも最も深い悲しみにみたされた神
ラーマの御名がこの岸辺から絶えることはない
魂を奪われたものが夢の如くにたどりつくこの岸辺で
今　高々と鐘が鳴り
その音は
さらに根こそぎ魂を奪って天上へと昇ってゆく
坐っているだけでふらふらだ
意志は理性はどうなるのかと問えば
暗闇の中にうずくまる幾百人ものらい病の乞食達
乞食達と変わらず魂を失いつくして無一文となった聖者達が
この新米の旅人を無関心の眼で射すくめる

ガンガー
あなたは旅人の魂を奪うために何千年も美しい絹のサリーを身にまとい
その岸辺に坐るものを
二度と環らぬ永遠の旅へと送り出してきたのだ
憧れてその岸辺に来るものは
この岸辺こそはこの世から永遠へと旅立つインド永遠鉄道の始発駅と知ってくるがよい……
眼を開けば
とっぷりと暮れた河の面に　今日もまた幾つかのひとつ十パイサの灯明が流され
その光は奪われてゆく魂の最後の叫びのように
物言わず打ち震えて
長い尾を黒い水の上に映し出している

一月二十三日（水）

ロバに乗った女神の絵を見る。店の人にこの女神は何という名の神ですかとヒンディ語で尋ねたら、シッタラデーヴィだと答えた。それ以上のくわしいことは判らない。

昼間、ハリーハリーと唱える。

夕方、ラーマラーマと唱える。

ヴェナレスの人たちと不思議な親近感を感じる。言葉は通じなくても、おいとかやあとかいう感じで視線を交わすことが出来る。

夕闇の瞑想で、ガンジス河にオリオン星座とシリウスが映っているのを見る。河に星が映ると、河は得体の知れぬほど深くなり、透明になる。拡声機からは初めて格調の高いシュリラーム　ジャイラームが流れてくる。その調子にしばらくは酔う。

終日シャンカラデーヴァのクリシュナ讃歌の訳をすすめる。夜、現代インド詩の小報告の清書。疲れ切って逆立ちでもしたいようである。

一月二十四日（木）

夕方の瞑想の帰りに菩提樹のある店の横の寺院でプージャをしていた。ちょっとためらわれたが裸足になって登って行くと、シヴァリンガムとナンディのお寺であった。ガンガーマーが明るく電灯に飾られているのに対して、ここはうす暗くただローソクの光だけに照らされていた。一人の男が激しく懸命に鐘を鳴らしていた。かなり大きな寺院である。礼拝し、シヴァリンガムのマントラを唱えて下がる。今までのシヴァリンガムはすべて性の禁であったが、このお寺のシヴァリンガムは性の厳しさとしてあった。諾であった。だが一人の乞食が群衆の中でキエーッというような声を二度発して怒ったようにして私の前を過ぎて行った。

すべては正確に完全に見通されてある。

きのうの夜の孤独は耐えがたいものだった。今日の夜は孤独はもっと深い。しかしそれは神経には来ず魂に来る。魂の孤独は聖なるものと出会うための入場券である。喜びとともにこの入場券を握りハリハリと唱える。
不思議である。今日の夕飯の時にはゴアへでも行って歓楽の生活をしても良いなどと冗談めかして言った私が、今はハリの御名を唱えている。

しかしまだ自分が家住者であり家住者の義務を持つ身であることを忘れるな。ゆっくりとこの旅を行くがよい、永遠の旅だからあわてることはない、為すべきことを為し、ブッダの歩みのようにゆっくりと行くがよい。

きのうはブッダガヤで戴いた菩提樹の数珠をガンガーに浸し、ガンガーの息をも吹きこんでもらった。きのうは又、タイヤゴムから作った一ルピー半の冷飯草履を仕入れた。リキシャマンなどがよくはいている外見は丈夫そうだが接着が釘で打ってあるのでどれだけもつかは判らない。ただこの草履をはいていているとゴムのあくで足裏がすぐに真っ黒になってしまう。だがはき心地は良いし軽い。また、日本を出る時に順子が神田の母からもらってきたニットのズボンをきのうから私がはいている。ゆったりとしているし軽いしこの街で生活するには大変都合の良いズボンである。今日はインド製のふんどしを一本仕入れた。一ルピー。一ルピーは日本の金の感覚からすると一〇〇円から一五〇円の感じである。現在の私にとって一ルピーは使ったという感覚をもたらすお金である。五十パイサ以下ではまだ使ったという気持ちにはならない。
このホテルの下の道をシュリラームと大声で歌って行く男がいる。その声をきいて胸に感動がおこる。ガートではシュリラームと歌って物を売っている男がいる。何を売っているのかまだ知らない。パイサパイサで狂うほどかと思えば、その中にこのような商売をしているものもある。

今日はまた瞑想していて、ヴェナレスの街を背に右手をあげているシヴァのあの眠るような眼をした姿が思い起こされた。シヴァはまだ隠れたままだがそろそろ現われてきそうな気もする。恐れるなかれ。

この部屋にはヴェナレスに着いてすぐに手に入れた、ジャガナートに食べ物を与えているアンナプルナの絵像が祭られてある。

一月二十六日（土）

ラーマの誕生日に歌う

此処にはただひとつの夢がある
生きてゆくものにとって
生きる目的であり
そのために　かくもはかない命が
大地の上にさらされている
酷薄な

しかし絶対の要請である　夢がある　ハリ！

ひとつの葬列が通り
無数のハゲタカが河岸に舞い
癩に両方の手足を腐らせた乞食が
聖者のような明るい瞳で笑っている
物憂げな体と心の態度は
ここでは生きてゆくことができない
喜びには花が
怠惰には棘の針が献げられてある
棘の針のベッドに横たわり
舌先に針を差し込んだ者が
見せものの聖者として生きてゆく街で
人はなお喜びの花輪を首にかけ
聖なる水に沐浴せねばならぬ
おお　ヴェナレスの愛
そなたの御名はシヴァである
うろつきまわる

無数の牛どもの存在はそなたの御名故に重く神聖である
野菜売りの女どもに打たれ　子供の竹のムチに打たれることは
しばしばであるが
誰もその重さを押しのけることは出来ない
静かな決して動じることのない眼が
その知識を示している

私達もまた生きなければならぬ
だがその生の重さは
河岸に群がる癩病みの乞食達
裸足のリキシャ人夫
茶店の走り使いの小僧の生の重さと
塵ひとつも変わることはない
生きてあることに
ツケは決して許されない
旦那《バブー》には旦那《バブー》の
市民には市民の
そして詩人には詩人の　身の毛もよだつ恐怖の背後がある

その恐怖をツケることは許されない
何故なら　おお　ヴェナレスの愛
そなたの御名はシヴァである　第三の眼を持つ第三の法である
死の恐怖と耐えがたい屈辱に耐えたもののみが
この街の花輪を首にかけ
聖なる河へ下り
母の慈愛に浸ることができる
聖なる水よ
喜びの水よ
真鍮の壺に満たされ
世のすべての宝よりも尊げに持ち運ばれる
この水には
死の透明な重さが運ばれている
陽が差し
樹の枝が揺れ　猿が踊り
この街の空は　永遠の如くに明るい

生きてある日々の重さが

死よりも重くなる時
神が私の隣に立っている
神はやさしくトマト一つの値段が本当は幾らなのか教えてくれる
トマトを食べて永遠に生きる道を探しなさい
乞食の子供がトマトを噛っているように
指が腐って手の平だけになった手の平に　恵みのパイサ銭を受けとるように
トマトを食べて絶対の夢を探しなさい
何故なら
力あるものシヴァは永遠の雪の中を永遠に歩いている
それ故に平安であり
それ故に力あるものである
裸足の行者
ぼろをまとった行者
髪の毛をぼろ布のようにもつらせた行者
体に灰を塗りたくった行者
太陽をにらみつづける行者
これらのものはみな永遠の雪の中を歩いているものの仲間である
彼らは歩くことしか知らない

歩くことが行であり　生きることであり
目標であり　喜びであり　夢であり　生活である
トマトを食べることが夢でないなら
トマトを食べて絶対の夢を探しなさい

おお　ハリ！
ヴェナレスの愛のひとしずくを飲んで　私はシヴァに礼拝することを知った
しかしガンガーの岸辺から奪われて行った私の魂は
シヴァを礼拝しながらも　心ひそかにハリと叫ぶ
その余のことは　私は知らない

ラーマの誕生日のお祝いにガンジス河のボートに乗ることになった。二ルピーの約束で乗った船の船頭はヴェナレスという名前の男だった。親切な良い男だった。カーシーへ近づくにつれて無数の鳥の群れが見え、更に近づいてみるとそれはハゲタカの群れであった。ヴェナレスで死んだ牛を対岸のカーシーへ運び、そこでハゲタカに始末させるわけである。人間と同様に街には多くの牛がいるから、牛の死もまた多いのである。ハゲタカが腹を減らしすぎるということはない。死体焼場、葬式の列と共にこの街の不思議に明るい空を明確に横切って行く黒い風景である。この風景がある故にいっそうこの街の明るさが神秘に感じられるのである。

一月二十七日（日）

きのうのラーマの誕生日は御馳走の一日であった。

朝は食パンを買ってきて、なべ一杯にわかしたチャイとトマトとアムルードとキャベツで作ったサラダで食べた。昼はうずらによく似た豆とインドの玄麦の粉で作っただんごのお汁粉で、食後には三ルピーもしたブドウを食べた。夜はトマトケチャップでいためたケチャップライスの上に目玉焼きをのせて食べた。食後はひとつ一ルピーのザクロを皆んなでわけて食べた。インドのザクロはぶどうがあまり味がないのに反して、非常にやさしい甘さをたっぷりたたえていた。三時のおやつも食べた。玉子とギーとミルクをたっぷり入れたクッキーで、ココナツを刻んだものをスパイスとして入れてあった。そう言えば昼にはぶどうの後でココナツを焼いて幸福そのもののように香ばしい香りと味を楽しんだ。夜に入って食べすぎで胃がはり、ものを考えることも感じることも出来なくなってしまった。そのように一日おいしいものをたくさん食べて、ラーマはこのヴェナレスの地で満二歳になった。首に花輪を二つもかけてガンジス河に行きボートに乗って写真をとったのが行事であった。

昼前に遠くまで玉子を買いに行って帰ってきたら、警察関係の人が来ており、パスポートを提示せよとのことだった。正式には私達のヴィザはヴェナレスへ来たら一週間以内に外国人登録をしなければならないものなので、気にかかったが何事もなしに済んだ。ただ済むまでの約一時間、こちらの神経の使いようといったら一通りではなく、パスポートの裏から表までつくづくと見入って欠陥を探すその人の態度にはうんざりするだけさせられた感じであった。お陰で昼のお汁粉は悪い気持ちの中で食べることとなった。最後にやっとアイラブヴェナレスの言が効いて解放されたが、その間はまるで針の山の上を歩いているようなもので気分が悪くなるほどだった。

正確、ということがこの国では文字通りに要求される。私の気持ちの上では三ヶ月延長されたヴィザはそんな外国人登録をしなければ有効でないなどという不合理なものであってはならないということがあるので、インドの官僚制に対する反発としてまだ行なっていないのであるが、その意識の弱みをパスポートをためつすがめつして、英語がよく読めないので実際には判らないままにじわじわと迫ってくるのである。

鉄道職員を含むインドの官僚にはさんざん痛めつけられているので、官僚の姿を見るとこちらはおびえてしまうほどであり、街を歩いていても警官の姿がやたらと気にかかるのである。何も不正なことはしないでいるのに、もし彼らに気に喰わないと思われたなら、何をされるか判らないという気持ちが今までの経験の中で知らされているからである。少なくとも日本の警官を含む官僚の世界には合理ということが通用する。理不尽にわけもなくその力によって身柄を束縛されたり、被害をこうむったりするということはない。しかしこの国の官僚は一人一人の気ままが相当の範囲で許されており、その気ままさはそのまま官権とも呼べる力となって現われる。警官に竹の棍棒でぶったたかれているインド人を見た時に、私は何故か体の底からわき上がる恐怖を覚えたものである。理の上に立たず、力の上にたってそれを行使するものに対する、何百年、何千年にもわたる庶民の恐れのようなものが、私の血の中にまだ生きているのが感じられる。

この国に来て私は多くこの国の人々の生き方を讃嘆してきたが、事、この官僚制に関する限りは、やはりどうしてもそれを認めることは出来ない。日常生活は官僚とは殆ど何の関係もなしに行なわれている。しかしその奥でこの国の人々の生活をあやつっているのは官僚たちであり、やはり権力と呼ぶ他にない力なのである。そしてその力は神の力に非常に近い。多くの神々の絵像と共に、ネルー、ガンジーの絵像が飾られ祀られているのだから、人々の意識の中で国家の主権を執行する人間と神とは力としては殆ど同じものであり、恵みとしても殆ど同じものだと見なされているということが出来る。かつての天皇制のようにファナティックなものではないにしても、あの私の身体を震わせる恐怖が、興奮の内に彼ら庶民、民衆の中に権力を尊敬し、権力をあがめ、権力に従うという行動をとらせているのだということができる。

かつてこの国はガンジーという最高の政治家を生み出した。何故ガンジーが最高の政治家であるかと言えば、彼は自分は政治家ではなく、真理に仕える真理の奴隷であり、政治という力の原理の行使というものには自分は何の興味ももっていないと公言している人だったからである。このような政治の否定を念としている人が政治に奉仕する時、政治はその必要悪としての反面をさらけ出しながら進んでゆく困難のなかで、初めて希有《けう》な美しさを獲得するのであるが、このような事が政治という力の舞台の表面に現われることは至難である。トロツキーもまたそのような人であり、レーニンもまたそのような片鱗を持った人であったが、世界の政治の主力は常に変わらず力の行使であり力の原理の普遍化であることは間違いのないところである。

ここまで来て、私はまた古い自分のテーマに帰ってゆくのである。権力に直面し、身の内に震えが走る庶民の一人として、反権力というテーマを追った何年間かの、如何に政治を否定した政治を確立しうるかという、テーマである。

例えばインドというこのひとつの国に対して、その民衆の生きぶりを時には信仰の側面から時には文明史観的な立場から肯定と讃美をもってとらえてきたのであるが、そこに同時に政治という観点を加えなければならぬことは、今までの西欧的合理性の学習に身を費やして来た身からすれば当然のことなのである。

面白いことに、きのうの夕方にガンジスに行く途中で、近づいているサラスヴァティの祭りのために作られた大通りの真ん中の舞台で、赤旗に虎のマークの描きこんだ旗をかかげた人々が盛んに演説をしていた。その人達がインド共産党なのかどうかを確かめなかったけども、私は直感的にそう感じ、そう感じると同時に、何故かパスポート検査官がきたことで重苦しくなっていた気持ちが一時に晴れてゆくのを知ったのである。インド共産党がどのような政策をかかげ、どのような質の共産党であるかを私は全然知らないけれども、少なくとも共産党という存在があることが、即ち、西欧合理性の片鱗が、力の世界の内部にも存在していることが私をして大きな安心をもたらしたことは確かである。日本を出る前に、インドはソヴィエトの経済援助を受ける五ヶ年計画を受け入れたというニュースを知っていた。インドとソヴィエト共産党とは少なくとも不仲ではなく、無縁の関係ではないのである。更に面白いことには、通りを歩いていてあちこちにしつらえられたマイクから聞こえてくる演説の声が、その正体が判るまでは、私には警察関係の何かの指示、又は威喝のように思われ、歩きながらずっと身内に小さな雲をもっていたのであるが、その正体が判った途端に大きく安心し、そうだ、この国でも理性が生きているのだと考えたことである。そして帰り道ではすでに正体が判っているのにその演説の調子、声がマイクから流れている中を歩いていると、再び威喝されるような微妙な不安が体の中を流れはじめたのである。

インドを肯定する時、それは多く西欧合理主義文明に対立するものの姿として、というよりも、西欧合理主義文明を越えるひとつの文明の姿として肯定してきたのである。それは理性による肯定である前に、感覚的な肉体的な肯定、つまりこの国で生きていることの素直な喜びから来るものであった。

勿論、外国を小さな子供を連れて満足な金も持たずに旅することには身心ともに大きな困難がある。しかしそのような困難をはるかに償ってくれる身心の喜びがこの国の生活の中にあるのである。そしてその本質は何かと問う時、神という非合理なものが未だ生きている国であるからという答えが一直線に戻ってくるのである。何千年にわたるヴェーダの伝統は確かに未だこの国のすみずみまで生活となって生きつづけている。その本質は、ブラフマンと呼ばれる神性存在、物質であると同時に精神性であり、超越存在であると同時に現実存在であり、世界の創造の源であると同時に世界存在そのものでもある神によって支えられている点にある。

私は今まで、合理性の行きづまりを打開するべきひとつの究極の方法としてインド的非合理性という立場を擁護し、探り求めてきたと思う。インド的なるものには対立するものとして日本をも含める西欧的なるものを置き、それを一言に西欧合理主義文明と呼び、その特徴を機械文明とあくなき欲望の追求という二点において、これに対するインド文明の特徴を精神文明と欲望の制御という二点において見て来たつもりである。

しかし、きのうのパスポート検査官との出会い、及びインド共産党との出会いという事件をとおして、画一的な西欧合理主義文明の否定ということが、まさにヒッピー的な幼稚な衝動であることを、それがどんなに夢と色彩にいろどられたハッピーな発想であるやを思い知るのである。ヒッピーと呼ばれる一群の若者たちが、自分達の国に絶望してロクにお金も持たず、インド・ネパールという神が未だ生きているといわれている国に亡命的な切迫感に追われて流れ込みはじめてから、もうそろそろ十年近い年月が経っている。恐らく既に何十万というこの種の若者たちがインド・ネパールを訪れ、その内のある者はこの国に定着し、パスポートを棄ててサドゥとなり、パスポートを棄てないまでも三年、四年、あるいは五年、六年の長い年月を住みつづけ、何かの目的のためか或いはただ生きてあるそれだけのために、裸足でぼろをまとい、或いはこの国では軽い軽蔑をもって迎えられているチベット人の世界に入りこんで、朝も夕もないオンマニペメフーンの読経に身を献げているのを知っている。私達自身もそのようなヒッピーの流れの一人としてこの国にたどりついたのであり、色彩と夢にいろどられたハッピーな生活を希んでいるという点では、まさにヒッピーの中のヒッピーであると言っても過言ではないのである。しかし街を歩いていてインド人の子供からヒッピーという耳馴れた言葉を耳にする時、何故か不快であり、そうではない、僕らは本当は巡礼に、インド人たちが巡礼して歩くように、遠い国から巡礼に来たのだよと、知らせたくなるのである。ヒッピーという言葉は悲しくなるほどにあまりにハッピーである。見果てぬ夢のように、あるいは朝、消え残った下弦すぎの三日月を眺める時のように、切ない思いを残すものである。私は分類からするならば、ヒッピーの群れの一人であることを我が身に引き受けるにやぶさかではない。ヒッピーの夢みた幸福の味を、それが幼稚な衝動から生まれたものだからと言って否定するには、私の魂はあまりにも幸福の真理を味わいすぎているからである。あるいは青春のそのような夢を無下に否定するには、自分の詩人としての魂が決してそれを許しはしないということも出来る。

しかし結局、私は私のつとめを遂行しなければならないのである。

それは私の生き方を生きるということに他ならない。

このヴェナレスで会った一人の日本人の若者は、すでにヨーロッパ世界を一年以上も歩いた末にインドにやってき、正月を私達と共にラジギールの日本山妙法寺で迎え、又この街で会ったのだが、彼は再びヨーロッパへ帰ってゆくという。パキスタン、アフガニスタン、イラン、イラクの砂漠を越えて再びヨーロッパへ行くという人の心を私は殆ど推し量ることが出来ないままに別れたのであるが、彼もまたぼろ服をまといボートハウスに一晩六十円かのお金で眠る旅人の一人であるけれども、彼は明らかにヒッピーではなく、一個の自由意志人として断乎として礼拝の国インドから合理性の国々ヨーロッパへと帰ってゆくのである。私の意識の中ではインド・ネパールにやってき、そこで礼拝することを学び、その文化を自国に持ち帰るか、そのままこの国々にとどまる人をヒッピーと総称するのであり、合理性を合理性の側面から追求しつづける人をヒッピーとは呼ばないのである。マリファナを吸う吸わないなどはこの際何の尺度にもならない。マリファナはマリファナにすぎず、それはそれとして良いものでもあるし良くないものでもあるだけである。

ヨーロッパへ帰ってゆく彼に対して、私は少なくとも自分の側からの愛情として、もっとヴェナレスにとどまれと言いたい衝動に何回もかられた。ヨーロッパに行ったって何もないではないか（私はまだ行ったことはないけども）、金を稼いでそれを使うという日本と少しも変わりのない生活が待っているだけではないか、と言って引きとめたい衝動に何回もかられたのであるが、結局私はそれを言い出しはしなかった。彼に対する私の愛からすればそれは言われるべき言葉だったのであるが、彼に対する私の思いやりからすれば、それは言ってはならぬ言葉だったのである。愛よりも思いやりを大切にするという私の行動パターンがここにも出てきて、私は少々憮然《ぶぜん》とするけども、問題はヨーロッパである。更に言えば西欧合理主義文明の学習に時を費やし、その学習にもとづいて自己を確立し、日本的東洋世界に対してきた私自身の立場である。理性という言葉は、まだ私の内において死んだ言葉とはなっていない。この国にやってくるまでの直接的な方便を見ても飛行機という理性の産物に乗っており、子供達の最大の楽しみはその飛行機に乗るということでさえあったのだ。またこの国で日本人が注目されるのは、顔形は軽蔑の対象であるチベット人・ネパール人に似ているにもかかわらず、日本という国がソニーというトランジスタラジオ、キヤノンというカメラ、セイコーという時計を産み出した工業の国であるという一点からである。日本の香水がフランスの香水よりも素晴らしいという話までは聞いたが、日本の精神、即ち仏教と神道が素晴らしいなどというような話は塵ほどにもインド人の意識の中にはないのである。世界に冠たる戦争放棄の平和憲法すらも、身から出た錆で何の話題ともなり得ない。その点ではまだしもラマ教という教えを持つチベット人・ネパール人の方に、一目が置かれているのである。彼らはああやって生きている、ということをインド人は知っている。日本人に対しては、彼らは時計やトランジスタラジオやカメラを作って生きているると思っているのである。私が自分は詩人であるというと彼らが驚くひとつの理由は、彼らが日本という国に詩などひとかけらも見ていないからである。

つまり基本的には私は理性の産物たる工業の国からきているのであり、彼らが注目するのはその工業性の底にある理性なのである。又、一方でお前はチベット人かとかネパール人かと問われた時にこちらの側に自然に不満がおこり、日本人なんですと答える時に、その答え方がそれほど誇りに満ちたものではないとしてもやはり日本人なんです、という主張はあるのだ。

この事実を私ははっきりと認めなければならない。私は日本という工業国の一員であり、その基本の上に立って行きづまった合理性を打開しようとしている者なのである。インドが素晴らしくインドこそすべてであり、インドこそ我が国であるならばこの国の人間となる他はない。だがそのようなプログラムはまだ私の気持ちの中にはわいてこない。理想としてはインド及びネパールと日本との間を出来得る限り自由に何度も行ったりきたりして暮らせれば、それが一番良いと思うのである。だから私はその方向に進むだろう。私は理性の徒としてなおしばらくは西欧的、日本的合理性の宝を持ちつづけなければならないだろう。それは世界の文明史という観点からしても必要であるし、抜き差しのならぬ問題であるし、逆に言えば、その合理性の追求をとおしてこそ新しい文明史の展開が期待されるのであろう。

私はしかし次第に悲しく情けなくなってきた。インド世界に共産党を持ち込み、その力にすがって自己の安心を確立するのだとすれば、私のインド旅行は何の意味もないことになるのである。又してても始まった無間《むげん》地獄である。

期待はただひとつ、共産党もまたインド共産党であるということ、共産党の持つ理性性が、まさにインド的な理性性であってくれれば良いということである。

そしてインドという国に対する私の懸想《けそう》は、今ではそのようなことも有り得ると思えるほどに深いのである。それに準じて、非西欧合理主義という観点を、超西欧合理主義という観点に改め、総合してゆかねばならぬ作業が私に残されているのである。これは日本人としての私の意識の作業として遂行されるべき、又されねばならぬ仕事なのである。

詩だ、詩だ。

存在証明はもうたくさんだ。存在証明をすること自体が、存在の不全さを示しているのだ。そのような落とし穴に落ちるのはもうたくさんである。

不全は不全で良い、心安らかに、不全の心を歌うが良い。

愛はもっともっと深くインド世界に、ヒマラヤ世界に入ってゆくことである。それ以外に何の旅の楽しみがあろう。困難はもとよりないはずがないのである。

このホテルの前の空地で、夕方になると必ずチェスを始める人達がいる。チェスが始まると自然に何人かの人が集まってきて、日が暮れて見えなくなるまでそのゲームを眺めている。チェスをしている本人同士も勝負をしているというような感じはさらさらになく、ただ静かに夕暮れの時を過ごす遊びとしてこのゲームを楽しんでいるようである。ホテルの並びに本の表装か何かを仕事としている爺さんがいて、この人は夕方になると店の外へ出てきて、コンクリートの一段高い所に足を組んで坐る。手も組み合わせているからやはり瞑想しているのである。何の気取りもなく、夕方になれば外へ出てきて眼をつぶり静かに坐っている。その前ではチェスをしている人達のひとかたまりがある。チェスの一団とこのお爺さんとは共に静かに夕暮れを迎える仲間である。誰かがお爺さんに話しかけると、姿勢はくずさないままでいつまでも語り合っている。話し相手が去ると、又眼をつむり瞑想に入る。この人はもうガンガーへ行って沐浴をする人ではないことが判る。ガンガーへ行く必要がないのだ。夕方、この人の前を通ってガンガーへ行く私に、この静かな人の無言の見送りがうれしい。夕方この人がそこに坐っているだけで、この近辺にある気品ともいうべきものが生まれている。全体としてヴェナレスの街に流れている侵すべからざる気品というものが、この老人のようなたくさんの市民、瞑想の内に時を過ごすことを楽しみとしている人達によってかもしだされているのだと思う。何処にでも瞑想があり、しかもそれが楽しまれているさまはまるで神々の世界のようですらある。

一月二十八日（月）

今日と明日は学問と芸術の女神サラスヴァティのプージャである。朝、家族そろってガンガーへ行く。八時すぎだが、もうメインガートは満員でたくさんの善男善女が押すな押すなと沐浴している。乞食たちも元気づいて普段よりはるかに大きな声を出し、しつこく手を差し出す。ガート及び沿道のバザールではマンゴーの葉と大麦の穂と青と黄色の花をひとつに束ねたものを売っている。

一束十パイサでこれはこのプージャのために売られているものである。それから大小さまざまの陶器や、石灰で造ったサラスヴァティの像も売っている。次から次へ買い手がつき、大事そうに両腕にかかえて帰って行く様が見られる。宿の管理人は四、五日前に来て二ルピーの寄附を取り、今日は八時頃から一緒にプージャに行こうと約束したのに、まだ眠っていて一向に起きてくる様子もない。だから何処にお祭りの中心があるのか判らず、私達も帰ってくる他はなかった。

きのうの昼食の時に北海道大学にあるクラーク博士の銅像のことを太郎が言い出し、少年よ大志を抱けという言葉を教えて、ではお前の大きな希望は何かときくと、即座に競馬の馬になって思いっきり走りたいと答えたので、私と順子はしばらくは笑いがとまらなかった。そういう話をしているのではなくて大きくなったら人間として何になろうと思うのか、ということなんだと説明し、パパは四年生の頃には学校の先生になろうと思っていたというと、なんだそんなことなら昔はよく考えたけど、もう考え終わっちゃったと答えた。事実何年か前の太郎の夢は、北海道で牧場をやることだった。二、三日前に夜眠る前に太郎と次郎が話しているのを聞いていると、太郎は炭焼きでもして静かな田舎で暮らしたい気持ちと、大きな都市、福岡市くらいの都市で暮らしたい気持ちと二つあるのだそうである。パパが医者になれと言っているからやっぱり東京に住むのかなあ、とも言っている。でも医者はいやだから、どっちみちなら歯医者がいいなどと言っている。きのうは医者と言っても東洋医学というのがあって、薬草やお祈りで病気を治す方法もあるのだと説明したが、あまり納得のゆくものではないらしい。

次に次郎に、ではお前は何になるのかと聞くと、これは待ってましたという風に、インドの虎と答えた。その答えは美しいひびきを持っていたが、この二人は何故人間として生きることを思わないで、動物をイメージするのかを考えると、彼ら二人の心の中には既に素晴らしい人間というイメージはないのではないかと思われ、そのことにヒューマニズムのたそがれをすら感じるのである。それとも私のような親が、人間性よりも聖性を重要視してそのように生きている姿が、動物という夢に反映してゆくのかも知れない。だとすれば人間性よりも聖性を大切にするという行為は少々バランスに欠けているところがあるのであり、それが太郎の競馬の馬になりたいという答えに思わず大笑いしてしまった後に、何故か一滴の涙が残る原因なのである。そしてジャンが自分の息子に敢《あ》えて〝人間〟という名前をつけた所以《ゆえん》の一部もそこにあるだろう。

神なる聖性はもちろん追求されねばならぬ。それ以外に何の生きる目的もないけれども、そのために人間性が、子供の中の人間がゆがむようであれば、それは親としては子供に対して申し訳ないのである。

子供は猿のように自由に遊びたいのだから、私としては出来る限りそのようにさせてあげなくてはならない。その努力の中にもやはり聖性はあるのであり、あまりに先走りすると家族のバランスがくずれてしまう。人類の希望は世代を通して実現されるのだから。

二歳になったラーマは子供にならなければならないと感じているせいか、この頃はよく泣くくせがついている。女の子みたいにめそめそしている。強いきりっとした性格を大切にしてやらないと、とんでもない甘ちゃんになってしまう気がする。今は、ラーマは男の子ですよ、と強くいうと、ハイという素直さと男の子の強さを見せようとする努力をしている。すると可愛くなって、その可愛さの中でまた甘えとめそめそが始まる。

しかし全体としてみればインドでの生活にも少しは馴れて、それぞれに何かの努力をしながら耐えるべきは耐え、楽しむべきは楽しんで暮らしている。

夕方の私の瞑想の場所はメインガートの隣りのガートである。メインガートは人波が絶えず、物売りやボートの客引きがうろうろしているが、ひとつ隣りへ出ると、そこは雰囲気もずんと静かになり、巡礼の人々ではないこの土地の人々が愛している場所という感じを与える。ここもやはり終日サドゥや沐浴をする人の出入りが絶えないが、三十段か四十段の広い石の階段があり、人々はそれぞれ好き勝手の場所に坐って話をしたり瞑想をしたり煙草を吸ったりしている。メインガートに比べればはるかに広々としており、礼拝の気分も専門的という感じがする。それぞれひとかどのサドゥが陣取って、どんな奴がやってくるかと好奇心も半ばに眺め下ろしている感じである。最初の二、三日は私はそこには入ってゆけないほどであった。

ガートには木の大きな縁台のようなものがいくつか作られてあり、昼間はそこに一人又は二人のサドゥが坐り、沐浴に来る人々の着物を置かせたり祝福を与えたりする役目を果たしている。祝福を与えるとは額《ひたい》に赤や黄の色粉で印をつけるか、聖水をひとしずく手の平にたらすとか、それともただ手の平で軽く動作するぐらいのことなのだが、それにはやはり自ずからサドゥの品位というものがあり、有難いと思われる人もおり、それほどでもない人もいるのである。

私の瞑想の場所はそれらのサドゥの内の一人が朝から昼のあいだ中坐り、夕方になると去っていく場所であるが、少なくともこのヴェナレスにおいては昼間、私の位置に坐っているサドゥが私の直接の導き手なのである。その人は六十歳ぐらいで白い立派なひげを生やし、体格も堂々としており、服装も白を主体として清潔である。祝福を与える大きな手には威厳とやさしさがある。話をしたこともなく、ただ一度だけ祝福されただけでの関係であるが、夕方彼が去ったあとに今度は私が坐り、彼は道の方を向いているのだが私は河の方を向いて坐ると、昼間の彼の心が自然に私の内に流れ込んでくるようであり、彼がそこに坐る必然と私がそこに坐る必然とが同じ星の下にあることを感じるのである。

日が暮れてシリウスが輝き出し、その輝きが増して河面にも映るころになると、人の出入りも少なくなり、いくつかの夕暮れ時のガートを愛する人達のグループと、暮れてゆく石段の暗がりにじっと瞑想を続ける人達だけになってしまう。メインガートのシュリラム　ジャイラムのキルタンはここまで充分に聞こえてき、その声にまじってこおろぎのような虫の声が、石段の下の方から低い地を這うような、けれども澄んだ響きを伝えてくる。シュリラム　ジャイラムのキルタンと虫の声とシリウスの輝きと深く何の音もなく流れているのかいないのかわからぬほどに水をたたえているガンガーとがひとつになって、やがて永遠の時とも呼ぶべき深く大きくあらがい難くやさしく素直なものが心の内を流れはじめるのである。その時私はヴェナレスにいることも日本人であることも忘れて、ただひたすらに私に示されようとしている真理、私が見ようと希んでいる真理の訪れを待つのである。とっぷりと日が暮れてひとつの区切りが来ると、立ち上がってまずその木製の縁台と昼間のサドゥに礼拝し、ガンジスに足を浸してオーム　ガンガーのマントラを唱えつつ三度合掌し、頭と額と口にそれぞれ一滴ずつの聖水を降りかけ、それから顔と両足をよく洗って終わるのである。

メインガートを横切って下の隣りのガートへ行くと、そこにはシヴァリンガムと牛が向かい合っているお堂がある。そこを礼拝して出口のすぐ側の左側にガンガーマーの立派な明るいお堂がある。うまく時間が合うと大体その時刻にガンガーマーのプージャが始まる。鐘を鳴らし太鼓を打ってもうもうと線香をたき、インドの母なる女神に祈るのである。ガンガーマーはワニのような魚に乗っている。実際にそのような形をした大きな魚がガンガーに住んでおり、私は二度ほど、順子も一度はその背びれと頭の部分を見たことがある。このお堂で礼拝していると母《マー》の慈悲ともいうべきものが静かにじわじわと沁みこんできて嬉しい。鐘の音、太鼓の音の合唱の中から美しい静かな母の微笑が下がってくるのである。このお堂の隣りで終日シュリラーム　ジャイラームをつづけている人々の一座がある。そこにマイクが据えられそのマイクを通してあたり一帯にそのキルタンが降りまかれるのであるが、きのうは初めてそのキルタンの末座に加えてもらって三十分ほどやってきた。導師は五十歳過ぎの女の人で、普段からガートで聞いていてその女の人の導きによるキルタンが一番良いと思っていた人だった。外で聞いているとそれほどでもないが、いざ一座に加わってキルタンを始めると喉から声が出ず、やっと少し馴れて声が出るようになった時には全身に汗をびっしょりとかいていた。女の人の声は低く硬く透明に澄んでいて、心の底まで光のように飛びこんでくる。その後に従って同じ節まわし、同じ心で歌うのがキルタンなのだが、それが仲々出来ないのである。節まわしは微妙でありその心はさらに微妙である。短い時間だったが、それこそ全身全霊をこめて彼女の後を追い、汗にまみれて追いつづけた。喉で歌うのではなくハートから声を出すのだと判ってからやっと少し声が出るようになり、ハートから声を出していると節まわしは不意にいとも切ない憧れの調子に変わり、それに浸っていると突然に激しい調子の上昇が始まる。終わりには一秒間に何十もの言葉をつめこむような激しい調子でラーマに祈りこんで上がるのである。一区切りつくと又始めからゆっくりと歌うような嘆くような調子で昇ってゆく。昇ってゆきながら時に下がり、その下がり方がまた心にぴたりと下がるのである。下がったあとは前よりも激しく上がり、幅が足りないなと感じていると幅がつけられ、いつしかまた胸の内から突き上げるようなラーマの姿が見えてくるのである。夕飯の時間がすぎていることが気になっていたが、一区切りついたところで礼拝してその場を下がった。するとその女の人もマイクを離れて下がったので、私はまるで自分をその場に導いてくれたのが彼女であったかのように彼女の後ろ姿に手を合わせて宿に帰った。

キルタンとは一人の主唱者がいてテーマとなるマントラを声高く歌い、その後を何人、何十人と集まっている人々がついて歌うという、歌による礼拝の形式である。ヴィシュヌ派の伝統の内にはこのキルタン形式の礼拝が多く取り入れられ、キルタンこそは礼拝の真髄と見なされている。主唱者はリズム、節まわしその他を、その場その場の集会の霊的状況に合わせて決め、集会者の一人も残さずに礼拝の対象たる神へと導き入れる義務を負っている。だから歌いながら集会者がどの程度自分についてきているか、又はいないかを敏感に感じとり、その都度上昇の速度をゆるめたり、或いは上昇の方向を変えてみたりしながら、次第次第に全体が霊的雰囲気に包まれ、最高潮に達した時には知らぬ間にすべての人々が霊的上昇を遂げているというふうに導くのである。そしてこれは単なる歌唱のリードではないのだから、様々なアレンジ、緩急自在の変化などはテクニックではなくて、まさに心の状態、神に献げる心の愛の開発なのである。主唱者の資格はだから歌い手であるのではなく、彼がどれだけの愛を神に献げているかによって決まるのである。愛が深ければ集会者はそれだけ深い愛を開発され、キルタンすることの楽しさ尊さを教えられるのである。説明するのがむつかしいがこの集会場にエゴが持ちこまれたり、又は歌手としての技術が持ちこまれたりすると、それは即座に会場全体に波及し、会場全体の調子が低いものとなり、主唱者はそれにより自己の神への愛の少なさを思い知らされるのである。又後からついてゆく身としては、主唱者のキルタンに深く素直についてゆけばゆくほど魂が神へと導かれてゆくことが判っており、歌いつつ、手を叩きつつ、如何に自己のエゴを制して主唱者に従ってゆけるかということが行となるのである。主唱者の神への愛が深く、又そのあとをついてゆく者の主唱者への、従って神への愛が深ければ深いほど、キルタンは白熱し、この世のものとも思えない魂の状態へと入ってゆくのである。多くの場合、キルタンは神の姿を瞑想しながら同時に歌われているようであり、瞑想と讃歌とが次第に近づいて神の姿が眼前に出現するようになれば、その讃歌も本当の讃歌になり、讃歌が本当の讃歌になれば神は自然にその姿を現わしてくるのである。キルタンを通して神の姿を見る人は非常に多い。バクティ、愛による礼拝が最もすみやかな神を見るための方法として多くの人々に愛されている所以である。

サラスヴァティプージャの日に歌う

静かに平和に心明るく暮らす以外に何の希みがあろう

ガンガーの岸辺に坐り
その深い流れの前に頭を垂れ
一切の意志を棄てて　夕暮れを迎える
空にはようやく丸味をました三日月
地平には夜の最初の使者であるシリウス星が
聖なる光のメッセージを送ってくる
おおガンガー
呼べども呼べどもただ無言の慈悲であるあなたを前にして
ただ静かに坐る以外に何が出来よう
日が暮れてゆき
星の輝きがまし
世のあらゆる不幸を責めたてるが如く野良犬どもが吠え立てる
きのう葬式の花輪が流れた岸辺を
今日はまた夜よりも黒い大きな鳥が飛ぶ
赤子が泣きたて
それを叱る父親の声が響く
西洋からやってきた放浪の若者がすすり泣き
夜と同じく真っ黒な顔のインド人がジャイラームと叫んで物を売り歩く

背後では慈悲の給食に預かった乞食の群れが
物も言わずにアルミの皿にかじりついている
おおガンガー
あなたの深い流れの前に頭を垂れ
私の意志はただあなたの深さと遥かさを思い測り
あなたの啓示を待つ以外には
一切何の役にもたたぬことを知らされる
河の岸に逆立ちしてあることの愚かさを
星の光の明るさと冷たさを
あなたの流れのとっぷりとした暗さが教えてくれる
耳を澄ませばこおろぎらしい虫の鳴く声がする
それもなぐさめに過ぎない
静かに平和に心明るく　シヴァのように一切を放棄して
この岸辺に坐っている以外に何の希みがあろう

真理の徒であり詩人である私は　サラスヴァティ女神のお祭りの日の夜に　このように歌う

一月三十日（水）

南インド、マドラス地方に伝えられているマントラの秘伝に、OM NAMA NARAYANAYA という八つのシラブルから成るものがあるという。この意味を知ってこのマントラを唱えるものは永遠の至福にあずかることが出来る。ナラヤーナとは主ヴィシュヌの千の名前のひとつである。アヒンサ、自己抑制、慈悲、許し、平和、単純さ、知識、信仰深さ、この八つを主は最も愛されるという。

ラーマヌジャという一一世紀のヴァイシュナヴァ運動を切り開いた人の伝記の中から拾いあげたものである。

ヴェナレスへ来てから四冊の本を買ったが、その内の一冊はヒンドゥ語の学習書であり、次の三冊はすべてヴァイシュナヴァ派に関係する人のものばかりである。ヴェナレスというシヴァの都でどうしてこうヴァイシュナヴァの勉強をさせられるのか判らないが、そこには神の深い御心が働いているのであろう。その本の中にはもう一ヶ所、次のような話が載っている。

ヴィシュヌ神の乗り物である聖鳥ガルダが、かつてあるよその国へ行ったことがあった。ヴァイシュナヴァのひとりの婦人がその国に住んでおり、彼女はガルダを歓待してくれた。ガルダは彼女がそんなヴァイシュナヴァの広まっていない国に住んでいることに憐みを感じた。その感じが起きると同時に彼の翼はばらばらになって落ちてしまった。ガルダは何故そのようなことが起こったのか理解できなかった。その時、神の声がした。

「真実のヴァイシュナヴァは決して同情を求めることはないし、又他の人に対して自分が同情を与えることが出来るほど優れていると考えることもない。」

この話の中には私の小さな醜いエゴの核心にせまる何物かがある。

神の乗り物であるべき身が、神に代わって感じることはひとつの大きな思い上がりなのである。翼が落ちるどころか命が奪われても仕方がないような、決定的な忠告がこのくだりの中には示されている。私は神ではない。私は神の召使いであり、真理の生徒であり、神と真理と平和の讃歌を歌う詩人にすぎない。私の今までの行動の軌跡が、決定的に欠いていたのは、自分がそのような召使いであり生徒であるという肉体的な認識であり、それ故に今もって一人の師を持たず、ともすれば我こそは世界の師であるという思い上がりに陥って、やたらな苦渋をなめてきたのである。

今日の昼前、次郎が一人で歌っていた。次郎は時々わけもわからぬ歌を勝手に作り上げて歌うのであるが、時々その歌にびっくりさせられるのである。今日のは、「へえー　地球が宇宙よりも大きいんだって　へえー　へえー　地球が宇宙よりも大きいんだって　へえー　へえー」というのであるが、そのような歌を子供が歌っているのを聞いて、私はまるで自分が嘲笑《あざわら》われているように感じたのである。地球は大事な地球であるが、宇宙より大きいということはあり得ない。

私は心を高く持ち、自分が真理の召使いであることを骨の髄まで徹底させねばならぬ。それがこの旅の第一の目的である。聖なる地を巡礼してまわり、お経をあげ礼拝をし沐浴してみても、この認識が認識を越えた肉体と意識の事実とならぬ限りには、それは単なる儀式の連続にすぎないのである。ガンジスの岸辺から奪われていった魂が、そのもとの故郷の魂を導こうとしても、肝腎のそ奴が思い上がった面をして我はガンジスで魂を奪われた魂であると宣言しているのでは、立つ瀬も帰る瀬もないのである。このように思えば胸の内を涙が流れる。

もうそろそろ十年も前にラーマクリシュナとの出会いがあり、それ以来の私の闘いの中の闘いは、神に対して自分の自我を最後まで守りぬこうとすることにあった。新興宗教の徒や流行的現象の内で神を受け入れるのではなく、真実に神を感じるまでは、自分は神に対して自分の自我を確立しとおすというところに、自我の確立という教育を受けてきたものの誇りと苦しみがあった。だが、それももう終わる時が来た。

私は真理の生徒として神を受け入れた。私もまた神の召使いなのである。及び難いものを及び難いものとして認め、そこに仕え、その教えを乞い、それを愛し、その愛する姿勢を愛していただくという関係が召使いと主人との関係である。

お前の主人の名は何という方か。

真理と私は誇らしく答える。そう答える時、主人から来る明るい青い激しい光が、真実、私には嬉しい。誰もこの内実の証人となる人もいないが、私は不意に今日から、今から本当の召使い、本当の生徒なのである。

もう日が暮れようとしている。急いでガンジスの岸辺に行かねばならない。

きのうは、サラスヴァティプージャの終わりの日で、街ではいたる所、祭りの興奮にわいていた。一週間ほど前から屋台で売りに出されていた石膏のサラスヴァティ像が、今度は花輪やら着物やらで飾られて、河に流されるのである。各家庭ごと、又は町内というか講というかグループになっているところでは私達の身長ほどもある大きな像をリキシャに乗せて十人、二十人と集まって、太鼓を打ち鳴らし、鐘を打ち鳴らし、笛やトランペットまで吹いたりして、ジャイージャイーと叫びながら、赤い色粉を降りまき、各自の額から頭にはやはり赤い印を大々的につけて踊り上がったり叫んだりしながらゆっくりとガンガーに向かい、ガンガーに着くと船をやとって、やはり太鼓、笛、鐘でプージャしながら河上へ向かって行く。すべての家庭、すべての町内がそうするわけではないらしく、やはり特別にサラスヴァティを信仰している家庭とか、町内にそのお堂がある所がその催しをするらしく、数は限られているが、それでも街中からそうしたグループや家庭が集まって来るのだから、メインガートは大変な混みようで、警察官も出ており、あっちこっちの太鼓や笛の音に、その賑やかさと言ったらない。シュリラム　ジャイラムも又大々的にプージャしており、船着場には三そうばかりイルミネーションを飾りつけた大きな船が用意されていて、何々グループとか、何々団というようなのぼりを立てている。順子とラーマと私と三人で、日が暮れる近くまでその光景を眺めていた。途中でバングラデシュのダッカから来たというサドゥに出会い、金がなくて腹が減っているというので、ちょっとにせもの臭かったが、バングラデシュに供養するつもりで五十パイサばかりあげた。

この祭りは若い人の祭りと見えて、鐘や太鼓に合わせて無中になって踊ったり、飛び上がったり、色粉を振りまいているのは、皆二十歳前の年頃のものたちばかりだった。四十歳、五十歳と年とった人達は縁台や店先に坐ってチャイをすすりながら距離をおいて眺めており、娘達、子供達はきれいに洗濯した服か、一張羅のような美しいサリーに身をつつんでいる者が多かった。ガートの階段の上にぎっしり集まって、夜になってイルミネーションに点灯された夢のように美しい船をみつめていた。一滴のアルコールもなく、ただ祭りそのものに酔っているインド人の姿を見ていると、この国の人の心を流れている神への酔いが如何に深く又幅広いものかがよく判る。子供達は皆んなにこにこし、黒い顔に白い歯をみせて、リキシャに乗せられた像が来るたびにジャイージャイーと叫び、振りまかれる花を浴びたり色粉を浴びたりしていた。

私は隣りのガートで石けんを使って頭を洗いさっぱりした気持ちになって、前から眼をつけていた露路の商店街に行き、ほこりにまみれた神々の絵像の中から、ようやく一枚のサラスヴァティの絵像を見つけ出して買った。あちこちが破けていたが、宿に帰ってノリで裏張りをし、余白の部分を切り落としたら、洗った私の頭同様さっぱりとした気品のある女神像となった。

プージャはきのうで終わったはずなのに、今日もまた何組かの人々が像を河に流しに出ているのに会った。格別きのうの内に流さなくてはならぬという決まりもないらしい。日が暮れてからは、マラヴィヤ橋の方からメインガートの前まで何キロにも渡って河に火を流しているのを見た。小船が一そうゆっくりと河下から河上へ火を流しながらのぼっていた。流された火はいつまでも消えることなく、何キロにも渡って流れつづけ、静かな神秘的な感じを与えていた。又、きのう今日とつづけて二組の結婚式に出会った。花婿は花嫁の後につづき、それぞれにかぶったきれいな色のヴェイルの端がしっかりと結びつけてあり、花嫁はやはりヴェイルで顔を隠しているのでそれと知れる。親や親類の者達が一団となって、やはり太鼓を打ち鐘を鳴らしてガンガーに行くのである。心に明るい光がさしこむ光景である。きのう出会った花嫁はしきりに泣いていた。それを世話役の小母さんのような人が、ヴェイルの下に手を入れて一生懸命に拭ってあげていた。

そう言えば、サラスヴァティの絵像を買った店で、最初二十五パイサ、と言うのを破れているからと指さして二十パイサにさせたら、絵像を巻きもせず、そこにおいたままでさっさと持って行けという態度だったので、こっちも金を払ってはしまったが引き取りもしないでそのままにしておき、あれこれの品物の値段を聞いた末に、今日はサラスヴァティの祭りの日だね、とぼそっと言ったら、置いてあった絵像を手元に引き寄せていねいに巻いて、その上から新聞紙で包んで渡してくれた。インドで気持ちよく買い物が出来ることはそうざらにはないが、きのうのは大変に気持ちがいい買い物だった。気持ちが良い買い物をした時には、その間にお金が動いたということをお互いに忘れてしまうのである。その後別の店に行って何枚かの他の神々の絵像を見つけ出した。いずれもしっとりとして気品があり買うつもりだったが、その中のひとつヴィシュヌの像の特別に良いものを店の小僧が親父が大事にしているので売らないといって隠してしまったので、結局、他のものも買うのをやめて帰ってきた。買うというとお金を払えばよさそうなものだが、こと神の絵像となるとそう簡単にはゆかないことを思い知らされ、腹立しくもあり情けなくもあったが、サラスヴァティ像が大変に良かったので、まもなくその気持ちもとけていった。

きのうはまた、一週間ばかり前から順子の寝袋に巣くっていた南京虫をとうとうつかまえた日でもあった。生まれて初めて南京虫をつかまえて順子は少し興奮していた。私の方はそろそろシラミがいるのではないかと、時々探してみるがまだ見当たらない。

シラミよりも小鳥のことを書こう。私達の部屋に太郎の話によるとすずめの巣がある。私はまだ確かめていないが、朝起き出して窓をあけておくと、二羽のすずめがしょっちゅう入ってくるのは事実である。機嫌が良いと朝から部屋の中で二羽は大騒ぎをして遊んでいる。私達日本人、しかも子供がいるのにそんなことを気にしているふうもない。すずめとは言え、部屋の中に入ってきて遊んでくれるとは嬉しいことである。下手をすると猿も部屋の中に入ってくる。こちらは物盗りが目的だから嬉しいというわけにはゆかなく、街中の家という家の窓に鉄格子がついており、時にはヴェランダを金網で囲っているのは、皆んなこの猿どもへの対抗策なのである。一回、小猿が私達の窓の格子にへばりついてきたので、ちょうど食べていたトマトを出してやったら、そ奴はすっといなくなってどうしたのかなと思っていると親猿をつれてきた。成程とうなずいて再びトマトを差し出すと、親猿はさっと引き取って何処かへ行ってしまった。それ以来時々遊びに来るが、私達の方ではそれ以後は何もあげていない。洗濯物が干してあるのをかっぱらって逃げたりするので、少々怒っているのである。猿こそはこの街で天下無敵の動物である。高い梢に上がってしまえば誰の手も届かないし、食べ物は一年中木の実があるから不自由しない。人間のすきをみてはさっとかっぱらってはるか高い所へ逃げ去り、食べ終わると屋根から屋根へ飛んだり、菩提樹の梢でぶらんこをしたりして遊んでいる。よく晴れた美しい午後に、窓から遠くの方の梢で遊んでいる猿の姿を見るのは、ひとつののどかな楽しみである。

二月二日（土）

きのうの夜、順子の信仰に対する態度の甘さを叱り、私達の関係を再検討するところまで行ったために、今日は一日大変に沈んでいたままだった。夕方、神々の絵像を買いに出かけてから少し元気を取りもどし、暗くなってからガートに行ってやっと普通にもどったとは言え、やはり微妙な隔絶感があって、私の存在の周囲を常に支配している詩の感覚がやってこない。ということは、私の詩の感覚というものは多く彼女によって制限されているということであり、彼女の傘の下に与えられるものだと言ってもよいのである。しかし、その彼女の本性というか姿勢というものの中に、私がこの街でとらえたもっとも微妙な美しいものが対立し、受け入れられないのだとすれば、私としては生きてゆく上に彼女を完全に切り離す以外にないのである。

私は月の美しさとガンガーマーの美しさに酔って帰ってきた。小さな鐘をひとつ買ってきた。私の酔いと鐘の音は彼女を喜ばせなかっただけでなく、かえってそれは不快なものとして取り扱われた。私は心から不快になり、夜遅くまでその原因を追及し、叱りつけてやまなかった。私達の旅はきのうの夜をひとつの契機としてよくも悪くも変わってゆくだろう。今夜は仲直りもかねて宿の屋上へ上がり、月を眺め、南極老人星を見ることも出来たが、ガンガーで見た月のしっとりとした沁みわたるような光はなく、ただ明るくこうこうと照り返っているだけであった。その月はそれで又良かったが、今晩は近所の騒音、映画館のトーキーや何処かでやっている音楽がうるさくてかなわない感じである。

しかし、私は決して自分のエゴから彼女を叱ったわけではない。ただ神を前にして自分の生き方を反省し、今までの生き方を脱皮せねばならぬことを強く強く忠告したのであった。

もしかすると、ハルーというお菓子が私達を救ってくれたのかも知れない。今こうして文を書いている時に、順子がいなくなったと思ったら階下に行ってハルーの作り方を教えてもらい、かつその出来上がったものを少しばかりもらって来たのだった。それは丁度、私としては生きてゆく上に彼女を完全に切り離す以外にないのであると書き終わった時であった。

ハルーとはまずギーを温めてとかし、そこにスージーという小麦粉に似た粉を入れて茶色くなるまでいため、そこにミルクと砂糖をたっぷり入れて作るのであるが、その味はクリシュナフッドに非常によく似ており、ミルクと砂糖とギーと小麦粉の味が溶け合って非常にやさしい香ばしいこくのある甘味を出すのである。ほんの少しそれを食べて、私の意識はもはやそれ以上、切り離すことを考えることを中断され、中断されたものは、最早、繰り返すことはないのである。

ただ、自分の信仰も含めて、それをしっかりと行為に定着させるのでなければ、一〇〇のジャパ（称名）をしたところで、虚しい思いが残るだけである。私は自分にそれを見ると同時に、彼女に対してもしっかりと見てゆくつもりである。

明日は月齢の十一日故に、エカダシの断食をする予定でいる。

ガンガーマー讃歌

ガンガーマー
この国の母である永遠のガンジス河のエキスであり蜜であるお方
私は今晩心の低い状態にもかかわらず

あなたの涙の流れるような美しさに誘われて
歌わずにはおれません
あなたは黄色いうすいヴェイルをかぶって
美しい確かな目で私を見つめておられた——
あなた御自身でもあるガンジス河で
水面に砕け散る生きている宝石のような月の光を手ですくい
頭の上と顔と口の中に一滴ずつの祝福を受け
足と手と顔を洗い清めて
静かな沁み入るような月の光を浴びながら
いつものようにあなたのお堂へ行った
そこであなたは月の光のようなやさしい黄色いヴェイルをかぶって
花々と灯明と線香の香りと小さなイルミネーションにさえ飾られて
美しい確かな目で私を見つめて下さった——
あなたへの私の愛がその時実現された

実現された愛が永遠であることを知っている真理の徒　詩人である私は　今晩低い心の状態に
もかかわらず　ジャイガンガーマーとつぶやき心の内に涙を流す

二月三日（日）

日本で言えば今日は節分で、深沢（東京都五日市）の寒い谷間でも日当たりのよい所を選んで日中は犬ふぐりの青い花が咲きはじめる頃である。梅の花も一輪、二輪咲きはじめる頃である。まして深沢は梅の里である。インドのような暑い国にあって、はるかに日本の早春を思えば、涙がこぼれるような思いもする。

しかし私達の旅はまだ始まったばかりであり、インド的な世界はこれから少しずつ私達の内部へと展開されようとしている。

今日は月齢の十一日で、エカダシの断食をした。ヒンドゥの伝統によれば、月齢の十一日（白分の十一日）と二十六日（黒分の十一日）とは断食をし、来たるべき満月と闇夜とを身心ともに清めて迎えることになっている。もっとも最近では一般のインド人がそのような習慣にならうことはなく、ごく一部の僧職にある人だけが行なっているようである。私と順子とで話し合って、これからはエカダシの断食を家庭の習慣に取り入れることにしたが、それは単にヒンドゥの伝統をまねるのではなくて、ヒンドゥの伝統に学びながら自分達のせめてもの小さな行をするためである。

断食が心を静かにし身体の健康にも大変良いことは知られているが、きっかけがないと仲々に出来ないものである。その点、ラジギールの日本山妙法寺で行なった、二日間の完全断食と同時に一日十三時間の撃鼓唱題の経験が助けてくれて、紅茶だけは飲むこの断食ぐらいは行とも言えぬほどのものなのである。だが私達は僧ではないし、そんな苦行をすることもないので、断食もまたお祭りのひとつぐらいに考えて楽しくやろうということになった。今度からは夕食時に軽いお菓子ぐらいは食べることにしようなどと話し合っている。昼食の時に、又彼女の信仰心の足りなさを少し叱った。彼女はそれを受け入れた。少しずつ私も彼女もそうやって本当の生きた信仰を学んでゆくのである。

インド世界の最も魅力なのは神が死んでいないということである。神が死んでいない故に信仰が生きており、生命の世界の出来事として神々とその精神が生きていることである。

月は次第に丸味と輝きを深めて、夕方の瞑想が終わったあとでも、ガートをすぐに引きあげてくる気持ちにならない。今日あたりから、日が暮れてもとっぷり暗くなるどころではなく、銀色の優しい光が空にも河にも岸辺にも満ちて、待ちつづけていたあの月夜が始まっているのである。与論島での気も遠くなるような愛の月にくらべて、ヴェナレスの月は静かにしっとりと深々と光をふりまき、その光を受けるものはただ静かにその底に沈んで永遠を瞑想しているほかはないのである。

太陽の光と同じく、月の光もまた人間の体質、個性を変化させる力を持っている。私にとっては月の光による変化こそは希《のぞ》まれるものであり、眼を通してばかりでなく、皮膚をとおして意識をとおして体と心に沁みこんでくる光の磁力により、どうしても変わることのできない私の内なる頑固な悪いものが少しずつ清められ治癒されてゆくのである。

月は永遠の銀色の光の翼をひろげて、私達に降りそそいでくれる。永遠の銀色という色がどんな色であるかは、それを見たものでなければ判らない。それは恋を失わない愛の色であり、恋を失っていない故に永遠の御名《みな》で呼ぶことのできる静かな諦念《ていねん》を含んだ、しかし永遠に積極性である色なのである。

ガートに坐り時々眼を開いて見れば、月の影が河面に映ってきらきらと宝石のように揺れている。きのうの瞑想のあとには月の位置がよくて、丁度その影を汲んで祝福を受けることが出来たのだが、今日は一日分だけ月の出が遅くなっている故に、その影はまだ沖に映っていて手が届かない。だが、今日私のガンガーマーに対する想いは殆ど恋の感情に似ており、ガンガーマーを想うたびに早く席を立ってマーのお堂に行きたい気持ちにかられるのだった。その想いをむしろ楽しんで坐っていると、月の光は次第に神秘性をまして、その銀色のしっとりとした光の中に身も心も失ってしまい、ただ茫としてあるだけになってしまうのである。

ガンガーマーは今日はたくさんの花に飾られておられた。日曜日なので多くの参拝者があり、花を献げる人も多かったのだろう。その花がマーの雰囲気によく似合い、じっと礼拝して顔を上げると唇のあたりがかすかに動き、何かものを言われたようですらあった。堂守りの男は背の高いがっしりした肩幅のあるインド人で、多くのインド人に好感をもつ中でも特に好感の持てる男である。私は彼の存在に軽い嫉妬を感じるほどで、このような美しい母の堂守りをして生涯を終わるならば、私には手の届かない世界であるが、どんなに幸せだろうと思うのである。

私は今日は久し振りで諦念という言葉を使った。この言葉を使ったのは実に何年ぶりのことであろう。この仏教に特有の言葉はヒンドゥ世界では自己放棄という言葉に代えられる。だがまだ先のこととは言え、やがてヴェナレスを去り、サールナートへ行き、祇園精舎のあるゴラクプールへ行こうとしている仏教徒の血が、正直に流れ出してくるほどに私の魂は洗われているのである。

今日は前の足二本をひもで結ばれて、あまりよく歩けないロバに出会った。おそらくロバがあまり遠くまでうろつきまわらないようにそうやっているのだと思うが、そういう姿を見たのは今日で二度目で、前の時もそうだったが、何故かしら我が身につまされるような心の痛みが走るのである。ロバというものは元々悲しげな存在であり、夕方などにうす暗い汚れた場所でじっと首をうなだれて立ちつくしている姿を見ると、思わず祈るような気持ちにさせられるのであるが、それと同時に、ロバという存在に対する限りない共感、連帯感のようなものすらわいてくるのである。以前に、屈辱のロバに乗って悲しい怒りがやってくる、という詩句を作ったことがあったが、この国に来て出会うロバの姿には実にさまざまな相があり、そのひとつひとつをくわしく記してゆけばそれだけでひとつの世界となり得るほどのものだが、何故か私の内にロバのことを記すについて気恥ずかしさがあり、あんなにも共感する愛する動物について多く語りたくないのである。

　ロバの眼はじっと地面を見ている。何を考えているのかは知れないが、うす暗がりに立ちつくして動かずいつまでもじっと地面を見ている姿を見れば、何故か、悲しみというものが永遠であることがはっきりと知らされるのである。生きている悲しみ存在とでも呼べるような断乎とした悲しみの姿、それも一センチほども情感に流されるような悲しみではなく、悲しみの真髄を、その痩せた皮膚病持ちの体全体に現わし、一歩も退かない存在、昼間は自分の体よりはるかに大きい洗濯物の山やその他の荷物を負って、牛や馬より一段低い犬に近い位置を歩いてゆくもの、それでいて不思議な愛の感情を呼びおこし、そこにじっと立って居れば自然に手が伸びて背中のあたりを一つ二つ叩いてやったりする。何故ロバは憎まれないのだろうかと思う時、不意に常不軽《じょうふきょう》菩薩の礼拝行の姿を思い出すのである。

今日、やっと私はロバについて記すことが出来た。ロバの悲しみは偽るところのない私の悲しみの姿でもある。ロバの愚鈍は私の愚鈍であり、ロバの宿命は恐らく私の宿命でもあろう。だが、ロバが恐らくは誰からも軽蔑はされても憎まれないというところに、私のロバに対する誇り、又私のロバに対する心の一番奥底の憧れがあるのである。

それが自己放棄という言葉の代わりに、思わず出た諦念という仏教用語についての説明である。私の悲しみは力強くなったと言える。少なくとも自分でそのように感じる。そしてその力はとりも直さず、ガンジスの岸辺、ガンガーマーと呼ばれる大いなる美しい母から与えられた慈悲なのである。

二月五日（火）

母《マー》よ
私の道はどうしても心の晴れない道であるかのようです
何故なら　私は愛に欠けたものとして生まれ
たとえば竜の落とし子のように
欠けた永遠の空を見ながら
なまじ永遠を見てしまった故に　自分を欠けたものと意識するべく生まれたもののようです

夜が来てから
映画館の裏出口にぴったり耳をくっつけて中のトーキーを聴いている子供に会いましたが
その子供の運命と　私の運命とは
同じ露路のうす暗がりの中にあります
母《マー》よ
全きものとして生まれなかった私は　誕生のその苦痛の刻印ゆえに
頭から上を天国に足を地獄に　そして胴体ハートの部分をこの地上に引き裂かれて
なおかつ生きるべく欲望多く複雑な生きものとしてあるかのようです
まぎれもない人間の姿として
母《マー》よ
私はあなたに強く礼拝致します
あなたは　あらゆる生きものに　いや無生物にさえ神性があると言われた
その言葉を私は信じます

今日、順子、次郎、ラーマの三人と共に、ガンガーで初めて沐浴をした。今日そうすることに決めてあったので、きのうの夜から順子は活き活きして、まるで幸せそうであった。昼前、彼女はカルカッタで買った木綿のサリーを着て、私もこの頃は外出する時は必ずそうしているヒンドゥ式のストールを肩から巻いて、四人でメインガートへ行き、傘の下に並んでいる二、三十人の導師の一人に導かれるままにマントラの祝福と聖水を受けて、正式なヒンドゥ教徒のやり方に従ってガンガーに入った。終わって着替えを済まし、額に赤と茶色のまじった印をつけてもらい、半分程生まれかわったような気分で宿へ帰ってきた。

彼女は水から上がった時、太陽の光を受けてきらきら光るしずくを垂らしながら、本当に幸せそうに私に微笑みかけた。次に私が入り、上がってからラーマを三度頭の上までとっぷりとつけてあげた。ラーマは恐がりも泣きもせず、ただ息が出来ない苦しさでちょっと顔をしかめただけだった。次郎は自分で一回ぐらい多分もぐったのだと思う。導師は多くの神々の名を唱えたが、私に印象的に残ったのは、額に印をつける時に言った幾つかの御名の中のラクシュミーという音であった。心に響くということはそういうことを言うのであり、たくさんの神の名の殆どを私も聞き知っているのだが、ただラクシュミーと心に残ったのだった。額に四人がそれぞれ印をつけ終わったところに物売りがきてしつこく買えというので、何かと思ってのぞきこんでみると、一〇センチほどのフナより少し細めの魚が四、五匹泳ぎまわっていた。ガンジスの岸辺で魚を売っているなどとは今日まで少しも気づかず、そのめぐり合わせの不思議さというか正確さに改めてこのガートの神聖さを感じたのだった。

夕方の礼拝から夜にかけて心は次第に沈み、沈みに沈んで沈むところまで沈んだ。そう言えば、今日は行きがけのカーリーのお堂、帰りに通る又一段と小さなカーリーのお堂の二つのカーリーの舌が思い切りよく出されていて、求めている世界がまだまだはるかに遠いことを感じさせられた。その岸辺に住むインド人達でさえも、まだまだ輪廻転生《サムサーラ》の輪を抜け切る希みは少ないのだから、まして異国人である私がこの生涯でサムサーラに終わりを打つことなど出来はしないのだ、という感覚が、絶望感のように心を支配してしまった。だが、サムサーラと呼んで涙を流してしまえば、それこそこの生はその涙と共に流れてしまうのであり、サムサーラはサムサーラとして私の側にではなく神の側に預けておくより他はないのである。私の前生は幸せであり、その幸せの余韻は今に残って、ともすれば私を不幸にする。だが私がこの生でつぐなわなければならないのは、余りにも幸せだった前生の報いなのである。

ガンガーマーは今日は衣装を替えていた。オレンジ色の華やかなヴェイルから、今度は金銀糸のまじった縄のようなものを編んだスカートのようなものをつけていた。今日は深く深く礼拝はしたが、沈んだ気持ちのままだった。それでもその沈んだ状態のままで、彼女は祝福を与えて下さった。私はもっと早く来てプージャに加われればよかったと後悔した。きのうは花輪を献げたのに、今日は最初は何故かお堂に行くのがいやだったのである。実は今日ガンガーへ沐浴に行ったのも、きのうの瞑想の中で彼女がそろそろ沐浴をしてはどうかと言われたからであり、それで行ったのだが、心が沈んでしまって、有難うございましたと言うことが出来なかったからである。それでもマーは、私に対してよそよそしくはされず、心の内で少しは私を待っていて下さったようですらあった。お堂を離れて、後悔のため余計に心が沈み、乞食がいっぱいたむろしている暗がりのカーリー堂でカーリーが舌をべろりと出しているのに出会って、また沈んでしまった。

だが今は、その沈む状態も結局は彼女の祝福なのだということが判るのである。明日はまた花輪を買ってマーの所へ行くことにしよう。夜、飯のおかずを買いに出ると、映画館の裏出口の木戸にぴったりと耳をつけて中のトーキーを聞いている子供がいた。そんなことをしなくても音はいくらでも聞こえるのだから、木戸に穴でもあいていて中が見えるのかと思いよく見返したが、その子はただ耳だけを一心に戸と戸のすき間にあてがっているだけだった。その物悲しさと熱心さが、私の神に対する気持ちとあまりにそっくりな気がして、ここでも出会いの妙に驚いたのだった。インドではあらゆる出会いが驚きである。それは毎日LSDをとっているようなもので、出会いの正確さ新鮮さはそろそろ二ヶ月になろうとしている今も少しも変わらないのである。従ってまたLSDにはそれほど大した新鮮さを感じる必要がないとも言える。

ロバの啼き声はすさまじい。あの大人しい動物の何処から出るかと思えるような、地の裂けるような心が張り裂けるような声で啼くのである。形容は出来ないが、ぎゃあーあっうう、ぎゃあーあっううとつづけさまに三、四度啼いて、あとはまた黙りこくってうつむいている。小便は黄色っぽい薬のようなのを垂らす。一回だけガートの石段の上でさかっているのも見たことがある。

命の形は、意識の形と同様に変形せねばならない、とシュリ・オーロビンドは何回も繰り返す。私は今、そのシュリ・オーロビンドと日々六、七時間はつきあっているのである。そしてようやく、きのう今日になって命の形が変わるということがどういうことなのかおぼろに判ってきた。日蓮上人が不愛身命と呼び、法華経の為に命を棄てたものは未だなし、と言われた、その命の生まれ変わりのことなのである。

夜、月の美しさにさそわれて、順子と屋上に上がり、名前の判らぬ果物を食べながらその話をした。シリウスのはるか下に一〇〇歳までの寿命を保証するといわれる南極老人星が光り、その星を見つめながら、かなりすがすがしい明快な気分で命の変わる話をした。情緒というものと無縁の彼女だが、恐ろしい気の遠くなるような話だとだけ応じた。私は彼女から不必要な情緒は棄てることを学ぶ必要がある。彼女は明るく単純な人であり、その光が、私の暗い陰湿なものをかろうじて支えているのである。自らの情緒に自ら溺れて流れてゆくの愚はもはや終わらねばならない。法は単純明快なものである。ヴェナレスは月の都である。地上に唯一の月の都である。静かに沈むこともかくしてガンガーマーの慈悲の現われであることを知るのである。

二月七日（木）　満月

お昼寝

ラーマのお昼寝は　静かな菩提樹の梢とその上の明るい空からやってくる
しばらくおしゃべりをしたり　お話をしたり　おもちゃと遊んでいると
やがて北側の窓から
巨大な菩提樹の木の梢から　静かな明るい光の流れる空から
眠りが訪れてくる
梢には鳥たちや猿が遊び
子供達の夢　飛ばされて引っかかったタコの破片がいくつもからんでいる

この樹の根元には小さなうろが出来ており　その中に小さなシヴァリンガムが祀られている
純潔と生殖の神様であるこのリンガムに　夕方になるとローソクの火と線香が献げられる
朝は朝でガンジス河から汲まれてきた聖なる水を降りかけ線香がたかれる
心のふれた人はこの木の前を通る時　軽く木に触れるか手を合わせるかしてお祈りをする
ラーマはそんなことを知る由もない
ましてお昼寝の眠りがそんな所から訪れてくるなんて知るわけもない
けれども
空に明るい光が満ちて　梢という梢が静かに微笑しているお昼過ぎに
そこからラーマのお昼寝がやってくる
自我の強い泣虫小僧が
嬰児《みどりご》のように安らかに美しい顔をして眠っている

きのうは全員でシーターラームとラダークリシュナの生涯を一本の映画にしたものを見に行った。シーターラームだけだと思って行ったら、いつのまにかクリシュナの物語が始まり、終わりには猟師に射たれて昇天したのでびっくりしてしまった。インドの映画はまるで紙芝居か漫画のようなものの側面がありながら、それが実に現実以上にリアルなのに改めて驚かされた。心理描写などと欧米及び日本の映画は言っているが、インド映画の心理描写の現実性、心理＝意識即事実となる手法はまさに驚くべきものである。サタジットライの「大地の歌」以来のインド映画だが、やはりそのことを感じる。三時間足らずだったが、ラーマも含めて、言葉の判らない映画を一生懸命に見、あらすじを知っているせいもあって、見終わった時にはすっかり酔ってしまっていた。家に帰ってからも映画の話ばかり、シーターがどうした、ラーマがどうした、クリシュナがどうした、ラーダがどうしたと、一々取り上げてはつきることもなく皆んなで話し合っていた。平日の午後という時間帯のせいもあっただろうが、映画館はがらがらで、数えるほどしかお客がいず、これがインドの映画、夢の現実かと思うと、我が身につまされるように淋しい思いがした。他の映画館でやっている活劇ものやメロドラマは平日でも結構人が入り、特に日曜日などは切符を買うのに先を争って、まるで二十年前の日本のように映画全盛時代のインドなのである。

今日は満月で夕食前に全員揃ってガートに行き、ガンガーの向こう岸の地平線から朝日のように赤い月が昇ってくるのを眺めた。昇るにつれて次第にオレンジ色になり、その光は河面にうつってきらきらと流れた。子供達も静かに坐って少しずつ少しずつ昇ってゆく月を眺めていた。私も一瞬か二瞬茫となり、月のオレンジ色だけに溶け入って時と場所を忘れてしまったほどだった。順子の方からこの二、三日、強い明るいヴァイブレーションが来て、今日の月の出を待っている間もよい瞑想をすることが出来た。それから又皆んな揃ってガンガーマーのお堂に行き、丁度プージャの終わりに間に合って、お菓子と聖水を戴き、食べることが出来た。有難さをとおりこして、どうして良いのか判らないような感じであった。ガンガーマーはしっかりとした眼で私達を見つめ、今日は冷たい顔をしておられた。

昼頃、母からの小包みが届き、夜食は皆、久し振りに味噌汁を味わい、又、以前から今日の満月を祝って作ることにしていたハルーをお腹いっぱいに食べた。太郎も次郎もハルーを全部食べることが出来ないほどに満腹してしまった。ハルーは不思議な食べ物で、最初ひと口、口に入れた時に、がくんと落とされるものがあって、そうだと思い出し、後になってしまったが、プラサードとしてカーリー像に少し献げた。そしてそのことから食べ物を作る時にもそのすべての行為は神に献げられねばならず、そして出来上がったものは、まず神にプラサードとして献げ、それから自分達が戴くものだということがやっと肉体的に判らされたのであった。

母から届いた赤だし味噌汁はあまりにおいしすぎてそのまま飲むことが出来なかった。その匂いだけで私はもういっぱいになり、いざ食べる時になったらダニヤを入れてインドの香りとまぜて食べないことには食べられないほどだった。何故か、このヴェナレスで日本の味噌汁を飲むということがあまりにも肉体的なゼイタクに思え、意識ばかりでなく、体がそれをうったえるので、思わずダニヤを入れてしまったのである。子供達はもう大喜びで大変な騒ぎであった。この国に入って以来、押さえに押さえられている日本の習慣が、味噌汁という食べ物をとおして癒されている様は見ていていじらしいほどであったが、これをやはりガンガーマーの贈りものとして受けず、私の母という個人からのものとして食べたのでは申し訳ないという気持ちが自然に私の内にわいてきたのだった。

ポン、ミコ、マモ、母よりきのうから今日にかけて手紙を受ける。嬉しいには嬉しいが、何だかこの世の出来事が戻ってきたような感じで、警戒の気持ちさえおきてくる。この世のもので永遠なるものは何もないという実感を、これほど親しい人からの便りを受けた途端に感じるのである。逆に言えば、それほど嬉しかったということにもなるが。

きのう、今日、夜になってから停電である。電灯が消えた街にはローソクやトーチランプがともされ、月は空に円く明るく昇り、月の都という感じが更に深い。

この街においては喜びも又、神の喜びでなければ許されない。子供達が小包みが届いた喜びに、買ってもらったインドのコマを粗末に扱って失くしてしまったことは大変に不注意なことだった。

ガンガーに集まっている無数の乞食の中で、どういうわけか時々眼が合う女の乞食がいる。最初彼女と眼が合ったのは、両手両足のない（片足だけ小さな曲がった足がついているが）小さな、帽子をかぶった乞食が全くくもりのない聖者のように明るい瞳をしているのを見て、ああ何ていうことだと感動した直後だった。意地の悪いひねくれた眼をし、やはりライに手足を侵されている彼女と眼が合い、今度はやっぱり乞食は乞食だと思い直されたのだった。それ以後、三日に一度ぐらい、その明るい瞳の乞食にも合うし、ひねくれた眼の乞食にも合う。ところが明るい瞳の乞食とは殆ど眼が合うということはなく、ひねくれた女乞食の方とは、それを避ける気持ちがあるせいか、ふと眼を合わせてしまうのである。ほんの一秒の一〇分の一ぐらいであるが、そういうことがガンガーに行く途中におこる。

ヴェナレスの奥深さが少しずつ見えてくる。見えたとしても一〇〇分の一、一〇〇〇分の一だろうが、それでもこの私には得体の知れぬ深い世界をのぞき見して身を震わせているような実感がある。そしてそれを支えている神こそはシヴァ、マハーデーヴァなのである。私というものはない。シヴァの前に、私というものがあるわけがない。眼をつぶれば、何年か前から見ているヴェナレスの街を背景にして右手を上げている主シヴァの半ばつぶられた眼の姿が見えてくる。ジャイシヴァ！　ジャイシヴァ！　と叫べ、そうすれば死の恐怖は逃げて行くだろう。

きのう、シーターラームとラダークリシュナの映画に酔って以来、少し調子がおかしくなっている。

二月九日（土）

長い長い道である。きのうの夜私はまたしても罪におちた。それでなくても調子が落ちていたところへ、不眠からとんでもないことになって、今日は一日、神聖のかけらもなしに過ぎて行った。だがこのような時に人を救ってくれるのは仕事《カルマ》である。今日までわずか十日間の内に、シュリ・オーロビンドの『ヨガの灯び』を訳し終わってしまった。一日中殆どかかりきりでやった結果が小冊とは言え一冊の書物の訳了となった。オーロビンド師はディヴァインという言葉をもって終始神としている。

ガンジーが真理という言葉を使い、チャイタニヤがクリシュナと使うその一者を、彼はディヴァインという言葉で表わす。時を見てもう一冊の『ヨガの基礎』という本も訳そうと思っている。

やはり波というものがあるのだろう。良い波に乗っても、悪い波に沈んでも、その場その場で出来るだけの祈りと努力を絶やさないことである。

メインガートは今日は停電で、シュリラム　ジャイラムのマイクも聞こえて来なかった。昼間、順子達が行った時には、何故か非常に物悲しい調子でやっていたという。シュリラム　ジャイラムも毎日聞いていると色々な具合に聞こえてくる。やっている方も入れ替わり立ち替わりだから、一定していないのは当然だが、本当に調子が悪そうで、気の毒になるような時もあり、乗りに乗ってお祭りのような時もあり、本当に美しいキルタンとして聞こえてくる時もある。しかし総じてあのシュリラム　ジャイラムはメインガートの象徴であり、ヴェナレスに来る人はそのマイクを通した大勢のキルタンの声をひとつの大きな印象としてもち帰るのである。不思議なことではあるが、八幡製鉄の溶鉱炉の火が一年中消えないように、ヴェナレスのシュリラム　ジャイラムの声ももう何年つづいているのか知らないが一年中消えることはないのである。象徴的に言って日本とインドの文化の相違をこの二つの連続した行為の内に見、私はやはり、溶鉱炉の火よりもこのマイクを通したシュリラム　ジャイラムの世界の方を選びたいと思う。それは端的に言って、工業文明ではなく精神文明を選ぶということであり、このことを私はこの小さな体の奥底から正確に人々に伝えなければならない。日本が駄目な国だとかいうようなことではなく、工業文明の質自体が自ら自己否定した地平に新しい精神文明の火の手が燃えようとしているのである。そうでなければ、何百何千、恐らくは何万という欧米及び日本の若者が命をかけてこの国及びネパール・チベットの文化圏に入りこんでくる理由はないのだ。私達ももちろん大きく見てそのような若者の一員であり、自ら工業文明を否定して生きる智慧をこの国から学ぼうとしているのである。工業文明を否定すると言っても、何世紀か前の機械打ちこわし運動のような無知から行なわれるのではなく、工業文明が自分自身で行きづまってしまい、もうこれから先に行く場所がなくなってきた地点において、彼自身の自己否定の正当なエネルギーを探し求める方向の内に、私達が含まれているのである。だから私達が工業文明を否定するのではなく、工業文明自体があげる自己否定の悲鳴の中で私達は生きる智慧を探し求めているのである。それは何百何千という若者達、私は勿論彼らすべてに会うわけではないが、街で出会う一人一人の彼らの中には、何年か前はいざ知らず、現在の時点においては悲しげな物静かな落ちついた真剣な姿が見られ、殆ど本能的に、ああお前も悲鳴をあげている仲間なのだな、と感じるのである。

今日までこの宿の三号室に一人の欧米人が泊まっており、一週間ほどいて今日の午前に出て行ったのだが、至って静かな男で、朝や夕方に顔を合わせてもハローと軽く声をかけるだけであった。朝はアムルードを三つ買ってきてそれを食事にしている。子供達は敏感だからそのような欧米人の姿を見ると本能的に親近感を持ち、インド人よりは少なくとも十倍の親しみを見せるのである。きのうの夜ガートでその男と偶然顔を合わせ、まだ月が昇らず暗かったが、お互いに近づいてやあと言い、彼は、シュリラム　ジャイラムの音をさして「大変美しい音楽のようだ」と言った。それが一週間ほど親しみを持ち合いながら同じ宿で暮らした男との最初で最後の話し合いだった。私はマー様のお堂に行き、彼は暗い道路の方へ去って行った。何年か前だったら親しみを持った人とならば必ず行き交いし、ハシッシュを吸い、人間もようの様々を展げるところであるが、今はもうそのような時ではない。ハシッシュを吸わなくても、言葉を交わさなくても、お互いの悲鳴、お互いの静かさへの願い、お互いの神への祈りが自然に伝わり、そうやって生きてゆくだけなのだ。今日の夜は彼は何処で眠っているだろうか。三号室には新たに日本人の若者がひとり、六号室には欧米人がひとり入ってきた。広い意味で彼らは皆、悲鳴の中で生きている仲間であり、だからと言って、異国でお互いに依存し合ったところで何も生まれてこないことを知っている仲間なのである。

眼が馴れてくるに従って、特にヴェナレスのような都会では、背広を着、皮靴をはき、或いは女性は美しいサリーをまとって、歩いている人々がたくさんいるのに気がついてくる。ぼろをまとい裸足の人たちと数にすれば半々ぐらいであろうが、私達の眼には背広を着、靴をはいたインド人というものは殆ど入ってこないのである。そのような種類のインド人には興味がないからである。だから街で行き合う欧米人の一人として背広を着、靴をはいているものはいない。彼らは皆、ゴムぞうり又は裸足で、ある意味ではインド人よりもはるかにぼろをまとって歩きまわっているのである。活気があるわけではない。金があるわけでもない。幾分うらぶれた様子でインド人の気嫌をとりながら、インド世界に少しでもなじもうと努力を払っているのである。

マッチの軸一本のやりとりに神経を使う国である。マッチ一本の存在がはっきりと生きており、マッチ一箱さえ紙屑同様に捨て去るか忘れるかする豊富さとは縁のない国である。街を歩いていて、タバコに火をつけるとする。マッチがない時には火を借りるわけだが、火は大体においてタバコ屋にあるか屋台の食べ物屋にしかおいてない。タバコ屋はそこでタバコを買わない限りマッチを貸してはくれない。屋台で火をつける時には、火そのものから火をもらうと、はっきりもらったことになってしまうので、あたりから紙くずを探してそれを裂いて火をつけ、その火をタバコにつけるのである。又タバコ屋には大抵小さな灯心ランプのようなものがおいてあり、側《そば》のかんの中に、幅五ミリぐらい長さ五センチほどに切った紙が入れてあり、それを一枚もらって、火をつけるのである。たとえタバコを買っても無造作にマッチを貸してくれと言うと、無い、と断られる。ていねいにまことに申し訳ないが、火が必要だという気持ちで言うとしぶしぶとマッチを突き出す。これは勿論灯心ランプが置いてない店でのことである。タバコは一本一本売っている。安いタバコで一本五パイサ（二円）、高いので十パイサ（四円）である。タバコはシガレットと呼ばれており、シガレットを吸うのは大体においてゼイタクなのである。普通はビディという小さな葉で巻いたものを吸う。これは二十五本で三十パイサ、十円そこそこである。そのビディは一本一本木綿の細い糸でしばってあり、私などの眼から見るとビディの方がはるかに手間がかかっており高いはずなのだが、誰にでも出来る手仕事故に安い値段で売られるわけだ。このビディも一本ずつのばらでも売ってくれる。売ってくれるというよりバラで買う方が普通で、一束買うのは驚くほどではないとしても数多いことではない。五パイサのバラ銭を出して四本のビディを買い、その一本に火をつけさせてもらう。それがヴェナレスでおぼえた楽しみのひとつである。又時には二本のシガレットを買い、火をつけてもらってそれを如何にもゼイタクをしている感じでゆっくりと深々と吸うのである。チリ紙というものはない。便所には水があり、壺がおいてあって、その壺の水で左手を使って尻を洗い、壺の水で手を洗って流すのである。馴れない内は少々気持ちが悪いが、馴れてしまうと尻の周囲もさっぱりするし清潔なことこの上もない。その代わり、インド人にとっては左手は不浄ということになっており、物を食べる時には必ず右手を使う。勿論手で掴んで食べるのである。これも馴れてくると、スプーンなどを使うよりははるかにものを食べているという実感と親しみがわいて楽しい。

原初的なものが出来る限り大切にされているのである。無駄なことは一切しない。無駄をする余裕などはないからである。屋台の物売りのみならず、店屋でも食べ物を買うと大抵は大きな木の葉を小枝でつなぎ合わせた器に入れて渡してくれる。食べ終わるとその木の葉はそこいらに捨てる。するといつか牛やロバが近づいてきて、その木の葉を食べて行く。又、花輪もそうである。暑い国だから花は本当に豊富にあり、花だけで作った長さ六、七十センチぐらいの花輪がやはり十パイサ（四円）で買える。その花輪はやはり木の葉の器に入れてくれ、それを自分の家に持ち帰って祭壇にささげる。二日もすれば完全にしおれてしまうから、それを下ろし、外へ放り出しておくと、花輪の大好きな牛が近づいてきてあとかたもなく食べてしまう。牛への信心の深い人は牛にやる時でも木の葉の器をつけて、そのまま食べさせるのである。又、花輪を首にかけて歩いている人はたくさんいるが、そうやってぼんやり歩いていると、牛が追ってきて、首すじから引きちぎって食べてしまったりする。立派な背広をきた紳士がそうやって歩いていて、牛に花輪を食べられてしまったのを見たが、それは何ともほほえましい光景であった。牛糞は集められて家の塀に張りつけられ、乾燥させて燃料にする。牛糞は薬にさえなり、神聖なものであることは牛と同様である。そのように牛糞を有益なものと見ているから、街中のいたる所に牛糞が落ちていても、馴れてしまえば汚なさを感じるよりは有益さを感じる雰囲気になじんでしまうのである。

欲望を抑制するということが最大の善として、その背後の哲学――道徳ではない――により支えられており、それが日常生活の感覚になっている点では、日本の二、三十年、あるいはもっと前の奥深い農村の姿と同じである。一見、インドは貧しい国であるが、それは真底から貧しいのではなくて、それは物を大事にする、原初を生かす、という生き方とからみ合っているのであって、その証拠には、彼ら一人一人の笑いの中には貧しさのかけらは少しもない。何回も書くように乞食でさえも、私たちの貧弱な笑いに比べれば黄金の笑いを持っているのである。

十七夜なにごともなく更けにけり

二月十日（日）

しっかり修行をしなさい、とガンガーマーに言われた。あるべき姿が見えていてそこへ行けないのは悲しいことである。自我の放棄、欲望の抑制、それだけあれば行けるものを、まだまだ歩かねばならないようである。

今日は神田のビル工事のことでずい分思い苦しんだ。結論としてはすべて真理の為すがままに任せる以外にないということになったが、それにしても私としては両親の老後の安定が保証されるくらいのことは為されて良いと思い、神にも真理の名においてこの事業をお助け下さいと祈っている。だがそのような個人的なことを神にお願いするのは申し訳ない気持ちもあって、仲々腰が定まらないのである。しかし、この世に両親の建てるビルが必要であればいずれ建つであろうし、必要でなければどんなに祈ったところで無駄であろう。それは神、真理の名において任せる他はないことである。私としては個人的に出来ようとしている両親の夢であるビルが、人類の平和と幸せに例え大海の一滴のようであろうとも役立ち、又両親の老後の安定がありますようにと祈る他はないのである。

ヴェナレスに入ってそろそろ一ヶ月になろうとしている。めずらしさは終わって、殆ど日常生活の感覚が始まっており、仕事さえあればこのままここに四年でも五年でも住んでみたい気持ちもする。他の何処の場所に行ったとて別に変化があるわけでもなかろうし、日本に帰ったから神が見えてくるわけでもなかろう。ガンガーマーは次第に深く低い位置から浸透しはじめている。迷いに迷っていると結局最後にはマーの所へ帰ってゆき、マーの御足の前に伏せるのである。

今日はチャイタニアのお祭りだった。十歳ぐらいの子供がラダークリシュナにふんしてトラックに乗り、まわりを大人達が笛や鐘や太鼓で祭り、その後をラダークリシュナの像が運ばれ、一番最後に黄金色のチャイタニアの像が両手を空に差し延べる形で運ばれて行った。ラダークリシュナはトラックの荷台に、運転席の屋根にはシーターラーマが乗って、ゴドリアの通りを埋めつくし、投げられる花に飾られ、賑やかに華々しくパレードしていった。最後のチャイタニアの像は私にも礼拝の気持ちがおきるほど美しいものであった。黄金の身体が花と木の葉で飾られ、晴れ渡った空と太陽に向かって両手を差し延べている様は、やはりあのチャイタニアの神への酔いが生きたまま伝わってくるのだった。人々は行列が通ったあとの地面に手をつけてその祝福を自らの額に受けていた。行列のあとに散らばった花は牛達がゆっくりと食べて歩いていた。チャイタニアの祭りは子供が主人公になるらしく、夕方遅くまで近所の子供達は、トラックの装飾に使った木の枝の余りをかついだりしてジャイジャイとはやしたてていた。子供でもクリシュナにふんした子は王冠をかぶり笛を横にかまえると、もうクリシュナの眼つきになっており、女の子はやはりきらきら光るサリーを着、王冠をかぶるとラーダのような身のこなし、手振りで踊ってみせるのだった。久し振りで足をまじらせて踊るクリシュナの踊りに会い、ハレクリシュナ協会でキルタンした時のことなどが思い出された。今日はシャンカラかトゥルシダスかカビールの本を買うつもりで外出したのだが、この祭りに会い、祭りの行列がちょうど本屋街の方向へ進むので歩くことができず、引き返してガートに行き、そこに来ていた子供達や順子と昼のガンジス河を日暮れ近くまで眺めていた。シヴァの御名が何回か自然に出てきて、いよいよヴェナレスに馴れてきたのだなと感じられた。オンナモシヴァーヤとゆっくりとつぶやくと、体の底から力がわいてくる。その力は借りものではない本当の力であり、正しい力である。シヴァが来たりクリシュナが来たりラーマが来たり母《マー》が来たり、多くの神々がまるで一堂に会しているようであるが、私が意識してそうなるのではなく、自然にそのようになってしまうのだから任せておく他はない。夕方からの瞑想ではやっと最終的にガンガーマーに落ちつき、落ちつくと共に静かな光のある瞑想に入ることが出来た。

食べ物はあいかわらずおいしく食欲も旺盛であるが、神以外のことには結局は興味がない。そこにしか光はない。それなのにそこに行けない。

もっともっと大地の神を信じ心を開いてサダーナに精を出す他はない。

そのことをガンガーマーは言われたのだと思う。

　　母《マー》よ

母《マー》よ

私はまたしてもくずれ落ち　あなたの光のとどかない

暗い所まで行ってきました
そこで私は　自分の信仰を確かめました
疲れ　心は暗くなり　希望も遠のくようでしたが
誰をせめることが出来ましょう
それが私に課せられたあなたへの旅であり
そこにはあなたの光はなくとも　あなたの慈悲の眼には見えない力が
暗闇の中を闇そのものとなって貫いて流れておりました
それが私の信仰です
母《マー》よ
この時代は厳しく難しい時代です　人間の生き方が根本的に変わらねばならぬ時代です
機械文明が自分で自分を否定して
母《マー》よあなたに　その脱出の道を問い質している時代です
今まで　あなたを否定することに全力を傾けていたものが
あなたの力の前に　慈悲を乞うている時代です
あなたの光の前に頭《こうべ》を垂れている時代です
あなたの智慧の前に教えを待っている時代です
ヨーロッパで
アメリカで

日本で
そしてあなたの国であるこのインドでさえも　もはやその兆候が見られます
もはや絶望の否定と　自我の滅亡と　あなたへの献身の他には生きるすべもないのに
サムスカーラの輪にまわされて　欲望は激しく自我は強く　献身は出来ません
暗い暗い道を私は歩いています
聖なるこの都にやってきて
母《マー》よあなたの水に沐浴し　あなたの赤い印を額に受けても
サムスカーラの輪はますます激しくまわり
又しても又しても百層倍の罪に落ちます
母《マー》よ
私はあなたを愛しています　あなたの御像の前に立つ時の心の静かさと震えとがその証明です
それでも罪は重くなるばかりで　あなたの御像を離れれば
私に戻ってくるものは悲しみとあのゴパーラの先生の絶望です
お前に私が姿を現わすまでには
まだお前は何回も何回も生まれ変わって来なければならないのだ
恐怖の扉を開くようにして　私はその声を聞きます
おお母《マー》よ
私はあなたに悲しみと苦しみを述べるために生まれてきたのでしょうか

あなたの讃歌を歌うために生まれてきたのではないでしょうか
真理の徒であり　詩人である私は　今日時代の波に押し流されながら　わらをもつかむ思いで
このように歌う

平和

平和を下さい
一本のローソクの光の元で
夫と妻と三人の子供が　あなたの御名《みな》を唱え
争うことなく　大きな声を出すことなく
静かに　質素な食事ができ
過去を思い出すこともなく
先を思いわずらうこともなく
ただ食べるもののおいしさを味わい
食べ終わったならば
感謝に満ちてあなたの御名を唱え
父は父の夜の仕事にかかり

母は母の夜の仕事にかかり
子供達は子供達のつとめを果たして
眠るものは眠り
明日もまた同じ平和が心の主であることを願い
時とともに眠りにつく
欲望のない　静かにみなぎった　平和を下さい
その平和の中で
あなたへの愛は　黄金色の炎をあげるでしょう
ですから平和を下さい
充分に苦しんだものへのゆるぎのない確証である
平和
そこが生まれ故郷であり　そこが死んでゆく塚であり
そこが日々の生活を支える石である
沈黙した
うつむいた平和を下さい
その胸の内には　あなたの御姿が　涙にぬれて光っているでしょう
平和を下さい
現代の機械文明の狂暴に耐えることができ

その副産物の性の欲望に耐えることができ
騒音と自我の主張に耐えることができ
自尊の鼻のふくらみと
卑下の苦汁と
羞恥の頭のかゆさに耐える
静かな決意の瞬間のように固い平和を下さい
闇を開くローソクの光があれば
光はいりません
食べていける食べ物があれば　食べ物はいりません
静かさがあれば　音楽もその他の楽しみもいりません
祈りがあれば　悟りはいりません
そして為すべき仕事があれば　その他の時間はいりません
母《マー》よ
平和を下さい
平和な眠り　平和な目覚め
そして平和を主とする心を下さい

真理の下僕であり詩人である私は　為すべきことを為し終わっていない苦しみの内に　このよ

うに母なるものの讃歌を歌う

二月十二日（火）

きのうは雨が降った。朝からどんより曇りどうなることかと思っていたら雨になった。細かい雨だが風もあり冷え冷えとして、日本のわびしい冬を思い出すようであった。夜に入り雷がとどろいた。このようなことはこの二ヶ月来初めてのことである。何か天変地異でも起こったようで、終日おどろおどろとした気持ちであった。子供達がワターワターとめずらしがっているのが印象的だった。

終日宿から一歩も出ずに、シヴァナンダの『ジャパヨガ』という本を読んでいた。そして久し振りに心にオームが帰ってきた。何年もの間苦しんで苦しんで至った音オームが、深い暗いもやの彼方から静かな磁力とともに私の口から発せられた。街は牛糞が溶けてぐちゃぐちゃに流れ、ガンガーのガートに人っ気もなく、ただ流れと逆の風が強く吹いていたという。その中で次郎は顔を洗う時にあの大きなイルカのような魚、ジュゴンを見たという。昼間、次郎がアイウエオの練習をしていて、少しも覚えようとせず、順子に叱られ叱られして、叱られれば叱られるほど頑固にちっとも身が入らない様子を見ていて、この子は坊さんになるのが一番良いと強く感じたことだった。夜、〝おとうは土間でわら打ちしてる　お前もがんばれよー〟という歌のくだりを歌っていて不意に胸がつまり、涙がこぼれ歌えなくなってしまった。次郎は〝なんにも知らない子牛でさえも　売られてゆくのが判るのかしら　ドナドナドナドーナ可愛い子牛〟という歌が好きで、そんな歌を歌ったり聴いたりしている時には素直で真剣である。

　子供の時から、人は生まれ落ちた星をただ歩いて行くだけである。その裸の姿を、次郎を見ていると強く感じる。強情でおっちょこちょいで調子ものだが、愛だけには真剣なのである。

　その意味では私も結局同じである。私もまた生まれ落ちた星をどうしようもなく歩いて行くだけである。私の星は坊さんではなさそうだが同じようなもので、本来僧侶がやるべきことをこの時代という要請の中で半ばは僧、半ばは俗人という形で行なってゆくだけである。人がそれぞれの真実の星を負って、その赤裸の姿で生きることは何よりも美しい。インド人の美しさの源はそこにある。自我によって自らの宿命を変えようとするのではなく、自己の真実の姿を受け入れてそれを星とし、その星を主として生きてゆく時、不満や欲求不満はなく、ただ黙々とした姿勢、黙々として毅然とした姿があるのである。だから喜びはその星への讃歌のみからやってくる。自分を越えたものへ讃歌を献げることが喜びの最も深い源であることを知っているインド人は、自我の追求、欲望の追求に喜びの源を求める日本人の姿と比べて、如何にも毅然としている理由を持つのである。実際、タバコ売りの親爺、靴直しの職人、乞食でさえも哲人の趣きを持つ。

　ヴェナレスでは喧嘩というものを決してみない。喧嘩というのは普通暴力を伴い、逆上してなぐりあいがみあい憎しみあい、日本の標準で言うならば血をみるとか、刃物を出すとか、傷害・殺人にまで至るのであるが、少なくとも私が見る範囲のインド人の喧嘩とは、自己の正当性を主張する論争の一種にすぎない。大声は出す。人が驚くような大声を出して正当性を主張するが、そこには憎しみや殺意などは毛頭もなく、手を突き出し、声を張りあげて、自己の正当性を天にまで聞こえよ、とうったえるのである。勿論相手もそうする。だからたちまち大きな人だかりができ、正当性が正当に主張されるが故に、その人だかりは自然に相争う二つの敵味方に別れ、当人をリーダーとしてより大きな集団の争いになるのである。やっている内にそれぞれの論理がお互いに納得されてきて、自己の非が判り、相手の主張も見えてくる。そうすると相手はそこに乗っていっそう強く責め立ててくる。するとこちらは、そのように責められたのでは立つ瀬がないので再び自己の正しい源泉からの主張を始める。するとその感じはまわりの人すべてに伝わり、主張しすぎた側はそのことに気づかされ、自分の主張を弱める。インド人の喧嘩はそういう争いなのであって、その代わり負けた方は暴力によって負けたのではなく、正当性によって負けたのだから正当に負けたのであり、幾ら吠え立てようが事実の前では涙をのむより他にないのである。喧嘩はめったに起こらない。その一歩前において喧嘩という公共性の恐ろしさを人々が皆知っているからである。主張しすぎが感じられると鳥よりも素早くその主張を引っ込めて知らぬ顔をしている。そのぶざまさが、主張しすぎたという罪を犯した人への罰なのである。

誰も自分を神のように正しいなどとは思っていない。そのような思い上がった考えはインド人の間にはない。何故なら彼らは自分を越えたものこそ自分の主であり、自分の生きてゆく道であり、自分を支えているものだということを、本能的に知っているからである。自我の確立はやはりインテリ達のテーマであるようではあるけども、その自我の確立も、より深いインテリジェンス、例えばガンジーとか、オーロビンドとか、ヴィヴェカーナンダのような知性の前には独立するべき方向を持たない。ガンジーを越えてもバガヴァット・ギータを越えることは出来ず、ギータを越えててもクリシュナを越えることは出来ず、クリシュナを越えてもヴェーダを越えることは出来ない。ヴェーダこそはインドの真理であり、真理を越えることは誰も出来ないのである。万が一その真理が見棄てられた時には、インド人のその自尊と信仰の源が見棄てられる時であり、その時にはインドはアメリカや南アメリカなどと同じく、統一の原理を持たない、やたらに自然が豊かなだけの遊民の国となってしまうであろう。勿論自然が豊かであることは最高の原理である。原始の原理である。それこそは原理の中の原理であるが、人はその原理の上に立ち、生きる秩序を創り出さなければならない。

インド文明とは当然そのような生きる秩序のことなのであって、その哲学がとりもなおさずヴェーダなのである。ヴェーダの特質は自然（プラクリティ）の豊かさと恐ろしさを正当に認め、その崇拝という一点に人間存在の基礎をおくことから成り立っている。何千年時が流れてもその一点はみじんもゆるがない。ブラフマンもシヴァもヴィシュヌも、ヴェーダから生まれた自然神であり、ヴェーダを産んだ自然神である。シヴァはヒマラヤの高峰に今も原初的に坐りつづけている。ブラフマンは宇宙存在そのものである。ヴィシュヌは宇宙存在における善の現われである。存在とは何であり、善とは何であり、善の移行の姿、時の流れ、つまり変化とは何であるかを、ひたすらに問いつづけているのがインド文明の姿である。それが智慧の真髄である。すべてが神から生まれ神によって生き神へと滅してゆくということは、同時にすべてが自然から生まれ、自然によって生き、自然へと滅してゆくということとの人格的表現に他ならない。自然から生まれた人と、人としての意志を持つ人との対立が、自然は母であり、人はその子であると断じることによって解消されるのである。

人は主張してはならないのである。人は祈らなければならない。祈りによって与えられるものならば、それがたとえ宇宙飛行船であろうとヴェーダは肯しとするのである。主張から、自我から生まれたものは自然と対立し、自然を破壊するものであり、母なるものへの罪である故に必ず否定されねばならないのである。原水爆は自我の主張から生まれたものではないだろうか。宇宙船は本当に祈りから生まれたものであろうか。テレビジョンはどうだろうか。母なるものへの祈りを基礎として最終的判断が為されるべきである。母なるものは、万能である故に、人が祈り、必要なものは何でも与えてくれるのである。しかしそれが子供のエゴから求められたものであるかどうかは、万能である故にすでに母の眼には見通されてある。小ざかしさが母の慈悲のカテゴリーを越えるならば、人類のエゴなどは一〇〇年も経たずして灰に帰してしまうだろう。今はそのようなカリユガ（鉄の時代）である。人がエゴを肯定しこのまま進んでゆくならば、大いなる破壊の力が欧米及び日本を中心とする小ざかしさの集団の上に加えられるであろう。すでにその兆候はまぎれもなく表われている。人は欲望の姿勢を改めるべきである。主張をしすぎた時に素早くそれを引っ込め、ぶざまな沈黙を繰り返すインド人のやり方にみならって、チリ紙二枚、マッチ一本が実は母から与えられたものであり、米粒一粒が母からの贈りものであるという、日本人にとってもそれほど遠くなり切ってしまったわけではない習慣を取りもどすべきである。

欲望を追求するという苦しみの代わりに欲望を否定するという苦しみを取り入れるべきである。追求された欲望は、欲望の喜びを与えるであろう。否定された欲望は、祈りの喜びを得るであろう。

どちらの喜びを取ろうともそれは自由である。だが今までは欲望は知られていなかった。石油ストーブにほかほかと暖められて四国産の甘いみかんを食べる一家の団らんが欲望であるとは、誰も知らなかった。石油が不足した今、それが欲望であることを知らされるのである。やわらかなチリ紙で鼻をかむことが、欲望であるとは今までは知らなかった。玄米を食べることが欲望であるとは知らなかった。酔っぱらって、バァのカウンターにタバコやマッチを置き忘れてくる自由が欲望であるとは知らなかった。だがそれらは今、欲望として知られはじめている。神が生きているということが知られはじめた時に、それらのこともまた知られはじめたのである。

二、三日前に、ガートのシュリラムジャイラムが一年中絶えることなく歌われていることを八幡製鉄の溶鉱炉と比較したが、日本にもそのような場所があることを知った。『入唐求法巡礼行記』の著者である慈覚大師円仁《えんにん》が、比叡山に常行三昧堂《じようぎようざんまいどう》を建立し、不断念仏道場として九世紀以来一回も念仏が絶やされていないようであるが、私としては実際に行っていないので詳しいことは判らない。ただそのような場所が日本にもあり、日本の心を暗いローソクの光の中で支えていることはうれしいことである。日本国内でみてゆくならば、八幡製鉄の火とこの常行三昧堂のローソクの火とのバランスこそが大切なものだと思われるけども、残念ながら八幡製鉄の火は多くの人々の心にともっているけども、常行三昧堂のローソクの火は殆どの人の心から消え去ってしまっている。常行三昧堂の火こそはもっと多くの人々の心にともされてあらねばならないと主張する所以である。その主張が主張として拒まれるようであるならば、まだ当分の間は私などが物を言う時ではなく、私としてはインド人のように黙って空でも見ている他はないのである。

情緒は詩の本質ではない。それはせいぜい詩の周辺を飾る装飾物である。詩の本質は、他のすべてのものの本質と同様に、存在そのものの姿の内にある詩的側面である。それは情緒ではなく、実在であり、光である。私はこの旅を通して情緒としての詩人ではなく、存在としての詩人である道を探っているかのようである。それは同時に真理の下僕としての姿である。

ここまで書いて、やっときのう考えていたテーマであった、すべてのものに中心というものはないという観点に戻ってきた。中心は名をもって呼ばれ、名づけられた時に中心となるのだが、その意味では名は中心なのであるが、その名の中心性を越えた所に、存在真理と呼ばれる名づけることの出来ぬ普遍性が存在するのである。宇宙はあらゆる点が中心であるようなひとつの楕円球体であるという宇宙論があるが、私はそれは真理であると思っている。それだからこそ名が生まれ、名は個別の名であり、名は中心の呼び名なのであるが、私はその持って生まれた宿命の故に自分をひとつの名のもとに、例えばクリシュナという名のもとに伏すことが出来ないのである。それは恐らくは貧しさである。何故なら私はもともと個であり、個は個の名前にこそふさわしいものだからである。しかし私は、自分を真理の下僕、真理の徒と呼ぶ時に、最も誠実な力と希望がわきおこるのを感じるのである。従って私はあらゆる神、仏性に呼びかけることが出来る。しかしあらゆる神、仏性に呼びかけることが出来る故に、個人的な救済神はなく、強いてあげればやはり観世音、なのであるが、それも全く個人的な願いであり、真理という輝きの下では一個の菩薩であるにとどまるのである。一個の菩薩はもちろん普遍であり、その意味では私は観音の下僕であるが、そうなれば、同時に私はガンガーマーの下僕であり、ラーマの下僕であり、クリシュナの召使いであり、ブッダ御自身の弟子であり、シヴァ一族につらなるものであり、ハヌマンの礼拝者でもある。その時その時の出会いによって御名を呼ぶ他はないのである。真理の徒であるものは真理の内に死ぬ以外に救済はない。私にとって真理とは薄明のような静かな無限の内に光る神聖な真っ青な光である。カルカッタの街頭で見た乞食の赤ん坊の眼に映っていた暗やみの中のシリウス星のように光った星である。生きるも死ぬもその星の光への信仰しかないのである。

夕方菩提樹の下の黒山羊が子供を産んでいるのに出会った。一匹はすでに生まれており、二匹目が風船のようにふくらんだおなかから出てくるようだったが見とどけないで通りすぎた。小母さんが生まれた仔山羊をなぜてやっており、子供たちが四、五人集まっていた。宮内がインドから帰ったばかりの頃、山羊が子供を産む話をよくしていたのを思い出した。

ガンガーの瞑想は素晴らしいものであった。今日は初めてオームから入ってオームで終わった。途中でキリストが出てきて、私の頭、左の頂上に近い後頭部をしばらくの間左手で触れておられた。頭の重さがなくなり、祝福されているのを感じた。それからしばらくして今度はラーマクリシュナが現われて、かなり遠くからだったが、全身に神気を放ちながらこちらを見ておられた。ラーマクリシュナが神体であることがはっきりと感じられた。体全体が言わば霊のかたまりのようであった。

瞑想を終わってマーのお堂に行こうとしたら、堂守りの人ともう一人がガンガーでマー様の道具を洗い、花輪を流しているのに出会った。鐘を鳴らし銅鑼《どら》を打ちながら香をもうもうとたいて、ひとつひとつていねいに花を流し、お祈りをしていた。それが終わるまで見ていたら、終わったあとで色粉の祝福を受けた。お堂に行って賽銭をあげもう一度床に頭をつけて礼拝し、又色粉の祝福を受けた。マー様は今日は高貴な近寄り難い厳とした表情をしておられた。夜は順子とヒンディの勉強。

二月十三日（水）

明け方に長い夢をみた。テーマは結婚式に行かねばならないのだが、誰の結婚式なのかは判らない。いろいろの出来事があって、さんざん苦しんだ末に、バスのようなものに乗って「たったひとつの信仰」という名の停留所で降りた。そこは場末のような所で夕方で、見知らぬ所であり、淋しいことこの上なかった。私は背の高い痩せた女の人と一緒で、その人が誰なのか私は知らないが、一緒に歩いて行き、露地のような所に入り、そこでとある小料理屋のようなものの戸を開けた。そこには夢の前半の部分でよく出てきた私が会いたいと思っていたもう一人の背の高くない肥り気味の女の人がおり、その人がまるで浦島太郎ではないが年をとって、その店の女将であり、私と女の人に料理を出してくれた。それは重箱のようなものに入っていて、中味はおかゆのようにぎっしりつまって、さらさらと生きて動きまわっている一ミリぐらいの小さな魚であり、色はほのかなピンク色をしていた。それをスプーンですくって食べるのだが、甘くてあっさりしていてまるでインドの食べ物のような味がした。ふと横を見ると、顔が半分割れて血が流れている坊主頭のサドゥのような丸々肥った人がおり、無気味な感じであった。一さじか二さじか食べたであろうか、不意にここが「たったひとつの信仰」という名の場所であることを思い出し、自分の人生のたったひとつの信仰という場所で、そのような気持ちの悪い血を流した人に出会い、さらに生きた甘い魚を食べていることにたとえようもない悲しみが噴出して、私の横に立っていた一緒に来た女の人の足にしがみついておいおいと泣き出したのだった。その女の人の足はその時、人間の女の人の足とは思えず、聖なるお方の御足《みあし》に近い感じで、強く抱きしめればしめるほど悲しみが突き上げ、懺悔とも悔恨ともつかず、泣きつづけたのだった。

眼が覚めてみると涙が両眼にいっぱいたまっており、眼が覚めてもその悲しみの感情はつのるばかりで、しばらくは泣きつづけ、そのまま再び眠りに入ってしまったようである。

悲しい救いようもないような夢であったが、たったひとつの信仰という言葉が出てきたところに、私の潜在意識の領域まで信仰が浸透しはじめているのを知って、それが唯一の希望である。霊的な生活へこの肉体及び意識の深層が変わってゆくまでには、まだ長く厳しい修行の時が横たわっているのを感じる。この世の愛への執着はまだ私の殆ど全身を占めており、意志がどんなに聖なるものへ集中しても、体と心の事実は、この世の甘い蜜のような生活を求めているようである。霊の嵐のような喜びがこの肉体を襲ってくれないと、この甘い夢はなおも生きつづけて、本能的に生活を支配してしまう。母《マー》よ、どうぞ霊の嵐のような喜びで、この肉体と意識の無知を滅して下さい。ガンジスの岸辺で感じるあの静かな永遠の喜びを、妻や子供達との生活、日常のすべての生活にもたらして下さい。

今日はナーガから手紙が来る。ラーマクリシュナはカーシーが実際に黄金で出来ているのを見たという。霊がやってくれれば、どのようなことも起こり得るのである。霊はそれが入れる器の用意がされればいつでも入ってくるのである。

私はこの街に来て、霊がすぐ身辺に感じられ、私の体に入りたがっているのを感じはするが、まだ体の中に入ったという実感はない。他の場所に行ったところで、別に変わりもないとすれば、もうしばらくヴェナレスに居るべきなのであろうか。

今日はリシケシのスワミ・シヴァナンダの『ジャパヨガ』という本を読み終わった。多くのことを学んだけども、バーヴァが起こったというほどではない。オームナモナーラヤーナというハリのマントラに関するアジャミラの話が心に深く残っている。アジャミラは昔敬けんなバラモンであったが、ある時森で一人のスードラ階級の少女に会い彼女に恋して妻と別れ、何人かの子供を産んだ。信仰生活はすっかりなくなり、食べてゆくのに追われている内に臨終の時を迎えた。彼の末の子供はナーラヤーナという名で、彼が最も可愛がっていた子供だったが、死がまさに彼を訪れた時に、彼は必死になって、遊びに出ていたナーラヤーナの名を呼んだ。すると、主ヴィシュヌ（ナーラヤーナ）御自身がその名を聞いて自分の使いを遣わし、死に神ヤマの使いでありすでにアジャミラの首に手をかけていたものと論争をするのである。

ヴィシュヌの使いの者は言う。

「では法の王（ヤマ）と呼ばれるものの使いである者よ、お前はヴェーダよりも上位にあるものを知っていない。このアジャミラは意識的にせよ無意識的にせよ、ナーラヤーナの御名を呼んだ。だから彼はお前の手から救われねばならない。火の自然性がその燃料を燃やすことであるように、すべての罪を破壊するのがヴィシュヌの御名の自然性なのだ。もし人が知らないで強い薬を飲んだとしたらその薬は効かないであろうか。このアジャミラがその末の子供を呼んだのかそうでないかは問題ではない。とにかく彼はナーラヤーナの御名を呼んだのだ。だからお前は引き下がれ。」

ヤマの使いはそこで引き下がり、ヤマの所へ戻って一部始終を告げると、ヤマも自分の力の及ばない世界があり、それがヴィシュヌの世界であり、すべての宇宙はその内にある、のだと告げる。ヤマ自身はヴィシュヌがすべてを越えていることを知っている十二人の内の一人にすぎないことも教える。その十二人とはブラフマン、シヴァ、サナットクマーラ、ナーラダ、カピーラ、マヌ、プラーラーダ、ジャナカ、ワイシュマ、バリ、スカ、そしてヤマ自身である。

死の床でこのような会話を聞いていたアジャミラは回復すると共に心を改め、すべてを棄ててハリドワールという聖地へ行き、そこでヴィシュヌを瞑想した。すると先のヴィシュヌの使いのものがやって来て、彼を四輪馬車に乗せてヴィシュヌの天界へと連れて行った。ナーラヤーナという甘美な名前の持つ魅力と、恋に溺れて子を産んだ人生と、その中でもナーラヤーナという名を子供につけた深層の信仰とのまじり合いが、この話の中に手を取るように感じられ、アジャミラが堕バラモンから一挙に聖者の仲間入りしてゆく苦しい生涯の姿が浮かび上がってくるのである。そして又御名というものが単に呼ばれるものではなくて、本当に心の底から、自分の最愛の子供を呼ぶように呼ばれるものであることをこの話は示している。神の名は肉体化しなければならないのである。死に際して神の御名を呼ぶものは多いが、アジャミラのように愛をこめて、というより、愛そのものとなって呼ぶものはいないのである。そこにヴィシュヌが現われた秘密がある。使いのものが「彼がその子を呼んだのかどうかは問題ではない」という時、ヴィシュヌには彼がその子ナーラヤーナを通して、アジャミラが愛していたのはまさにナーラヤーナ御自身であり、そして又、彼が恋に落ちたその恋の本質も、実はナーラヤーナへの恋だったことをすでに知っておられたのである。バラモンでありながら、バラモンのつとめを失ったことは確かに罪である。しかしその罪がナーラヤーナと呼ばれる美しく甘く切なく純粋なものへの愛ゆえになされたのであるとすれば、ヴィシュヌ神もまたそれを許さぬわけにはゆかないのである。

東京の五反田で、ハレクリシュナ協会の人たちがこの話を芝居にして演じたことがあった。その時に死に神の使いが降《くだ》ってくる場面では場内が真っ暗になり、懐中電灯を点《つ》けた人達が、アジャミラ！　アジャミラ！　と叫びながら場内外を探しまわり、私の顔も正面から懐中電灯を突きつけられて、アジャミラ！　と呼びかけられびっくりしたことを覚えている。だがその時にはアジャミラの心の苦しみも、ナーラヤーナの御名の甘美さも私には判らず、ただアジャミラの罪の恐ろしさのみを感じたのだった。

おおナーラヤーナ！　甘美な蜜であるお方、私のハートにあなたの永遠のアムリタの汁を流しこんで下さい。もとより私がアジャミラの罪を肯定するものではありません。アジャミラの罪を同じ心で分かつことが出来るこの苦しんでいるものに、あなたの祝福を下さい。ナーラヤーナ、おお私の心の真底の憧れである甘美なお方、すべての罪を灰のように消してしまうお方！

今日は街を歩いていて葬式に三度出会った。牛の喧嘩にも出会った。菩提樹の下の山羊は結局三匹の仔山羊を産んだ。今日はもう三匹とも元気に飛びはねている。空は雨の前のようにきれいに晴れ渡り、ヴェナレスのあの明るい透明な陽ざしに溢れている。少しずつ暑さがましている。昼間はストールをかぶっているともうむし暑いほどである。

スワミ・シヴァナンダによれば、自分の個人神を選ぶ一番良い方法は、死の恐怖に出会った時に呼ぶ御名が何であるか、ということであるという。それは前生《ぜんしょう》からのつながりであり、他の神の名を呼ばず、その神の名を呼ぶのは、前生のサムスカーラがそのように残っているからであって、その神にこそ、今生《こんじょう》もまた信仰をつくるべきだというのである。それは勿論師《グル》がいなくて自分で神を決めなくてはならぬ時のことである。そのようにして私は観音を自分の神として選び、今も本能は南無観世音と呼ぶことに変わりはない。しかし私の今生での使命は、詩文を通じて、私のイシュワラ神（守護神）である観音と、ヒンドゥの美しい生きている神々とが同時にまじわれる場を作り出すことであり、それは、未だ詳しい事情は判らないけれども終生をヒンドゥと回教の融合に献げたという詩人カビールの立場に近いものを感じるのである。

こう書いてきて、本当に正直であらねばならぬと思う。何故なら神はすべてをお見通しであり、そのことを私は知っており、正直さという開示をとおしてこそ、私は一歩を深く神聖なるもの、真理の内へと入ってゆくのだからである。日本山妙法寺での苦しさは、私は南無妙法蓮華経に命はさげられないのに、それに対して命がけで修行している人達の仲間に入ってしまったということであった。もちろん嘘をついたわけではなく、修行をさせていただいたのであるが、お坊さん達の不愛身命に比べて、自らの口から出る南無妙法蓮華経は、決して生きたものではなかったということである。

観世音は言われる。

「お前は私への信仰を棄てようとしているのか。この私、お前の命を何度も何度も救い、お前が命の代わりに約束をした禁煙をまだ実行もしていないのを見逃してさえいる私を見棄てて、ヒンドゥの神々を信じようとしているのか。」

私は答える。

「禁煙については一事も申し述べることは出来ません。ただあなたの慈悲の内で吸わしてもらっているということしか出来ません。私はあなたを見棄てることなど出来るはずがありません。あなたこそは私の神であり、私の命であり、私の避難所、死の口が私をとらえようとする時に何度も何度も、一〇〇度もあなたの御名の陰に隠れた私が、どうしてあなた以外の場所へ出ることができましょう。私はこのようにインドの地を旅して行き、ヒンドゥの神々の、あなたと同じ慈悲深さ、あなたと同じ真正さを見て歩き、それをもって現在の日本の観音性に欠けている生命の要素を学ぼうとしているのです。私は順子にも言いました。日本に帰ったら観音堂を作り、そのお堂を自分の真理として礼拝するつもりでいると。そして勿論そのお堂には、今までと同じく、ヒンドゥの神々がまつられ、私はオームという音をもって礼拝の始めの言葉とするでしょう。あなたのサンスクリットの御名はとくに御承知のようにアヴァロキテシュヴァラと言われます。あなた御自身がこの国、マハバーラータ、ヒンドゥスタン、インド、ヒンドゥ、何と呼ぼうとかまいませんが、この国から生まれ、この国を生んだお方であるのですから、あなたがヒンドゥの神々と融け合い仲良くされることは当然のことであり、特に、日本において仏教の生命が呻吟《しんぎん》している現在、あなたの御名をとおして、又あなたの御名に加えて、神々の生命が甦ることは、それこそあなたの希まれるところであり、私から言わせれば、あなたのお叱りを受けるいわれはないように思われるのです。」

観世音は言われる。

「お前がヒンドゥの神々に魅せられてゆくことを私は何とも言いはしない。ヒンドゥの神々は私の兄弟姉妹であり、共にかつて昔は天界で遊び戯れた仲である。私のサンスクリット名が、テシュヴァラという名を持つのはその遠い名残りである。その意味では私はブッダの世界とヒンドゥの世界の双方に渡る神であり、菩薩である故に、つまらぬ限定をこれら両者の間に置くようなものではない。又、そのような私の性質の故にお前は私の徒となり、私もまたそのようなお前としてお前を受け入れたのだ。だから大いにヒンドゥ世界を旅するがよい。大いに学ぶがよい。大いに魅せられるがよい。しかしお前がヒンドゥの神々の内に生命を見て、私の内に、お前の死の避難所である私の内に生命を見ないのは一体どうしたことか。元より私は狭くお前を責めるようなものではないし、お前を脅かすつもりもない。私の慈悲の光に色彩がないことを、お前は生命がないと思っているのかも知れないが、もしそうであるとするならば、それはただお前の信仰の浅さによるものでしかない。私の生命の色彩をお前は与論島で見て知っているはずだし、それどころか今度のインドの旅の色彩も実を言えばすべてこの私から発されている慈悲の形にすぎない。何故ならこの世でのお前の生命はすでに私の中にあり、そのようなものとして私はお前を受け入れているのだ。私が言おうとしているのはこういうことだ。ヒンドゥの神々に何故お前は私のことを告げないのか。ヒンドゥの神が私と同じく慈悲と真正な喜びと清らかさと智慧と甘美さと広大さと力と超越性をもっているのであれば、私の存在が、彼ら私の兄弟姉妹である神々に伝わらぬはずはないではないか。私は狭いものではない。そして私の兄弟姉妹も又狭いものではない。だから心を開くがよい。心を開いて嘘のない誠の旅をつづけるがよい。嘘の旅がつづけば、それだけ真実は遠くなる。カーシーに行ったとて何になろうと歌われているとおりだ。お前が私の徒であるなら何処に行ってもそれを告げよ。告げずともよいが、それを隠すな。私も又ヒンドゥの神々と同じく千の顔と千の手を持ち、何ものとでも融合のできる身である。何物であろうと私の融合できないものはない。お前はそのことを忘れていたではないか。意識の奥にしまい込んで鍵をかけていたではないか、神は鍵をかけて取っておくものではない。そのようにするからお前の私への信仰が生きて来ないのだ。私が生命を失っているなどということはあり得ない。私を信じないものには勿論私は姿を現わしようがないし、従って生命もないだろう。だが私を信仰するものが、私に生命がないなどと言うことは、考えられる範囲のことではない。恥じよ。信浅き者よ。生命がないのはまさにお前自身の信仰であると知れ。たしかにこのインドという国は信仰が生きており、その点では日本とは比べものにならない。大いに私の国でもあるこの国から学ぶがよい。私の母国を愛するがよい。私の母国に骨を埋める気持ちで愛するがよい。お前が何処で死のうといずれ私の息の内にあるのだから、そんなことは私は少しも問題にしてはいない。たとえお前がラーマラーマと唱えて死んでゆくとしても、そのラーマは私なのだ。アジャミラの話のとおりである。たとえその子ナーラヤーナを呼んだとしても、その本質はナーラヤーナ神そのものなのだ。だからそれは問題ではない。私の名をオームと呼ぼうと、クリシュナと呼ぼうと、或いはブッダと呼ぼうとシヴァと呼ぼうと、そのお前がきのう感じたようにキリストの姿で見ようとラーマクリシュナ、パラマハンサの姿で見ようと、その本質は私、観世音菩薩であることに変わりはない。私も又、主ヴィシュヌと同じく千の名を持つものだからである。私の

言おうとしていることはだからこういうことだ。真理の徒にして詩人であるものよ、お前が私の信者であることを何処にも隠すな。ほおかぶりをした泥棒のようであるな。正々堂々と真正面からヒンドゥの神々の教えを乞え。私の召使いであることを告げ、私のものであることを告げた上で、私ではない私、まさに般若波羅蜜の空《くう》であるものを見よ。私の本質が空であり、その示現が慈悲であることは、お前もよく習ってきたとおりである。だから問題はすべてお前の姿勢、お前の生きていく姿の内にある。我々真理の側にあるものには元よりなんの問題もない。嘘なく、平和に敬虔に、旅を続け、旅を完成せよ。それこそ私の願うところであり、お前の願いに応じて私が答えるところである。」

私は謹んで申し上げる。

「よく判りました。あなたの言われることは何から何まで本当です。何故私がこのような状態に陥ったかと言えば、結局は私が朝の礼拝を怠ってきたことに原因があるのです。今日は朝寝をして、朝飯を家族と食べることさえしませんでした。このようなことはインドに入って以来初めてのことです。この聖なる街に入ってすら朝の礼拝ができないようでは、私はもはや信仰者の名に値せず、神々の名をいたずらにもて遊ぶ、神の遊び人にすぎません。南無観世音、どうぞ私に朝の礼拝をさせて下さい。日が昇る時のガンジス河の岸辺に坐らせて下さい。もうそんなに長くはヴェナレスにもいられないようです。規則正しい生活をさせて下さい。そして、シャンカラ、カビール、トゥルシダス、その他の私に適当な良い書物をお与え下さい。平和と実りをお与え下さい。そして世界には私と同じく平和と実りがありますよう。」

二月十四日（木）

菩提樹

菩提樹の巨木が静かに枝をひろげている
空は明るく　光に満ちている
きのうこの樹の根元で三匹の仔山羊が生まれた
一匹は白　一匹は茶色　一匹は黒
三匹仲良く猫のようにうずくまって眠っている
みずみずしい可愛らしさが
この巨木の静けさと良く似合う
私は問う
樹よ　樹よ　あなたは何故そのように透明で静かにしていられるのか
仏陀があなたの仲間の樹の元で悟りを開かれたために
その栄光の余韻を今もたたえているのか
（見よ　純白の鳩さえ飛んでゆく）
それともあなたがもともと静かな存在だったために

仏陀があなたの元へと座を占めたのか
もしそれが偶然の同時性であったと言うならば
私は毎日の真昼時に　大変な静かさに出会っていることになる
あなたは無数の葉をさらさら揺らして　そんなことを思っている私に微笑を送る
平和な透明なひとときに　三匹の仔山羊の夢とともに子供は昼の眠りに入ってゆく

真理の徒でありナーラヤーナの御名を唱える私は　このように愛する友達と語り疲れを忘れる

今日はやっと探していた（ポンから聞いていた）古本屋が見つかり、さながら米蔵に入ったねずみのような気持ちになり、午後の間中その古本屋の棚をあさり歩いた。

探していたカビールの本は見つからなかった、というより英訳されたものがなかったが、トウルシダスのは『ラーマチャリタマナス』が見つかり『マハーニルヴァーナタントラ』も見つかり、その他何冊かの本を仕入れることができた。プラーナ類は高くて手が出ないが『シヴァプラーナ』の他は殆ど揃っていた。シャンカラのものは『ヴィヴェーカチューダマニ』しかなかった。ミラバイの詩もハリダスの詩もアヴァタール達の詩もなくて、詩人のものは結局トウルシダスしかなかったが、その代わり、南インドの二〇〇〇年以上も昔の『シルクラール』という書物の英訳本が見つかりこれは楽しめそうである。あとはタントラの解説書を一冊と、『ヴェナレスーヒンドゥイズムのハート』というタイトルの本を買った。『ブラフマプラーナ』が欲しかったが一〇六ルピーもするのでは手が出ない。あさってはこのホテルを出るという日になって本屋が見つかったのは遅すぎたが今日一日でしっかり見たので、大きなものの見落としはなかったと思う。シャンカラ及びアドヴァイタ関係のものが少なく、ヴァイシュナヴァのものがやたらと目についた。シャンカラの詩は是非欲しいのだが。

店から出るともう日が暮れていた。久し振りに思いどおりの本屋に入ってヴェーダ、ウパニシャッドからマハバラータ、ラーマヤナ、プラーナその他様々な聖者の書いた書物の山に眼もくらむ思いであったが、詩が欠けていることは何とも心残りであった。

今日は久し振りに朝のガートに行った。すでに日は昇りきってまぶしく光り、ガートは沐浴する人々で賑わっていた。朝のガートは黄金の輝きをもっている。それを真実に味わえるのは河に入って沐浴する人である。私は石段の上に坐り、ジュゴンが泳いでいくのを見ていただけである。行く途中で、鯉のような大きな魚をぶら下げている人に出会った。

ヴェナレス（ハウスボート）

二月十六日（土）　ボンサラガート

パールヴァティロッジを引きあげて、ハウスボートと呼ばれるガンジス河に浮かぶ船に引っ越してきた。ペンキを新しく塗りかえたばかりの小型の船であるが、私達家族には充分なスペースであり、私など今日は別室で一人になって勉強をすることが出来る。ハウスボートはヒッピーの間では有名な貸船で、私なども何年も前からその存在は知っていたが、そしてヴェナレスへ来てすぐに入る予定だったのだが、ホテルの方が安かったのでそちらに入ってしまったのである。順子も前からハウスボートに住みたがっており、ヴェナレスを出る前に二、三日と思ったのだが結局十日契約で借りることになった。

船の持ち主はカーシーという爺さんで、前にボートに乗った時のヴェナレスさんのボートに乗せてもらってやって来た。ヴェナレスさんのボートでカーシーさんの船へ移るという（カーシーはヴェナレスの古い呼び名であり、現在もやはり別名として使われている）のが何とも嬉しく、幸せなことに思われた。ヴェナレスさんは今はメインガートのボートマンをしているが、以前はハリドワール、リシケシのあたりでサドゥをしていたというだけあって、初めて会った時から何となく親しみが持て、普通のインド人のような金、金のつきあいをぬきにして話ができるのである。今日はインドの四つの母ということを教えてくれた。ひとつは母なるガンガー、ひとつは手、ひとつは蛇？　ひとつは人間の女の人つまり母、なのだそうである。それからガンガーに住む大きな魚の名前はスウィースというのだそうである。今まで何となくジュゴンという名だと思っていたのだが、それはまちがいだと判った。船まで私達を送ってくれてからも船室に入ってきていつまでも話をして、帰りぎわには子供達ひとりひとり、順子、私とヒンドゥ式に抱き合って別れた。わずか二ルピーのボートに二回乗っただけでそんな風に仲良くできる人もいるし、パールヴァティロッジのマネージャーのように欲にだけ眼が開いている男もいる。それだからと言って決して悪い男ではなく、必要な時に必要な処置はとるのである。しかしこの一ヶ月を通してあのマネージャーにはずい分といやな思いをさせられた。

ボンサラガートはラーマガートの隣りにあり、数あるガートの中では北よりで、もうマラビヤブリッヂを渡る汽車の音がはっきりと聞こえてくる。メインガートのシュリラム　ジャイラムも夕方ごろから聞こえはじめ、現在ははっきりとその調子までも聞きわけられる。しかし何といっても街の中心を離れた河の上であるから、静かさはまた格別である。夕方、順子がガンガーが虹になったと知らせてきたので、急いで勉強室の窓からのぞいてみると、夕映えの雲をうつして河面いちめんに紫色とピンク色の光が流れていた。今日からは船のデッキで瞑想することにする。南隣りのシンディガートは一九四九年に新しく修理されて出来上がったというだけあって、すべてのガートの中でも最も広々として綺麗で清潔である。そのシンディガートのお堂から時々鐘の音が聞こえて来、今は又、何処からかシタールの音が流れてくる。映画館のトーキーを子守り歌と思ってがまんしていたゴドリアとは大分趣きがちがう。早くハウスボートに引っ越すべきだったが、ホテルの契約が一ヶ月であり、手紙の連絡その他のこともあって来られなかったのだからあきらめるより他はない。

順子は幸福そうにサリーを着込んで炊事にせいを出し、子供達も水の中に住むのが初めてなのでめずらしがって喜んでいる。船は小ざっぱりとして気持ちがいいし、そろそろ暑さが増してくる季節なので毛布一枚も殆ど気にならない。ラーマは早くもスプーン一本をガンガーへ献じた。

久し振りにローソクの生活、といっても今までも夜になれば電灯は使わなかったが、電灯があって使わないのと、電灯がなくてローソクを使うのとでは大分気持ちがちがう。水はガンガーの水をそのまま使う。船には便所がついているが、勿論ストレートに河へ落ちるのであり、全く直接にガンガー自体の水を飲むより他はないのである。夕方の瞑想の時には、やはりここのガートにも信仰心の厚い話好きのバブー達がいると見えて、暮れてゆく木の突き出しの上に坐って、声高に神の話をしているのが聞こえてきた。ここら一帯はデヴァローカ即ち神々の世界と呼ばれているほどお寺の多い地区なのだそうである。

そういうわけで船からガートへ上がるのに一々カーシー爺さんの息子どもを呼んでボートに乗せてもらわなくてはならないのが面倒な他は、すっかりと良い場所に落ちついてしまったことになる。一日長くいればそれだけヴェナレスに愛着がまし、もう何処にも他の所へ行きたくないような気持ちになるが、そうも行かず、せめてもう十日ほどと思って一生懸命に母なるガンジスの自然水を飲み、清められることを祈りつづけることにしよう。

二月十七日（日）

夜明け前の三時か四時ごろだっただろうか、ガートで一人の老人に近い人の声で、デーヴァ！デーヴァ！　と叫ぶように祈るのが聞こえてきた。その声を眠りとうつつの間で聞きながら、あたかも自分自身がその声の主であるかのように、私もまた祈りの夢を放っているのだった。ボンサラガートは一七九五年にナダプールのボンサラという人によって作られ、ガートの上にはラクシュミナラヤンテンプルがある。一八世紀の終わりから一九世紀にかけては、モスリムに代わってイギリスのインド支配が始まり、それまで圧迫されていたヒンドゥイズムもようやく復興の兆しを見せはじめた頃である。

三時にはもうメインガートのシュリラム　ジャイラムが始まっている。夜は十二時すぎまでやっており、休むのはほんの二、三時間なのだろう。それとも風の具合によって聞こえなくなることもあるので、一晩中絶えることなくやっているのかも知れない。

朝、六時半頃、対岸の森の中から大きな見たことのない絵のような朝日が昇るのを、家族全員で拝む。ヴェナレスで拝む初めての朝日である。この朝日を拝めただけでも、ハウスボートに移ってきた甲斐があった。大きな新鮮な静かな朝日であった。朝はけっこう冷え込んで、素足では冷たいほどであるが、日が昇るにつれて暑さが増し、九時をすぎるともう沐浴したくなるほどである。今日は日曜日なので隣りのシンディガートにはたくさんの沐浴人が集まって、朝から鐘を鳴らして賑やかである。ボンサラガートは洗濯をする人と体を洗う人で賑わっており、さきほどなどは前にも書いたことのあるインド式の喧嘩が始まり、手を空に差しのべて激しく口論をしていた。いくら激しくても暴力にうったえる気配は双方に少しもない。全エネルギーは体にみなぎって、口から自己の正しさの主張となってほとばしり出るのである。喧嘩さえも美しい。

きのう、ヴェナレスさんのボートで移ってくる途中で、有名なマニカルニカガートを眺めてきた。ヴェナレスには二つの大きな死体焼場のガートがあり、もうひとつは南のハリシュチャンドラガートである。二つの死体が焼かれている最中であり、三つの死体はやがて焼かれるべく、ガンガーに浸されて、身寄りの者達が洗い清めているのが見られた。きのうまで毎日メインガートから見えた夜の中に燃え上がる炎は、このマニカルニカガートの火だったのだ。この炎は昼間見ても、まだ私には恐ろしい炎であるが、ギータの中には次のように歌われている。

いつの時においても　彼は決して生まれるのではない　死ぬのでもない
ないしかつて再びここにあることをやめるべくやってきたのでもない
彼は生まれることなく永遠であり永続するものであり　原初のものである
彼の肉体が滅び去る時　彼が滅び去るのではない
人が着古した衣服を脱ぎすてて新しいものに取り代えるように
肉体に宿った魂は使い古した肉体を投げ棄てて
新しい他のものに宿るのである
武器は決してこの自我を切り裂きはしない
火は彼を燃やしはしない
水は彼をぬらすこともできない
風もまた彼を乾かすことはできない

「神の歌」と呼ばれるギータのひとつの真髄である。クリシュナのこの言葉が嘘でない証拠には、何千年にもわたるインド人の信仰の中心にこのバガヴァット・ギータが置かれてきたことからも判る。般若心経が真実であるように、このギータもまた真実なのである。いつの時においても、彼は決して生まれるのではない死ぬのでもないという言葉が、ガンガーの火葬の光景を見る時に、ひとつの恐怖の底から真実の炎として燃えあがるのである。インドの人達はその真実を知っている。人は死ぬものであるという事実と共に、人は生まれるものでも死ぬものでもないという真実を知っているのである。救い、解放、悟り、解脱と多くの言葉がこの真理の周囲をうずめているが、それらはすべてこの真理を実現した時に理解されるべきものである。

ヴェナレスで死ぬ人に永遠の解放を約束したのは主シヴァであるが、そのために、シヴァはこの土地に永遠に住み、この土地の主としてすべての人々に信仰を与え、めぐみを与えてこの真理を理解させようとしているのである。火もまた彼を焼くことはできない、という言葉の実証が毎日毎夜この街の二つのガートで行なわれている。死者は布で完全におおわれて、竹で出来たタンカのようなものにしばりつけられ、花輪で飾られる。四、五人乃至十人ぐらいの人間がそのタンカを肩にかつぎ、つきそって、サッチャラムハイ！　サッチャラムハイ！　と叫びながら街中を行く。人々はそれを気にとめる風でもない。リキシャや牛や群衆の多くの顔の中のひとつとして、それを眺め過ごすだけである。無関心なのではなく、死に下手な関心を持つことが智慧ではないことを知っているのである。死んだのは肉体であり着古された着物にまつわる様々な追憶にすぎないのであって、その追憶にはふさわしい哀悼、花輪や涙や白い布が献げられるけども、魂はもうその時に、次に宿るべき肉体を求めて新しい旅に出ているあとかも知れないのである。

もし人が本当に火に焼かれるのであれば、ギータには嘘がかかれていることになる。嘘は一年間は隠すことが出来ても、百年、千年の単位では隠すことはできない。

だから日々ガートで燃やされる火は、ギータの嘘いつわりのない証人なのである。そこではただ着古された着物がその追憶とともに燃やされるだけである。骨はガンガーに投げすてられる。ヴェナレスだけでなく、ガンジスの流域の人々はすべて死ねばガンジスの岸辺において燃やされ、その骨はガンジスの土になるのである。その同じ水が誕生の産湯に使われ、神に献げる聖水となり、飲み水となり、田に引かれ、畑をうるおし、洗濯場にもなれば浴場にもなる。水牛の体を洗う水にもなるし、下水道が流れこむ場所ともなる。すべてを呑みこんでなおかつガンジスの水は聖なる水でり、そのひとしづくを額《ひたい》に受けることが、インド人にとっては最高の信仰の喜びのひとつなのである。小さな土製の壺、或いは真鍮の壺に大事そうにこの聖水を入れて持ち帰る彼らの姿には、たありだガンジスのすべてを呑みつくす豊穣な豊かさを信じ切っている神聖さしかない。そこにガンガーが母と呼ばれる理由がある。

きのうから、ガンガーの水で紅茶をわかし、皿を洗い、チャパティの粉をこねて、文字通り、水に関する限りはすべてをガンガーに負っているのであるが、心がこの河のそのような母としての豊穣を、すべてを呑みつくした果ての母なるガンガーであることに思い至るまでは、やはり少々気が引けるのである。最初にこのハウスボートに来た時、水はどうするのかと一緒に来たインド人に聞いたら、あきれたような顔をして、河をさしここにあると答えた。飲めるのかと聞きかえすと、この聖なる水がどうして呑めないはずがあろうという表情でもちろんだと答えた。わずか一ヶ月ぐらいでは意識はこの河を聖なる河であることを知らされても、肉体の眼から見れば汚れた河にすぎず、私もまた単に肉体の眼しか持っていないことを知らされて恥ずかしい思いをしたことだった。

このような河、このような信仰を持つ人々は幸せであり、又偉大である。ヴェナレスという街はそのことを教えてくれる。もしヴェナレスで死ぬならば、魂はもっと色々な深いことを知らされた上で、安心して新しい旅に出ることができよう。それがシヴァの解放の約束なのである。

事実と真実しかこの街にはないのである。ラーマクリシュナが、カーシーが黄金でできているのを真実に見たという話をここで又思い出すが、事実と真実が共に生きているこの街の偉大さに私はますます深く魅せられてゆくだけである。

今日はまた丁度、ラジュ・バリ・パニディ博士という人の『ヴェナレス――ヒンドゥイズムのハート』という小冊を読み終わったところでもある。

私のシャツ、順子の下着に、しらみの卵がいっぱい産みつけられているのを発見する。親もいるはずだと、インド人式に船べりに寄りかかってのんびりシラミ探していたら、太郎が河にバケツを落としたという。まだ浮かんでいたが、竹竿を放って引き寄せようとしたら、ぶくぶくと沈んでしまった。犠牲供養の第二弾である。それを見ていた大勢のインド人がガートから声を放って喜んでいた。そういうこともすべて含めて、母なるものはまるで時そのもののようにゆっくりと動くとも見えずに流れてゆく。太郎と次郎は今日、初めてこの河で泳いだ。

二月十八日（月）

時の流れがガンガーとなって現われているのか、ガンガーの流れはすでにもう時なのか。すべてを呑みつくし動くとも見えずしかし確実に動いてゆくこの河に、今日は子供の死体がひとつ流れてきた。二歳か三歳の子供で、うつぶせになっていたから多分女の子なのであろう。その前に犬の死骸が二つばかり流れてきたと太郎があわてて教えに来たので大いに叱り、そんなつまらぬことで騒いでいると、今にお前の死体が流れてくるのかも知れないぞ、と言ったばかりのところへ、今度は順子がそれを教えに来たので私も少なからずびっくりしてしまった。服を着たままだったから順子は落っこちて溺れたのだろうと言うが、私は死んだのを投げ棄てたのだという感じがしてならない。死体はゆっくりと流れて行き、その内近くのガートに打ち寄せられて、太郎が見て来て言うには、犬の餌食になっていたとのことである。今日は太郎はくたくたに疲れてしまったということである。無理もない。

子供には少し早いかとも思ったが、クリシュナの、肉体は着古した着物のようなもので、どんな小さな子供でも、魂がその肉体を使い切った時には、死ななくてはならないし、魂は生きつづけるのだし、体なんかはただのぼろっ切れにすぎないのだ、という話を教えてあげた。太郎は判ったようであった。

死体のことなど、インド人は少しも気にしていない。騒ぐどころではない。ということはガンガーにそのような死体が流れることは少しもめずらしいことではないことを示しており、要するにこの河には人間の死体から始まってすべてこの世のありとあらゆるものが流れこんでくるのである。しかも私達はその河の水で飯をたきお茶を飲む。コップの中の白湯を見れば、きれいに澄んでゴミひとつありはしないのである。太郎は今日はたまりかねてガートの水道まで行ったらしいが、あいにくと水道が停まっていて、仕方なく帰ってきて順子がわかしたお湯を飲んだ。

そのように、肉体的にガンガーは私達に何が聖なるものであるかを教えてくれるのである。本能的にこの水が飲めるものと思わなかった私に、この河の水を飲むヒンドゥ人の信仰がどんなに深く肉体的なものにまで浸みこんだものであるかを教えてくれるのである。ガンガーの水を飲むものは幸いである。何故ならただそれだけの行為によって不滅を、魂の不滅の在り場所を教えてくれるからである。

シンディガートの鐘が高らかに鳴る。がらんがらんと鳴るその音は神への讃歌に他ならない。シンディガートの鐘だけではない。夜になって静かになると、遠くのガートから静かにいくつかの鐘の音が聞こえてくる。シュリラム　ジャイラムの声も南の風にのってまるですぐ側のように聞こえてくる。きのうの夜は日曜日だったせいか、シンディガートのお堂に何人かの人が集まって、激しく、憑かれたようにキルタンをしていた。どんなに激しく憑かれたようであっても、本来の陽気さ、キルタン特有の酔いは決して失われない。要するに祭りなのである。夜、船の屋根のデッキに昇って星空の下でガートからガートへと見渡していると、ヴェナレスの人達がどんなに神を楽しみ、神に酔っているかがよく判ってくる。神は楽しみ、酔うためにのみあるのだという思いさえも、全く正当なものに思われてくるのである。

きのうの夜はいつ果てるとも知れぬシュリラム　ジャイラムを聞きながら眠り、ふと眼覚めるといつのまにかその歌声は終わっており、静かな深い沈黙が支配して、わあ静かだなと思って眠りに入ったころ、今度は賑やかな、しかしながら非常に悲しげなサッチャラムハイ！　サッチャラムハイ！　という合唱が闇の中を近づいてきて、私達の船のすぐ横を通りすぎて行った。窓をあけてみることもなく、まるでひとつの賑やかな悲しい夢を見たようなものだったが、それは真夜中に河を行く葬式の船なのである。朝起きて誰かあの声を聞いたかと尋ねたが誰も聞いたものはなく、或いは実は夢だったのかとも思ったが、夢でなかったことも事実である。順子も言っているようにインド人の葬列には陰気な死の臭いが少しもない。街をかつがれてゆく死体はすでにどちらかと言うと神聖さを放っていて、それを感じた人は額に手の指をあてて、神々と同じように礼拝さえするのである。順子もやはり今日話したところによると、死体に神聖さを感じるそうである。

今日は暑く、夜になってもまだ裸でいる。虫の声にまじって蛙の鳴き声が聞こえてくる。蚊も少し出てきた。インドの冬が終わり、春が近づいているのが日一日と感じられる。太郎などは昼間デッキにいるだけでもう肩の皮がむけはじめている。そしてあさっては、ヴェナレスの最も有名な寺院であり、ヴェナレス自体の寺院であると言っても良いヴィシュワナート寺院のお祭りである。シヴァ！　この船に移ることに決めサールナート行きを延ばしたお陰で、シヴァの祭りに出会うことが出来、もしかすると、メガネの案内で寺の内部に入ることが出来るかも知れない。入れても入れなくても、とにかくヴィシュワナート寺院の入口まで行って、遠くからでも〝知識の光〟であるリンガムを礼拝してくることにしよう。

この船に移ってから、屋根のデッキで瞑想することにしたので、ガンガーマーにお会いすることが出来ない。それが残念だが、明日あたりからは午後には散歩に出て、メインガート辺りまで行き、やはりマー様にお会いして来よう。それからガートの横の売店で白檀《びゃくだん》の木を四、五本買って、日本に帰ったらアニキに聖観音の像を刻んでもらうことにしよう。私も一体、何か刻んで神田の実家にでも納めることにしよう。二本松のお母さんに差し上げても良い。あらゆる手段をつくして、魂は不滅であるというクリシュナの声を私の肉体とし、又同時に観世音の導きによりその声を人々の胸に響かせなくてはならない。

マラビヤブリッジを汽車が渡る
その音はまるで太古の響きのように　遠く遥かである
その橋の下をガンガーが流れる
あらゆる近代の思いは　その汽車の音をとおして　はるかにかすかに伝わってき
ここに在る私が一人の悲しい日本人であることを思い出させる
しかし汽車が去り　河面がきらりと光ると
もうここは　この街に住むだけで永遠の解放が得られるという永遠の時の真昼である
太古よりもさらに古い茫々とした光の中で
いつの時においても　人は決して死ぬのではない　生まれるのでもないという
神の言葉を肉体として生きている人々が
体じゅうに石けんをぬりたくって
嬉しそうに体を洗っている
ガンガーが永遠なのか　永遠がガンガーとなって流れているのか
もはや私には判らない

大声でどなり　しっかりと祈り　ひたすら陽気であることに楽しみを見出し
水にもぐり　洗濯をし
きらきら光っている　恐ろしい聖インド人の姿に　私はただ黙って耐えているほかはない
鐘が鳴り　叫び声が放たれ
小船をあやつりながら歌う声が聞こえてくる
いつもと変わらぬ旅の人生の光景である
ガンガー
しかし光あるものが光の中を歩むように
私は悲しみと苦しみをとおしてこのあなたの岸辺にたどりついた
知識の光と呼ばれる　苦しい道をとおって
不滅とは何であるか　それを味わおうとして
この死体の多い岸辺にやってきた
死体は光と花輪につつまれて　尊敬されつつ　街頭を行進して行った
水輪がひととき広がっていつしか消えてゆくように
あなたの岸辺に出来事というものはない
あるものは人生はひとつの束縛であるという灰汁のような智慧を　きらきら光って笑いながら
体じゅうに石けんをぬりたくって　嬉しそうに洗いたてている聖インド人の姿である
きのうは今日ではないが　きのうと今日にちがいはない

きのうのガンガーの流れは　今日のガンガーの流れではないが
ガンガーの流れは変わらない
変わらない

二月十九日（火）

今日は久し振りにその気になって朝から外出をする。家族皆んなでヴェナレスヒンドゥ大学構内のニューヴィシュワナート寺院、モンキーテンプルとして知られているドゥルガ寺院、トウルシダスが作ったと伝えられるラーマ寺院の三つを一日がかりで巡礼をした。ニューヴィシュワナート寺院は、ここのガートのすぐ近くにあるヴィシュワナート寺院の名にちなんで今世紀に入ってから作られたもので、壮大なお寺であり、壁面にはヒンディ語及び英語でウパニシャッドからの抜粋が刻みこんであった。本尊はヴィシュワナート、即ち〝知識の光〟と呼ばれるシヴァリンガムである。ヴィシュワナートが祀られている場所は一辺が四、五〇メートルほどの正方形でできており、四方から礼拝できるようになっていた。各礼拝の場、それを巡る廊下は壁面と同じくすべて大理石でできており、荘重な知的な雰囲気を作り出していた。今までに出会ったシヴァリンガムの中では、このような知的な、輝きを持ったリンガムは初めてである。

正面の広々とした広間にはじゅうたんが敷かれていて、その中央で一人の老人がヴェーダ（多分）を読みつづけており、その声はマイクを通して寺の内部のみならず、寺の外までも高く低く聞こえる仕組みになっていた。しかしそれは、メインガートのシュリラム　ジャイラムと同じで、最初はちょっとがっかりするけども、馴れてくるとマイクという感覚は殆どなくなり、広い寺の何処にいても聞こえてくるヴェーダ朗唱の声が、気持ちの良い宗教的雰囲気をかもし出しているのである。

ヒンドゥ大学は市の郊外にあたる位置にあり、アッシ川を渡ると久し振りに田んぼや畑や森に出会い、ハイビスカスやブーゲンビリアの花に出会い、街の中心の空気を吸いなれた身には（ここボンサルガートもやはり中心地区である）本当にのどかで清潔な空気であり、まるでピクニックにでも来たように、ラーマや次郎は木の葉や枝を集めて遊ぶことも出来た。そして大学という雰囲気はやはりユニヴァーシティであり、私なども全くアットホームな感覚で過ごすことが出来た。帰りぎわにマンゴーの並木道がつきるあたりの一本の菩提樹の下で、太郎に大きくなったらここの大学に留学する気はないかと聞いたら、まんざらでもない顔をしていたので記念に菩提樹の葉を一枚拾わせておいた。マンゴーの木も葉の多い如何にも木らしい木で、今はちょうどうす黄色の花の季節であり、楽しい散歩ができたが、菩提樹の木がやはり私は一番好きである。幹の茶白色の色、葉の丸味を帯びて先がしゅっとつき出しているハート形、枝ぶり、その全体の感じが明るく清潔で智慧と静けさをたたえており、菩提樹の下に来ると自然にそこで一休みしたい気持ちになるのである。

バンヤンの大木の下の茶屋で一服、おいしいチャイを飲む。日射しはすでに日本の真夏よりも強くなっているが、湿度が全然ないのでからっとして暑さはそれほど感じない。日陰はひんやりとして実に気持ちが良い。ラーマを背負って歩くのもさほどは気にもならない。歩く時はラーマを背負うという感覚が出来上がっているので、気持ちの上の負担はもはや全くなくなっている。家族の旅にも馴れてきたのであろう。門を出た所でナーガからの手紙にあったラッシー屋をタイからの留学生に教えてもらい、一杯八十パイサと高いものだったが飲んでみる。暑い日射しの中を三、四キロほど歩いた後でもあったし、たとえようもなくおいしくて、それこそアーナンダの現実的な味はこのようなものであるかと思われた。

飲んでいるところへ、どういうわけかきのうクリシュナテンプルに彼を通じて注文に出したトゥルシの木と銀で作った数珠をメガネが現われて手渡してくれた。メガネは実に神出鬼没の男である。この数珠を首につけておくと子供は決して熱病にかからず、クリシュナの慈悲がいつでも身と心を守ってくれるということである。メガネはヴァイシュナヴァで彼のカーストの参詣日が丁度きのうに当たっていたということで、頼んで一つにつき十五ルピーの大金を払ってもらってきてもらったのである。メガネはラーマが好きで、是非ラーマにかけろというのでラーマにひとつ、私がひとつかけて持つことにした。

ドゥルガ寺院はヴェナレスにおける最も強力なヒンドゥ寺院のひとつでヴィシュワナート寺院と並んでヒンドゥ教徒以外には入ることが出来ないと聞いていたのだが、ネパーリに化けて難なく入ることができた。少なくとも私もヒンドゥ教徒と称して嘘ではないのだから、心にやましさはなく、ただひたすら母《マー》よ母《マー》よと祈りながら花輪を買って献げた。ドゥルガは想像していたような恐ろしい形のものではなく、むしろパールヴァティ的な透明な強いまなざしを持っておられる方だった。像も一メートルほどの小さなもので、きしっとした確実な印象を与えてくれた。花輪にうずまっておられ、私たちも含めて、献じた花輪は一度ドゥルガに献げられてそのまま首にかけて返して下さるのである。ラーマは花輪を献げないのにサドゥに気に入られたと見えて、ひとつの花輪をポーンと投げてよこすとそれは見事にラーマの首にかかった。サドゥは喜んで二つ目を投げてよこしたがそれは首には入らなかった。太郎、次郎、ラーマ、順子、私と、額に赤い印をつけてもらって寺を出た。モンキーテンプルと聞いていたが、私は夢中で寺に入る時一匹だけ小猿がいたのをまたいだだけであとは猿を眺める余裕はなかった。

出がけにいざりの乞食がもう一人に抱かれてバクシーシに来たので、二十五パイサだったかを献じた。もう一人体躯の堂々とした一寸ナナオに似た白髪のサドゥがいつまでもついて来て、バーヴァ、バーヴァ（大旦那、大旦那）と親しそうに言うので、又十パイサを献じた。

ニューヴィシュワナートが知的な高貴な光を感じさせるお寺であるのに対し、ドゥルガテンプルは如何にもヒンドゥ臭い底知れないお寺であり、やはり信仰する側もニューヴィシュワナートとは比較にならぬほど全身の力と神経と愛をこめて祈らずには居れなかった。

最後に午後四時から門が開くラーマテンプル（トウルシテンプル）を訪れた。このお寺の外観は白亜でできており、内部もすべて大理石でできている高雅なお寺であった。入口の左に、このお寺の創立者であり、有名な『ラーマチャリタマナス』の著者でもあるトウルシダスの像が祀られ、正面には大理石でできたラーマ、シータ、ラクシュマナの三体の像が黄色いサリーのようなものをまとって美しく高雅にまつられてあった。一階、二階に分かれており、その壁面には、大冊の『ラーマチャリタマナス』の全文がやはり大理石に彫りこまれてある。ヴァイシュナヴァ信仰のひとつの中心であり、ヴェナレスが内外に誇る聖詩人のお寺でもある為か、寺院自体も広々としてゆったりと高雅であり、庭がまた広くぎっしりと様々な花々でうずまっており、まるで美しい夢の中を行くようなものであった。トウルシダスがその本を書いたという小さな小屋はコンクリートに材質を変えて保存されているが、その小屋の屋根までもつたの花が咲き乱れて、一寸見ただけではコンクリートと見分けることは困難なほどで、トウルシダスはそのような花に埋《うず》もれた中でその偉大な叙事詩を書きあげたことがよく感じられるのだった。花々の中では矢車草の心を射抜くような透明な青、久し振りで私がすべての色の中で最も愛する色に出会ったのだった。ラーマチャリタマナスは先の小包で日本に送ってしまったので訳し出すのは帰国後になるが、トウルシダスのお寺の庭にあのような美しい花々が咲いている事実からして、楽しい仕事になるだろうと思われる。参拝者は上流階級の人が多く女の人は殆どが色鮮やかな絹のサリーを着て、記念の写真をとったりしているのが目立った。それに比べればドゥルガ寺院の参拝者は女の人なら木綿のサリー、男なら汚ないシャツといった風で、境内には花ひとつ植えてなく、ただひたすらドゥルガジ（ドゥルガ様）に祈ることに中心がある。ラーマテンプルの方は、様々な装置がしてあって眼を楽しませ心を楽しませ清めてくれる。実際、大理石の床を裸足で歩いて行くと、まるで氷の上を歩いているように体の底までじんじんと冷えてきて、その冷えが体と心を清めてくれるという感じがするのである。

途中で野菜や水などを買って船に帰り、爺さんと一服一緒に吸ったあとで太郎が言うには、ああ今日は楽しい一日だったということである。子供達は街中に住むことを厭がって、早くサールナートへ行きたがっている。確かにこの船の、ガンガーのヴァイブレイションは子供達にとっては少々重たすぎるという気もする。今日も帰る途中と行く途中で何体かの死体に出会い、それにも馴れてきつつあるからである。
明日はこの街のイシュタデヴァータ、ヴィシュワナート寺院のお祭りである。

二月二十日（水）

ヴェナレスの至聖所の中の至聖所（Dr.ラジュバリ・パンディ）と呼ばれるヴィシュワナート寺院に行ってきた。いつも通っている露地の奥に洞窟のような入口があり、前からこれはどうも神秘な所だと思っていたのだが、そこが実はヴィシュワナート寺院の入口であり、順子達も以前に間違って入って犬に吠えられたと言っていた所だった。内部は迷路のようで幾つも幾つものリンガムのほこらがあり、ナンディが坐っており、今日はプージャでもあるので無数の人々が入り乱れ、参拝人は殆どがガンガーの水を壺に汲んできてかけるので、そこらはもう何処も水びたし花びたしであった。人々の群れと線香の香り、ベルの青い実や朝鮮朝顔の実、ベテルの葉、叫び声、呼び声ですさまじい雰囲気であり、狭い本尊のマハリンガムの辺りはびっしりと人がつまって一歩も歩けない有様だった。本尊まではとうとうたどりつくことが出来ず、その前のリンガムに礼拝を献げただけで他の様々な像を礼拝した後に帰ってきた。

寺院の前の店でリンガムとナンディをひとつずつ買った。安いものであるが大変に美しく又、見ているだけで気持ちの静まるものである。このリンガムを手に入れるだけで約三日ぐらいかかっている。不思議にインドでの買い物は時間がかかるのである。あと笛と白壇の木と白壇の数珠が欲しいのだがまだその時は来ていない。

今日はまた久し振りにメインガートへ行きしばらく坐っていた。そのあとで顔と手を洗いひとしずく戴いてマーのお堂へ入ったが、カーテンが降りていて会うことが出来なかった。マー様の乗っているワニのような乗り物はヴェナレスさんに聞いたのだが忘れてしまった。コンコドールとか言ったような気がするのだが。この船にもマー様の絵がかかっている。

二月二十二日（金）

おとといの夜中からこのボンサラガートの上のビルの一室にガンガーに向かってマイクがすえられ、シュリラム　ジャイラムとシータラムの二つのマントラをやり出し、専門のバラモンがいるわけではなく子供などが勝手やたらに歌いはじめて、きのうのお昼頃まで絶えることなくやっていた。おそらくはヴィシュワナートの祭りに関係するひとつの徹夜の家族の行事の一端なのだと思うが、それを一晩中眠れないままに耳にしている方は心底から参ってしまい、きのうはとうとう風邪を引いてしまった。おまけに奥歯も痛む。これはガンガーマーのお叱りを受けたのだとも思うが、面白半分にどなりたてるマントラを一晩中聞かされる苦行はいかにも大変なものであった。最後には耳をしっかりふさいで助けてくれ！　と叫び出したいほどだったが、こうなったらこちらも瞑想に入る他はないとあきらめて、ひたすらラーマクリシュナとカーリーの像を思っていた。するとその時不意に子供達のがなり立てる声がやんで、真にやさしいとろけるような大人の声でシュリラーム　ジャイラーム　ジャイジャイラームとまさに夜更けのガンガーの静寂にふさわしいマントラが聞こえ始め、同時に私もカーリーの像の内に吸いこまれるようにとけこんだのだった。しかし至福の時はほんの四、五分であり、その大人の声は聞こえなくなり再び子供のカンの強い高い声が眠気を吹き飛ばそうとしているのだろう、必死になってわめき立てるのだった。どんなひどい声でもマントラである以上は聖なるものであるし、呪うわけにもゆかず、ただただラーマクリシュナとカーリーへの礼拝で、結局こちらも一晩の徹夜につき合わされてしまった。

何故彼らがマイクを使って、それも外へ向けて、家族の行事を夜を徹して行なうのか今もって私には理解できないが、それもやはりインド人なのだということで納得する他はない。理性で納得のゆかぬことは、結局最後にはインド人だから、インドだからと納得する他はないのだが、その背後にはやはり、厳しい自分への非難が含まれているのである。それを自分が知っている。三日前だったか、私は順子にちょっと腹を立て、何故かガンガーへ小便をしてしまった。便所でしてもそのまま河へ入るのだから同じようなものだが、立小便してしまってから何故かぎょっとし、とんでもないことをした、という感覚が残ったのである。それがおとといの夜のマントラ責めと、きのうから歯痛と風邪になって現われてきたのだと言える。きのう、今日と、私はガンガーマーに心から申し訳なかったとあやまりを繰り返している。

今日久し振りにホテルへ手紙を取りに行ったらコブラ使いが店を開いて二、三匹のコブラをあやつっていた。終わり際で、マネージャーと話している内にもう一度やらせようということになり、一ルピー払って再び大々的に始まったが、お金の集まりが悪く、一時間近く予備芸を繰り返しただけに終わってしまった。それでも面白かったのは、一人が笛を吹き、相手になるもう一人の男と一種のパントマイムを繰り返している内に次第に人だかりが増え、中央にお金を置いた小円を中心として、いつのまにかひとつの祭りの形が出来上がり、子供や大人はいつ始まるとも知れないその蛇の出現を待ちつづけているのである。演じる方はお金の集まり具合が少なければ始めようとしないし、見ている方は、それぞれ十パイサ、五パイサを払っただけで、早く始めさせようとして、掛け声をかけたりして騒いでいる。平日の午後だというのにしかも裏通りで、そんなに多くの人が集まってのんびりと蛇使いの芸を見ているなどというのはやはりインドなのだなあと感心している。結局二回目は始まらないままにお金を返してやめてしまった。私は蛇自体が出なくてもそのような小さな遊びの祭りがあったことに満足して一ルピーをマネージャーにあげた。宮内からの手紙が一通だけ来ていた。暗い手紙である。お母さんの乳癌が残っている一方の乳房にも転移したらしいと言うのである。私にもどうか祈って下さいと書いてある。母《マー》は何でも願いをかなえて下さるのだから、私としては彼と喜美子さんの結婚式が幸せにとり行なわれますようにと祈ることにしよう。

蛇と言えば、パールヴァティロッジに大阪の由子さんという女の人が泊まっていて、おとといこの船に訪ねてきた。その時にガンガーの向こう岸から一匹の小蛇がこちらへ真っ直ぐに泳いできて、私達の船にぶつかって昇ってきそうにしたが、そのまま船をまわって陸へ昇って行った。それを太郎が見つけた。今日パールヴァティロッジへ行った時にもやはり蛇使いに出会った。

彼女は今日もこの船に来てくれて、子供達は真底から喜んでいるようであった。太郎などは日本語を話せる相手が出来たことに無上の幸福を感じているようで、あさっても又来てくれるように約束をした。

ヴェナレスを離れる前に、対岸へ一度渡ってみようということになった。私はヴェナレスを離れる前に、一度観音経をこの船の上であげようと思いつき、それを実行するのを楽しみにしている。今日は白壇木のかたまりを二つ買ってきた。日本に帰ってからひとつは観音像をアニキに彫ってもらう予定にしている。ひとつはアニキへ献じることにする。「その街のすべての石はシヴァである」という話を聞き、石も良いものをひとつ欲しいと思っている。

ヒンドゥの家住者には日々次の五つのヤジュナ（献身）があるという。

○ブラフマ　ヤジュナ

これは毎日何らかの聖典を勉強し、それにより自己の宗教的訓練をすると共に、祖先のリシ（聖者）への借りを返済するのである。

○デヴァ　ヤジュナ

自分達の信じる神に何らかの物質的供養をすることで、このことにより、物質的及び精神的な世界の理解を深める助けとする。

○ピトリ　ヤジュナ

先祖への供養で、これを行なうことにより人類の存続への義務と希望を祈る。

○アティシ　ヤジュナ

訪問者への供養で、バラモンや学生、サニヤーシン達を何らかの方法で養ってあげる。

○ブータ　ヤジュナ

生命あるものへの供養であり、動物や小さな生き物、それから病気の人や乞食など憐れみをかけるべきものへの供養をする。

　順子の生理が始まらないので、また赤ちゃんが来ることになったのかも知れない。順子は今度はきっと女の子よと言っている。そうだと嬉しいのだが。旅の途中で赤ちゃんが来るのは仲々大変なことであろうが、それが生まれてくるものの宿命であり、神の意志であるならば、無事に生まれてくるであろう。

　私自身は子供はいくらあっても良いと思う。しかし人類というか、日本というか、社会全体から見れば人口は少ない方が良いので、その点では私達のところばかりで四人も子供を持つのは少し多すぎるという気持ちもする。しかし、私達のようなものも含めて、人口は少しずつ減少の方向へ向かうのであろうから、四人子供がいたからとて、人類社会に悪をなしていることにはならないと思う。

　だが、これで私達のところに子供が来るのは終わりである。そのことは何故かよく判る。もし生まれてくる子が男の子だったら、また女の子への未練が残るかも知れないが、それにしてもそろそろ性行為を絶って私達夫婦が兄弟のようにむつまじく暮らす時期が近づいている。肉体的にも性行為よりは瞑想による喜びの方が深いものとなりつつある。もし今度赤ちゃんが来るようなことになれば、その間はまだ約八ヶ月はあり、育ってゆくまでに一年か二年の時間の余裕がある。この期間に、私はもとより、順子にも性行為によらない夫婦の愛の喜びというものを確かめ、発見し、形作ってゆかなくてはならないであろう。それがいずれにしろ私達夫婦の進んでゆくべき道であろう。

私は性の喜びを否定するものではない。それどころか、それを求めて求めてきたという気さえするけれども、結局においてそれは食事や酒や、休息の欲求などと同じく、それに至ってみればその場だけの虚しい喜びであることが判る。食事も性交も休息も永遠の一部分ではあるが、永遠そのものではない。食欲、性欲、休息欲のような本能は、生命に属している基本的な属性である以上それを否定することなど出来るはずもないが、それらの欲望がすべて神聖なるもの、永遠なるものへスムーズに昇華されてゆく時に、生きることはより美しくより不滅へ、永遠へと近づいてゆく筈である。生涯を女人不触で過ごすブラフマチャーリアの人から見れば、三人も子供を為した私などは語るに落ちるところであろうが、すでに落ちたものがそのことを罪悪感として受けとめろとは神も言われないであろう。

家住者《かじゅうしゃ》には家住者の道があり、又私には私の生きてゆくべき星というものがある。その星を如何に清らかに負うかということに人の生涯がかかっている。よく言われるように、ヒンドゥの人生段階は四つに分かれている。最初は学生期《がくしょうき》、次に家住期、学生期においてしっかりと勉強し、家住期においてよい家庭を作り、次の林住期《りんじゅうき》には世間の仕事を子孫にゆずって、聖典の勉強や瞑想に生きる。そして最後に遊行期《ゆぎょうき》、即ち家を棄て死ぬまで神を求める放浪の旅に出るのである。

現在の私の段階は、まさにその家住期であり、家住期にありながら求道の旅が出来るという、類い稀な幸運の内にあるのである。もとより、人の生涯は求道の旅である。何もインドに来、ヴェナレスにやってきて、ガンガーの智慧の水を飲むことが求道の旅だというわけではないが、神聖なものに直接触れることが最上の求道の旅であるとすれば、私は家住者の時期にありながら、そのような幸運にめぐまれていると言って嘘はない。

逆に言えば、私は聖職者でも僧侶でもサドゥでもないけれども、聖職者が求め、僧侶が求め、サドゥが求めるその同じ目的を求めていることになる。業が深いと言われればそれまでだが、それが私に与えられた星なのだから、その星を全うする以外にはないのである。

今はもう夜の三時すぎで、四時に近いかも知れない。時々マラビヤ橋を汽車が通り、ガンガーに魚のはねる音がする他は静かな夜である。

自分の星と調和すること、それが真実の愛の始まりである。今夜、私は奇妙な安らぎをもってそのことを感じる。

母が私を受精した時、母の気持ちには恐らく強い恋への憧れから来る不満があったにちがいない。母がそのことを意識しようとしまいと、今の私にはそれが判る。そして父には女の人への強い憧れと欲望と、恋とは呼べないむさぼりがあったにちがいない。私は母に大変に愛されて育ったが、恋のある家庭に育ったという記憶はない。父母の間に恋という神秘な黄色い透明な光があったとは思われない。私は母から、恋への憧れとして生まれたのだと思う。何故なら生むものはやはり母だからである。そして、それが私の星である。母の星、父の星はそのようにして私に引き継がれ、私もまた恋に憧れるものとしてこの世を渡ってゆくのである。究極の恋とは神への恋である。私は順子に少し恋をし、そして結婚した。それまでに四人か五人の女の人、いや正確には三人の女の人に恋をし、いずれもその恋は届かなかった。恋への私のエネルギーは殆どその三人の女の人に使い果たされ、順子の時には最後の力をふりしぼったような恋だから、ほんの少しの恋、明るさと従順さへの恋だった。それもまた私の星のなせる業であった。

結婚してから太郎と次郎が生まれ、そのあとでチマに出会い、与論島で何ヶ月か一緒に暮らした。私は順子と別れ、チマと一緒になってもよい、というよりそうなりたいと思ったが、星がそれを許さなかった。チマには恋ではなく惚れた《フォールインラブ》。別れたあとで恋が残った。恋とは人間のものではなく、天上のものだからである。英語でラブという時、それは恋ではない。クリシュナの本質が恋である。私がクリシュナから逃れられない理由はそこにある。クリシュナ以外に恋そのものが神となった神はいない。だからヴリンダーヴァンは永遠であり、ゴパラクリシュナこそは不滅の笛を吹く恋の少年なのである。

そしてラーマが生まれた。ラーマは恋ではない。憧れそのものである。ラーマは憧れである。それを産んだ順子は英語で言うベターハーフ。より良き半身、日本語でいう妻である。

人間への恋は、時と共に消えてゆく。だが恋という存在自体は不滅である。クリシュナからみた時、すべてはクリシュナの貪《むさぼ》る口に呑みこまれる、と言われるのはそのためである。しかし、神はクリシュナだけではない。観世音がおられる。大神シヴァがおられる。ヴィシュヌというもうひとつの大神がおられる。ドゥルガー、カーリーという母神がおられる。阿弥陀仏という神がおられる。ブッダという法の化身がおられる。大日如来という太陽神がおられる。キリストという苦しい神がおられる。神はまさに神であられる故にすべてにわたって神であり、すべての存在に至る神なのである。そして、すべての神をひとすじの赤い糸でつらぬいているものが、愛と呼ばれ不滅と呼ばれ、平和と呼ばれ、真理と呼ばれる、永遠の光なのである。ブラフマンは光であると言われている。

今日、私は女の子が生まれてくるかも知れないという予感を感じている。信じるも信じないもないが、私の星を信じて、その星と調和して、旅をつづけていこう。自らの星と調和するということが、この旅の間に生まれてきた実りなのだから、その果実を大事に戴き、新たなる種をまいて育てよう。

このように書いている時、まだ夜は明けていないがシンディガートの鐘が鳴りひびき、ガートにはすでに朝の礼拝の沐浴に来た人々の賑やかな話し声が聞こえている。インドの人達の信仰は本当に朝も昼も夜もない。厳密に言えば一刻一刻、眠っている時さえも神へのプージャをしているかのようである。

心の平和を保つ力をお与え下さい。母《マー》よ、自らの星と調和することの出来る智慧を深めて下さい。

二月二十四日（日）

朝から由子さんがきてハルーを作り、一緒に食べてから、ボートを出して四時間ばかりガンガーに遊んだ。途中から帆を張ってぐんぐんスピードを出し、一時はY15のセイリングをやっているようなものであった。

今日一日、風はかなり強く、案内をしたラターンはまだ九歳の少年だが帆のセットからあやつり方まで、ひととおりのことをちゃんと心得ている。ガンガーで生まれたガンガーの少年である。アッシガートを越したあたりから波も荒く、順子や子供達は幾分興奮していたが、彼は少しも恐れている風ではなかった。対岸に渡り、ベルの木の下、麦畑の側で、お弁当のおにぎりとバナナを食べた。街から離れ、何の騒ぎもなく、緑金色の羽根をした鳥が飛んでいるのんびりとした、静かな空気の中で過ごしてみると、やはりインドにおいても街はそれほど住むのに適した所ではないことが判る。こんもりとした木立が並び、陽の光を浴びている様は、夢の中で見る森のようであり、川向こうのヴェナレスの街はぼうと神秘にかすんで見えた。ヴェナレスもう一日で終わりである。ちょうど日曜日でもあり、まずはヴェナレスの休日といったところだった。

夕方彼女の案内で南インドの料理を専門にやっている店に行き、マサラドラサイというものを食べた。仲々においしいものであった。それから彼女のおごりでお茶を飲んだ。力もあり賢くもあり勇気もある、善い女の子であった。又、何処かで会うだろうと思う。

きのうは初めてガンガーで泳いだ。私の予定ではガンガーで泳ぐつもりは全然なかったのだが、暑くもあり、インド人たちがあまり楽しそうに泳ぐので、それなら私も泳がしてもらおうということになり、ほんの四、五十メートルだったが、ゆっくりと泳いだ。ガンガーの水はきしっとひきしまり、体全体を透明にしてしまうような快さがあった。太郎も次郎も、私が泳いだのを見て次々に入り、泳いだ。

しかしどういうわけか夜に入って、次郎が一回吐きに便所へ行ったが吐かずに戻ってきたのを始め、太郎はゲェゲェと床に吐き出し、ラーマも床に吐き下痢はするしで、一晩中大騒ぎであった。私もひどい下痢になった。歯もしくりしくりと痛みつづけている。一説によると旅に出た三ヶ月目というのは、母国から貯えてきたエネルギーが完全になくなり、新しいエネルギーと交換される時期ということで、もしかするとそういうことも重なっているのかも知れない。とにかく全員が体力的に調子が落ちている。サールナートで少し整え直さなくてはと思っている。

きのうは特別に暑く、恐らく日中は三〇度を越していいただろう。二月でこうだから四月、五月の暑い盛りには、四五度を越す暑さがやってくるのだということが判る。インドにおけるベストシーズンが終わり、灼熱の時が近づいていることが感じられる。ラジギールでは五〇度を越す日があり、デリーでも四七、八度には昇るというから、子供連れでどういうコースを取ったら良いのか、考え直す必要もあるように思う。今夜もまたラーマは吐いた。

今日久し振りにメインガートに行ってみたら、シュリラム　ジャイラムのキルタンをする場所が取りこわしになっていた。どうしたことかとびっくりしたが、それでこの四、五日、夜になっても何の物音も聞こえてこない理由が判った。

今夜は少し風があり、ローソクの炎が時にゆれる。蛙の声と虫の声だけの静かな静かな夜である。カーシーの岸辺で見たのは犬の死体を犬が食べている姿だった。それから純白の小型のつるのような鳥も何羽かいた。夢のように美しい世界と修羅の世界が同居しており、同時にひとつの風景の中に収められているのがインド世界の特徴である。マニカルニカガートでは今日も華やかに死体が焼かれている。時々はその匂いがこのガートまでも漂ってくる。焼場のすぐ側の石の上に坐りこんでじっとそれを見つめている日本人が一人いた。ヴェナレスに来て最初に会ったフランス人と又、今日会った。彼はもう十日ばかりでブッダガヤへ向かうという。大人しい真面目なフランス人だった。ラジギールの妙法寺を紹介しておいた。

二月二十五日（月）

この感覚はハウスボートという特殊な環境からやってくるものであろう。最初に河からボートでやってきて船に移り、ボートが帰ってしまったら、もう陸にあがるすべはこの船の持ち主に頼んで陸まで運んでもらう以外にはないのである。陸までとは言ってもほんの十四、五メートルなのだが、その十四、五メートルの水が陸と私を距てて、河の中に閉じこめられている状況である。小舟を頼めば親爺はいつでも舟を出してくれるが、そこはインド人だから一回ごとにバクシーシを要求するし、どうしても頼む立場に立たされてしまうのだから、心理的には自由に陸にあがれるという感じは全くなく、ガンガーに閉じこめられているという感覚が最終的には残るのである。

ハウスボート滞在の十日間の出来事は基本的にこの感情にもとづいていることを今日気づき、忘れない内に記しておく。

今日は新月の三日である。夕方あたりには又、金線三日月の姿も見られよう。今度の満月は何処になるか。

ヴェナレス最後の夜は歯痛と共に終わろうとしている。一日一日と痛さを増してきた歯痛が、今や薬を飲まなければ耐えられぬほどになっている。夕方、デッキの上で観音経と般若心経をあげて、ヴェナレスへの讃辞とした。予想どおりもうかなり太くなった三日月が、ガートの上のレジデンスの上にかかっていた。最初にみつけたのは太郎であった。

きのうマニカルニカガートを歩いていて、人を焼く匂いというものはそれほど悪い匂いではないことに気がついた。石の柱の上に坐ってじっと焼かれる様を眺めている日本人が一人いたが、宮内君のことが何故か思われた。今日もやはりそのガートを通ったが、もう格別に匂いもなく、匂いと言えばむしろ香ばしいような香りが増えている感じであった。元のホテルへ手紙を取りに行ったが何も着いておらず、その代わりに、元ボンベイの近くの駅の駅員をしていたという人としばらく話をした。その人は私達がホテルにいた頃から滞在していて、竹の杖をつき、よく一歩一歩よろめくようにしてゆっくりと歩いている人だったが、そんな風に話をするのは初めてであった。その人はラストトリップの為にこのヴェナレスに着ているのだという。そう言われてみて、初めてその人の如何にも老人らしい弱々しさ、病人のような感じが理解できたのだが、いざ死にに来た人だと言われてみると、まだまだ死にそうな気配はなく、よろめいてはいるけども、まだ二年や三年は生きるかも知れないという感じもするのであった。最後の旅という言葉を口にするその顔は輝きこそ放っていたが、悲しみとか悲惨という感じは少しもなく、マネージャーと、だから安い値段で入っているのだと、冗談まで言っていた。まだまだ現世《げんせ》への欲望はたっぷりであり、トランジスタラジオがどうの、ズボンの値段はどうのと、日本のことを色々と聞きたがった。死ぬ準備をしているものが、そのようなことに興味を持つのはおかしな気もするけども、生きているということはそういうことなのであり、死ぬ時が来たら、この街で死ぬものは救われるという昔からの言い伝えを信じて死んでゆけば良いのである。死は尊敬するべき友達であると言われていることが、その老人のよぼよぼの巨体から静かに伝わってくるようだった。そう言えば、最初あった時からこの人は普通の人とはちがっており、何処か偏執的なところがあって、私は少々恐れをなして余り近寄らなかった。ある時、何をしているのかと聞かれて詩人だと答え、それが通じてからはナマステと挨拶ぐらいは交わしていたのだが、まさか噂に聞く、ヴェナレスに死にに来た人達の一人だとは気がつかなかった。

メインガートにもマー様にもお別れをした。ヴェナレスさんにも会ってお別れをした。何だかまわり中の人がお別れをしてくれるようで、タバコ屋のおやじも首を振って挨拶していた。通りを歩いていると、ヴェナレスフィニッシュ？　と声をかけてくる。もう雰囲気で彼らにはそれが判るのだった。記念にふたのしまる水壺をひとつ買った。真鍮製の仲々美しいものである。すぐ側にやはり真鍮の小さな壺にふたをハンダづけで張りつけたものがあって、これは何だと聞くと、ガンガーと答えた。ガンガーの水のおみやげなのである。私も真っ直ぐに日本に帰るのであればこのガンガーを買うかも知れないと思ったほど、いつのまにかガンガーに親しみガンガーの尊さが判ってきたようである。アンナプルナ寺院に入っていないこととか、ヴィシュワナートの本尊、ジョテイルリンガを拝していないこととか、二、三、心残りはあるけども、大体においてヴェナレスの旅は終ったようである。あと三月の七、八日がホーリー祭りだそうで、もしサールナートにいるようならその時は又遊びに来れば良いので、これは格別に問題はない。今日最後に、あの最後の旅に来た老人に会えてたことで、私の心に何かわだかまっていたようなものが全部とけていったという気がする。別れる時、両手を合わせてナマステと言った時に、〝旅〟という鮮烈なしかし静かな感動があった。

サールナート

二月二十六日（火）　アーリヤダルマハウス

朝、ヴェナレスを出て白い馬の馬車をやとい、次第に緑が増してくる道をサールナートへとやってきた。途中のマンゴーの並木は見事なものであった。ヴェナレスには有名なものが二つあり、ひとつはヴェナレスシルク、ひとつにはヴェナレスマンゴーと言われるだけあって、近郊のこのあたりは至る所、マンゴーの林がある。ビルラという長者の慈善事業のひとつとして出来たこの大きなコンクリート造りのハウスの隣接地も、やはりマンゴーの林である。今や花ざかりで黄土色の地味な小さなふさになった花が、葉よりもたくさん咲きそろっている。パッカパッカという軽やかな馬のひずめの音と、鈴の音、澄んだ空気と輝きあふれる日光、まるで幸せの地へ行くようにしてやってきたが、このアーリヤダルマハウスはハエの旋風が吹いていた。ここには何百人というチベット人が泊まりこんでおり、チベット人の不潔さというのは大したもので、多分そのせいであろうと思うが、美しい景色をかすんで見させるほどにハエの群れがいちめんに飛びまわっている。しかし、サールナートの仏跡自体は露地も茫々と広大で、芝生と花々とこんもり繁った並木や林に飾られて、これはさながらにひとつの広大な花園というか公園のようである。初転法輪《しょてんほうりん》という輝かしい由緒のある土地にふさわしい、チリひとつない美しい公園である。雰囲気もヴェナレスの騒然とした様に比べれば、静かで落ちついており人も建物も少なく、広々として古代の遺跡という感じがする。夕方早速お寺に参り、アショカ王の建てたあとに再建されたものと言われる大きなストゥパにもお参りしてきた。私の感じではサールナートの中心はお寺というよりも、この大きな頑丈なストゥパであろうと思われる。ブッダガヤでもそうであったように、ストゥパ自体に顔をつけて礼拝することが出来、大きな大きな存在である。ブッダガヤの悟りの菩提樹から分枝して移し植えたというやはり大きな菩提樹の下で夕暮れの瞑想に入ったが、ガンガーの瞑想のような闘いではなく、ただ静かに坐っていることの出来るものだった。オーム　オーム　オームとゆっくりと三回繰り返すと、今度は仏教世界である故に幾分違和感を感じるが、この違和感は、ガンガーでオームを唱える時の仏教徒としての違和感と殆ど同じものである。その違和感をとおして、多分、真実にオームという音となじむことが出来るのだろうと思う。仏教の世界は何といっても故郷に帰ったようで、まるで他国に来ているという感じがしない。チベット人は言葉こそ通じないが感情はすべて素通しであり、人種が同じであるということはこうも近しいものなのかと今又改めて感心するのである。そして今は別の意味でヴェナレスが故郷のようであり、ヴェナレス以上の体験はもうインドの何処へ行っても得られないのではないかという気持ちさえする。二、三日様子を見て何処に落ちつくべきかを決めることにする。このアーリヤダルマハウスは一日二ルピーという格別の値段が魅力だが、真に心の呼ばれている場所へ行くことが旅であるから、そこをしっかりと見定めなくてはならない。嬉しいのは、この家には木のちゃんとした机があり、机に向かって坐り、字を書くというのは、殆ど二ケ月半ぶりぐらいのことなのである。

きのうサロンパスを貼って眠ったせいか、歯痛がやっと少し治まってきた。歯痛というものが起こってくる原因がきついヴァイブレーションにあるのだとすると、ドゥルガテンプルへ行った日以来のハウスボートでの体験は相当にきつかったと言える。順子をのぞいては全員が、下痢、吐き気に悩まされ、それは明らかにガンガーの水のせいではなく、心理的な原因から起こったものなのである。マニカルニカの火葬場のヴァイヴレーションは正直に言ってきついものであった。

明日はサールナートの国に遊ぶことにしよう。

二月二十七日（水）

美しい芝生にクローバーが生えているサールナートの聖域で、一本の大木の下を選んでお昼のお焼きの御飯を食べた。その木には葉が多くなく、まばらに日が洩れさして、暑くなくもちろん涼しすぎることもなく、片側に洗濯物を草の上に広げて干しながら、インドに来て初めて、他人にわずらわされることなく、清らかな花の香りに満ちた空気の中で、食事をすることができた。この広大な聖域で私達が食事をしていても、誰もめずらしがって寄って来ないほどに、人影はまばらである。日射しは暑く、乾燥して明るく、地上の極楽と言えるような楽しい食事であった。

犬が二匹、カラスによく似たカラスより少し上品な鳥が二十羽ばかり食事の輪を囲んで騒ぎたてたが、時々お焼きの切れはしを放ってやるくらいで、子供達はかえって喜んでいた。犬も近くまでよっては来るが、一定以上には決して近寄らず、ねだるのではなくて、ただもらえる時が来るのを待っているという風情が感じがよかった。

ブッダという人は不思議に広々とした静かな明るい土地に聖跡を残してゆく人である。ブッダガヤもそうであったように、心持ち小高い場所で、見渡す限りが平原であり、木立がこんもりと繁り、近くに池があり、平和で、地の底からしーんとしたものが伝わってくる所、大きな街ではなくむしろ農村地帯の一角。

昼間でも小鳥の声以外には何も聞こえない静かさの中でラマ僧たちが昼寝をしたり、二、三人集まって話をしていたりするのが遠い景色として点々と見える。

ダライラマが来る前のブッダガヤもそうだったが、この仏跡の底知れない静かさというものは、やはりブッダの法そのものと関係がある筈だし、ブッダがそのような場所を選んだのか、その場所によってブッダが選ばれたのかという、同じ静かな疑問がわいてくるのである。

ヴェナレスがそうであったように、やはり二千年以上も続いている伝統の中には、その真髄が生きのこっていて、ブッダその人の真髄は、この明るい底の知れない静けさなのではないだろうかという気持ちもしてくるのである。もっともブッダはすでに個性ではなく、法であるから、仏法の真髄は、と言った方が良いのかも知れない。

この明るい静かさを私は心から愛する。花が咲き鳥が歌い空気は透明である。

博物館に行き、紀元前後から一〇世紀前後ぐらいまでの出土品を見る。博物館は博物館であり、私には殆ど興味がないが、ライオンピラーというアショカ大王の献じたものの頭部が、現代インドの国旗に取り入れられて法輪となり、ルピー紙幣にもすべてそのライオンピラーが刷られているのを見る時、仏法はインドにおいてももう一度甦る気運が近づいていることを、日本山妙法寺の人達ではないけども感じるのである。

夕方、順子は日本から持ってきた冬物を整理するためにバザールに行って店を出し、一時間ほどの間に殆ど全部売りつくして帰ってきた。ボストンバック一杯もあったものを売ってしまったのだから大したものであるが、順子も言っているように、売るというより遊びみたいなもので、あまりにも安いので人々がわっとたかり、たちまち売り切れてしまったというのが実情である。それでも総計で七五ルピーにもなったのだから、如何に余計な品物を重い思いをしてかついで来たかが知れる。売ってしまってからもインド人やチベット人が何人もやってきてもうないのかとさいそくする始末で、もうこれ以上はこのシャツしかないのだと説明しなくてはならない有様だった。

それにしても順子の中にそういうことをやってのける才能があるとは、今日の今日まで知らなかった。私には逆立ちしても出来ないことである。

夕方、由子さんがまた訪ねて来る。一緒にチベタンテントに行って久し振りにトウッパとモモを食べた。

二月二十八日（木）

チベットは地鳴りのようである。この暑い日盛りにも厚手の暗赤色の衣を着込んで重々しく、ぴったりと地面に足をつけて歩いている。このダルマハウスに泊まっているのは殆どがチベット人だから、朝夕はもとより、日中でも何処からか低い地鳴りのような読経の声が聞こえてくる。その地脈のうねりのような高低を繰り返すメロディが聞こえてくると、心はいつでも静かになり、えりを正して人生に向かわねばならぬことを教えられるのである。ブッダガヤで会った、日本に留学したことのあるチベット人のチンレイさんは、日本へ出発する為にダライラマに謁見して、とにかく知らない国へ行くのだからその国の人に好かれる人になりなさい、と言われたそうである。チンレイさんは日本に行って、日本人に好かれるように必死の努力をしました、と言っていた。サールナートの明るさは無限である。このダルマハウスは暗い部屋であるが、一歩外へ出ればさんさんと生きた陽が降りそそぎ、木に咲く花と草の花とが至る所に咲き乱れ、花のない所は見渡す限りの緑の芝生におおわれている。チベット人の暗赤色の衣が点々とする他は、この光の中に人影もない。信じられない静かさである。

ここでブッダが説いた教えは、正しく見ること、正しく望みを持つこと、正しく話すこと、正しく行なうこと、正しく生活すること、正しく努力を重ねること、正しく思いをめぐらすこと、正しく心を集中すること、という八つから成る正しい道というものであった。そこには難しいことは何も説かれていない。ただ正しくあることだけが説かれているのである。悟りに至ったブッダの、海のように深いやさしい声で、正しく見なさい、正しい望みを持ちなさい、正しく話をしなさい……と告げられる時に、人は自《おのず》から自分の正しくないことに気づかされ、悟りというものが言葉ではなく体験であることを知るのである。それは深い深い山のように深い至り難い体験である。その体験の深さを言葉では現わし得ない故に「法」と呼ぶのである。体験が法となる時、そこに悟りの実体がある。そしてその姿は光あふれる静寂である。ブッダガヤもそうだったが、このサールナートも広々として、静かで光があふれ透明な空気が支配している点で共通している。

そして私の体験からすれば、そこには必ずチベット人の低い地鳴りのような読経の声がある。チベット人は決して喜ばしげではない。又、決して悲しげでもない。彼らはただいつも低く静かである。彼らは読経と共にある。坊さんであろうが一般人であろうが殆ど変わりはない。むしろ一般の家庭人の方が信仰が深いようにさえ見受けられる。うわついた気分で彼らに対すれば、彼らは本当に困ったような顔をする。まるでうわついた気分というものを知らない人のように、自分が悪いことでもしているように困っている。ヴェナレスでの滞在のあとでヒンドゥの華やかな生の信仰に浸ってきたあとだけに、最初の内はどうしてもうわついた調子になってしまうのだったが、やっと少しずつあの低い地鳴りのような声が聞こえはじめ、そのやさしい美しさが身に沁みてきた。

今日はアソカピラーがあった辺りの煉瓦造りの墓石群の中で夕方の瞑想をしたが、夕方のやさしい光の中を物も言わず三々五々とこの廃跡のあたりを歩きまわっているのはすべてチベット人で、信仰はチベット人のものであるかのような印象を受けるのである。

きのうチベタンテントにトウッパを食べに行った時には由子さんが一緒だったせいもあり、私達には華やいだ楽しげな気分が支配しており、順子は衣類を売って興奮していたせいもあったが、店に入っていってしばらくすると、店の息子がラジオをかけてボリュームを最大限位に大きくし、それを次の部屋のすでにローソクがともされている祭壇のまん前に置いたのには心から恥ずかしさがこみあげて来た。静かにまるで行をしている姿そのままに物を食べているチベット人と、私達日本人の騒がしい無作法なふるまいの対比が一台のラジオによってあからさまに示されて、私としては消えてなくなりたい気持ちであった。その時、実を言えば、私ははじめてチベット世界に再び入ってきたことをはっきりと知らされたのであり、又チベットへの愛が甦ってくるのを感じたのでもあった。しばらくして小母さんが息子には黙ってボリュームをさげ、その内いつしかラジオの音自体も消えてしまったが、その時、私達はトウッパを食べ終わったあとで、サールナートに来てはじめて、おいしい一杯の生水を飲んでいるところであった。うなり飛ぶハエの群れも、カーテン一面が黒くなるほどにとまっているハエも気にはならず、生きている水を飲んでいたのだった。水と言えばこのダルマハウスは水の出る時間が制限されていて、おととい私達がついた時には水はもう出ないで、夕方になって飯の仕度をするのに水がなくて困っていると近くのチベット人が大量の水をくれたのでそれで茶をわかし、米をとぐことも出来たのだった。インド人は決してそのような親切なふるまいはしない。十分後にはもう水の出る時間になっていたが、それでも、水がなくて困っている時に大量の水をもらったということは、ああ仏教の世界に来たのだな、という感じを持つに充分なめぐみであった。

今日は、チベット人はどうやって生活しているのかということが何故か気になってしまった。きのう順子が衣類を売った時、買ったのは多くインド人であったが、チベット人も結構買っていったそうで、よく見ると、インド人は大地を信頼しきって裸同然の姿で、子供などは土ぼこりにまみれているけども、チベット人はきちんと靴をはき、シャツを着て、身なりに関して言えば、インド人よりもずっとちゃんとしているのである。

インド人はインドという大地を持っているが、チベット人は言わば借地人のようなもので、インドの大地は彼らのものではない。富は大地からしかやって来ないのだから、大地のないチベット人には商売でもする他は生計の道はないと思われる。ところがヴェナレス辺りではチベット人の商人というのは殆どみかけなくて、たまにチベット人の一群が露店で衣類など売っているのを見かけるが、それもインド人と比べて立派な身なりができるほどの収入をもたらすような商売とは思えない。チベット人がダライラマと共にインドへ亡命してきてから何年たったのかうかつにして知らないが、その間彼らは何によって生計をたててきたのだろうか。昼間から茶屋でのんびり茶を飲んでいるチベット人の姿はよく見かけるし、ガヤでは酒を飲ませる店で、私などは手も出せない高いウィスキーをがぶがぶ飲んでいるチベット人を見かけた。私の見る限りではチベット人は決して貧しくはなく、結構消費生活を楽しんでいる風であるが、彼らが稼いでいる姿というものに出会うことはまれである。ダルマサーラとか、アッサムあたりでは結構農業を広く営んでいて、ブッダガヤとかサールナートに来る人達はそのお金を使っているのだろうか。

よそごとながらチベット人の民族としての将来のことまで気にかかるのである。今日、順子とも話したのであるが、私の考えでは、将来、チベットへ帰ることは予定の事実として頑張り、あれだけ深い信仰に生きているのだから、その信仰から生み出される手工芸品を、世界の枯れ果てた人々の心にうったえるべく作って売れば良いと思うのである。

世界の歴史はもうすぐインド人の信仰深さとチベット人の信仰深さなしにはやってゆけない時が近づいているのである。インド人はそれを自覚しすぎている無知を持ち、チベット人はそのことを少しも知らないという無知を持っている。

お金というものはただ合理性として便利なだけのものであり、信仰から生まれる手工芸品を売る

जगन्नाथ प्रभुदयाल अरोड़ा
नोट : फलहारी नमकीन भी खरीदिये
यहाँ वनस्पति घी की पुड़ी, साग, मिठाई व नमकीन मिलती है

ということは、少しも信仰を売ることではないのである。日本に、日本チベット友好協会というようなものがあるかどうかは知らないけども、もしなければ、そのようなものを作っても良いとさえ、私は考えている。

日常的に信仰に生き、信仰に死ぬ、地鳴りのようなあの声が、少なくとも私には必要であり、その声がある時、私の足はしっかりと正しく地面に立つことが出来るのである。

宮内、黒瀬伯母、大中伯父、大西へ手紙を出す。ようやく歯の痛みが消えてきたが、まだものを噛む役には立たない。

今日はダメクストゥパの辺りで日本人の観光団二、三十人を見かける。同じくインド人の観光団十数人も居合わせたが、同じ観光団でも日本人の方は腰が弱く頭でっかちで、同じ日本人として恥ずかしくて見て居れぬ雰囲気であった。信仰あるものと信仰を失ってしまったものとの違いである。信仰あるものの姿は美しく、信仰のないものの姿は一目で醜さが判る。彼らが日本に帰って写真を現像して、家族や知り合いのものに、インドの汚なさ、貧しさを話してきかせる様が眼に見えるようである。本当に日本はこのまま信仰を失って、なんの光もないアメリカ人のような肉のかたまりの民族になってしまうのであろうか。アメリカ人の観光客が、肉と金のかたまりのような体に日本製のカメラをぶら下げている様を見ると、日本、アメリカの二人三脚ぶりが現われていて、何とも名状しがたい感じになるのである。

クシナガラ

三月二日（土）　ビルラ　マンデール　クシナガラ

一晩鈍行列車の三等車に揺られて、朝の三時半頃デオリアサダールという駅についた。明かりひとつない真っ暗なインドの夜の中を、名にしおうインドの汽車の三等に乗ってどうなることかと思われたが、次郎が少々腹が痛いといってぐずった他は、私と順子が眠らなかっただけで何のトラブルもなく、むしろあっという間に七時間が経ってしまった。夜が明けるまで駅前のインド人達がたむろしている中にシートを敷いて、ロマンチックとは行かないまでも明けの明星が大きく輝くのを眺めながら野宿をした。心を静かに保ち猿のようにきょときょとしないでいれば、たいがいのことはうまくゆくものである。一度インド人達のように地面の上にストールにくるまって横になってみたいと思っていたのだが、思わぬ所でそれがかない、夜が明けると共にリキシャ二台でバスステーションまで飛ばし、クシナガラ向けのバスが出る頃には暖かい朝日が昇るのを拝んだ。静かに瞑想に沈んでいれば、殆ど眠らなくても眠ったのと同じほどに休息がとれることも判った。ただ体の状態は、歯痛はどうやら去ったものの今度は右足に出来た魚の目が痛くて、びっこを引かなくては歩けなくなってしまった。

きのうはサールナートを出る前にチベタンテンプルに参拝した。美しい大きなブッダの像が祀られており、ブッダガヤでもそうだったが、チベット人の信仰の生きている深さというものに又改めて感動させられた。

国土もなく間借人のチベット人が、独立してちゃんとチベット寺を建て、しかもそのお寺は他の国のどのお寺よりも充実し、豪華で、生きているのである。寺の境内では多分絵画僧というのであろう、五、六人の若い坊さんが、二メートル四方ぐらいの布に思い思いの構図の絵を描いていた。その内のひとつは、一人の人間の手足をしばって、そのひものはしを四台のトラックに結びつけ、その人間を引き裂いているもので、以前にはそれはトラックではなく馬か牛か象だったように思うのだが、何故かぎょっとさせられるものであった。寺を出て前のテントでトウッパを食べていると、やはりまだ若いチベット僧が親切に店の者でもないのに水を注いでくれるので話してみると、ヴェナレスヒンドゥ大学でサンスクリットを勉強している学生だということで、それを聞いた時には、ああチベット人にも新しい波が押し寄せているのだなと、自分のことのように、この新しさに対しては嬉しく感じたのだった。私は勿論インド人が好きだが、チベット人も本当に好きである。彼らの謙虚さ、信仰深さ、親切さというものは、インド人には薬にしたくてもないものである。そのチベット人が、インド人達にまじって、新しい信仰の時代を築こうとしている姿には心から共感を覚えるのである。デオリアサダールへ来る汽車に乗る時も、インド人は車輛を締め切って、後から来るものを入れさせない態度をとり、私達は何処の車輛なら入れるのかと一輛一輛、ドアを引いて走りまわっていると、三、四人のチベタンが手招きをして、強引に一輛の戸を開いて入れてくれたのである。何処を走っているとも知れない夜汽車の中でもチベタンの読経の声を聞いていると、心は不思議に安らぎ、その読経の持っている力がどんなに底深く、強いものかが判るのである。

私はそこまでは入ってゆけない。例えば般若心経をあのように深い単調なリズムであたりに響かせることは私には出来ない。そのチベット人が汽車を降り、インド人だけの世界になると、インド人も別に意地悪をするわけではなく、その内の一人は日本の東洋なんとかという会社に関係しているとかで、ピーナツを買って子供達に分けてくれたり、席を取ってくれたり色々と親切にしてくれるのである。ポリスが二人乗っていて、私達が日本人だというと信じようとせず、ネパール人だろうという。それはどうもありがとうと言って合掌したら、向こうは何のことか判らないままにやはりあわてて合掌したのには笑ってしまった。難儀ではあるがやはり旅にはちがいない。楽しみもあり喜びもあり笑いもある。インドの鉄道は車内放送など一切なく、駅についても駅員がマイクをするわけでもないので何という駅なのかは皆目判らない。デオリアサダールには五時頃つくと駅員に聞いていたが車掌は二時半ぐらいだという。どっちが本当なのか判らない。おまけに東洋なんとかのインド人が降りてしまったら英語の話せるインド人は一人もいなくなってしまって、心もとないことこの上ない。ある駅についた時、それまで次郎のリュックによりかかって次郎といっしょに眠っていた十歳ぐらいの子供が、急にわっと泣きながらあわてて降りて行った。多分眠りすごして降りる駅をすぎてしまったのだろうが、そうやって十歳ぐらいでもう一人で旅をしているのである。生きるということが、自分で生きることだということを、インドの子供達は自然の内に叩きこまれている。私達をヴェナレスからサールナートへ運んだ馬車の御者は七歳か八歳のほんの子供だったが、八ルピーの約束でサールナートまで来て、降りる時になってもっと寄こせと言って渡り合う時には、大人の私もたじたじとなるほどの迫力をもって迫ってくるのである。暴力が通用しないこの国では子供であろうと力のあるものは力があるのであり、その力とはまさに精神の力、心の緊張の度合いの力であり、うかつにしていればそんな子供にもしてやられることもままあるのである。

さて、やっとの思いでやってきたここクシナガラの地はブッダガヤ、サールナートに比べて又一段と穏やかでのんびりとした田舎の村である。麦の穂が青々と伸び空気は澄み、何処からか深い穏やかな香りのある風が流れてくる。サールナートやブッダガヤのインド人は観光客というか巡礼者というかに馴れていて、まさに商人であるが、このクシナガラではまず第一に英語が殆ど通じないし、すばしっこいインド人もここまでくると本当に田舎の人達という感じで穏やかでのんびりしている。まだ涅槃寺《ねはんじ》には行っていないけども、ブッダの穏やかな静かな涅槃の様がまだそのまま生きつづけているのが感じられる。風が香るのである。涅槃風という言葉があったように思うが、本当にそのような甘い穏やかな香りが空気の中を流れている。泊まった寺には、サールナートとちがってハエは殆どいないが蚊はものすごくいるようである。ハエの煙幕の中にいたようなダルマハウスに比べれば、ここは天上の宿である。値段は三ルピーで一ルピーだけダルマハウスより高い。もしかするとしばらく此処に滞在することになるかも知れない。子供連れで痛い足を引きずって歩くのは大変だし、私としてはヴェナレスの後だけにしばらく仏教世界にいたい感じもしている。順子はアヨーディアに行きたがっており、どうなるか判らないが、私も勿論アヨーディアに行きたい。アヨーディアはここまで来れば、もう一日の行程の内にあるのである。あわてることはない。

マンゴーの森　――サールナートにて――

マンゴーの森は花盛りである
黄土色の房になった地味な花がいっせいに咲きそろい
昼間の強い光の中でしーんと静まりかえっている
時々美しく澄んだ小鳥の啼き声が　その沈黙の中から聞こえてくる
この世には　この静かなマンゴーの森と
降りそそぐ陽の光しか存在しないもののようである
ブッダに栄あれ
ブッダの法に栄あれ
ブッダの法に連なる者達に栄あれ
生きとし生けるものの花のような仏性に栄あれ
声は聞こえないが
花盛りのマンゴーの森に静かに降りそそぐ陽の光との調和に
初転法輪の輪が今日もこのようにまわっているのを見る

三月三日（日）

「インドが真の自由に到達するならば……人々は都市にではなく農村に、邸宅にではなく茅屋に住まなければならないでしょう。多くの人々は、都市や邸宅では互いに平和に暮らしてゆけないでしょう。そのとき、かれらには暴力と虚偽以外にたよるものがなくなるでしょうから。わたしは、真理と非暴力のないところには、人間性の破壊のみがあることを主張します。わたしたちは、農村生活の単純さの中でのみ、真理と非暴力を実現できるのです。……要はわたしの言ったのは、人間はほんとうに必需品だけで安らぎ、満足しなければならない、ということです。もし人間にこの抑制ができなければ、彼らは自らを救うことができません。結局世界は個々の人間から成り立っているのです。海が一滴一滴の水から成り立っているように。わたしが現在あるがままの農村生活を心に描いているとお考えにならないでください。わたしの夢の農村は、まだわたしの心の中にあるのです。……わたしの理想の農村は知的な人たちの住まう農村です。」（ネルーにあてたガンジー翁の手紙）

何故かガンジーのこんな文章が眼に入ってきた。たきつけに使っているサルボダヤという雑誌の中の文章である。クシナガラは本当に小さな村なので、木炭も売っていない。きのう二時間近くも探しまわってやっと薪屋《たきぎや》を見つけて薪を買ってきた。私達がもう少しプリミティブな生活に馴れていればそこいらの森に出かけて薪を拾ってくるのだろうが、どうもまだインドの大地にそれほど馴れているわけではない。大地と人とに、薪が拾ってこれるほどに馴れるまでには、やはり二、三年は住まなくてはならないだろう。ラジギールでは森の中へ薪拾いに行ったが、それは日本山妙法寺というものを背景に負ってできたことで、どちらを向いても見知らぬ人ばかりのクシナガラではやはりそれが出来ない。

だがここは本当に静かな農村である。今日は日曜日で、私達が泊まっているこのマンディールには朝から参拝者が鳴らす鐘の音が絶えないのだが、人出があるという感じは全然ない。のんびりしていて白いきれいなシャツを着込んだバブー達が、大木の下の木陰で丸半日ぐらいあきもせずにおしゃべりをしている。観光地の雰囲気もまるでない。第一、みやげもの屋が一軒もない。観光客も外国人は私達を除いては一人もいない。きのうから出会った外国人と言えば、中華寺の橙色の僧衣を着ている中国僧一人と、今日行った涅槃寺のお堂で読経をしていたチベット僧二人だけである。チベット僧はもはや外国人とは言えないのだから、きのうから今日にかけて、私達は殆ど完全にインド世界の中に住んでいることになる。とは言え、この地の中心はやはりニルヴァーナに入るブッダの像である。長さ四メートルぐらいの涅槃像が右腹を下にして横たわり、黄金の輝きを放っていた。チベット僧が二人、一人は沈黙の内にあり、一人はゆっくりと低く読経をしていた。静かな、あるともないとも言える涅槃像であった。御足から祝福を戴いた時には、深い物言わぬ感動が伝わってきた。あくまでも静かで深い絶対の感情であった。あたりはサールナートほどではないが、広々とした芝生地であり、樹木も多く美しく澄んだ鳥の声があちこちから静けさを深めるような調子で歌うのが聞こえた。以前はやはりここにも僧院やお寺や色々のものがあったらしく、その廃墟の煉瓦の基礎がサールナートと同じようにあたりいちめんにむき出しになって、それがこの涅槃寺の雰囲気を引きしめているのだった。涅槃像そのものはストールを足までゆったりとかけられていて、顔だけをこちらに向けておられた。その姿は生々しく、そこに本当に涅槃に入った人の姿があるかのような感じを与えていた。

もう月夜である。日が暮れると同時に月の光が生きてくる。蚊が多いのが少々辛いが、暑い農村に来れば蚊とハエはつきものなのだから、それは当然に耐えてゆかねばならない。蚊やハエを瞑想しても仕方ないからである。

ヴェナレスでは、オーム　ガンガー　ナマステと言って御飯を食べた。サールナートでもそうだった。しかしこのクシナガラへ来ると、もはやガンガーは遠く、オンムニ　マハムニ　シャキャムニ　エースヴァーハーのマントラを唱えるのが似合っている。家族五人でこのマントラを唱えて合掌をする。

魚の目が痛くまだ満足に歩けない。

日本では今日はひな祭りの日である。これから日増しに深沢の谷も花が増し、美しい春を迎えるのである。私はひな祭りの日というのは本当に好きである。今日も日に二度ほど小さな声でひな祭りの歌を歌った。この作詞をしたのはサトウハチローである。今日はじめてそれを知り驚いた。

ゆうべは疲れてぐっすり眠りながら、チマと心がかよっているということは嬉しいことだと話し合っている夢を見た。夢の中の短い時間、本当に幸せで充実していた。そのあとで今度は久子ちゃんの夢をみた。女の子の夢を一晩に二人も見るというのは不思議なことである。

ダライラマがいなければチベット人は存在しない、と言ったチベット人の言葉を思い出す。私は本当にチベット人が好きである。自己の運命と調和して生きるという重荷を背負って生きている人の姿が、本能的な共感を呼ぶのである。何故か、今日も重い日である。

三月四日（月）

午後、近くを散歩する。白い砂の道を南に向かってどんどん歩いて行くと、すぐに広々とした田園地帯になって、麦と砂糖キビの畑が果てしもなくつづいている。ところどころにこんもり繁った林や森があり、わらぶきの屋根の小屋が見える。すべては青々としていて、見渡す限り青々としている。この道を最後の涅槃に向かってブッダは歩いてこられた。静かでのんびりしていてそれでいてインド特有の寸分もすきのない緊張がみなぎっている。一匹の黒犬がいつのまにか私のあとをついてくる。尾を振りながらなつかしそうな顔をしている。最初はうるさかったが、その内これも何かの縁だろうと思ってついてくるにまかせることにする。丸葉の樹木というものは本当に良い。日射しが暑くなってくると、その効用ははかり知れない。一本のこんもりと繁った木は地面に丸い円を描いて陰を落とす。その陰の下で休むことは本当に美しい休息になる。陰に入ったとたんに空気はひんやりしており、樹木の香りが軽く心を静めてくれる。一本道を歩いて行く時には、ブッダガヤで仕入れた木綿のストールを頭からかぶる。日射しがさえぎられる上に、何故か頭からすっぽりかぶることによって心が落ちつくのである。寒い時にも役に立つし、暑い時にも役に立つ、インド式のストールとは不思議な効用をもつものである。畑の畔で牛の世話をしている小母さんに道を聞くと、全然ヒンディは判らなくても何とか用が足りる。側にいた小さな娘が愛想のよい微笑を送ってくれる。インドに着いてから、物を買う時以外には愛想のよい顔にはめったに合わないので、小さな子供といえどもそのような笑顔を見せてくれることが嬉しい。

涅槃寺に行き涅槃像の足元でしばらく瞑想をする。今日もチベット僧が二人来ていて一人はお経を読み一人は瞑想している。今日の読経の声はいつもの地鳴りのようなチベット僧の声と少しちがっていた。

終わってからお寺の近くの廃墟を歩きまわり、煉瓦のかけらを四つばかり拾う。これでブッダガヤの土とサールナートの石とクシナガラの煉瓦と三つが揃い、あとはルンビニが残っているだけである。

夜に入ってホタルを見る。光り方がキラッと激しく光る大きなホタルである。月はそろそろ十日であろうか。夜の道は明るく照らされている。

ここへ来て以来悩まされつづけていた蚊を、今日は思い切ってよもぎにちょっと似た草をとってきて燃やしてみたら一匹もいなくなってしまった。落ちて死んではいないので、ただ逃げ出しただけかも知れないが、何しろ好き放題に血を吸っていた奴等がいなくなったすがすがしさは何とも言えない。この部屋には扇風機がついており、今もそれをまわしている。三月四日はもう日本の真夏の気候である。

クシナガラも今日で終わりである。明日はゴラクプールへ向かう。三九マイルぐらい離れているということである。

涅槃寺であげた般若心経は今までで最も深く入れたという気持ちがした。すべては空《くう》でありブッダさえも空であり、その空は甘く美しく、永遠の香りを放っている色である。寺の周囲には矢車草の素晴らしく美しい青い花ときんせんかの橙色の花と、マーガレットの黄色い花とが豪勢に咲きそろっている。私の命も空である。チベット僧の読経の声も空である。空とは実体がないということである。実体がないということは、エゴとして存在しえないということである。人が物がエゴとして存在できなくなった姿を空と呼ぶのであり、その空は美しい色である。色とは人と物との自然のままの美しい形である。

こうして旅をしている私には家族があり、僧侶のように専門にその世界に入っていけないことが苛立たしくなることがある。そういう時は結局自分の姿勢に甘さがある時で、このごろでは一日でも瞑想を怠るとその一日がひどく損をした無駄な日のように思えるのである。

今日はビルマのお坊さんに会ってちょっと立ち話をする。今日出会った唯一の外国人である。魚の目の痛みも少しうすらいで来たようである。

アヨーディア

三月六日（水）　ビルラダルマサーラ

きのうクシナガラを発って二〇〇キロ以上もバスに乗り、アヨーディアにやってきた。途中の街道は、ただひたすら西に走り、時々小さなバザールや少し大きな中継の町をすぎ、行けども行けどもマンゴーの並木はつきず、快適な旅であった。沈む太陽を追いかけるようにしてガンガーの本流である大きな河にかかった橋を渡ると、もうそこはアヨーディアの街中であった。橋の手前から見渡したアヨーディアの全景はドーム型のヒンドゥ寺院がいくつもうっそうと並び、夕陽を浴びて神秘に心の底の夢の都の期待にこたえてくれた。思わず手を合わせて街全体に礼拝した。この街は私が小さな頃から童話や絵本などをとおして夢で見知っていた〝都〟のイメージそのものであった。河の手前から不意に街の全景が見えた時に、あっ、アヨーディアだと、まるで本能的に理解されたほど期待と現実が一致していた。インドもここまで来るとずい分深く入ってきたという実感があり、街中を走るバスの窓からもしかして旅の仲間である西洋人達は居ないかと眼で探したが、ただヒンドゥの人の波があるばかりでそのようなヴェナレスで見かける影も形もなかった。幸いなことにこの街にもビルラダルマサーラという巡礼者用のホテルがあり、頑丈な広大な立派な施設が一日二ルピーで借りられることになった。部屋の広さは二十畳近くあり、天井も高く扇風機もあり、立派な部屋である。ただ私達がヒンドゥ人ではないということもあって、一応三日間の契約で支払を済ませた。夕食を食べてから早速蚊帳《かや》を買いに行く途中でドクターの肩書を持つ薬局の主人と仲良くなり、彼の世話で下痢のつづいているラーマの薬を買い蚊帳も二張ほど仕入れてもらった。彼の薬局でお父さんなる人を紹介され、チャイを御馳走になり、もっと安い下宿のような所を紹介してもらう約束で別れた。夜は惨たんたるものであった。蚊帳を釣って眠ったのはよかったが、殆ど無数と思われるほどの南京虫の襲撃に合い、順子などはおびえて眠れないほどであった。とにかく無中になって南京虫をつぶし、つぶしてもつぶしても出てくるのを相手にうとうとした頃には夜が明け、朝の光の中で調べてみたら二台あるインド式のベッドがその源だと判った。早速廊下にベッド二台を押し出して、がらんとしたただっ広い部屋に住むことになった。南京虫さえ居なければ部屋は広くて東向きで陽も当たるし、水はよく出るし、蚊もハエも少ないし気持ちのよいホテルであるが、さて今晩はどのようになるのであろうか。アヨーディア第一夜はそのようにして惨たんたる戦いの内にすぎたが、みじめさは少しもなかった。夢が現実となる時には必ずそのようなことが伴うのだし、そのような現実をぬきにして夢を追う姿勢はもはや私にも順子にもなくなっているのである。

ホテルの廊下には部屋を借りずにベッドだけ借りているインド人が十人位おり、その内のひとりの爺さんのすすめで、このホテルの寄進者であるビルラの建てたラーマ寺院を夜おそかったが礼拝した。祭壇の中央にはラーマ、シーター、ラクシュナの三体が大理石で作られた高貴な姿で安置され、右の奥の別の祭壇にはシヴァが、左にはハヌマンが祭られてあった。シヴァとハヌマンが祭られてある以外はヴェナレスのトウルシダステンプルとよく似ている。大理石造りの高雅な気品のあるお寺である。早速水を戴き、ハヌマン、シヴァの像の前でも得体の知れぬ感動が体をおそってきた。シヴァの像の前では何故か泣きたい気持ちであった。トウルシダスの絵もかざってあったから、このお寺はやはりトウルシダス系のラーマリーラのお寺なのである。今日は朝、草履を買いに行った他は、一日遅れのエカダシの断食を戴きながら、終日『ヴェナレス——ヒンドゥイズムのハート』という本を訳しつづけ、夜に入ってやっと訳了した。ヴェナレスにいた頃から約一ヶ月かかって終わったわけである。楽しい本であった。ヒンドゥ教に対する勉強にも大変に役に立った。次は同じ著者の『ヒンドゥイズムアットアグランス』といううすい本を訳して、それが終わったら、いよいよ仕事として『マハーニルヴァーナタントラ』の訳に移ることになる。

アヨーディアはまたヴェナレスとはちがった感じで、底知れず深い街という印象を与えている。

インドで最古の街であり、昔のアヨーディア王国のあった街であり、何よりも主ラーマがこの街で生まれ、この街の王としてその生涯のリーラーを送った所である。ハヌマンもラクシュマナもシーターも、この街ではうそ偽りのない生きた歴史的根処をさえもっているのである。ラームとつぶやくだけで底知れない深い得体の知れない永遠なものが返ってくる。まだこの体験に浅いので、恐ろしささえ感じるけども、ヴェナレスもそうであったように、深いものはまず恐怖の印象を与えるのである。この恐怖に耐えてじっと浸入してゆき、浸入してくるものを待つ時に、旅はまちがいなくひとつの開花を持つのである。

今日はたしか十二日の月。そして明日からは待っていたホーリープージャである。アヨーディアで最もインド的なお祭りに出会おうと日数を数えながら少し強行してやっとやって来たのである。月もよいし気候も良い。どんなお祭りが明日から始まるのか楽しみである。人々はもう祭りの気分に入っていて、友達同士で相撲のようなレスリングのようなふざけ合いをしたり、色粉の水をひっかけるポンプを持ち出して、気の早い人はもうその色水でシャツを色づけていたりしている。きのうはハヌマンのプージャで行進があり、今日も朝から幾つかの行列が華やかにホテルの前の大通りをとおって行く。このホテルに泊まっているインド人達は服装もきちんとしてお金持ちであるらしく、夕方には十人ばかりの楽隊をやとって、華々しく音楽をやりながらラーマ寺へ献げものを持って行った。金属のお盆に大根やらお薬やらを山盛りにのせ、その上から赤や白の布をかぶせて、うやうやしく献げて行くのである。心は浮き立っていてもその動作にはただ厳粛な感じがあるだけで、私などはその厳粛さの前に幾分心が縮んでしまうほどである。街を歩いているサドゥもヴェナレスとはちがって顔の縦線の印は明らかなヴァイシュナヴァ派のものであり、堂々としていて威厳がある。ヴェナレスのシヴァ派のサドゥは横線の印であり、堂々とはしているが幾分見せ物的な色彩と愛嬌があるのに反し、ここアヨーディアのサドゥのそれは、この二日に見た限りではヴァイシュナヴァ特有の高貴さと品位を合わせもっている。朝、草履を買って、それから二十五パイサの『バガヴァット・ギータ』（サンスクリットと英語を併記したもの）を買ってくる途中で、ひとりのもう相当な年のサドゥが前方からゆったりと歩いてくるのに出会った。顔全体が白い髪でおおわれており、その歩きぶり身のこなしには一点の固さもなく、まるで柔らかな魂の塊とでもいうようであった。もちろんぐにゃぐにゃしている感じはまるでなく、ゆったりと柔らかく老人でありながら若葉のように新鮮に歩いてくるのであった。私は思わず合掌しそうになったが、手に草履と本を持っていたので、ただ気持ちだけで見送った。眼も知的で、この日本のお客さんをも理解できる感じであった。外国人をはなから問題にしないサドゥもたくさんいるが、知性を持ち、時代というものに生きていることを知っているサドゥは同じほどではないがやはり居ることは居るのである。外国人とかインド人を問題にせずにただ人間を見ている人もいるであろう。私もこうしてインドを旅している以上はそのようなサドゥの一人に出会いたいものである。――かくして仏教世界をあっという間に通りすぎて再びインド世界に入って来たわけである。聖地巡礼の務めは果たしたし、心に思い残りはない。原初の仏教の姿がどのようなものであったかということも、聖地に残されている雰囲気を通してかなり明確に判ってきた。それはひと口に言えば知性的な光に満ちた静かな平和の世界である。光は永遠であり、静けさも永遠であり、平和もまた永遠である。そして知性もまたひとつの永遠である。この四つの永遠がひとつになった永遠がブッダの説いた中道、八つの聖なる道と呼ばれるものである。日本の仏教は少なくともこの生きた永遠の姿を忘れ失ってしまった。あらゆる抱擁性にもかかわらず、ヒンドゥ教がインドの国民宗教の域を出ないのは、その天竺思想の中にある。ヒンドゥの人々が他を認めながらも必ず最後にはブラフマンに至り、キリストもマホメットもブッダもヒンドゥの神々のパンテオンに入れてしまうことの内に、逆に狭量さが出てきてしまうのである。それはともかくとして、私の為すべきことは、ヒンドゥ教のあらゆる素晴らしさ、何よりも生きている信仰、生命の信仰ということを学びながら、それを仏教の信仰と融合してゆくことである。言わばヒンドゥ教をひとつの世界宗教の仲間入りをしてもらう使徒の役割を、仏教的にさせてもらうのである。

アヨーディア、思えば限りないほどの思いを込めてきた街である。生きている間にこの街の土を踏むとは思いもしなかった街である。順子にとってはヴェナレスがあこがれの街だったというが、私にとっては魂の一番底で求めていた街はこのアヨーディアであった。シーターラムの街であった。何処にどんなお寺がありどんな由緒があるのかは皆目判らないけども、今日はそのアヨーディアの水で体全部をきれいに洗い頭も洗って、さっぱりとした気分で、断食を戴いている。今度生まれ変わったらアヨーディアに住むんだと話し合っていた、ウタエとキーのことが思われる。チマに恐山《おそれざん》でアヨーディアの話をしてあげたことも思い出される。トヨのこともたくさんの女の人達のことも思い出されるが、それはすべてシーターという女神からくる思いなのである。シーターとラーマ、この世において理想の人間の姿を求めて生涯泣いた神の化身の物語である。すべてのヒンドゥの男性はラーマのように愛したいと願い、すべてのヒンドゥの女性はシーターのように愛する女でありたいと願うという、男と女の神聖なる願いの姿である。しかし、ラーマ自体はそのような男女の間を離れたところで、まさにラーマ、シュリラーマとして、深い深い底知れない暗闇と光を持った神として現存している。

ラーマとつぶやけばそれだけで世界が振動するのである。

シュリラーム　シュリラーム　ジャイラーム　ジャイラーム　ジャイジャイラーム

三月七日（木）

午前中神様の絵を少し買う。額に入った小さなハヌマン像、ミラバイヴァールミキとトゥルシダス、その他ラーマ像、シヴァ、シヴァガンガーなど。ガガール河まで散歩して帰ってくる。その途中で何人かの子供達に色水をひっかけられ、何人かの少年達に色を入れたトマトを二つ力いっぱいにぶつけられる。ホーリープージャの洗礼である。一人の少年は色粉を額につけてくれて、抱き合い、握手をして、有難うといった。ヒンディは殆ど有難うという言葉を使わないが、英語にしろ有難うという言葉を聞くのは、日本人である私の肉体的習慣にはうれしい。夕方、薬局のドクターの案内で、明日から入るダルマサーラを見に行き、その帰りに幾つかのお寺を案内してもらう。そのひとつはジャンムブーミと言い、ラーマの誕生した場所に建てられたお寺である。それはモスリムの侵略にあって、回教寺院となっていたものを、一九四九年十二月二十二日の夜に、ラーマとラクシュマナの像が回教寺院の中から発見されたことにより、その日の内にヒンドゥの聖地となり、インド政府はヒンドゥ寺院として没収することを宣言し、それに対してモスク側の抗議があって今もなお紛争がつづいているというお寺である。寺には銃を持った兵隊がおり、鉄柵がしてあって内部には入れないが、その手前で小さなお堂に子供のラーマが祀られており、その下の洞窟のようになっているほこらには黄金のラーマの母に抱かれた銀のラーマの像が祀られてあった。子供のラーマの像はたくさん置かれて花にうずまっており、その間を生きている白ネズミがちょろちょろ走りまわって絵のとおりの図を作り出していた。私は興奮してしまって、よく見ることも出来ないほどだったが、それで良いのだろう。礼拝とは観察することではないのだから。

お堂の正面では同じく一九四九年の十二月二十七日から、アーカンドキルタンの人達が寺が完全にヒンドゥのものとなるまでは昼も夜も続けるという決意のもとに始められた、シーターラムのキルタンが今日も盛んに繰り返されていた。私達は『ラーマチャリタマナス』を日本語に翻訳しようとしているものとして紹介され、大変な歓迎をされた。次には、ヒンドゥのすべての神々がひとつひとつ部屋の中に祀られている大きな寺へ行き、そのひとつひとつの神々に礼拝をささげて出てきた。アヨーディアのラージャが建てたお寺だということで、カーリーを除くヒンドゥのすべての神々が祀られてあった。ひとつの部屋は聖者ばかりが祀られており、その中心はシャンカラチャーリヤ、その他にラーマヌジャ、トゥルシダスなど、私の知っている人も祀られてあった。ドゥルガの像は特に素晴らしいものであった。シヴァ自身が半面は男性、半面は女性に現わされている像もあった。ひとつひとつに礼拝を献げ、ひとつひとつから聖水を戴いて飲むうちにくたくたに疲れてしまった。

次にはその街の代表的な寺院のひとつであるハヌマンガリーに登った。かなり高い丘の上に建てられており、石の階段を登っていくと、大きなハヌマンの赤く塗られた像が花にうずもれて顔だけしか見えないほどで私達は下の茶屋で買っていった花輪とプラサードを献げて、それをまた一人一人首にかけてもらい、プラサードのお下がりを戴いてから帰ってきた。

礼拝に次ぐ礼拝でドクターの店に帰った時にはすっかり疲れ興奮しきってしまった。アヨーディアの最も重要なお寺を二時間少々の内に三つもまわり、最初に行った花園のある寺も含めれば四つもお寺をまわってしまったのである。人々は色水を振りかけられて赤や紫や黄色に染まっており、あしたの満月のプージャの本番にそなえて興奮しきっていた。その興奮は私にも伝わってきて、今晩は殆ど思考するということが出来ない。ドクターはラーマヤナとラーマチャリタマナスの普及協会の理事のような役をしていて、私にもその協会のメンバーとなることを進めてくれたので、二、三日内に会費を払いこんで会員になるつもりである。全く不思議に良い人と出会ったものである。そして明日から住むことになったお寺はそのラーマの誕生寺のすぐ側であり、高台の静かな所で、一日一ルピー半で良いそうである。

夜、子供達が眠ってから近くの茶屋でチャイとダヒを食べた。十四夜の明るい透明な静かな月を眺めながら食べたダヒは非常においしかった。道路を越して向かい側の奥にはビルラマンディールの主神ラーマ像が見られ、その像を拝んだり月を眺めたりしながらいつしか外国にいることもアヨーディアという心の奥の都にいることも忘れて、一人のヒンドゥ人のような気持ちになってしまった。きのうはこのホテルの前のリキシャマンの群れに観光客扱いをされたが、今日はもう彼らとも友達となり、バブーと呼ばれて挨拶する仲になっている。彼らは私達をネパール人と思いこんでおり、ヒンディで話しかけてくるが、こっちは全然判らないままに雰囲気だけで受け答えをしているのである。

子供達も色粉をかけられて嬉しそうであった。

三月八日（金）

ハヌマン

オーム　シュリー　ハヌマンテ　ナマー

ハヌマンは三つの型をあらわしている。そのひとつは山を持って空を飛ぶことが出来るほどの勇猛な力である。もうひとつは胸を切り開けばその中にシーターラームの姿が安置されているという信仰深さである。そして最後にもうひとつあるのだがそれを忘れてしまった。もう一度あのお寺へ行かねばならない。旅のひとつのテーマである。きのう私が仕入れてきたものは、胸を切り開いて血を流している内にシーターラームの像が秘められてある姿のものである。

三月九日（土）　ダルマサーラ（ラーマチャリタマナスヴァワール）

ジャンムブーミの鐘が鳴る。その鐘の音は高らかに鳴っている。きのうから移ってきたダルマサーラは、雑木地をひとつ越してラーマの誕生地と伝えられるラーマジャンムブーミのお寺に面している。一九四九年以来、昼も夜も行なわれているというアーカンドキルタンのハルモニアムや鐘やシンバルの音が、風と意識の具合によってかすかに或いは朗々と聞こえてくる。ここのキルタンはジャイシータラームである。きのうまでいたビルラダルマサーラに比べると、だらだら坂をゆっくりと登った小高い丘の上にあり、大小無数のお寺ばかり集まっているアヨーディアの精神的中心地域である。このダルマサーラの前に一軒茶屋がある他は店もなく、ラーマの御名《みな》と共に住む人が、静かに健康に明るく平和に暮らしている感じがうかがえる。このダルマサーラ自体もお寺に附属している巡礼者用の宿泊施設である。ただビルラのダルマサーラもそうであったように、ここも設備は豪勢である。

ダブルルームでひとつの部屋が十八畳ぐらいあり、ひとつの壁は白、もうひとつの部屋の壁はピンク色に塗られており、床はすべて御影石のような石で張ってある。シャワールームもトイレもついていた。ひとつの部屋には四畳ほどの広さの部厚いマットが敷いてあり、ゆうべは久し振りで日本のふとんの上に眠るような安らかな眠りがあった。一日三ルピーと値段も非常に安い。

今日もまだホーリープージャのつづきである。朝買い物に出かけた順子と次郎は顔じゅうに色を塗られ、サリーは色水でびしょぬれになって帰ってきた。きのうも一日、私も太郎も次郎もラーマも順子も色粉だらけで過ごした。ビルラからこのマナスへ移ろうとしても、リキシャ一台おらず、外へ出れば色粉を持った若者の群れが攻めてくるので、二時をすぎるまでは動けなかった。街中は色粉を浴びた人々が興奮して歩きまわり、金持ちも貧乏人も同じく赤や黄色や緑の色を浴びて、顔も服も皆んなすっかり同じようになっている。色水をポンプでかけたり、手で塗りたくったりするのは子供と若者の一団で、街角とか家のヴェランダとかにたむろしていて通行人を片っ端からおそってゆくのである。女の人にはあまりひどくはしないが、順子などは外国人のせいもあるだろうが、今日はもう祭りは終わったと思っていたすきをつかれてさんざんにやられて帰ってきた。

ゆうべは満月だった。雲ひとつなく晴れた空にまるで太古のもののような月が昇っていた。アヨーディアの満月であった。久し振りに二つの部屋のある宿に泊まり、子供達はマットの上に安心して眠り、満月であり、ホーリープージャの夜であったので、クシナガラで見つけて摘んでおいたチャラスを一服吸ってみた。順子と二人で、途中からラーマもおきてきて、十二時すぎまで神様の絵を中心にして神様の話をしていた。南方絶対世界という言葉が出てきて、それはラーマの信仰に近い黄金色の光を放つ絶対の世界であることが判った。ラーマは伝説によれば六〇〇万年前にこのアヨーディアに生まれたという。アヨーディアの人達及びこの周辺の人達は、このラーマの誕生地という聖地を自分達のものとするために、回教徒と前後七十六回に渡って戦ってきたという。回教徒は回教徒で、この地でバーバシアマナンドジーというヒンディの聖者からイニシェイションを受けた二人の回教の聖者の秘蹟によりやはりここを聖地としてあがめたために、ヒンドゥ人によって建てられるラーマジャンムブーミを打ちこわしてはモスクを建て、今度はヒンドゥ人がそれを占拠して寺院を建てるということが、何回も何回も繰り返され、現在はもちろんヒンドゥの管理の元にあるが、それでも法廷で争われている最中で、兵隊が昼夜銃を持って警備に当たっているという場所である。アーカンドキルタンの人達はその最終的な勝利の日がくるまではつづける決意だそうである。ゆうべは自分の立場としてどちらを選ぶべきかということを考えてみたが、やはりラーマの誕生の地であるというヒンディ側の言い分に分があることはたしかで、しかし一方では回教徒にとっても聖地であるのだから、この地をひとつのヒンディと回教の融合の地として結論してゆくことが、まさにラーマ神が見通されているこれからの歴史の方向なのであろうと思う。

お寺にいる兵士は非常に美しい人達で、ラーマ信仰が彼らの内にも浸みこんでいることがたしかであり、兵士というよりも、昔のクシャトリヤのイメージに近い明るい確固とした人達である。

ゆうべは皆んなでお参りに行き、ホーリープージャということで賽銭もたくさん置いてヒンドゥの人達にまじって礼拝してきた。ラーマのお母さんの像というのは初めて見るものであり、高雅さの塊のようなひとつの絶対世界を示しておられた。

ここのダルマサーラは今日判ったのだが、ラーマチャリタマナスヴァワールというのであり、よくよくラーマに関係のある場所に来ていることに我ながら感心してしまうのである。

夕方街に出ると三日つづきのホーリーでさんざんに色粉をかぶり、汚れきっていた人々は体を洗い服も真新しいものに着替えて、出会う人ごとに三回ずつ抱擁しあって挨拶を交わしていた。子供達までそのようにしてまるで優雅な踊りでもしているように、右、左、右と頭を交わして抱き合い、終わると合掌し合って別れるのである。ヒンディの新年の挨拶でもあろう。

私達はドクターの店に坐ってその光景を眺めた。その場所は丁度メインストリートの中心に当たる場所であり、人好きのするドクターは友達も無数といってよいほどに居ると見えて、若い人から老人まで、普通の姿の人からサドゥのような僧侶のような人まで、休むひまもなく抱き合って挨拶を交わしている。私達はドクターの甘いお菓子やプリーを御馳走になりながら、その楽しそうな優雅な様子をあきることなく眺めていた。女の人は殆ど出て来ない。挨拶を交わすのはもっぱら男同士であって、通りには男どもがいつもの倍ぐらいに増えてやたらと楽しそうに歩きまわっていた。順子の話では女の人は家の中でやはり同じように抱き合って挨拶していたということであった。

久し振りに飯を外食して帰ってくる途中に、十六夜の夢のような月が昇り、それはちょうどバンヤンの梢の間にあって、まるで神様の絵に出てくるもののようであった。ホーリーは今日で終わりである。私も今日は昼寝を長くしたりしてすっかりのんびり過ごしてしまったが、明日からはしっかりと家住者の役割を果たさなくてはならない。

三月十日（日）

風

不思議な風が吹いている
その風は西から強く低いうなり声をあげながら吹いてくる
その風が吹くと心に不安がおこる
この大古の街に住んで
満月の喜びを迎え　瞑想の位置は低く　その輝きは絶対の光を持つが

樹々の枝を鳴らし
不思議な風が吹いてくると
旅にある心は　更に深い旅へとかり立てられる
おおラーマ
シヴァの舌べらに宿るもの
幾つもの不安の夜と昼を越えて
旅することとはこの永遠のうねりのような不安と　まっすぐに向かい合うことだと学びながら
不思議な風が吹いてくると
心は更に深い陶酔への憧れが駆り立てられる
ラーマ
あなたの御名《みな》の深淵は太古よりもさらに古く
聖なるものと聖なるものとの不思議なまじり合いの奥に
黄金の炎のようにとろけながら広がってくる
どうしよう
ここはアヨーディア　魂以外のなにものも届かない都市である
ジャンムブーミの鐘が鳴り
ジャンムブーミの鐘が鳴りつづけ
生きることと死ぬことは　同じことだと告げ知らせる

シュリラーム
信仰以外に　なんの生きる目当てがあろう
この鐘の音を聞きながら死ぬ以外に　どんな興奮が私の人生の行く手に待っていよう
だが不思議な風が吹いてくると
心に不安がおこり
ヒマラヤに行ってみろと告げる
ヒマラヤに行ってみなければヒマラヤの風のことは判らない　自我を灰にするか　自我を黄金にするかして　ただ時を讃美せよと　真理の徒であり　三児の父親である私は命令する

三月十一日（月）

ガガーラ河に行く。シーターラームの河である。やはりバラモンが待っていて長い長いマントラを唱えて祝福してくれた。河幅はヴェナレスのガンガーよりは広いほどで、ガートは砂のままの河原である。ヴェナレスの石造りのガートに馴れた身にはちょっとガートとして物足りない気持ちもしたが、これもまたプリミティブな自然な感じで悪くはない。持っていったおにぎりの弁当を食べ終わった頃に、別の女の人が来て額に色粉をつけても良いかと聞くので、つけてもらうことにした。先のバラモンよりは力がある感じで、しばらくは印象が残っていた。先のバラモンは五回ほどムクティマントラと唱え、ラーマのムクティが与えられたのだから十ルピーよこせと言ってきかなかったが、アヨーディアへの寄付だと思って五ルピーだけ支払った。風が強く砂ぼこりとハエがひどく、余り長くは居られなかった。河原の砂は銀でも混じっているようで実にさらさらしており、光を浴びて銀色に反射するのでまぶしいほどであった。記念に少しだけ袋に入れて日本へ持ち帰ることにした。

河からの帰りに白壇木を一個太郎に買ってあげた。太郎は無中になって早速デッサンをとりハヌマンの像を彫り始めた。次郎は鈴を買ってもらった。途中から一人の親爺がついてきて、ずっと一緒にヒンディで話しながら帰ってきた。ビリーをくれたり、いやに親切な人だと思っていたら、ドクターに会って注意されたのだが、それは巡礼者相手の寺案内の男で、寺を一まわりすると五ルピー取られるのだそうである。私はヒンディーを判りもしないで、判ったような顔をしてハーンとかアッチャーとか言っていたのだが、やはり言葉というものは正確に聞き話すべきものであることを考えさせられた。もっともそうやって三十分近く話している内に、ハーンとアッチャーの使い方が一段と正確になってきたことはたしかで、これも又ヒンディ学校の授業料だと思う他はない。一ルピーを進呈した。順子はサールナートのバザールで得たお金で、お土産の数珠だとか鐘を買った。私はドウティ（腹巻）を買った。十三ルピーと高かったが、二枚分とれるので洗濯をしてこれからかわるがわるに使うことにする。ヒンディ式に巻きつけてみると、ズボンに比べてはるかに軽く風通しもよく気持ちが良い。何よりもドウティをつけて街を歩くと、もはやネパール人以外の何者でもなく見られるので気分が良い。日本人、トランジスタラジオ、セイコー時計という視線はうさん臭くてやり切れないからである。アヨーディアの街に日本人が来たということは、恐らく何年に一度ということで、彼らには日本人がラーマの御名《みな》に魅かれてここまでやって来たということはどうしても理解できないのである。もちろん私の方もいまだにまだ夢の中にいるような気持ちがしないでもない。

アヨーディアの街も本当に深い街である。黙っていても少なくとも二五〇〇年はたっている街の歴史が体にじわじわと沁みこんでくる。まだ地面に足がつかない。もっとも右足の魚の目と水ぶくれが痛くて実際に足が地につかないのであるが。

ラーマは南方絶対世界である。黄金色のとろけるような光を放つ世界である。今日の瞑想で、初めてラーマがハートに宿るのを感じた。ハートに宿った神はラーマが初めてである。私のハートにはラーマがいる。ジャンムブーミの鐘が鳴ると心が震える。わけも知らず泣きたくなる。

ラーマには余計な情緒はない。ただラーマ。絶対の世界である。日本に送ってしまった、『ラーマチャリタマナス』を訳すのが楽しみである。ラーマを通してヒンドゥイズムにもっと深く入ってゆけそうな気がする。確かに、我々はこの世に善をなすためにやってきたのである。三十五歳、生涯の半ばにおいて、やっと為すべき仕事が見えてきたのでは遅きに失するかも知れないが、やがて四人の子供の父親たるべきものとして、為すべき義務は充分に残っている。観世音の慈悲によって、このような仕事をすることを通じて家住者の責任と義務が果たせますように。

ここの街には時々美しい男の子がいる。映画に出てきた、ラーマの双子の子供を思わせるような、清潔な気品を持ち、知性と純粋さに輝く瞳をもった男の子である。そういう子供に出会うと私ははっとする。私もかつてはそのような美しい男の子の姿を自分に描いていたことが思い出される。それは何世も前のことかも知れないが、何故か忘れていたもの、真実なものの姿に触れる気がするのである。

三月十二日（火）

東　プールヴァ
西　パシュチーマ
北　ウッタラ
南　ダクシン
南東　アーグネイ
南西　ナイリーチャ
北東　イーシャーナ
北西　ヴァーヤヴィア

さっき気がついたのだがヒンドゥ社会は八つの独立した方角を持っている。それはそれだけ方角というものに対する敏感な心を示している。南東はダクシンプールヴァではなくてアーグネイなのである。ウパニシャッドの方角はブラフマンであるという思想がやはりこんなところにも生きているのだと言える。

順子と子供達は夕方このヴァワンの庭園に行きたくさんの花の落ちたものを集めてきて花輪を作った。ひとつは今日から飾ったガヤトリへ、ひとつはカーリーへと献げた。庭園には花々が咲き揃っており、その花々の文字でシーターラームと書いてあったそうである。アヨーディアに限らないが庭園は何処も本当に花々でいっぱいである。花園と呼ぶか庭園と呼ぶ言葉がぴったりしている。太郎は白壇でハヌマンを彫りはじめる。私は今日で『ヒンドゥイズムアットアグランス』という小冊の訳を終わり、明日からはいよいよ『マハーニルヴァーナタントラ』の訳に入る。四五〇頁ほどの本なので二ヶ月はかかるだろう。こちらへ来てのまとまった仕事の始まりである。今になってみれば『ラーマチャリタマナス』を残せばよかったとも思うが送ってしまったのだから仕方がない。

夜停電になったのを幸いに、順子と屋上へ昇ってみる。十九夜の月はまだ昇っておらず、街全体が真っ暗なので星の輝きが異様に美しく神秘的であった。オリオンのあたりを流れる冬の天の河をはじめてくっきりと心に刻むことができた。恐ろしいほどに美しい星空で、酔っている内にパッと電気がつき、屋上そのものは暗いけども、あたりの明るさで一瞬の神秘な星の夜はなくなってしまった。あちこちでシーターラームと叫ぶ陽気なヒンドゥ人の声が聞こえる。ヒンドゥ人は大きな声で陽気に歌うのが好きである。しかしその歌声はインド音楽と同じく底の方に静かな抑制と敬虔さとがあり、決して耳にさわるようながさつさがない。

今日の明け方に日吉さんの夢を見た。何かの便りでもあったのだろう。日吉さんは日吉さんでそうやって生きてゆく。私は私でこうやって絶対の世界を求めながら生きてゆく。それだけのことだと思う。同じ闘い、同じ生きている姿である。

南方絶対世界　その御名《みな》は黄金の輝きを放つラーマ

西方絶対世界　その御名は十二色の光を放つ阿弥陀仏
北方絶対世界　その御名は永遠の雲の中に坐るシヴァ
東方絶対世界　その御名は？

三月十三日（水）

おとといだったか順子が街で卵は売ってないかと尋ねると、卵は隣りのファイザバードという街まで行かないとないということだったそうである。肉を売っている店はもちろん一軒もない。魚を売っている人もいない。ということはこの街全体が殆ど完全なヴェジタリアンの街だということである。ヴェナレスでも卵や肉はやたらに売っているものではなかったが羊肉専門に扱っているバザール街があったし、卵は一キロもあるけば一軒ぐらいは売っている店があった。最初卵はファイザバードまで行かなければないと言われた時にはそうかと聞き流したが、今日ずい分長く肉や魚を食べていないことを思い出したついでに、はっと街全体がヴェジタリアンであることに気づき、信仰というものの深さというか伝統の豊かさというか、その事実に驚かされたのである。食べ物には殆ど変化がない。チャワールと言って飯を食べるか、チャパティを食べるか、プーリといって油であげたものを食べるか、ローティと言ってパンを食べるか、そしておかずは大体がサブジー（野菜カレー）と決まっている。

意識して肉や卵を街から追い出したわけではないだろう。肉を食べること、卵を食べることが精神の純性によくないという考え方が社会的な規模で認識された結果、自然とそのような現象がおこってきたのであろう。事実、この街で卵はまだしも、肉屋はないかと聞くことは恥ずかしいことに思われ、それほど食べたいと思わないからよいようなものの、私が順子の立場だったら卵はないかと聞くことですら恥ずかしいことであっただろう。肉や卵を食べることは悪いこととは思わないが、それを食べないことは明らかに善いことだと思われる。精神が純化されるかどうかは知らないが、少なくとも気持ちの上で清潔なさっぱりしたものが残る。

一日中『マハーニルヴァーナタントラ』の訳を進めて、日暮れ前に次郎と手紙を出しに街へ行った。その途中、アヨーディアのラージャが建てたという寺の前の樹で、ばさばさっと音がして次郎があっと声をあげたので振りかえってみるとクジャクだった。雄のクジャクで立派な尾羽《おばね》をもち、日暮れなので色彩は明らかには見えなかったが、頭の先から尾の先まで一メートルほどはあったであろう。奇妙な感動が胸を走った。アヨーディアにはクジャクがいるという話はウタエから聞いていたが、今までその気配もなくて、何処か飼っているお寺でもあるのだろうと思っていたのだが、野性の立派な奴が居たのである。昼間は暑いが日が落ちるとすっかり涼しくなり、日暮れの風は腕や足の素肌に触れて気持ちが良い。人々は洗濯をしたさっぱりとした服装で、このお寺の密集している丘へ家族連れで昇ってくる。華やかであり静かであり楽しげであり敬虔深い感じであり、あちこちのお寺で始まる夕べのプージャの鐘やシンバルの音、キルタンの合唱などが聞こえ、一日の内で一番親しみ深い感じである。私達日本人の社会において、夕方になると服を着替えて、お寺へお参りに行くような日々がもう一度帰ってくることがあるのだろうか。お寺はどの寺も信仰の対象であり、寺自体がひとつのマンダラであり、神の世界そのものであり、そこで待っているものは喜びに満ちた礼拝であり、知り合いの人々と出会ってかわす楽しい落ちついた挨拶であり、その行き帰りは涼しい風に吹かれてゆっくりと歩く散歩であり、その行為のすべてが楽しさと敬虔な感情とに充たされているのである。お寺はそのような心の本当に安心の出来る楽しさ敬虔さをもたらしてくれる所である故にますます尊敬され、礼拝の対象となり大切にされるのである。何処のお寺もきれいである。御影石を敷きつめたり、大理石を壁にめぐらしたりして、少なくともインド人の普通の住居に比べれば一段と清潔で清らかに出来ており、花々が飾られ香がたかれ、音楽がなされて、そういう物理的な要素からしても心地よい場所なのである。日本の寺は必ず墓場を伴い、葬式のイメージを伴い、つまり寺といえば死の匂いがするのだが、ヒンドゥのお寺は死の匂いは一切しない。そこにあるのは生きて善を為す神だけであり、お寺とはより善く、より美しく、より真実に生きる場所以外の何ものでもないのである。ヴェナレスでお参りをした寺に比べて、アヨーディアの寺はすべて単純で清潔で高雅である。それはシーターラームという神の性質から来るものであろうが、タントラ的でむんむんするような熱気があるヴェナレスのドゥルガ寺院やヴィシュワナート寺院に比べると、アヨーディアの寺はヴァイシュナヴァ派特有の気品と単純さとを合わせもっており、心が寺に入るだけで清められるのである。ハヌマンガリーだけは熱気があって如何にもこの街の信仰の中心であることがうかがえるが、私達が住んでいるジャンムブーミの一帯のお寺はひっそりとして冷たく、昼間は強い日射しが白い壁にさんさんとあたっているだけでまるで廃墟のようなのである。それが日暮れと共にイルミネーションをつけたりして生き生きと神秘的な姿で甦り、人々は本当に楽しそうに、恐らくは生涯の最良の時を楽しむように、それぞれのカーストなり信仰の対象となっている寺へお参りに行くのである。

興味深いのは電気と水道である。停電は常のことで一日に一回は停電が来ることを覚悟しておかなくてはならない。昼間などはよくは判らないが、二、三時間は知らぬ顔で停電しており、それはどう見ても事故から起こる停電ではなくて、停まるべくして停まる停電なのである。だからローソクは必ず用意しておかなくてはならないし、一日の内何時間かは電気のない夜を経験しなくてはならない。それは心理的に電気というものはあてにならないものであるという感情をもたらすし、一方では再びパッと電灯がともった時には電気というものは便利な明るい有難いものだという感情をおこさせるのである。インド人の電気に対する考え方は恐らくそのようなものであり、あればあったで良いし、なければないでローソクやランプの明かりを昔の思い出をこめて楽しむのである。今日も通りを歩いていてパッと停電し、一瞬通りは真っ暗になったが、その瞬間に誰かがジャイ！（万歳！）と大声で叫んだ。おとといもそうであった。電気が消えると何処かで誰かがジャイ！　と大声で叫ぶのである。その声に呼応するかのように楽しさが広がりローソクが灯されランプが灯され、街は瞬時の内に昔の電灯というもののなかった時代に帰ってゆくのである。誰も不服を言わない。電灯というものが西洋文明の産物であるとすれば、インドにおける電灯の取り入れ方というものは私にはまさに文明というものの消化の仕方の良い見本であると思われる。電気をエネルギー源とする産業がはびこればそういう具合にもゆかないように思われるが、もしそのような工場が出来たとしても、彼らは平気で停電が来ればジャイ！　と叫んで仕事を休むのではあるまいか。

水道も似たような事情にある。私達の借りた部屋は大きなダブルルームでトイレもバスもついており水道も全部で三つの出口がついていて、最初はこれは便利だと喜んだのであるが、肝腎の水が一向に出て来ないのである。昼間は一切断水である。夜も九時ぐらいにならないと出てこない。出てきたとしても三十分もすれば又止まってしまう。だから水道がついていても水を大切にするという点では水道がないのと同じことで、壺やバケツを用意して溜め水を作っておかなければならない。どうしても水が足りなくなると、近所を探しまわると何処かしら水の出ている所があり、そこからもらってくることができる。だから水がなくて真に困ることはないけども、水は決して蛇口をひねりさえすれば出てくる概念のものではない。水道はついているけども、それは本当に出る時だけは便利なものであるけども、出ない時は余計なものであり目障りなものであり、いっそのことない方が良いと思えるほどのものであるが、出る時はやはり便利なものであり、ちょろちょろ蛇口から水が洩れはじめると何かしら新鮮なうれしい便りがやってきたようで、一分でも長く出てくれれば良いと願い、あわてて壺やナベに溜め水をするのである。そのようにして水というものの大事さは水道があることによって少しも損なわれることがない。水はやはりヴァハナ神そのものであり、水への礼拝は水道があってもなくても同じように行なわれるのである。電灯と水道という日常性を通して見る限りインドの文明性というものはそのような性質のものであり、確かに文明を取り入れてはいるのだが、それに甘えてそれがなくてはやって行けないようなシステムにはならないのである。或いはそれは、発展途上の過渡期で、やがてこの国も、水道が出ないと言っては市役所の電話がなり、新聞がさわぎ、電灯がつかないと言っては電力会社が批難されるような事態がおこらないとも限らないが、私としてはインドという国はそのような方向には向かわないであくまでも先に述べたようなやり方で文明というものをただ便利さという一点にのみ抑えてゆく智慧を発揮しつづけるだろうという気がする。インドの神々は便利さが至上のものとなることを決して希まず、便利さは許されるものではあるけれども、少なくとも至上のものではないことを教えつづけるだろうという気がする。何故なら、もし便利さという点に代表される文明が至上のものであるならば、インドは今後も西洋の、そして究極にはアメリカ合衆国の後を追って、機械化、合理化、機械化、合理化の不毛の道を歩む他はないからである。それが究極のものであるならば、まぎれもなくインドは最低ではないとしても後進国の部類に入り、インド人の自尊心というものは、アメリカに対する究極的な後進性を素直に受け入れるほどに愚かにはならないと確信できるからである。

三月十五日（金）

季節が移ったことがはっきりと感じられる。ホーリーの最後の日以来吹き続けていた風が、きのうからぴたりとやみ、その代わりに朝から深々と晴れきった透明な天気が支配している。心の底から明るくなる不思議な神秘的な天気である。ジャンムブーミの鐘が鳴り、さわやかさは憧れとも切望とも呼べるが、それよりももっと深い生の根源にせまる透明さにまで高まってゆく。太陽が高くなるにつれて暑さが増し、午後になるともう空は黒ずんできて、しーんと静まりかえったこの寺街の白壁という白壁をぎらぎらと光らせている。犬どもはだらしなく死んだように眠り、日影では猿の親子が涼んでいる。水不足で何処へ行っても水道が出ず、とうとう一キロほども歩いてやっとお寺の深い井戸の水を汲んでもらうことが出来た。暑い日盛りを素焼きの壺いっぱいの水をかかえて歩いてくると、まるで中世の夢の中を歩いているようであった。空気が乾燥しているのでいくら暑くても汗はでない。ハエが少々うるさいほかは殆ど完璧な気候である。汲んできて水を部屋の中に置いておくと、空気が乾燥しているのでどんどん蒸発してゆき、二、三時間もすると冷たいおいしい水が出来あがる。生水は殆ど飲む気持ちにならない（朝昼晩とチャイを充分に飲むので）が、この素焼きの壺で冷えた水を時々コップですくって飲むのは、楽しみのひとつである。すべてのものがぎりぎりに抑制されている国であるが、土だけは豊富さを許されているらしく、以前にも書いたと思うが、素焼きの壺と煉瓦だけはいくらでもと言ってよいほどにある。例えば机の足が短くてもう少し高くしたい時に、ちょっと街を歩けば不用になっている煉瓦ならばすぐに見つかるのである。紙くずさえもざらにも落ちていないこの国で素焼きの小壺だけはまったく片っぱしから使い棄てられるし、土製品だけは豊かにあるということが出来る。その点では小学生のころからインドについて抱いていた土色の国というイメージは正確だったと言える。しかし土色の国であるだけではない。大きな豊かな樹木が生い繁り、きのうも今日も、夕方になるとその枝にクジャクがやってきて遊ぶ。日中はどういうものか眼に入らない。日射しが強く空気が澄んでいるせいか、樹木の静かなたたずまいというものは又格別である。二〇〇年、三〇〇年という時を焦り立つことも欲望もなく、ただあるがままに生い繁ってきたものの智慧がそのたたずまいからにじみ出ている。樹木は本当に静かに黙ったまま静かな話の数々をしてくれる。樹木は永遠を、少なくともヴェーダ時代からのダルマの智慧を知っているものであるかのように、光の中でいつも変わらず、ただ魂に対してのみ語りかけている。この無限の豊かさが、この国の色々な面での窮乏感を補ってあまりあるものとしている。

樹木は確かに神の恵みの具象化されたものであり、というよりはむしろ樹木は恵みという名の神である。この国で何を具体的に一番愛するかと問われれば、私はまず第一に豊かな大樹だと答える。そこには静謐《せいひつ》があり豊かさがあり生命の輝きと変化があり永遠の語らいがある。

夕方ジャンムブーミの屋根に陽が沈む。丁度ジャンムブーミの後ろから後光がさしているように屋根は黄金色に輝いている。私はそれに向かって坐り、ヴェーダの時代のようにオームを三度唱えてからラーマの瞑想に入る。ラーマの母は黄金色、ラーマは銀色の光を放っている。しかし私の胸の内なるラーマは黄金色のラーマである。うつむいて瞑想している姿のラーマである。ラーマとシーターとはより現実的な生命を持っている。生まれた場所がありそこにお寺があるということはすでに歴史的な事実なのだから、それだけでも現実的な生命があるわけだが、そういう次元ではなくて、ラーマ信仰という信仰の質自体が生命の信仰なのである。だからシュリラム　ジャイラムにしてもシーターラームにしてもそのキルタンが行なわれている所はすぐに祭りの場になるのである。若い人が生命感にまかせてシーターラーム！　と叫ぶのも美しいが、感動的なのは年寄りの口から洩れるシーターラームというしわがれた渋い声の響きである。このヴァワンの一階の片隅にお婆さんが一人で住んでいるが、夕方から夜にかけて低い声で二、三分の間、静かにゆっくりとシーターラームを歌っている。哲学的に歌うのではなくて全く民謡的に思いにまかせて歌うのだが、その節まわしの独得の高さにその声を聞くたびに心がびりびりと鳴るのである。この街の人々はシーターラームと生まれて、シーターラームと歌いながら生き、死ねばシーターラームといたまれてゆくのである。シーターラームが永遠の御名であるばかりでなく永遠の存在であることが、この街に住んで初めてよく判る。現実にすべてシーターラームで運ばれてゆく。挨拶もそうだし、人にものを頼む時がそうだし、祈りの言葉がそうだし、別れの言葉がそうだし、喜びの表現がそうである。シーターラームという存在があり、その存在に呼びかけることによってすべて了解されるのである。シーターラームの信仰が生命を持っているとはそういうことである。

この世におけるすべての良いもの、すべての美しいもの、すべての感動を与えるもの、すべての楽しいもの、すべての有難いもの、すべての豊かなものは、シーターラームと表現される。それはシーターラームがそういう神であり、そういう神としての伝統を持っており、その伝統こそは神の存在証明であり、存在証明などという言葉を持ち出すのも恥ずかしいほどに、すでに証明されつくしていることだからである。

シーターラームは生命の花である。しかしそれは華やかすぎる花ではなく、明るく静かな光に充ちた絶対の花である。その意味ではクリシュナ、ラダークリシュナは生命の根源の光である。そしてラーマは生命の絶対である。クリシュナは生命の光である。ラーマには神秘はない。ラーマに神秘がつきまとう次元もあり、それはそれでタントラ的な深味をもつけども、少なくともアヨーディアの街で呼ばれるラーマの御名は絶対の現実的な生命の輝きであり、その永遠性なのである。夕方涼しい風が吹きはじめて、堂々たる体躯のサドゥ達やバブー達が真っ白な美しいインド服を着て、額に他ならぬラーマの印を赤と白の色で描いて参拝にやってくるのに出会うと、生活の絶対性、日常の信仰の絶対性、生命の絶対性にじかに触れる感じがする。自分はアヨーディアの街で生まれ、ラーマの御名の元に成人式の聖糸をつけてもらい、結婚して子供をもうけ家業に精を出して働いてきた故に生活の不安はなく、朝となく昼となく夜となくシーターラームと唱え他に何の欲望もなく、隣人には善を為し、神には献げものを為し、先祖を大切に供養し、そうやって今美しい夕方の風の中をお寺への道を歩んでいるのである。何の欠けたところがあろう。これ以上何を希むことがあろう。何故ならラーマこそは生の絶対であり、それは祖先も家族も隣人もすべてそう信じているし、たまに眼が街から外へ出たとしても少なくともインド国内ぐらいの範囲であればラーマの絶対は何の疑問の余地もないのである。アメリカとかイギリスとかいう国があるらしいけれども、彼らは物質主義に夢中になっているから、このラーマの絶対性を理解することが出来ないのである。或いは彼らは彼らの神を信仰しているのだから別にかかわることもないのである。

ただ時が流れるだけである。ガンガーのようにゆったりと、月日のように順序を追って、すべての欲望や虚飾、焦燥や不安、喜びや祈りさえも呑みつくして、結局はただひとつの大いなる時が流れているだけである。私は深い悲しみをもって、その街のあらゆる美しさ透明さの故にさらにいっそうの悲しみをもってそのように感じる。その時々の時がこうして眼の前に現われ、現われながら移ってゆく。私の為すべきことは何もない。私はただ従うだけである。私はただ日常的に為すべきことを為し、時の流れの根底にある静謐《せいひつ》の動きに魅せられているだけである。私達の所には十月の末頃にまた赤ちゃんがやってくるらしい。インド・ネパールの旅はかくして新しい赤ちゃんを迎える旅にもなった。私が希んだわけでもなく順子が希んだわけでもない。神が、或いは生まれんと欲する生命が、そのように希んだとしか考えることは出来ない。

四人の子持ち。堂々たる家住者の道である。

三月十六日（土）

今日は順子について買い物に出かける。といってもラーマを背負う役目である。最初にゴラクプールの学校に行っているという学生と話しながら行く。ゴラクプールからルンビニまでバスで九時間か十時間かかるそうである。街で順子が買い物をしている間、ひとりの男が一〇〇メートルくらい離れた所にある電柱に縄をかけて二重にし、多分そのほつれを正しているのを眺めていた。しばらく引っぱったりねじったりしていた後に真ん中から半分に切って、体を電柱の方に移し巻きはじめた。何をしているのか定かではないが、何か意味深いものを見ている気持ちであかずに眺めていた。途中で牛がやってきて縄を食べようとしたので追い払った。インドの牛は縄はもちろん紙も食べるし布切れも食べる。それからお寺の前のジュース屋の屋台で子供達がジュースを作ってもらっている間に鋭い眼をしたサドゥ達と話をする。ヒンディ語で意味は通じなくても心だけは通じるようになり、眼が深いところでぴたっと合って微笑み合えたことは嬉しかった。今日は私はずっとアートマンの瞑想をしていた。サドゥの一人はラーマの所にやってきて祝福のマントラを与えてくれた。それから野菜市場の方に行き、タバコ屋で一本買って、そこらにたむろしている若者たちと英語とヒンディをまじえて話を交わした。その内一人の清潔な眼をした少年がダルシャンという言葉を教えてくれた。意味は多分巡礼というようなものだと思う。買い物がまだ終わらぬのでしばらく歩き、又学生のような若者に話しかけられ、今度はルンビニからカトマンドゥまでバスが走っているのかというようなことを話していると、中年をすぎたサドゥが入ってきて英語でゆっくりとこの街で何をしているのかと聞くのでダルシャンだと答え、何のダルシャンかというので、よくは判らなかったがウパニシャッドだというと、判ったような顔をしていた。次にはハヌマンガリーの前で、ヴェナレスで会った六年ほどインドにいるというイギリス人に行き会った。彼は頭とひげを剃って変身していたが眼が不思議に記憶の中にあった。アッシガートのチャイババの店で会い、丁度部屋を探していた時だったので、頼むと、チャイババに相談してすぐに一ヶ月九十ルピーというのを紹介してくれ一緒にその家まで連れて行ってくれた人だった。あいにく家主がおらず次の日ということで別れたが、その日の内にパールヴァティロッジが一二〇ルピーで了承したので結局アッシガートとは縁が切れてしまったのだった。この街で出会った最初の外国人が彼であったことは嬉しいことだし、巡りというものの確実さに驚くのである。彼と別れてしばらく行くと今度は堂々たる体躯のバブーと一緒になり、話しながらしばらく坂道をのぼった。先に行かせて後ろから見ると足が象の足のように太い象皮病というのであろうか、にかかっている人であった。この街では人の眼を見ながら話が出来る。そして最後にきのう井戸水を汲んでくれた寺の男に会い、ナマステと気持ちよく挨拶をかわした。

わずか一時間か二時間の間にずい分たくさんの人と話をしたので、満足であった。最初ジュース屋の前で、二人の男が大通りを投身礼拝で進んでいるのに出会った。二人とも体中に汗を光らせてほこりまみれになって真剣に一種の青光りするような気迫をみなぎらせて、チベット人の投身礼拝とはまた異なった強い雰囲気で行なっていた。多分ハヌマンガリーまでそうやって行ったのだと思う。永遠の中世という感じがあった。

この街では現代というものを殆ど感じない。永遠の中世というか中世の真昼というか、そういう感じが街全体を包みこんでいるが、中で時々今日のような特別に中世を乃至古代を感じさせられる光景に出会う。これもまたアートマンの為せるわざと思慮されたことは勿論である。

夜、あまり蚊が多く風がなくて暑いので順子と屋上へ上がってみると、隣りの建物の屋上でランプをつけて本を読んでいる老人がいた。部屋の中より外の方が蚊が少ないし涼しいのは確かだが、外は外で長くいればやはり蚊は集まってくる筈である。インド人達は最近は部屋の外へベッドを持ち出して布にくるまって寝ている人達が多い。部屋の中で蚊帳を釣って眠る私達のひよわさをつくづく感じさせられる。それは別として夜の十時過ぎにランプを灯して屋上で本を読んでいる老人の姿は印象的であった。

今日は土曜日のせいか、この寺のまわりもずい分賑やかである。あちこちからラジオの声が聞こえ、ジャンムブーミも元気よく盛大にシンバルを打ち太鼓を鳴らしてキルタンをつづけている。水道は今日はとうとう一滴の水も出ないままだった。

三月十七日（日）

日曜日で朝からジャンムブーミを中心として賑やかである。昼すぎに太郎たちの話では象を先頭に立て旗を何本もかかげた大きな行列が音楽をやりながらお寺からお寺へとまわり、ジャンムブーミにも長い間いてから去って行った。終わる頃になって私も行ってみようという気持ちになって子供達をつれて出かけてみたが、行列はちょうど坂を下って別の方角へ出発した後だった。ジャンムブーミの外壁を一まわりして少し南へ行くとそこはもう灌木地帯と畑であり、細い道を下って上がると辺り一面が見晴かされる広々とした丘の上であった。

昔、ロンバルディアの野という言葉が好きで、いつかロンバルディアの野に立ちたいと願ったことがあったが、その小さな丘から見渡せる風景はロンバルディアの野よりも更に深い神秘の平原と森であった。北に迂回してきたガガール河がかすんで見え、背後には一面の森と畑、東方には幾つかの寺院の塔が光っており、西方は見渡す限り茫々とつづく平原地帯であった。街からお寺までは建物がぎっしりつまっているのでこんなに簡単に田野が展けているとは思いもよらず、嬉しいことであった。明日は早速その丘へ昼飯を食べに行こうと思う。丘の上にはシヴァリンガムとナンディを祀った小さな崩れかかったお堂があり、灯心ランプには昼間から小さな見えるか見えぬかほどの火がついていた。恐らく終夜灯されているもので、そういうところから推察すると、やはり由緒のある信仰の場所なのだと思われる。

夕方、今度は三人とも子供を連れて屋上に行き、夕陽がジャンムブーミの屋根に沈むのを眺める。ほんとうに燃えるような黄金色で、お寺の屋根はその黄金の炎の中に黒々と静かに鎮座してあるのである。

クジャクがやってくるのを待ったが、クジャクは日暮れ直前までやって来ない。あきらめて帰ろうかと思っていたところへ太郎が指さすので空を見上げると三羽の大きな優雅な白い鳥がゆっくりと南を指して飛んで行くところであった。何の鳥か判らない。しかし私はその昔ラーマクリシュナが夕暮れ時にその飛んで行く姿を見てそのあまりの美しさに気絶したというハンサではないかと思っている。太郎はあれはコウノトリだという。

ジャンムブーミのアカンドキルタンの人達は実に熱心に激しくキルタンを続けている。二十人の人が交代でやるのだから一グループを四人として五つの組みに分かれてやるのだろうが、それにしてもこれから先何年何十年つづくか判らぬ日々をただジャイシーターラームと繰り返して過ごすのであり、それはすでに二十五年間もつづいているのである。それを何の威厳も権威もぬきに、そこらを歩いている裸のサドゥと同じ気安さでつづけているのである。最初はヴェナレスのメインガートのシュリラム　ジャイラムのように思っていたが、時が経つにつれてあれとは大分趣きがちがうことが判ってきた。

それはまず第一にマイクを使わないから、純粋にその場のキルタンである。その場だけということはそのキルタンが純粋にラーマの誕生地にささげられているということで、わずか二十人ぐらいの人数で、インド全体のラーマ信仰の根源地をささえているということである。第二にはヴェナレスのはシヴァの舌先は永遠にラーマの御名《みな》を唱えるという伝承にもとづいており、広く諸外国人にまでその存在が知られているのに反し、ここのキルタンはその存在を恐らくごく限られた人しか知らず、いわば人知れずただラーマの御名のもとにその信仰だけを頼りとして、この地の解放のために行なわれているという点である。

勿論、キルタンをしている人々は名も知れぬ人々である。それでいて何十年もこの行をつづけていけば、何回となくラーマジャパのプラシュナチャラーナを達成し、必ずやラーママントラのシッディを得るはずのジャパヨガのヨギ達である。にもかかわらずそのような晴々しさは少しもなく、ただひたすらシンバルを打ち太鼓を叩き、声を張りあげてジャパをつづけている。時が経つにつれてこの行の重さというものが次第に私の身体に沁みこみ意識をとらえ始めるのである。信仰すること、生きることとは結局それだけのことである。信仰者の側からすれば、聖地の中の聖地でキルタンをしてそれで生きてゆけるのだからこんな幸運は願ってもないことである。

キルタンのメンバーに入っていることは名誉であり幸運でこそあれ、決して苦行ではないはずである。それなのに私には、日一日と彼らの行為が次第に苦行としてのイメージを持ちはじめている。

今日ははじめてシーターの井戸と呼ばれる井戸に出会い、その水を飲むことが出来た。その井戸はラーマの父王がその妃であるマハラーニー・シュリー・カウシャリアに献げて作ったものを、ラーマの所へ来たシーターに彼女がプレゼントしシーターラームの結婚式の〝顔見せの儀式〟の時にその水を汲み上げて使われて以来、シーターの井戸（シータークップ）と呼ばれるようになったものだそうである。そして宮殿内のすべての食べ物はこの井戸の水によって作られたという。井戸はもうひとつあり、それは今はこのマナスマンディールの敷地内にあるものでカンダルプクップと呼ばれ、その水で沐浴することによって王は若返りの奇蹟を得たという。シータクップは又一名知識の井戸とも呼ばれる。いわれはともかく、今から二〇〇〇年以上も前から存在しつづける井戸の水を飲んだということは、それだけでも気の遠くなるような喜びである。

昔、ラーマの宮殿があった頃には、このマナスマンディールもだから当然その敷地の内であり、この小高くなっている丘の全体が、周囲の平原をはるかに見渡す堂々たる王城であったことがしのばれる。追放されたラーマはガガール河を渡って東の方角へ行ったのだろうか、それとも南の方角へ行ったのだろうか。私にはいずれにしても河を渡って行ったということが確かに感じられるのである。そのような歴史的な出来事はともあれ、出来ればもう一歩深くシーターラームの世界に入りたいものである。ジャイシーター！　ジャイラーム！

三月十八日（月）

シーターラームジャイ！

シーターラームジャイ！

夕飯のあとで酔ったようにシーターラームを歌う。ジャンムブーミの人たちはそれを一日中やっているのである。今日お参りをした時には、キルタンをしている人達は四人とも聖者のように美しい顔をしていた。

アヨーディアでは何故シュリラム　ジャイラムではなくてシーターラームなのかが、何とはなしに判るような気がする。要するにシーターがなくてはラームにならない。ラーマが生きるためにシーターが必要なのである。シュリラム　ジャイラムはラーマの抽象形である。そしてガンジーが死ぬまぎわにつぶやいたというジャイラームという言葉は抽象の極に達して、殆どブラフマンのような響き、やさしく永遠に悲嘆に耐えたブラフマンのような響きをもっている。それこそはラーマの真髄であろう。

シーターラームジャイ！　シーターラームジャイ！

今日は一時頃にシヴァリンガムのある丘にのぼり、皆んなで昼食を食べる。風が強くまるで風を食べているようだった。だが久し振りに戸外で食べる食事はおいしかった。食後しばらく辺りを散歩し、近くの牧場で遊んだりして帰ってきた。ジャンムブーミとマナスマンディールを入れて何枚かの写真を撮った。帰りに一人のサドゥに会い少し話をした。美しい眼をして実にやさしく笑う若いサドゥであった。ヒンディが判ればいつまでも話していたいところだったが、何しろ何も言葉は判らないで話すのだから仕方がない。彼と話している時は風も感じられず、ただ中天の太陽がしんしんと光を降らしている感じであった。アムルードの新芽を十枚ばかりお茶にするために摘んできた。シータークップでちょうど水を汲み上げていたサドゥは今度は大分年をとった少し疲れたような人だったが、その物腰にはやさしさと優雅さが充分に感じられた。順子は手に水を受けて飲んでから礼拝をした。皆んな手に二杯ずつ水をもらってそれを飲み頭にふりかけた。シーターの井戸は生きている。井戸端に立つのもぞうりを脱いで裸足になって行くほどである。やわらかな甘い冷たい水である。

夕方はじめてシーターラームの瞑想に入る。シータークップの側の大木に泊まりに来るクジャクが、大きな声で何度も何度も歓びの声を放つようにクワーオクワーオと鳴いた。

人は一日に二一六〇〇回の無意識のマントラを唱うそうである。それはソーハンマントラと呼ばれソーで息を吸いハンで吐き出すのである。つまり呼吸自体がマントラであってこのことは前にも『不滅の言葉』にも出ていたが、実に静かな深々としたマントラである。アヨーディアに来ていらい不思議にこのソーハンマントラが思い出され、時々それを意識するのである。そして呼吸までをマントラにしてしまうインドの智慧の深さに素直に心からの敬意を払うものである。ウタエが以前に言っていたように、インドに生まれるということ自体がすでに前世の善いカルマの結果であり、インドに生まれたという事実だけによってすでに我々日本人が及びもつかないような深い心の世界にあるのだという気もしてくる。それは勿論この世界にとらわれたものの言い方である。私は完全にそのように言い切るほどではないにしても、やはりインド世界の深さを、合理性を認める点ではウタエと同様である。そのウタエが生まれ変わったら今度はアヨーディアに生まれるのだと言っていた言葉は真珠のように美しい。今はお母さんになってカナダに住んでいるけども、彼女が生まれ変わってくる時はアヨーディアに生まれるように私も祈ってあげたい。

何世紀も何世紀もわれらのゲームはつづくだろう。アヨーディアを汚したくない。

シーターの井戸

アヨーディアの街の高台に
シーターの井戸と呼ばれる古い井戸があり
二〇〇〇年以上もその水を枯らさない
その側に一本の大樹があり　夕方になるとクジャクがやってきて憩《やす》む
夢みてその夢の終わりに
不思議な静かさと平和をたたえた街があった
その街の主は光であった

光は永遠であり　その御名はラーマと呼ばれた
〝清らかに苦しむものは
私のもとに来て　私の足元に礼拝するがよい
だが必ず生命とともにやってくるがよい
平和と静けさを献げものとし
忍耐を杖として
放浪ではなく　巡礼として
白い美しいシャツを着てやってくるがよい
ジャンムブーミの鐘が鳴りわたり
その音は空に吸いこまれてゆきながら
そなたに清らかさとは何かを告げるであろう〟

暑い日射しの午後に　シーターの井戸から両手に一杯の水をもらって飲み
その夕べから私は　火に焼かれて試されるシーターの絵を部屋の壁と心に飾った

真夜中の歌

真夜中をすぎて犬どもも眠りについたらしい

子供達も眠り妻も眠り
マナスマンディールの人達も眠り
アヨーディアの街は黒分の第十夜の深い眠りの中にある
どうしたものか今晩に限って眠れない私の耳に
ジャンムブーミの深夜のキルタンが遠い灯台の火のように聞こえている
シーターラーム　ジャヤ　シーターラーム
シーターラーム　ジャヤ　シーターラーム
はるかに遠い魂の中を通りすぎる風のようなその声は
しかし今晩私には
心の清いものは幸いなるかな　幸いなるかな心の清いもの　というふうに聞こえる
そしてその声ははるかに遠い灯台の火のように聞こえている

そなたの眼の内に住んでいる神
それは彼の太陽の内に住んでいる神と同じもので　自我《アートマン》と呼ばれる
この時　マナスマンディールの柱時計が二時を打つ
幸いなるかな心の清きもの
心の清きもの幸いなるかな
その人は神を見るだろう

この時一匹の黒蜜蜂がローソクの炎に誘われて飛びこんでくる
だがその火に焼かれはしなかった
シーターラーム　ジャヤ　シーターラーム
シーターラーム　ジャヤ　シーターラーム
心の中の何処かで涙が流れている
その涙は宿命そのものの中を流れてまわり　宿命を清め生命を与えたすえに
眼の内に住んでいる神　自我《アートマン》の内に流れこむ

自我《アートマン》は透明である
黒分の第十夜は　世界の黒分の第十夜であり
犬どもは眠り
子供達も妻も安らかな眠りの中にある
私もインド人のように木綿のストールをかぶって眠ることにしよう
幸いなるかな　心の清いもの
黒蜜蜂は焼かれはしなかった

三月十九日（火）　エカダシ

朝の歌

心の深味から明るくなってくるような
美しい朝である
風は透明になって空の中樹々の梢に憩《やす》んでいる
ジャンムブーミのキルタンが鐘の音にまじって聞こえてくる
何処からか幸せが
光となってあたりいちめんに静謐《せいひつ》している
シーターは火の神アグニによって試されている
シーターアグニパリクシャという
それがシーターの恵みである
見よ　何千人という人が自己の汚れを抱いてシーターの清らかさを凝視《みつ》めている
シーターは火によって焼かれることはない
神々は祝福して天から花の雨を降らしている
美しい朝である

小鳥たちは歌い
クジャクはすでに何処かへ朝の旅に昇ってしまった
ゆうべクジャクが泊まっていった
シーターの井戸と呼ばれる井戸の側の大樹は
彼が去ったあとの空虚を　幹まで沁みとおる光で充たしている
その一枚一枚の葉は神の住みかであると言われている
私の心にとって
シーターは最も美しい女の人である
最も美しい女の人を女神と呼ぶヒンドゥの智慧は
朝の光のように明らかな智慧である
シーターと呼ばえば
清らかさに苦しむ清らかさが恵まれる
シーターと呼ばえば
この身は永遠に悲しい猿となる
シーターラーム　ジャヤ　シーターラーム！
シーターラーム　ジャヤ　シーターラーム！
シーターと呼ばえば
そこには深い井戸があり　二〇〇〇年の間　枯れたことのない水がたたえられてある

その井戸の水を飲むものは幸いである
何故ならその人は清らかさに苦しむ清らかさという水を飲むのだから

王妃であるシーターは　疑惑に追われて一人森に住んだ
森でラーマの子供を産んだ　双子であった
美しい双子の男の子は成長して　ラーマとシーターの歌ラーマヤーナを歌いながら街を歩んだ
しかし　それは時の物語である

今朝　風は静まり
すべての生命あるものは降りそそぐ光の中で
永遠のシーターの思いに　清らかな涙を恵まれている
小鳥は歌い
黒蜜蜂は花々のまわりをまわっている
ジャイシーター！　ジャイシーター！　と心で叫びながら
白い上着を着た美しいアヨーディアの人となろう

夕方ハルーとチャイでエカダシを流してから、夕闇濃いくなった中を皆んなでジャンムブーミへお参りする。たくさんの巡礼者が訪れており、その内の数人は母に抱かれたラーマ像の前に投身礼拝したまま立とうともしない。アカンドキルタンの人達はたくさんの飛び入りの人もまじって火花の出るような激しいキルタンをしていた。きのうは子供のラーマ像の右横下の洞に父親の王の前に坐ったラーマ像があるのを見出したが、今日は寺の横手の方にまわってみたらそこにラーマとシーターの小さな足跡を記した大理石がおいてあり、それも礼拝して帰ってくる。きのうの夜、素焼きの水がめがひとつ割れたので、順子は新しいものを買いに行ってくる。私は街の方へ手紙を出しがてらぶらぶら出掛け、ラーマ像らしいものを売っている店で見ていたら、今日の夕方以来三度目の停電が来、街は一瞬の内に真っ暗になる。すでに二度ほど停電があったので、今日はもう大丈夫かと思っていたのだが、街の人々にもほんの一秒か二秒動揺があっただけですぐにあちこちでローソクがつきはじめ、たちまち何世紀も昔の街の姿となった。ゆっくり歩いて郵便局まで行って手紙を出し帰ってくる。街のにぎわいはハヌマンガリーまでで、そこをすぎるともう真っ暗になり、星の光を頼りに歩きはじめる。ゆるい坂をのぼって左に曲がったあたりは深い闇につつまれていて前後の見分けもつかない。星だけが親しい光を放っている。そこら辺りから寺院地区の始まりである。寺の一番奥にある祭壇は大体何処のお寺でも道から見えるようになっており、そこに一本あるいは二本のローソクが灯されて、寺の人たちがつくねんと永遠の姿を現わして瞑想している。何処かの寺からプージャのシンバルとキルタンの声が洩れて鐘を打つ音も聞こえる。ほら貝も鳴り響いている。殆ど闇の中といってよい中にうっすらと寺の白壁が見え、空には星が光っている。神秘としか言いようのない深い時そのもののような人間の営みの姿である。そうやって街からマナスマンディールまで歩いてくると、この街の中心にジャンムブーミが位置していることがよく判る。地理的にジャンムブーミは一番高い場所に位置しており、ジャンムブーミをすぎればもういきなり下り坂になりそこからは田園地帯が広がっているのである。

暗闇を歩きながら思ったことは、空の星は日本で見る星座と少しも変わらず、星座の単位で不変であるからには星座よりも更に大きく、更に深い単位である神においては、日本もインドもアメリカも少しも変わるものではないということである。旅する者はその事実に気づいてそれだけ確実に賢くなるのである。事実、これはひとつのウパニシャッド的な神の普遍性の証明である。インドで礼拝される神が日本で礼拝されて何の不思議もないし、日本の神がインドで礼拝されても別におかしいことはないのである。交通機関の発達はそのような事実を全地球的な範囲にもたらしている。

私の意識は私が生み出す意識ではなく、神から示される意識以外のものではないのだから、神はよくそのことを御存知なのである。

それは素晴らしいことである。

今日の断食はいつもと比べてきつかった。断食にも馴れてきて、最初からの緊張感がうすかったせいかも知れぬ。

三月二十日（水）

午後からネパールのヴィザのための写真を撮りに街へ行ったが、二軒とも閉まっていて、仕方なく三時間ほど散歩をする。アヨーディアの駅へ行きデリーまでの値段を聞いたりする。駅で四月一日はラーマの誕生日でアヨーディアの街は大きなお祭りであることを知る。その祭りを待って、行かなくてはならぬものならデリーまで行くことになるだろう。今日はラーマとシーターの黄金色の像を買う。私の胸に瞑想されるラーマは黄金色の炎をあげているものであるから丁度良かったのである。日本で三時間ぐらい歩いてもそれほど疲れはしないのに、今日はそれこそ足が棒のようになってしまって途中で歩けなくなり、一本の大木の根元に次郎と二人でしばらく休んだりした。疲れて木の根元に休むのは又大変に気持ちの良いものだった。不思議にしばらく休むと棒のようになっていた足もほぐれ再び歩けるようになるのだった。与論島でデイゴの樹と呼んでいた火炎樹が見られた。葉は一枚もない高い大木で、真紅の大きな花がいまを盛りと咲いていた。小鳥がたくさん集まって蜜を吸うのか盛んに啼きたてていた。

夜食は太郎が発案したうどんで仲々おいしいものであった。太郎は食べ物のことを中心としてかなり創造性が出てきており、それは又同時に積極性でもあり、たのもしい限りである。食後、今日も皆でジャンムブーミにお参りをする。それぞれのラーマ像は日増しに美しく感じられる。今日はアカンドキルタンの一人のサドゥに声をかけられて太郎、次郎、ラーマとそれぞれ手相を見てもらい、三人とも大変良い手相をしているらしく、私としても嬉しいことであった。私もその人の足に礼拝して祝福をもらったが、その人は頭を軽くやさしくなでて下さり、その感触は今でも頭に残っているほど途方もないやさしさであった。ただそれだけのためにアヨーディアへ来てよかったと思うほど深く嬉しいものであった。私にとってはそれはラーマ御自身に頭を祝福されたようなものであり、一日、翻訳に精を出して疲れ切っている頭脳がそのひとなでで、まるで嘘のように軽くなってしまった。

シュリーラーム　ジャイラーム　ジャイジャイラーム
帰りにすぐ側の小さなお堂のサドゥに声をかけられ、お参りして十パイサ献じたら、ネパーリかと聞くのでジャパンだという、大変喜んでグル（黒糖）を二塊ほどくれた。丁度子供たちが甘いものが食べたいと言っていた時だったので、有難く三人に分けて与えた。
ただただ永遠なるものに心と体を献げるだけである。
ジャイサナータナム
私は現在濃い紫色のシャツを着ているが、白いシャツが欲しくなった。ヴェナレスではストールがうす汚れてくると何だかうれしかったものだが、此処では、うす汚れた服を着ていると心に染まない。この街にもたくさんのサドゥが集まっており、ヴェナレス同様にうす汚れた恰好をしている人もたくさんいるのだが、そしてそれはそれで美しいのだが、私は何故か真っ白なシャツを着てすがすがしい気持ちでジャンムブーミにお参りがしたいのである。

三月二十一日（木）

同じマナスマンディール内の階下の小さな部屋に移る。最初ここに来た時にちらっとこの部屋を見て、善い部屋だと思っていた部屋である。ただダブルルームの方が広々しているし、便所やバスルームも独立しているので二階にしたのだが、やっと最初の希みどおりの部屋に入ることが出来た。時のめぐりのおかげである。小さいといっても十畳の広さは充分にあり、何よりも素晴らしいのは美しい花園の庭園が眼の前に展《ひら》けていることである。インドの庭園は文字通りの花園で、ブーゲンビリアをはじめとする何十種類もの色とりどりの花々が枯れるということなく咲きつづけている。青々とした芝生もあり、みかげ石で出来たベンチもいくつか置いてある。中央には噴水があり、水は出ないけれども涼しさをかもし出している。私は本当に花が好きなものだから、このような花園を目の前にして住むということに無上の幸いを感じるのである。短い期間（あと十日少々）であるが、このような場所に住むということは私の生涯でも二度とないのではないかと思われる。小さな頃に百花園という場所があり、そのイメージは私にとっては天国のように美しい所であった。

もうひとつ善いのは窓にステンドグラスが使ってあり、外光が高雅な黄緑色に変化して入ってくることである。窓の上部は蚊除けの金網がついており、外気が直接に入ってくるように仕組まれている。みかげ石で作ったベッドがひとつだけ作りつけられており、ラーマのお昼寝にはもってこいの場所でもある。

このようにしてラーマ神の誕生日を迎える用意は出来た。私も又、アヨーディアの人々と共に聖なる誕生の祝いを準備し祭るもののひとりに加わるものである。

旅は聖地巡礼の旅であると同時に自己実現の旅でもある。その点に関して順子に対し、私は相当に厳しく叱りつけた。叱るということが、私にとっては愛のひとつの形であることに気づいてきたので、そのように出来るのである。順子は叱られている時に、今までに見たこともないほどに美しかった。清潔で従順で素直でさっぱりとしていた。シーターラームの祝福である。力をこめて生きてゆけるのである。

風—プラーナ
火—語
太陽—眼
月—意《マナス》
ブラフマン—チャイタニア（意識）
というウパニシャッドの図式が少し理解できる感じである。特に、火—語という関係についてこれから深く学んでゆこうと思う。

参拝

何処へ行くのかと言っても
シーターラームの参拝に行くのである
この美しい真昼に
花々から照りかえされる明るい光を受けて
力をこめて
お祈りと真理実現の大道をゆくのである
鈴振り鈴振り
涙が乾いたあとの塩粉を払いながら

南方絶対世界
ラーマ様の所へゆくのである
それは希望という名の聖所である
もはやライ患者がたむろしている坂道はすぎて
ここらは静かな高台の寺院地区である
無数の猿が遊び
馬達が飛びかい
死んだように足を投げ出して眠っている犬どももいる
それらはただなつかしい風景である
かつて通った道であり
振りかえるべき道ではない
何処へ行くのかと言っても
シーターラームの参拝に行くのである
実現された愛以外に希望の黄金はないのだから
この黄金を味わいに行くのである
ラーマ様の所へゆくのである
白木綿のドーティを腹に巻き白木綿のシャツを着て
いまだかつてない

新しい涙を流しに行くのである

真理の徒であり希望の奴隷である私は　シーターラームの御名《みな》を讃えて　このように歌う

三月二十二日（金）

午前中ネパールのヴィザ申請用の写真を撮りに行く。写真屋に飾られてある大小さまざまの写真を眺めていると仲々に興味深いものであった。普通の人の写真もたくさんあるが、サドゥが裸の姿でアサナを組んだものがあったり、スワミとおぼしき人が泰然として巨大なスートラを広げて写っているのがあったり、その真面目さと言ったらそれだけでも尊敬したくなるものであった。以前にこの寺の番人の一人に写真を撮ってあげると言ったら一寸まってくれと言って、一時間ぐらいして上下すっかり新しい服に着替えて頭に油を塗って現われてき、いざ撮る時になったら、まるで死刑にでも臨むような厳粛な真面目な表情になった経験があったので、私も撮影する時にはそのようにしっかりと緊張してシーターラームの御名を唱えながらうつしてもらった。カメラは日本製のヤシカであった。私が日本人だと判ると大変に興味を示してしばらく話をした。同じ店に神様の絵の小さな額に入ったものもあったので、ハヌマンの胸にシーターラームが秘められた大変美しい絵を、太郎におみやげに買ってきた。そのハヌマンはハヌマン自体も大変美しいのだが、胸の内なるシーターラームの姿がまた美しく出来ているものだった。一緒に連れて行った次郎はその店のやさしい顔をしたお爺さんからハヌマンのように強く大きくなるのだぞと言われても、何のことか判らない様子であった。次郎には人を理解するという能動的な姿勢に欠けているところがあって、いつも受け身で、相手から来るヴァイブレーションを力関係的にとらえて切りかえすという操作をするので、子供らしい素直さに恵まれないのである。その孤独の質は大変に深いもので、その孤独がのぞくと思わず心を打たれるのだが、そのように理解してくれるものは親ぐらいしかないのである。そろそろ人を理解するという姿勢を教えてゆかねばならない。

夕方、今まで屋上に行ってジャンムブーミの尾根を瞑想している場所を変えて、先日昼飯を食べに行ったクヴェールティラの方へ行ってみようと思い、そちらへ歩いて行くと、行く手のゆるやかな坂道を一羽の大きなクジャクが尾羽《おばね》を全開にして踊っているのがみられた。近くには三、四羽のメスクジャクも遊んでいるがそれは距離にして四、五〇メートルは離れており、そのクジャクはだからただ一羽でタッタッタ、タッタッタと足で拍子をとりながら尾羽を全開にしたままで踊りながらゆるやかな坂を少しずつ登ってゆくのだった。私も誘われて坂を登り、頂上にあるクヴェールティラにシャンカラを礼拝して別の方角へ坂を下り、近くの井戸のふちで野外の瞑想に入った。思えば不思議でもないのだが、この辺りは何処で瞑想に入っても決して不自然でなく、一分も経たない内にすっぽりとその中に入ってしまうのである。北西の方角に向かいジャンムブーミに想いを集中して陽が落ちる寸前まで坐っていた。深い光ある瞑想であった。帰りに、ジャンムブーミの近くのサドゥ小屋の人に声をかけられ、通じないままのヒンディでしばらく話をした。五十歳過ぎぐらいの上品な白髪の裸のサドゥで、楽しい雰囲気で静かに話が出来た。夕食後ジャンムブーミの礼拝に行った時に又その人と会った。今日はジャンムブーミの子供のラーマが祭られている壇に坐っているサドゥから声をかけられ、後には何人もの参拝人が聖水をもらおうとして待っているのに、いつまでも話しかけられたが、あまり落ちついて話をするという感じにはならなかった。このように私はこの街ではサドゥから話しかけられ、私もまた尊敬の念を持ちながら話をするということが、たとえその内容が何処から来たかとか何日居るのかというような簡単なものであっても大変に嬉しく楽しいのである。一人一人のサドゥの限りなくやさしい少しも悪意や計量のない眼に出会って、その眼に見入りながら話す時というものは必ず充実した美しい時の中にある。ヒンディがもう少し話せたら、意味と時を通じてもっとたくさんの理解と喜びが得られるのだが、この旅はこの旅であって、欲ばっても仕方はない。

きのうだったが、玉ねぎをむいた皮を部屋の前に棄てておいたら、今日マネージャーが来て困るという。インド人は誰でもゴミは部屋の外へ投げ出しておき、それを掃除するのは掃除人の仕事なので、何のことを言っているのかと思ったら、ここはお寺であって、お寺では玉ねぎなどを食べてはいけないことになっているのだそうである。玉ねぎ、にんにくを食べることさえも禁じられているヒンディの戒律の深さに初めて触れたのでびっくりしてしまった。そして今私達がいる美しい部屋を出て、二つ隣りの窓のひとつもない真っ暗な大きな部屋に移れという。ラーマ信仰の中心地に来て、その中で一番美しい部屋を取っていて玉ねぎなどを食べられてはかなわないというところであろうが、私も玉ねぎはここに居る間は食べないことにして、この部屋から出されないよう頑張ることにする。

スートラを読むサンディヤーをするのはチベット人だけかと思っていたら、この寺に住んでいるインド人たち、ダルシャンに来ている人達もやはりそれをやっている。朝、夕方などには北に向かって坐り、鐘を鳴らしたり、あるいはただ声だけ出して読んだりして、大変一生懸命にやっている。ここに長く逗留している一家の主婦は五十歳ぐらいの小肥りの堂々たるマー様であるが、彼女なども上べは普通の人と少しも変わらないけども一日中右手はサリーの内に入れていてそこでマラをくっているのである。

今日気がついたことは、このマナスマンディールは目下増築中で何十人という人らが入って盛んに工事をやっている。そしてジャンムブーミ自体もやはり完成された寺ではなく目下裁判中のお寺である。マナスマンディールは、ラーマチャリタマナスマンディールである。両者ともにラーマに深いゆかりのあるお寺である。そして両者ともに昔のラーマの宮殿のあとに建っているお寺である。ということはラーマ信仰というものが目下新しい形での再興の途上にあって、日本からはるばるやってきた私達もここに滞在することによって、その万端のひとつを荷う役目を負っているという気がしてきたのである。

モスリムとの争いに関する私の立場は、滞在している内にはっきりしてきたのだが、ここはやはりヒンドゥの寺のものであるべきである。例えばマホメッドの誕生の地にヒンドゥの寺を建てるということがどのような寛容性をもったとしても回教徒には耐えられないように、ラーマの生まれた土地を如何なる理由があるとしても回教の寺院にするということは出来ない筈である。回教がそれを主張するからにはそれだけの理由は当然にあるのだろうが、理由の大きさ、正当さから言えば、これはヒンドゥのものであることは明らかであり、モスリム側はここから手を引くという寛容さを持ってその宗教の偉大さを示すべきものと思う。

個性というものを学んできた西欧的人間の一人である私としては、そのように自らの立場を明らかにすることによって、ラーマ誕生寺の再建のために貧者の一灯を献じるものである。

今日の瞑想ではシーターラームのマントラを唱えるたびに血となって体の中をめぐるのが感じられた。何十種類の鳥が啼き、何十種類もの花々が咲き匂う丘陵地帯の一角での夕方の瞑想は、まさに恵み以外の何物でもない。順子は純白の木綿のキャラコのような生地を買ってきて、ヒンドゥ式のシャツを縫ってくれている。

今日成松上人から手紙が来て、ネパールへ入るにはデリーに行くより他はないとのこと。デリーに行くことにしよう。マモはバングラデッシュへ三ヶ月も行っているそうである。

三月二十四日（日）

マナスマンディールのプージャが始まる。今まで工事人夫の自転車置場のようになっていた広間がぴかぴかにみがきあげられ、入口にはイルミネーションがつけられ、木の枝でおおった門が作られ、屋上にはマイクがすえつけられた。朝からたくさんの人が集まり、五、六十人ぐらいになっただろうか、一人の中年の学者ふうのグルに従ってシュリラーム　ジャイラームの大キルタンから始まり、多分ラーマチャリタマナスからの抜粋と思われる節を午後三時ごろまでキルタンしていた。ジャンムブーミのある西の方角に祭壇が作られそこにはシーターラームの結婚式の絵がまつられてあった。四、五時間つづいた大キルタンの間は充実した緊張した時が流れた。それが終わってからも一人か二人の人が残って朗唱をつづけ、夜に入った今もローソクの明かりの下で一人の人がつづけている。多分明日も同じキルタンが繰り返されることであろう。

きのうの夜中、ちょうど寝入りそうになった時に突然に雷鳴を伴う激しい雨が降ってきた。スコールのような降り方で雷はびかびかと光り、激しいことこの上ないのだが、まるで現実の出来事とは思えず、神々の世界におこった出来事のようであった。ヴェナレスで一日しとしと降られた時以来の久し振りの雨であった。おかげで今日の午前中は空気に幾分しめり気があり、まるで日本の真夏の午前のようであった。その雨で水分不足気味だった樹木や草はどんなに元気を回復したことだろう。夕方、瞑想に入る前に皆んなでクジャクが尾羽をひろげて踊る所を見にクヴェールティラの丘へ登って待った。いつも居る坂道にはいなくて、一五〇メートルほどはなれた草地の中にいた。待っていると仲々開いてくれず、今日はもう終わったのかとあきらめかけていたところへ、不意にさっと開かれて始まった。距離がはなれているので夕陽を受けた素晴らしい色彩は見られなかったが、遠景にはまた遠景の素晴らしさがあった。近くで見るとクジャクそのものにどうしても気を取られてしまうが、遠景だと自然に風景の中の一点としてとらえられ、それが又神秘的な美しさを与えてくれた。親子五人でそんな風にしてクジャクの踊りを眺めている私達は幸せであった。余計な思いはなく、順子達は夕食の仕度の忙しい時間にもかかわらずいつまでもあきることなくその光景を眺めていた。帰りの道で二十頭ばかりの山羊の群れに会った。白、黒、茶色などの斑《まだら》な可愛い山羊どもだった。子供達の話題はクジャクから一転して山羊に移った。きのう、おとといと使った井戸端の場所が今日は村の子供達に占領されていたので再び屋上に戻り、ジャンムブーミと夕陽に向かって坐った。今日はラーマの弓のことが思われた。理想を実現してゆく人間ラーマの姿と、困難に打ち克つ者と言われるクリシュナの相違が明確に感じられた。困難に打ち克つことがクリシュナの光であるとすれば、降りかかってくる困難に耐えてその中で人の美しさを実現するのがラーマの光である。クリシュナはその神秘の力によりすべてに打ち克つが、ラーマは思考と智慧と忍耐と勇気によってすべてを実現してゆく。クリシュナは我が友、ラーマは我が師である。

クジャクを見て帰ってくる途中でわらのサドゥ小屋の側を通った。この間仲良くなったサドゥはあの小屋に住んでいるのだと順子に教えると、あなたも来世はここにあのようにして住むのかもね、と言われ、私としては少々不足であった。私としてはこの世で決まりをつけたいという気持ちが強いのである。いや、おれは今生できまりをつけるよ、と言ったものの、それほど自信があるわけではなかった。すべては星のめぐりの下にある。しかし、もし又生まれ変わらねばならぬものならば、ジャンムブーミに仕えるサドゥとして生涯を終わりたいものである。しかし又一方では、前世かその前の生あたりで、この丘の上で私は意外とサドゥとしての一生を終わったのかも知れないのである。この丘全体に感じる親しみ、シーターの井戸の水の味は何とはなしにそのことを思わせてくれる。いずれにしてもここはひとつの永遠の地である。ヴェナレスがそうであるように、この静かな古代的な信仰の地は平和という名がその主である、永遠の地である。

順子は毎日毎晩せっせと木綿の白いインド服を縫っている。私は毎日せっせと『マハーニルヴァーナタントラ』の訳を続けている。朝、昼、晩と飲むチャイのミルクと砂糖の甘さがその平和の味である。何ごとも起こらず、なだらかな光に満ちた時が流れているが、それでいて一日の終わりには身も心もくたくたに疲れるほどに緊張がつづけられている。

英語はすでに半ばは世界語である。人々の意識の中に英語は世界語として潜在している。それは今後ますますそのようになってゆくであろう。英米の悪名高い帝国主義的侵略の罪の代償として、ひとつの世界語が生まれかかっているというのが、今世紀の最大の文化的状況である。それはドルが共通貨幣であるようにひとつの合理性の極致として人々の間に使用され愛されてもゆくだろう。だが勿論、英語は貧弱な言葉である。英語をひとつの核として多くの国々の言葉がその中にまじり、何世紀か後には非常に豊かな世界言語とも呼ぶべきものが形成されて行くだろう。この中で非常に強力な高雅な言葉のひとつとしてサンスクリット語が甦り使用されるだろう。ボキャブラリーの数から言ってサンスクリット語が世界言語の一パーセント以上を占めないならば、その文化は達成される前に滅亡してしまうだろう。ヴェーダに代表されヒンドゥイズムに現前されるインドの哲学は、そのように、今後の世界文化の中で占める位置において中枢的に大切なものである。その実質は多神論的一神論というすべてを含みすべてを統一する豊かさにある。この点における問題は、ヒンドゥと回教の絶対的と言ってよいほどの排他関係であるが、その罪はより多くは右手に剣と呼ばれる回教の側にあると思われる。ヒンドゥ民族が他民族を侵略した過去がないことは、ヒンドゥ人にとって何よりの誇りである。それに反して現在世界の舞台で多くの争いの地点には回教が一枚加わっている。この事実は、半世紀前の枢軸国が果たした役割を今や回教諸国が果たすやも知れぬ危険性を感じさせる。

そのような背景を含めて、このアヨーディアのジャンムブーミの裁判が全く平和の内に回教側の敗訴に終わることを私は願うものである。

私個人に元より回教の神秘性への憧れこそあり、敵意などはかけらほどもないけども、現在までの世界史の舞台で感ぜられる回教徒の動きの中には、自我を主張しすぎる危険な毒素を強く感じるのである。

然し、私としては世界史的なこの視野を深く立入って考えようとは思わない。私の為すべきことは、ウパニシャッド的智慧、自然哲学、宗教の世界へ一歩ずつ深く入りこんでゆくことだけである。そこにはブッダの智慧の輝きがあり、ヴェーダの神話の豊かさがあり、恐らくはギリシャ神話、アメリカインディアン、アフリカの諸民族、インカ、マヤと共通される豊かな神話と信仰の世界が通底器のように開かれている筈である。然しこれも又、私はゲーリー・スナイダー*ではないのだから展望として指摘するだけのことであり、それを自己において実現しようなどとは思わない。やはり私の仕事は仏教とヒンドゥ教の総合的調和において自らの信仰を深めてゆくことに他ならない。

三月二十五日（月）

友の歌**

夢に友の姿を見る

変わらず深く悲しくやさしい姿であった
酒も飲まず暗闇の彼方へと去っていった
眼覚めて見れば
ここはすがすがしい女神の朝
魂を讃える大合唱が続く寺院の内部であった
真実の友とは行為の真実さで語る
去ってゆく後姿とそれを見送る心の内に
切なさと呼ばれる永遠の時が流れる
元気で！
時が来てまた真実の名のもとに出会えますよう
だが
出会いのためには
更に深い自己の真実への旅が続けられねばならない

＊——ゲーリー・スナイダー（Gary Snyder）　現代アメリカを代表する詩人。五六年から日本に滞在し、禅の修行と仏教の研究を続ける。六三年、ナナオ・サカキと出会い、三省、ナーガら「部族」の仲間達と交流。帰国後、カルフォルニア州シエラネバダの標高一〇〇〇メートルの森に暮らす。
＊＊——友　唐牛健太郎のこと（一一頁参照）。

それこそが
行為をとおして語る者たちの物言わぬ掟である
あなたは今しばらく薄明の漁師町をゴム合羽を肩掛けにして歩くのか
私は祈りの園にある

真理の徒であり友への思いに涙するものである私は　このように歌う
友の歌は知らない

時の歌

時は高くも低くも
幅広くも狭くも　早くもゆったりとも流れる
時の流れは自在である
それが時の秘密である
人は時を愛することにより
時を選び　時の流れに加わることが出来る

急に順子が熱を出す。午後から寝たままである。お腹に赤ちゃんがいる身なので、最初はツワリだろうと思っていたが、どうも寝冷えでもしたらしい。旅の空の病気にも少しは馴れてきたが、やはり、病気と死とが直結していることに変わりはなく、やはり心配せざるを得ない。

ウパニシャッドの中に、確かヤジュナヴァルキアの言葉で、病気することは最大の苦行である、こう知ってこの苦行に耐えるものの実りは大きい、というような言葉があったが、確かに旅の空の病気は、病気—薬（医者）—病院（医者）という発想にならず、病気—死と来るところに特徴がある。特にインドのような国ではそうである。死を前にした時、やはり人の行《ぎょう》は最ものっぴきならぬ真実の姿をとるものである。

今日も街で旗を立て笛や太鼓に先導されてゆく葬列を見た。ヴェナレスほどひんぱんではないが、やはりこの街でも死体はかつがれてサッチャラムハイ！　と歌われながら河へ行き、河で火葬にふされる点は変わりがない。アヨーディアの人々は死の間際にはジャイラームというにちがいない。死体人が死の間際にジャイラームとつぶやく時、そこに光と永遠があることが私にも了解される。死体は物言わぬけども、死体そのものがそのように永遠と光の性質を帯びているからである。その物言わぬ言葉は強烈な真理の言葉を語っている。それは死の時の信仰の深さから来るのは当然であるが、そのような信仰深さ、信仰の種類を共同幻想として持つこの街の人々は幸せである。

まだ学生だった頃に、情緒的な決意として私が死んだら墓は要らない、火葬にして骨は海へ投げてくれ、と書いた記憶が甦ってきたが、確かに墓を建てないという決意をしっかりと固める必要がある。墓のない文化、というものを私はヒンドゥの内に見、それを愛するからである。

ジャンムブーミの鐘が聞こえる。この部屋に引っ越してきてから時々しか聞こえなかったが、今夜ははっきりと高らかに聞こえる。又、このマンディールの祭壇の前でも、昨夜にひきつづき今晩も徹夜のキルタンがつづけられるようである。キルタンといっても夜に入ると一人で四、五時間つづけ次の人と交代して眠るのである。

私の白い木綿のインド服は今日の午前中に出来上がった。それを縫い上げてから順子は寝こんでしまった。彼女が倒れてみると私が如何に彼女に依存しているかということがはっきりとする。それはともあれ、純白の木綿のインド服を着てラーマの誕生日を迎えるという純な喜びを、私は彼女のおかげで持つことが出来る。


自己を信頼しぬくこと。自己は究極においてアートマンであるから。

このアートマンは観世音と呼ばれる。

もっと簡単に言えば、
自己は究極においてアートマンである。

このアートマンは観世音と呼ばれる。

この二行が私が責任を持って言える真理である。その他のものはすべてマーヤーである。アートマンの木に咲く美しい永遠の花々である。

三月二十七日（水）

自己自身に打ち克つことがラーマの生き方であり、ラーマのロマンであった。外敵に打ち克つことがクリシュナの生き方でありクリシュナのロマンであった。シュリラームとつぶやく時、深い沈思の流れが入りこんでくる。ラーマの御名は内省的な響きを持つ。ラーマは自己自身を省みるものの御名である。シュリラームとつぶやけば、私のエゴが犯す罪の深さが思われて涙が流れるではないか。シュリラームとつぶやけば、苦しみ悶えているラーマのしっかりと坐っている姿が見えるではないか。

ラーマの誕生日は五日後に迫り、周囲の雰囲気は次第にプージャの興奮を高めている。本堂では今日で丸四日間、昼夜絶えないキルタンが行なわれている。昼間は四、五十人の大キルタンが行なわれ、夕方から夜にかけて、夜から朝にかけては、何人かの人が交代で一人でキルタンをしている。多分『ラーマチャリタマナス』を読んでいる筈で、部厚い本を朝から晩までつづけて読んでいる。

きのうの夕方は今度は次郎が突如高熱を出し、触れて見ると火のように熱くなっている。順子の熱が下がったと思ったら今度は次郎である。今日は今日で順子は下痢がひどい。二人も病気になると、こちらはまるで責められているようであるが、結局自己自身を信頼してゆくより他には仕方がない。

猿はひとつのテーマである。最近、私は猿がすっと近づいてくると血の気がさーっと引いていく感覚になる。一回、次郎が買ってきたお菓子をかかえて帰ってくる途中にそれをひったくられて(順子もついていた)、二回目は私も一緒だったのにやはり次郎にかかえさせておいた砂糖を、今度は袋ごと引ったくられて半分以上も失くしてしまった。その時には私は怒り、石を投げつけたが、それを本当に死ぬほどに当てようという真底の怒りではなかった。心の中にほんのわずかだけ、あわれみというか殺すようなことをしてはいけないという気持ちがあった。その時、一人のインド人に買い物をして帰る時にはそのものを手にかかえていてはならず、袋か何かにしまっておかねばならぬことを教えられた。誰もいない真昼の通りで、猿四、五匹に囲まれると結構恐ろしく、余裕がなくなってしまうものである。きのう見たのは、二人のインド人で一人は二十歳前後、一人は七十歳近くの二人連れが、やはり奴等の群れを為している辺りを通りかかると、その内のボスがさっとかかって、年寄りのドーティのすそをひっつかんで乱暴をしようとした。年寄りはあわてたが、若い方の人がそれをさっと押しとどめて、自分が手に持っていた風呂敷包みのようなものの中味を出して見せた。それはトランジスタラジオで、猿はそれを見ると素直に年寄りのドーティのすそを放して群れの中へ戻って行った。私が感心したのは、その若い人の猿を一人前に扱っている態度である。もしあれが私だとしたら恐らく蹴飛ばすなり、ぶんなぐるなりの暴力行為に出る筈なのだが、彼は猿を智慧あるものとして扱い、なんの闘いもなしに別れたのである。次に今日みたのは、この寺の門前で昼のチャパティとサブジーを食べているサドゥである。二人並んで食べており、何か話をしていたが、ちょうど私が門から入ってきた時に、一匹の中位の猿がさっと飛び出して、そのチャパティをサドゥの手から二枚か三枚、つまり全部をひったくって取り上げたのである。一〇メートルぐらい逃げて猿はサドゥを見ている。サドゥは手を振ってくやしがり、私は思わず笑ってしまったが、次の瞬間にはやはり心を激しく打つものがあった。つまりそのサドゥは食べ物を奪われたくやしさを身振りで現わしはしたが、猿を攻撃するような様子は微塵もなかったのである。攻撃するどころか、猿にそのように奪われてしまった自分のすき、を悔しがっている様子さえあった。私と、二人連れの若い方と、サドゥとの三人の猿に対するふるまいを考えてみる時、いくらヒンドゥ社会に馴れていないというハンディを差し引いても、猿に対して石を投げつけた私のやり方は稚戯の類であり、ブラフマンを語るどころのことではないのである。猿はそのようにして私たちに買い物のひとつのエチケットを教えてくれた。猿も生きている以上、そして猿である以上、すきがあり、子供の手の上に食べられそうなものがあれば奪ってゆくのが当然なのである。それを怒って闘うならば、それは人間の為すべきことではなく、猿の為すことなのである。猿に対してまでそのような緊張感をもって歩かねばならぬヒンドゥ世界のきつさはまさに教訓の世界であり、生きて動いている日常的なヨガアシュラムなのである。

誰かが病気であれば一緒にいるものもやはり病気なのである。病気の時には構えを低くしてその病気に耐える以外にない。それが病気に対する智慧である。病気とはまさに低下したヴァイブレーションに他ならず、それもひとつのヴァイブレーションであることに変わりはないのだから、そのように知って構えを低くし、痛みの原因を探り、原因を探りあてたらそれに対処してゆくのが正当な方法である。それは病気の当人もそうであるし、病人の側にいるものもやはりそうなのである。高くても低くてもそれは波であり、波であると知ってそこで為すべきことを為す以外に何の為すべきこともありはしない。自己の死をまずそのように解決しなければならない。

今日は昼間バス一台が乗りつけてこのお寺の部屋は満杯である。本堂ではまだたくさんの人が集まってシュリラーム　ジャイラームをやっているようである。人々は楽しそうであり、私達一家は病んでいると言ってよい。

三月二十八日（木）

順子、次郎共に熱も下がり元気になるが、二人とも下痢がひどく食欲はあまりない。

夕方、隣りのお寺の学生が訪ねてきて、しばらく庭で話をする。トウルシの木を教えてもらう。小さな灌木で香りの高い花と実をつけている。熱が出た時にお茶にまぜて煎じて飲むとよく効くそうである。彼の案内で、壮大なカナクヴァワンにもうでる。最初にドクターが案内してくれたお寺であるが、その日はシーターラームに入った途端に幕が降りてよく礼拝できなかった所であった。今日はたくさんのインド人にまじって必死になって前へ進み、やっとのことで最前列まで出て聖水を戴き礼拝することが出来た。ラーマは純金、シーターは純銀で出来ているそうである。七時半から幕が開くのであるが、その前から人々は続々とつめかけ、堂内を右まわりにぐるぐるまわりながらキルタンをしたり、像の前の広々とした広間でキルタンをして踊ったりしながら幕が開く瞬間を待ち受け、信仰の興奮と熱気が充ちていた。いよいよ幕が開いてプージャが始まると総立ちとなり、一目でもシーターラームの像を見んものと、前へ前へ押し寄せ、私などは背が低いのでいくら背伸びしても少しも見ることが出来ず、ひたすら祈っていたら連れて行ってくれた彼が抱き上げてくれてやっと拝むことが出来たほどであった。どうにか自分の運でも見たいと尚も願っていると一秒の一〇分の一ぐらいちらっとまずラーマ像が見られ、それから又しばらくして今度はシーター像がちらっと見えた。美しい清らかな像である。プージャが終わり、聖水を戴く段になると押し合いへし合いは一層はなはだしくなり、汗にまみれて、肌と肌とがぴったりくっつくようになって、やっとのことで最前列に出て礼拝し、水を戴くことが出来たのだった。

外に出ると新しい月がもう四日月にもなっていて、チャイタラームノーミは四日後に迫っていることを告げている。アヨーディアに来て最も美しいヒンドゥ世界にめぐり合った日でもあった。その後でジャンムブーミに参り、今日は綿に湿した香水のようなものをもらい今でも耳につめている。耳につめておくと、その匂いが耳から鼻に伝わって、いつまでもジャンムブーミの香りが残っているのである。

今日ははじめて順子が作ってくれた白いインド服を着て街を歩き、お寺に参った日であった。身を美しく飾ることは、身を美しく飾って神への献げものをするのである。順子には今日やはり白の木綿のサリーを買ってあげた。土産の品も少し買った。線香立てをひとつ仕入れた。

三月二十九日（金）

街には多くの屋台店の用意が為され、路上にはすでに幾十ものむしろを敷いただけの店が並び、警官が多数集まってき、このマナスバウァンのラーマチャリタマナスのキルタンも五日目を迎え、いよいよ佳境に入ってきている。あちこちのお寺にここのお寺同様にマイクが据えつけられ、何処の寺からもシーターラームのキルタンが聞こえてくる。人が四、五人集まればシーターラーム！という声が聞こえ、何処へ行ってもチャイタラームノーミの波紋が人々を巻き込んでいるのが判る。私もプージャを祝って赤い大きな四角のローソクを一ルピー五十も出して買った。今夜から早速にそれをつけて祭りの準備をしている。

順子と次郎はまだ元気がない。次郎は食欲がなく、順子は下痢がひどくて血便まで出たという。ラーマと私だけは調子が良いが、太郎も幾分ばて気味である。圧倒的なシーターラームプージャの雰囲気は確かにきつく、重々しささえあるが、それは苦しさを伴うものではなく、自己を清める方向へ、ただゆっくりと進んでいるだけである。愛がやはり第一番におかれる。ラーマと言えどもやはり愛の神、喜びの神としての性格が第一番であるから。

きのう今日の祈りの主題は、どうかこの私という思いを一切なくして下さい、というものである。朝の瞑想はたとえようもなく美しい。ジャンムブーミの空は緑色がかったきれいな青い空で、その空の高い所に紙切れほどの小さな白雲の一片がたなびいている。

順子の下痢や次郎の元気のなさを想うと心は晴れないが、ラーマへの思慕の情は日一日と深まってゆく。ラーマの御名が肉になってきた感じである。

今日は土産物を少し整理して小包にし郵便局へ持っていったが、包んである布が古いということで断られてしまった。又やり直して仕上げるともう夜で、結局今日一日かかって小包ひとつ出せない、というのがここらの生活のテンポである。それをいらいらしていたら生きてゆけない。

ラーマのサンダルを買う。アヨーディア独特のもので、ラーマの頃から伝わっているサンダルである。ラーマの弟が王座において毎日礼拝していたというもので、私ももとよりはくつもりはなく礼拝の対象にしようと思って買ったのである。

インド人のひとみは明るい。特にこの街のサドゥ達のひとみは輝くように前方を見つめている。ナナオのひとみも明るかった。ナナオもやはりサドゥである。この街の輝かしい日照りの中で、サドゥ達の輝くひとみに出会うと本当に心が楽しくなる。そのひとみに出会うだけで世界が輝くのである。『マハーニルヴァーナタントラ』もお寺参りも今日はお休み。小包作りに暮れた日であった。

三月三十一日（日）

きのう又部屋を代えさせられ、同じヴァワン内の三つ目の部屋に移った。今度の部屋は広くて大きいが窓には猿よけの鉄格子があるだけで、扉はなく、天井には扇風機もついていない。大きくてがらんとした部屋であるが、庭のバンヤンの大木が青々と繁り、そこは猿達の住みかになっていて、一日中猿の遊んでいる様が眺められる。どういうものか、大木というものは心に安らぎと豊かさを与えてくれるもので、窓扉がなく筒抜けの窓ごしに緑色の風が豊かに吹きこんでくると、遠いなつかしい頃のことをふと思い出してくるのである。

きのう、又おんぼろバス一台で乗りつけた人々があって、ネパール人なのか、あるいはもっと北方のラーマ信者達なのか定かではないが、五、六十人がいっぺんにきて並びの大きな部屋や、廊下にもごろ寝の体勢で泊まりこんだ。衣装が濃い青や緑や黄で、色が非常に黒い人達で、今までこの寺に泊まっていた高貴で優雅なヴァイシュナヴァの旦那達とは大分趣きが違う。如何にも底辺を支える大衆という感じで、女の人達もサリーをドーティのように服の間でからげた着方をしている。アヨーディアの人口が二、三倍にふくれ上がったかと思えるほどで、ハヌマンガリーからジャンムブーミに至る道すじにはいつの間にか土産物屋、果物屋、野菜屋などが立ちならび、いつもはしーんとしている白い道すじを、きのう今日は絶えることなく人々の往来がある。大通りのステートバンク前の広場の店もいよいよ営業を始めた。人々はハヌマンガリーからジャンムブーミに至る大小幾十かのお寺を次々に巡礼してまわり、お寺はお寺でそれらの人々を迎えるべく出来る限り美しく飾りたてている。

きのうの夜は皆んなで涼しい夜風に吹かれながら、インド中でも最も美しい寺のひとつと言われるカナクヴァワンにお参りをした。たくさんのヒンドゥ人にまじって、すっかり大きく肥ってきた月の光を浴びながら歩いていると、思わずシーターラームの讃歌を歌いたくなり、自分でもびっくりするほどの大声で歌っていた。カナクヴァワンはきのうも大変な混みようで、美しく着飾った人々でいっぱいの信仰の楽しみにあふれていた。本堂の前に三〇〇坪位の大理石を敷きつめた広間があり、その一段下にやはり大理石を敷きつめた六〇〇坪ぐらいの広間があり、その広間は青空天井で星や月が見られ、涼しい風がたえず吹き抜けるように設計されている。人々はそこに投身礼拝をしたり、じっと坐りこんで数珠をくっていたり、知り合い同士で信仰深い話を交わしていたり、そうかと思うとある一角ではハルモニアムを鳴らしてキルタンをしていたり手を叩いたり歌ったり踊ったり、要するに信仰を中心としたあらゆる行為がそこで許され歓迎されているのである。

肉食せず酒ものまないヒンドゥ人というかアヨーディアの人々の本当の楽しみが、こうやって涼しくなってきた夕方から夜にかけてお寺参りをし、そこでピュアーな信仰の楽しみの時を持つのである。墓のないヒンドゥの文化においては、寺院はただひたすら生命の礼拝の場である。祖霊もまた寺院には祀られていないから、礼拝は全くこの世のものであり又来世のこの世のためのものなのである。そういう人達にまじって寺参りをしていると、自然と寺という場所は楽しい場所であり、純粋で清らかな場所であり、貴い場所であることが判ってくるのである。

順子は新しいサリーを着てそれをもみくちゃにされながらやっと聖水をもらい、太郎も次郎も汗びっしょりになって半分は悲鳴をあげながら聖水にたどりついた。ラーマも私と一緒にやっとのことで戴いた。

カナクヴァワンを出て、ジャンムブーミに行き、アカンドキルタンのいつものサドゥから祝福を受けた。ラーマはサドゥの膝の間にはさまれて、プラサードの金平糖のような菓子を出されると、それをひとつだけ取ったのでサドゥは大いに喜び、他のキルタンの人々にも、この子はひとつしか取らない、ということを知らせてやったほどだった。その後でもっとたくさん子供達は皆んなもらって、足跡を礼拝して帰ってきた。帰りに茶屋で甘いものを少し買って食べ終わると、子供達はたちまち眠りに入ってしまった。扉のない窓にたらした布切れをふくらませて、豊かな風が夜の匂いと共に吹きこみ、久し振りで私はアットホームな安らぎと喜びを感じたのだった。アヨーディアでは決して悪くならない、というのが私の印象である。最初のダブルルーム、次の花園の部屋、そして今度の部屋と、それぞれに素晴らしい特徴があり、心をなぐさめてくれるのである。最初の部屋がジャンムブーミの部屋と名づけられるならば、次の部屋は花園の部屋であり、今度の部屋は、バンヤンの風の部屋と呼ばれよう。

さて、明日はいよいよ祭りの当日である。新月と共に始まった『ラーマチャリタマナス』の分厚い書物の朗唱も明日までに終わりに至り、明日はラーマがお生まれになる。そして私達もこの街を出るのである。

夕方の最初の風が吹きこんでくる。ひんやりとして今日も涼しい夜がやってくることを約束しているようである。日射しはまだ明るいまま西から長々と伸びて、部屋の一番奥までとどいている。本堂の方ではラーマ神にふんした五人の子供が盛んにものを食べる儀式が執り行なわれている。巡礼者達は本堂いっぱいに坐りこんでそれを眺め、礼拝している。

日中はもう四〇度を確実に越している暑さで、ラーマを負ったり、肩車にして街を歩くと、さすがに暑さがこたえて頭がくらくらするほどである。だがインドの暑さはまだこれからというところで、最高になるのは五月だそうである。

とは言え、久し振りの暑さである。与論島へ行った時に、船で徳之島の亀徳港につき、朝の十時頃だったか船から降りて、いきなり直射日光を浴びてあっと驚き、これはぼやぼやしていたら殺される、と感じたことがある。あれは確か六月の末か七月に入ったばかりで、南島は梅雨が明けたばかりの頃だった。あの時の白熱した暑さは感動的で青春の輝きを秘めていたが、このアヨーディアの三月末の暑さは、ただ信仰だけの輝きを秘めているもので、ぼやぼやしていたら殺される暑さであることは同じである。空は奥の方から燃えているようで、日中は青さを失い白っぽくかあーっと底知れぬ深さでかすんでいる。

買い物から帰ってきた時にはすっかりくたびれて、ここへ来て初めて昼寝をしてしまった。インド人たちの生活のリズムは、朝早く起きて涼しい内に色々の用事を済まし、午後は涼しい日陰を見つけて昼寝をし、夕方になると又種々の為すべきことに取りかかり、夜は商店の人たちをのぞいては寺まわりとか家族の団らんに過ごすという形のようである。夜は夜で蚊が多いので、あまりのんびりしていることは出来ないから、一日の内の一番良い時間帯は、夜が明けてから日射しが強くなる前の時間、五時ごろから九時ぐらいまでと言って良いだろう。

私達もこれからは生活のテンポをそのように合わせ、日中の暑い時間にのこのこ買い物に出かけてゆくような愚は避けなければならない。

太郎、順子、次郎の下痢も一段落したようで、今日は久し振りにスイカを食べることになった。まだ出始めのスイカだからあまりおいしそうではないが、スイカを食べたり甘いお菓子を食べたりすることがお祭りのひとつの楽しみであり、子供達にとってはそうやっておいしいものを食べ、街全体のうおーんと盛りあがった雰囲気に呑まれてゆくことが祭りの楽しさなのである。

私はいささか心に倦怠を感じ、為すべきことを為し終わっていない思いに責められている。ブリンダーバンから来た若いサドゥと心の通じ合いがあったのがこの二、三日の新しい出来事であるが、それにしても為すべき仕事を為していないということはかくも心を重くするものであろうか。

四月一日

シュリラーム　誕生日おめでとうございます。

待ちに待った日は、たくさんの苦行の夢のあとで、サンセイ！　サンセイ！　と呼ぶ声と共にやってきた。何事かとドアを開いてみると、隣りの寺の学生ヴァジャイ君が田舎から帰ってきて朝の挨拶に来たのだった。

マンゴーのつけもののようなものをお土産に持ってきたという。

私はすぐに真新しいドーティと服に着替えて、屋上に朝の瞑想に行った。何ごともなくこの日は開き、朝の瞑想もいつものとおりに私という一切のエゴの思いをなくして下さいということから始まった。

その途中でふとカルカッタの駅で買った『シュリラーマはかく語った』というアドヴァイタアシュラムから出ている小冊があったのを思い出し、午前中はずっとそれを読んで過ごし読み終わってしまった。ラーマの語るところは、アートマンとジヴァートマンの合一ということとラーマへのバクティということ、時が主であるということであった。「私の所へ避難を求めてくるものを、私は自らの命を代えても守りぬくであろう」とラーマは語っている。この美しい言葉の内にラーマの人間としての至上性、即ちアートマンが示されている。

ラーム　ラーム

単純さということは誠にひとつの最も美しい美徳である。

四月四日　ラクノウ　ラジュダニホテル

二日の日、アヨーディアを発つ時には胸にこみあげる感情があって、それがアヨーディアの街のなにもかもを美しく感動的なものに思わせた。誰に別れを告げるでもなく、ジャンムブーミへ行ってラーマに別れを告げ、顔見知りのサドゥに十ルピーを渡して、リキシャを呼んで寺を出ようとした時、ヴリンダーヴァンから来たという若いサドゥが気がついて入口まで見送ってくれた。何か通じる感情があり、抱き合って別れを告げた。ヴァジャイ君と共に一ヶ月近く滞在したアヨーディアで友達になれた数少ない人であった。

寺を出る前に、誕生日のお祭りが終わったということで、寺の内庭と二階の二ヶ所にマンダラ基壇が作られ、そこでヴェーダ以来の伝統であるホーマの儀式が行なわれた。マンダラは四角く三段に下から次第に小さく築かれ、その上で火がやはり四角に組んで燃やされた。そこへ四方から様々な穀物を交ぜたものを神々の御名の後にスヴァーハーという語をつけて限りなく呼ばいながら放りこむのである。恐らく今はインドの収穫期なので、その感謝のホーマを兼ねているのだと思われるが、暑い日盛りに火を囲んで透明な炎に向かって、四方、八方から穀物を放りこみながら歌っている様は実に古代さながらで、愛する街を去る前の感情とからみ合って、やはり出発を一日伸ばして良かったと思ったことであった。

アヨーディアは静かな黄金の街である。

しかし、四〇度を越していると思われる暑い日盛りに動いたり汽車を待ったり汽車の旅をしたりしたせいでラーマの体力が弱り、二日の夜ラクノウに着いたまま旅を続けることが出来ず、ここのホテルにストップをかけられてしまった。デリーまで通しで買った切符は使いものにならなくなり、そのことで腹を立ててステーションマスターとかけ合って渡り合ったが、駄目であった。

ラーマは丸一日四〇度近い熱がつづき下痢もひどく、一時はうわごとのようなものまで言いはじめ心配したが、今日あたりはどうにか元気を回復したようである。ヴィザが切れるので一日も早くデリーへ行かねばならないのだが、今日もう一日伸ばして明日の夜行で発つことに決める。

日中の暑さはすでに大変なものである。頭がもやーっとして体中はぼおーっと燃えたち、その中をドルチェンジで歩きまわってみると、これでは五月の暑さはとても子供連れではインドの内陸地方で過ごすことは出来ないだろうということが判る。夜に入った今でもまだ日中の暑さが体の底に残っていて、体のしんが燃えているのである。ラクノウはなにもない商業都市という感じである。完全菜食の街であるアヨーディアから来ると、肉は売っている、魚のフライは売っている、玉子は売っている、ウィスキーは大々的に看板を出しているし、ビアホールがあり酒屋もあって、同じインドの街でこうもちがうものかと驚かされる。私も早速に肉入りカレーを食べたが、肉を食べただけで何か堕落したという気持ちになるから不思議である。それからコカコーラの氾濫である。この街までもう、ファンタグレープがせめて来ている。肉や魚を商売にしている人は殆どがシーク教徒で、頭にターバンを巻き、店に入るとグルナナクの絵が貼ってある。シーク教徒の商売は良心的で高く吹っかけるということがないのが特徴である。味も日本人にはかなり合う味を出している。

ラーマの熱と下痢では実に様々な体験をした。インド国有の薬局は大体においてアーユルヴェーダ医学に基礎を置く自然医薬品をおいている。順子と次郎の下痢はそれで治まった。ラーマの場合は小さいだけに熱による体力消耗と下痢による体力消耗が重なって、それに加えて汽車の旅の暑さに参っているので、殆どぎりぎりの線まで来たのであり、私としてもどっちの医薬品を使うか選択に迷ったが、結局、近くに西欧医学の薬局が見つかったこともあってストレプトマイシン入りのものを買うことになり、熱の方は日本から持ってきた坐薬を尻から差し込んで治すという方法を取った。しかし今日からは又そのマイシン入りの薬をやめて、正露丸に戻した。

はっきり言えることはアーユルヴェーダ医薬は特効性ということにおいては信頼が出来ず、西欧医薬はその点において優れているが、今度はそれを服用させたあとで、その薬を飲ませたことによって、つまり特効性が発揮されたということによって生じる体の無理を心配せねばならない等で、アーユルヴェーダ系の自然医薬品にはるかに劣っているのである。アーユルヴェーダ系のものは薬というものは元々栄養なのであって、それを飲んだから起こる心配は少しもないのである。

ラーマがうわ言のように、今日はママとジローはいたけどパパはいなかった、と言った時に、私は心を撃たれ、二の句が継げなくなった。ラーマの生まれ方、ラーマの可愛がられ方というものは、私の心に最もかなうものであるだけに、四〇度近い熱で一日中汽車の旅、それもインドの普通列車の旅をして、そのあとで一晩殆ど眠ることも出来ないほど興奮状態に入りジュースジュースと口走りながら、五分ぐらいとろとろするともう眼を覚まして、体は火のようになっているのだから、その中で口から出てくる言葉はすべて真実なのであり、私のどうしようもない自己中心性のようなものを突きつけられているようで、私の方も参ってしまうと共に、心をぎりぎりの線まで突きつめられている感じであった。それは愛というものが当然に要求するものであって、それなしには愛は死んでいるも同然のことなのである。チマも私をそのような愛し方をした。そしてそれを激しく責めたてた。チマは私が犯した誤りを決して許そうとせず、それは日吉さんの言う「軽蔑」という概念に、心の一番奥深い所で凝結していった。ラーマは幼いのに、あの熱と吐き気の中で、私を同じような鋭さを持って責めたのである。愛するものが、愛の故に必ずあらねばならぬ時に、その者がいない。それは愛の絶望である。私は人にはそれを許そうとしないのに（といっても時の中で許してゆくのが私のやり方というか星なのであるが）、人からは許されることを希むのである。愛という問題において私が必ず突き当たるのはいつもそこである。愛はその壁をぶち抜くことが出来ないで、死んでしまう。私は実は相手に自己犠牲を希むほどには自分は相手に対して自己犠牲をしないのである。ラーマはそれで私を責めているのであり、順子はそれを私の性格としてとらえて、責めない智慧を身につけてくれるのである。

この壁は信仰以外には突きぬけることの出来ない壁である。そして私が信仰の道に入ったのはこの壁の故である。

ラーマの都を出た日にラーマがそのような状態に陥り、私の学んだと思っていたものがそのように試されたということを、私としてはやはり星として受け入れる他はない。信仰がそのように試されるのである。

ヴリンダーヴァン

四月十日（水）　ダルマサーラ

どのようなめぐりになっているのか、たまたまラクノウの街で探しあてたレジストレーションオフィスでインド滞在の延長を申請した所、二ヶ月間もらえたので、すでにあきらめていたヴリンダーヴァン及びハリドワールの旅に入ることになった。アグラに寄り、タジマハールにも行った。ラクノウからアグラまでは急行で約十時間の距離であったが、病気あがりのラーマのことを考えて、一等寝台車ということになり、ひとつのコンパートメントをもらって非常に楽な旅であった。あの三等の混み合いが嘘のようで、他者を一切断ちきったコンパートメントに入るや否や、ラーマも子供達もみかんをひとつ食べただけでたちまちに眠ってしまい、私と順子とは十三夜の明るい月に照らされたウッタル・プラデーシュの大平原を見やりながら、ベースに寝そべっていた。一等には一等の景色があるということが感じられた。そして私達はそのインドの一等の景色を見やりながら、のびのびと楽々と眠りに入り、朝車掌に起こされるまでは熟睡していた。汽車はすでにアグラフォートに着いており、それから荷物をまとめて降り立つという塩梅であった。

一等の旅には一等のお金が伴うものである。どういうわけか、アグラの街では一〇〇ルピー札に羽根が生えたようで、絹のサリー、宝石など、いわゆる日本人観光客をお得意さんとするコースに入ってしまい、私もお金に少し余裕があったので、帰ってからの生活費にもと思い、スタールビー一ケ、ブラックスター二ケ、絹サリー一枚を仕入れることとなった。アグラの街はすでに燃えていた。この近在では最も暑い街だそうで、ヒンドゥの街というよりはモスリムの街であり、タジマハールを始め、多くのモスリムのドームが見られた。

タジマハールはジャムナー河のほとりに建てられている。朝と夕方と、二回ほど行ったけども、二回とも特殊な感動を与えてくれる点で裏切りはしなかった。それは建物の美しさは別として、やはり根底においてモスリムの与える感動であった。内部に並べておかれてある、二つの大理石の柩《ひつぎ》の周囲を、モスリムの人々がコーランを唱えながらまわる時、その声はドームの頂点までこだまして、深い体の底からしびれるような、もはや情念とは呼べぬ存在的な感動が体をとらえるのだった。

アッラーの叫び声は深い。それは深さにおいて永遠である。

タジマハール自体は愛の形である。王の王妃に対する愛、王妃の王に対する愛の形が、四〇〇年来、人々の最大の讃美と渇仰《かつごう》の対象となるタジマハールに結晶したのである。それはまさに愛の結晶体として、世界にもその類を見ないものであり、私をして、殆ど忘れそうになっていた男と女の愛という、その現実の壮大へ呼び戻すものであった。それは王の愛の形である故に、限りのないロマンを持ち、王の愛は、同時に人の愛でもあった故に永遠であり、王の愛であり人の愛であったが故にひとつの世界的な観光の地となり得たのである。王は幸せであったかと言えばそうではなかった。晩年は王はその息子により囚えられてとりでの中に幽閉されている。妃はと言えば、タジマハールが着工されたのは彼女が死んでからであり、その死への痛みの故にタジマハールが着工されたのであった。だからタジマハールは痛みの内に二十二年間という月日を費やして造りあげられた愛の結晶であり、その壮大な豪華さ、美しさの故に、王の力はつき、追放の身となってゆくのである。王と王妃の愛が安らうのは二人が墳墓でもあるあのタジの内部に収められてからのことである。

王の愛も人の愛も、私の愛である。それがヒンドゥの智慧である。アートマンの智慧である。そしてもうひとつの愛の形、ラダークリシュナ。永遠のヴリンダーヴァンと呼ばれるクリシュナ神誕生の地が、同じジャムナー河の河畔、五〇キロばかり上流にある。ジャムナー河はまことに愛の河である。

タジでの夕方の礼拝もまた奥深い感動的なものであった。もうすぐ十四日の月が昇るという時刻に、あたりはもうすっかり暗くなり、風はやみ、ジャムナーの流れも止まってしまったように静まった時に、タジの内部ではランプの明かりひとつを灯して、参拝者は次から次へと祈りの叫び声をあげる。その声はドームの頂点にこだまして、響きあい、重なりあって、天上の何処かからくる荘重な深い音楽、読経の声のような音の群れとなって頭の頂点の四、五センチ上のあたり、ヒンドゥ教で最上部のチャクラと呼ばれている辺りを刺戟するのである。私は二つの柩の八つの角をひとつひとつ手で触れて丁寧に礼拝し、その室を出る時には思わずモスリムの人々に混じって、アーッ！という叫び声をドームの頂点めがけて叫び上げたのだった。地下にも二つの柩がある。それも勿論大理石で出来ている。

やがて月が昇る時には、私達は広大な庭園の内の礼拝台、やはり大理石で出来ており中央に手足を洗う池がある所にいた。そこはタジを真正面に見る位置であり、ドームの頂点と少し外れて北極星がある。建築当時は恐らく北極星はドームの真上にあった筈で四〇〇年の間に北極星は少しだけ位置を移したのであろうと思われた。昼間のうだる暑さがかすかに残っている大理石に膝を下ろし、足を池の水に浸して、今か今かと月の出を待っていると、次郎が不意に「僕は大きくなったらここへもう一度来よう」と言った。今までの旅をとおして、次郎がそのようなことを言ったのは初めてである。「大きくなったら」という希望が次郎の心をとらえたということを私は心から喜び、それはタジマハールからの贈り物であると知った。贈り物はもうひとつあった。タジの高台で夕暮れを待ちながら、ジャムナー河を見下ろしていると、一人のインド人の青年が近づいてきて、この河は何という名前かとヒンディ語で尋ね、私がジャムナー河である、と答えると、今度は英語で、ジャムナー河はただひとつの河なのか、と聞いた。私はちょうど、ジャムナー河の河畔にある二つの愛の形、タジマハールとヴリンダーヴァンの思いにとらわれていたところだったので、びっくりして彼を眺め、しばらくして、イエス、ジャムナー河はただひとつの河である、と答えたが、私がイエスと言った時には愛はジャムナー河という形をとって、ただひとつである、と答えたのであった。愛は二つあるのか、という尋問とも思われた。それに対して愛はジャムナー河としてひとつである、と答えたのである。私にはインド人の青年のその問いはまるでその男の口を借りて神が問うているように思われ、嘘を言ってはならぬ、という思いに深くとらわれたのだった。夕闇が迫ってきたタジの大理石を敷きつめた高台での出来事であった。太郎は「おれはモスリムは好きではない。何故なら暴力をふるって、仏教やヒンドゥ教の聖所をこわしてしまったから」とはっきり言った。順子は、「ここはここで面白いわね」という意見であった。彼女は愛の形ということを知らないので、タジマハールをとらえることが出来ないのであり、私の心にはどうしようもない彼女への軽蔑が残された。そしてチマだったらそのタジマハールを深く理解したであろうという思いもあった。

夜、近くのモスリムの寺に入った。広大な寺で中央にはやはり足を洗う池があり、寺院には天井がなく星空のままで、ただ地面には石が敷きつめてあって清潔そのものであった。寺の一隅というか、奥というか、その一角でコーランを読みあげている人があり、その声はマイクを通して、高く反響しながら、星空と寺院外の雑踏の中へ消えていった。最初は女の人の声で、次に男の老人の声に代わり、その声が深く、体のしんから虚空にしてしまうような調子で始まった途端に腹が痛くなり、せっかくのモスリムの参拝の機会であったから、必死に我慢したけども、どうしても便意をこらえることが出来ず、寺院を出るとそのまま走るようにしてホテルへ戻ってきた。アグラ市でのわずか一日のモスリム体験であった。

次の朝、バスでマトウラへ、そしてヴリンダーヴァンへ来た。ヴリンダーヴァンのバス停留所についてバスを降りた途端に空はにわかに暗雲がたちこめ、雷鳴がとどろいた。やがて雨が降り始めた。私は前の晩に殆ど眠っていなかったので疲れ切っていたが、案内の男がどうしても行こうというので、意を固めて、ジャムナー河へ行き沐浴をした。女の人に額を始め、両腕、胸と四ヶ所にクリシュナの祝福を受けた頃から再び陽が差しはじめ、ロードクリシュナテンプルというヴリンダーヴァンで一番古いお寺に行った頃には、空はすっかり晴れあがっていた。そこで案内の男が半年間のプージャというのを申し込んでしまい、私は家族と両親の名を告げて、バラモンから祝福を受け、お金が五十四ルピー必要だという。ハッと気がついた時には、私には二十七ルピーぐらいしか現金がなく、全部払っても足りないわけであった。仕方なく二十四ルピーを寺に払い、残り三ルピーを案内の男に与えると私は無一文になってしまったのだった。

クリシュナ神の私達の迎え方はそのようなものであった。しかし、有り金を全部ささげたということで私はかえってさばさばし、夜は、つつましく夕飯を食べてから河辺に行き、前の晩と同じように今度はヴリンダーヴァンの満月が昇るのを家族そろって待つことになった。月はなかなか昇らず、見れば東の空には厚い雲があり、これはクリシュナは私達を本当に歓迎しておらず、私の献げ方はお金を全部出したくらいでは足りないのかと思い案じたが、待て待てと心を励まして、次郎を連れて夜の河に入り、沐浴して水を飲み、そんなことをしながら待っている内にやがて森の上が明るくなって、銀色のまるい月がまるで嘘のようにゆっくりと昇ってきた。月の表面はいくつもの雲が通りすぎ、一度などは上部が欠けてしまってがっかりさせられたりもしたが、やがて森をぬけ切ると雲も去り、美しい銀色の月が河原の砂地と河面に光を投げかけ始めた。私達は最初は砂地に腰を下ろしたままで静かにハレクリシュナマントラを歌っていたが、その内に立ち上がって、手を叩きながら踊り、踊りながら歌った。

はるか遠くで笛を吹いている人がおり、その笛の音は風の具合によって遠くかすかになり、またかなり近くで聞こえることもあった。順子も次郎もラーマも、そして踊ることなど嫌いな太郎までもハレクリシュナと歌いながら踊ったのだった。

河風は涼しく、ランニングシャツ一枚の私には涼しすぎるほどで、蚊も居らず、かなり強い風が絶えず吹きぬけ、静かな喜びに満ちた。しかし、ずい分と意識的な努力を要した夜であった。

帰ってくる途中、太郎は「せっかくいい月を見たのに、甘いものが食べられないのは残念だ」と言った。太郎が「いい月を見た」などと言ったのは初めてのことである。

ヴリンダーヴァンにはロマンのかけらもない。永遠のヴリンダーヴァンという名で呼ばれているラダークリシュナの、又クリシュナとゴーピー達のラーサリーラの、又クリシュナが笛を吹けばその音色の美しさに鹿は走るのをやめて立ち止まって涙を流し、ジャムナー河は流れるのをやめて耳を澄まし、ゴーピー達や村の女達はすべて群がり集まって、その夫や恋人のことを忘れてただ彼一人の美しさに我を忘れてしまった、と歌われているそのクリシュナのロマンはかけらもなかった。

あるものは静かに立ち昇った満月とその光を受けた森と、河面と白砂の河原と遠くかすかな笛の音と、私達家族のハレクリシュナマントラの踊りと、河に向かっていつまでもただひとり坐りつくしているサドゥらしき人物一人の影だけであった。

クリシュナは永遠にヴリンダーヴァンに住んでいるのか。

この問いを発すると共に、恐ろしい信仰の深味がぱっくりと口を開くのである。クリシュナはこヴリンダーヴァンに住んでいる。私の胸の内に住んでいるように、クリシュナはこの少年から青年の時間にヴリンダーヴァンに住み、ヒンドゥ教徒の人々の胸に永遠にその名を焼きつけた奇蹟の数々を残してこの村を去ったが、クリシュナ自身が言っているように、私の名を呼ぶものの内に私は住む、だからかくもクリシュナの名が呼ばれるこの地にクリシュナが住まっていないわけはないのである。

私の思いからすれば、クリシュナとは力によってエゴを破壊する神である。「かなわない」というひとつの力の意識、それを素直に認め、かなわない対象を礼拝することがクリシュナの礼拝である。それは人がエゴから起こる憎しみ、嫉妬、邪悪から逃れ得る唯一の方法である。子供の時から狩人の矢に足裏を撃たれて死ぬ時まで、クリシュナの思い、クリシュナの行為、クリシュナの勇気、クリシュナの幸福、クリシュナの美しさ、クリシュナの輝きを越えることのできる人間はただのひとりもいない。存在の深味につきささったこの力の勝負関係を信仰の表面にあばき出したのがこのクリシュナ信仰なのである。すぐれた人間はすぐれている故に尊敬されねばならない。クリシュナの高笑いには一点のエゴのくもりはない。何故ならクリシュナは神であり、神が高々と勝利の笑い声をあげる時、そこには人間的なエゴの勝敗関係はないのである。

　クリシュナが生まれてすぐ殺されそうになったのは、世にはびこる邪悪の力が、真の力、正しい力を恐れたが故であり、クリシュナが成長してその敵を倒したのは、この世の邪悪の力を倒したということなのである。邪悪な力とはエゴの力である。

　クリシュナが私は法である、私は真理である、私はすべてであると言う時、そこには一点のエゴもない神の立場が説き示されている。神々は武器を持つ。ラーマでさえも弓矢を持つ。しかしクリシュナの武器は笛一本である。この点を見あやまってはならない。クリシュナは力ではない力、真理の具現なのである。

　私たちが宿っているこのダルマサーラは巡礼者用の無料の施設であるばかりでなく、昼前には町中のサドゥ、乞食たちに食事を与える施設である。十時頃になると、一五〇人から二〇〇人ぐらいの乞食達、乞食と似かよったサドゥ達が内庭に集まってきて、坐りこみ、食器を差し出し、ゴーヴィンダジャヤジャヤ　ゴパーラジャヤジャヤ　ナラダマナハリ　ゴーヴァンダジャヤジャヤというマントラを静かに合唱しながら食事が与えられるのを待っている。欲する者には誰にでもそうやって日に一度は食が与えられる。ただ坐りこんでいるだけだと、しらみたかりの病気持ちのライ病病みの乞食の群れにしか見えない人たちが、ひとたびゴーヴィンダの名を口に歌う時、彼らは聖者の群れに代わり、きのうまでは気色悪くすそを払って通りすぎる対象でしかなかった者が、今日はやさしい歌い手であり、喜びの与え手であることが判るのである。今日は私達も彼らに与えた残りものチャナ豆を少し分けてもらって皆して食べたほどであった。

不思議である。世界はたしかに一変するのである。それはこちらの想いによって一変するだけでなく、こちらとあちらの同時性、世界の同時性によって一変するのである。こちらにより多くのエゴがある場合には、こちらの想いの変化、反省によって変わるのである。

三日間で去ろうかと思っていたヴリンダーヴァンだが、もう少しここに居る必要があるのではないかと思い、宿を探し始めているところである。

ジャムナー河にはたくさんの大きな亀が住んでいる。この亀の口は甲殻のような硬そうなもので出来ており、緑色がかっている。人が近づいても恐れる風はなくゆうゆうとガート附近の水中を五四、六四と群れをなして泳いでいる。大きなものは五〇センチ以上もあるような甲羅を持っている。ジャムナー河にはまた大きな魚も住んでおり、時々高い水音をさせて踊り上がる。私はまだその音ばかりで姿を見ないが、太郎の話では一メートル近くあるものだそうである。その他にハンサがいる。白鳥とはちがうようだが、やはり白鳥の種類ではあろう。これも私はちらと見ただけなのでくわしいことは判らない。ジャムナー河の水はきれいである。浅い所なら底まで透きとおって見える。深い所は緑色がかっていて、ガンガーの水とは又大分趣きがちがう。ジャムナー河が愛の河であるという思いにとらわれている私にとっては、この緑色がかった深い水の色は愛の水の色であると思われる。アヨーディアを出て以来、久し振りに瞑想の位置につくことが出来て、ジャムナー河の水で顔と手足をきれいに洗い、沈んでゆく夕陽に向かって坐った。瞑想がないとやはり中心がなくなって腰が軽くなってしまうのが判る。

ガートの附近に住んでいるサドゥとしばらく話をする。心が通うということは不思議なもので、言葉は通じなくても、通じない言葉が通じてしまうのである。マラの話、ヴェナレスの話、ムクティの話、そしてハリドワールの話をする。彼は自分のグルマラを見せて、自分のは五つだと言って、ひとつの菩提樹の実の五つのすじを示してくれたが、そしてそれは何か大事なことを教えてくれたのだが私には判らなかった。あなたは幾つだというのだが何のことか判らないのでにこにこしていると六つだろうと言い、うなづいていると六つに決めてしまって、大変に良いといって喜んでいた。物静かな優しい強い眼をしたサドゥであった。明日はハリドワールはビシュワナートのお祭りでたくさんの人が集まるそうだが、私たちは行かないことにして、明日から別のダルマサーラに移ってしばらくダルサンをすることにする。静かで清潔なジャムナーの岸辺の瞑想は私には大変好ましいものであり、ラクノウでラーマが発熱して以来失われていた瞑想への勇気が再び戻ってきたもののようである。アヨーディアとはちがって、まだくわしいことは判らないけれども、やはりクリシュナの村であり、断乎とした強いものがあることが感じられる。今日会ったダルマサーラの支配人、道を聞いた青年のナヒーンという答え方などにその片鱗が感じられる。この二、三日の気候がそうなのか、それとも地理が河岸だからなのか、夜に入ると結構涼しい。ラクノウ、アグラの夜の扇風機なしでは過ごせないうだり方とは全然ちがい、夜明けなどは布を体にまとわないと寒いほどである。河岸に行けば絶えず涼しい気持ちの良い風が吹き、暑さはそれほど気にならない。ただ瞑想が終わった時には体中がくたくたになっているほど重い深いヴァイブレーションが支配している。ラダークリシュナの信仰がロマンスではなくて、リアリティであることが示されている。昼間、順子と二人で街を歩いていたら、青年達から、ボビー！　と冷やかされたが、ボビーとは今インドのあちこちの街で大変に評判をとっている恋愛映画で、ラクノウでもしきりに見に行けとすすめられたものなのである。ラダークリシュナの恋はロマンスの真髄であり、真髄というものは何処でもそうであるように、リアリティであり、リアリティの中にのみ見出されるものなのである。

今日ジャムナー河の岸辺に坐り、初めて、ヴリンダーヴァンに来て良かったと思った。何かが始まろうとしているという予感がある。新しい愛が、あの古代的な亀の住む河から流れこんでくるのではないかという気持ちがする。何か新しい愛の形がなければ、私の道は行きづまりの状態に来ているからである。

四月十三日（土）　ダルマサーラ

もし真理が汚されるならば、この世に汚されぬものは何ひとつなくなり、秩序は失われ、混沌と混乱が正義の名を勝ち得るであろう。真理を汚すものは真理の名によって罰せられねばならぬ。真理とは何かと問えば、真理という言葉の響き、その言葉がさし示すもの、それ自体のことである。われらは如何なる時代、如何なる場にあろうとも、真理を殺すことがあってはならない。

真理を高く生活の内に社会の内に甦らせ、ただ真理のみを究極の拠り所として生きることが、私の生きる目的であり、内容であることが判る。

旅をしていると、特にインドのような多様性の極致のような国を旅していると、究極の拠り所が、ただ真理のみであることが判る。ヴェナレスで母《マー》の御名を呼び、ブッダガヤでブッダの名を呼び、アヨーディアでシーターラームの御名を讃え、ここヴリンダーヴァンに来ればクリシュナの御名が讃えられている。わずかの月日の内に、これらの聖所から聖所へと巡礼して歩けば、それら様々な神の御名はただ真理という一点によってのみ統一され、継続され得ることが判る。

巡礼とは目覚めのための旅である。神に様々の御名があるように、自己の内面にはその様々な神に対応する真理の側面が内蔵されている。その様々な側面は常に目覚めているわけではなく、神及び神の御名は触発されることにより、あっという風に目覚めさせられるのである。

きのうの夕方ジャムナーの岸辺での瞑想が終わって、河で数珠を洗っている時に数珠のひもが切れた。これは私の旅のひとつの時期が終わり、新しい旅が始まったという知らせである。不吉の感じは更になく、今まで借りものだったマラの糸を自分自身の手で繕い直し、マラ自身を自分のものとしてマラと共に旅する旅の始まりなのである。それはグルのないものの智慧であり宿命でもある。グルのないものは、自己自身の真理をグルとして、自己自身の真理に仕えながら歩んでゆく他はないのである。部屋に帰る途中、ふと今まで見たことのあるものの内、最も心にかなうクリシュナの絵を見つけそれを手に入れることが出来た。それは深い海の中のハスの花の台座の上にすっくと立ち上がってまさに笛を吹かんとしているクリシュナの像であり、その悩ましげな苦しげな、それでいて自らに陶酔している神の姿は、私が長い間待っていた神の姿そのものであり、この姿に出会うためにこそヴリンダーヴァンへやって来たのだということが知られるのである。

永遠のヴリンダーヴァンと呼ばれ、不滅のヴリンダーヴァンと呼ばれるその真髄は、陶酔である。真の陶酔が目覚めたままの陶酔であるからには陶酔とは得ることの出来ない境涯であり、見ることさえ出来ない境涯の呼び名である。力はそこからこそ生まれ、そこから生まれた力は、真理であるが故に枯れることがないのである。

　クリシュナの笛、その音色に野の鹿が涙を流し、河が流れることをやめて聞き入ったと伝えられるその音色は力のあらわれである。まことに武器によらず、愛が形をとった笛という力は偉大なものである。それは力という概念の革命であり、それこそはあらゆる力が自己の暴力性を恥じて欠けていたその欠陥をうめつくす力である。

　クリシュナを愛の力のあらわれとして礼拝するのでなくては、そして、その愛の力を自らの内にクリシュナによって実現するのでなければ、クリシュナの信仰は浄土信仰と変わるところがない。浄土信仰を汚す気持ちは少しもなく、それはそれで清らかな信仰の世界であるけども、私が言おうとしているのは、この武器とエゴによってまさに滅びようとしている世界に新しい光として投入される新鮮な信仰の世界のことであって、それは古い伝統によって強められたと同じ程度に弱められた、つかずはなれずの信仰の世界ではないからである。何か新しいもの、ただ新しいだけではなく、不滅の光を放つ新しいものをこの世にもたらすことが、詩人として、又真理の徒としての私の宿命である。

　何処へ旅してもこの私は変わらない、という事実がある。このダルマサーラの施設に三日が限度という規則を曲げてもらって今日でもう六日目になるが、この部屋には扇風機がなく、ハエの多さといったらない。もし精神が扇風機なしの暑さに負け、ハエのうなりに負けてしまうならば、ここヴリンダーヴァンの印象は、クリシュナという光までとどかず、暑さとハエの噂だけに終わってしまったことであろう。同じように何処の土地のどのような宿に泊まっても欠点があるし長所がある。

長所を長所として見、欠点を欠点として見、しかもそれを責めることなく、同じ存在の光において見る時にこそ、世界をひとつの光としてとらえる不滅の智慧が輝くのである。この不滅の智慧なしには、旅はただ悪条件との闘いであり、自らをもその悪条件の相手の位置に落としめてしまうことになる。

このダルマサーラは最初は無料でもあり乞食の巣のような所かと思われた。しかし食をもらいに来る乞食達のゴーヴィンダの歌の合唱を聞いてからは、乞食達とは実は清らかな心の持ち主なのであり、太郎などは今までに聞いたマントラキルタンの中でここの乞食達の歌が一番好きだと言っているほどで、食がもらえるという楽しさと平和とがそのままキルタンになって現われ、その歌声を聞くものの心を同じ楽しさと平和へ誘いこむのだということが判った。無料ということも気にかからなくなり、こうして日陰のある部屋を与えてもらえることが有難く、しっかりとその恩恵に値するだけの滞在の仕方をせねばならないという気持ちになってくるのである。無料が逆に生きている。それがこのダルマサーラの特徴である。誰も何も言わないが、怠けていてはここに長く滞在することは許されないことがはっきりと感じられる。

おとといの晩には外出から帰ってくると、ここがまるで宮殿のように輝いて見え、間違えたかと思って歩みを止めたほどであった。最初の日にもやはりはっと美しい場所に見え、間違えたと思って門を出、しばらく行ってから他の門がないので引き返してきてよく見るとやはり間違ってはいないのであった。同じ建物が時と心の持ち方によってこのように変化の相を現わすことに、私は驚いている。そして貧しい対象に出会うということがとりもなおさず自分の心の貧しさであることを知って恥じ又悲しむのである。

今日は太郎の十一歳の誕生日である。あまり変わりばえはしないインドの食べ物の中から、ビワとネーブルとパパイヤの果物を選び、ミルクを大量に買ってドーナツを作り、三時頃にお祝いをした。次郎はそれこそ汗と涙にまみれて「たろうにいちゃん　おたんじょうびおめでとう」と生まれて始めての文章を作り、太郎にあげた。私はヴェナレスで買っておいたインド製のボールペンをあげた。順子は千代紙で作った花輪をあげたがまだ物足りないと見え、店で何か買ってきて、インドで誕生日を迎えた記念にしてあげようなどと言っている。太郎はかなりたくましく利巧にもなったが、やはり積極性に欠ける。十一歳は少年の年齢である。少年としての黄金期が始まるのだ。

四月十四日（日）

喉につかえて言葉が歌にならない。

きのうは子供達を連れてジャムナー河に行き、午後四時頃という遅い時間だったが、まだ十二分に暑い日射しの中でしばらく水遊びをさせた。午後の一時、二時という日盛りにはとても外出する気持ちはおこらない。部屋の中でインド人達を見習って横になっている他はないのである。

ジャムナー河は乾季の深まった季節のせいで水量はすっかり減っており、特にきのう連れて行ったあたりは河幅こそ一〇〇メートル以上を保っているが、水はひざ下ぐらいまでしかなく、殆ど透明で河底の砂の波紋がくっきり見え、清潔なことこの上ない。子供達が水浴びするには最高の場所で、広い河面の何処まで行っても危険はなく、水は温かく、景色は広々として、ヴリンダーヴァンの森がひと目で見渡たされる。ラーマでさえも監視されることなく好きなように水浴びができて、いつまでたっても水からあがってこないほどであった。

ジャムナー河、愛の河、と思えば有難さはひとしおであるが、子供達が大きくなった時にこの河でああやって水浴びしたことが、果たしてどんな実を結ぶだろうかと思うと、既に青年期を越した身にはいちまつの淋しさがないわけでもない。河原の砂地には枯葦のようなもので囲いを作って、野菜畑が出来ている。雨季が来るまでの一時的な畑である。一時的と言っても十一月から六月まで年の半分は使える畑であるから、臨時の畑というあわただしさはなく、自然の恵みを自然に人が享受しているといった趣きである。その枯葦が作り出すわずかな日陰に宿りながら順子が洗濯をし、子供達が泳ぎまわっているのを見ていると、日本人とか仏教徒とかいう区別は失せて、ただ大いなる風景の内に抱かれているひとつの家族の姿というものが見えてきて、それは平和であり、安らかであり、肯しということの出来るものであった。その内順子は貝を見つけ、貝取りを始めた。あまりたくさんはいないが、与論島の砂浜で集めたパマガイによく似た白いしじみのような貝であった。今朝はその貝のスープを飲むのである。全部で十五個、一人が三つずつと計算してきのうからコップの中に入れて砂を吐かせている。インド人達は貝を食べる習慣はないらしく、貝取りをする様子は全くない。河のもうひとつの流れの深瀬のある辺りで子供が十人ばかり集まって、大騒ぎして泳いでおり、時々、向こう岸から荷物を乗せたロバが子供のムチに追われてゆっくりと河を渡ってくる。時々人が来て、浅い河に坐りこみ、ゆっくりと体を洗って帰ってゆく。

ダルマサーラのこの部屋には実によくすずめが遊びに来る。遊びに来るというよりエサを探しに来るのだが、その人をおそれない様は今まで旅してきた何処よりも徹底している。インドの建物の作りは何処も外気と直接に通じており、すずめが部屋の中に入るには都合がよく出来ているのだが、ここの部屋は幅五センチほどの鉄格子つきの窓を通して隣りの二つの部屋に通じており、隣りの部屋にやって来たすずめはそのまま鉄格子を越えて私達の部屋にやってくる。私達の部屋はやはり五センチ幅ほどの鉄格子の扉で直接外気に通じているから、飛び出そうと思えばいつでもそこから飛び出すことが出来る。そういう好条件にあるせいもあって、朝から晩まで明るい間は殆ど絶え間なくこの可愛いお客さんの訪問がある。食事の時などには手をのばせばつかまる距離にまで近づいて来て、飯粒のこぼれを拾ったり野菜の切り屑を拾ったりする。こちらがぼんやりしていれば、買って来た米の袋や粉の袋に首を突っこんで食べはじめ、それが一羽や二羽でなく、五羽も六羽も、子連れ、恋人連れでやって来て、喧嘩をしたりしながら大騒ぎして食べまわるので賑やかなことこの上ない。

人間の方も不思議にワナをかけてつかまえようとか、ザルをかぶせてやろうというような気持ちは少しも起こらず、すずめと一緒になって賑やかに食事するのを楽しみとするようになる。すずめは実に風のような生きものである。さっとやってきて賑やかにしたかと思うと、いつのまにか過ぎ去って何処か別の所で賑やかにやっている。このヴリンダーヴァンという村は、すずめを始めとする小鳥達が実に人々と馴れ親しんでいる所である。すずめより少し大型の足の長い黒い小鳥がすずめと混じって、食料品のある店なら何処でも賑やかに飛びこんでいってエサをついばんでいる。店の人は格別それを追い立てようともせず、たかがすずめのエサと決めこんで共存する得の方を選んでいる。小鳥がすでに人間に馴れ親しむような状態を完全に忘れてしまった日本の社会ではまったく考えられないことである。犬もやってくる。犬は殆どが野犬で、昼間の暑い時などは死んだようにぐたっとなって寝込んでいる姿がインドを象徴するひとつの姿でさえもあるが、殆ど人に吠えかけたりはしない。特に聖地の犬はまるで乞食の僧侶のように、食事が終わった頃をみはからって入口にやってき、静かに余りものがもらえるのを待っている。あまりものがある時にはそれをもらい、無い時には放っておけばしばらくすると行ってしまう。ダルマサーラならダルマサーラに住みついているというか根城にしている一群の犬がいて、彼らは夜は門の外に追い出されるが、昼間は門が開くので自由に出入りしている。次から次にやってくる巡礼者達を待っていて、食事をしているなと嗅ぎつければ、その戸口に黙ってたたずむのである。人間に少しでも不利なふるまいをすれば、いきなり棒でも何でも近くにあるもので叩きつけられるので、めったに出すぎたまねはしない。大人しくラーマや次郎ぐらいの子供の言うことでも聞いて、行けと言われれば行ってしまう。時々叩きすえられてキャーンと本当にものすごい悲鳴をあげてみせるのが、この犬たちの役割りである。そして時々始める仲間どうしの喧嘩。その結果、多くの犬は怪我をしているか毛が脱かれているか、病気にもかかっている。犬はあきらかに猿よりも下位の動物として扱われている。

猿は堂々としている。今日も私達の部屋から草履を一足悪戯に持ち逃げしてそのまま返してはよこさない。ちょっとでもすきがあると部屋の中まで入ってきてキュウリだとかトマトだとかの食べ物を持って逃げる。悪戯に洗濯物を持ち逃げするのが一番たちの悪いもので、先日は見ていると、ペチコートを持ち逃げされた女の人が、盛んに返してくれと交渉している。チャパティを持ってきて見せたり、キュウリを見せたり、はてはハヌマン様と拝むまねまでしてみせて、ようやくのことに返してもらったようであった。私達は草履を持ち逃げされて、順子がキュウリを一本差し出してみせたが、それでは不満だったと見えて、そのまま、役にも立たぬ草履を屋根を越して何処かへ持って行ってしまった。扉が開け放たれていると、猿が来るぞ、といつでも注意を怠ってはならない。何日か注意しつづけ、その内にふっと油断する時に、必ず猿はやってきて、その不注意を嘲笑うのである。

ラーマがまた突然に発熱する。火のように熱くなっていることから四〇度を越しているのではないかと思われる。早速坐薬を挿入したが、このように高い熱が突然に出ることはどうも危険な感じがしてくる。二回とも順子との間に交わりがあった次の日の出来事なのである。それが偶然なのか、親のそのような行為から感染される病理なのかはまだはっきりしないが、一回目はラーマの誕生日という大きな祭りの次の日であり、今度は太郎の誕生日という家庭内のお祭りの日の次の日なので、何かの興奮が幼い子供の発熱を誘うのかも知れない。しかし、私の問題としては性の交わりが二回ともラーマの発熱につながったことを考えて、少なくともインドの旅においてはそれを自制するべき務めがある。

旅をしていれば危険はつきものである。それは心の弱さから危険としてさらけ出される。心を強く持ち、更に強く信仰を持つこと、そしてそれに見合うほどの行《ぎょう》をすることが肝要である。

しかし、このような状態になってみると、この旅において順子がどんなに強力な役割を果たしているかということがよく判る。彼女の強い意志のおかげで、私達はあたかも日常性の如くに旅を続けているのだということが判る。いずれにしても北へ、もっと涼しい所へ行かねばならない。現在の暑さは私達家族にとって殆ど限度である。もっと涼しく、山があり、河のある所へ行って、しばらく体力を保養し、ネパールという新しい旅へ立つことにしよう。

夕方、ラーマを医者に連れて行かせる。このダルマサーラの管理人の奥さんが実に親切な人で、ラーマが熱を出したと聞くともう何回もやってきて、医者に連れて行けという。インドの医者はうんと高いという話だし、技術のほどもそれほど信用しているわけではないので、今までは医者など思いもよらなかったのだが、晩飯を終わったあとで又吐いたりして、ちょうどその時に奥さんがやってきてそれはもう是が非でも医者だというので、順子に連れそわせて行かせた次第である。熱はもう下がり気味だしそれほど心配はないが、やはり医者に行って熱をはかってもらい薬をもらってくると何やらほっと安心し、もらってきた薬を奥さんはみかんジュースをしぼってまぜて飲ませてくれ、ラーマはそれをおいしそうに飲み干し、それを見ているだけでああこれなら安心だと、人間に対する絶対の信頼感のようなものがわいてくるのである。奥さんはもちろん英語を話さないから、息子の太郎と同じ年の子供が、学校で習っている英語を利用して、要所要所は単語で教え、それをあとは直感で理解するという風に、ラーマの熱を中心としてひとつの親密な協力態勢が出来上がったのだった。奥さんの所には子供が四、五人ぐらい居て、どの子も皆んなラーマや次郎を可愛がってくれ、特にラーマはヘッラーマと呼びかけられてもう大変な可愛がりようなのである。時にはハレラーマと言って遊びに来る。今日は日曜日のせいもあって、ラーマが熱を出す前には四人の子が皆んな部屋に入ってきて、太郎の教科書を眺めたり、向こうはヒンドゥ語で太郎は日本語で勝手なことをしゃべりながら、子供なりの理解を交わして仲良く一時間ばかりも遊んでいた。インドの子供達と太郎や次郎がそんな風に打ちとけて遊んだのは今度が初めてのことである。ヴリンダーヴァンの贈り物である。

四月十五日（月）

心に静かさが贈られてくる。それは多分、ヴァスデヴァーヤから贈られてきたものにちがいない。ヴァスデヴァーヤの他の誰が、子供が病み、昼も夜も燃えあがるような暑さのこの四月のインドで、このような静けさをもたらしてくれることができよう。

ゆうべは一晩眠らず、ラーマの熱を核においてあれとなくこれとなく思念の野原をさまよい歩いていた。人は喜びの野から世界を眺めるべく宿命づけられているように、苦しみの野からも世界を眺めるべく宿命づけられている。同じように時には悲しみの野から、時には憎しみの野から、そして時には死の野から世界を眺めるべく宿命づけられているのである。苦しみには苦しみが対応し、悲しみには悲しみが対応し、喜びには喜びが対応し、死には死が対応する。そしてそれらの幾十、幾百の情念の世界は、呼吸をしている風のように今日はこうまわり明日はこうまわって、まわりまわって絶えるということはない。すべての情念は人の行為の宿命として、ヒンドゥ的に言うならばサムスカーラの鉄の輪として、われらの心を時には飾り時には針刺すのである。喜びと苦しみのこの時のまわりを避けることは出来ない。神々の世界においてさえも苦しみがある以上、われら人間の世界においてこの苦しみの野に立つ宿命を逃れることは出来ない。さまよい歩く私の思念の背後にあってひとすじの笛を吹くものがある。そのものは暗いかすかな青緑色の海原の中に立ち、殆ど涙を流しそうな苦しみと悲しみと陶酔に至った眼を私に向けて、いとも静かに永遠の調べを吹き放っている。そのものは笛を吹く姿勢をとってはいるが、笛は実際にはくちびるにあてられておらず、だからその調べは笛からくるわけではなく、又、彼のくちびるから洩れてくるものでもない。彼は美しいハスの花の上に立っている。その体の色は濃い暗い海そのもののような青色である。

夜が更けても温度は少しも下がらず風もない。隣りには高熱のまま眠りこんでいる子供がいる。この子の命について心配する時はすぎたものの、幼い子供の熱の寝息は、四月のインドの夜そのものよりもなお熱い。これは旅の出来事ではなく、時の出来事である以上、ただ真理だけがその時をゆく杖である。真理の杖は時に黄金の光を放ち、時には枯葦の茎のようにもろい。思念は時に弱さへと向かい、弱さの暗闇から立ちのぼるものは限りない責め苦と憎しみである。楽をしたいというこの根源的な欲求が怠惰に傾く時、というよりむしろ、楽をしたいというこのひそやかな根源的な欲求そのものの内に、死の刃がひめられていることが、今やはっきりと感じられる。

楽は抹殺されねばならない。楽が抹殺されねばならぬという非合理性こそが、この時代の邪悪なのであり、心はそのような非合理性の芽もなかった純粋の時代、楽の黄金時代を夢みるのであるが、その時代は楽という言葉の発生と共にすぎ去ったのである。

弱さに向かった心はそのように暗闇と暑さの中であがきまわり、突き破ることのできない死と憎悪の壁にぶつかって、再び強さと光の方向へさまよい始める。そこにおいては死は刃ではなく事実である。そこにおいては死は時であり、時は風のようなものであり、あとかたもなくしかも遍在するものである。人間の世界、働きの世界、昔ながらのこの現実の世界がただあるがままにそこにある。

しかし、何かが変わってきたというのはその背後にクリシュナの笛、あたかも苦しみに陶酔しているかのような、像が焼きつけられてあるということである。その眼は放心している。自己自身に向かって天の一角に向けて放心している。あたりは暗い青い海である。そのもの御自身の体も暗い青い色である。

究極は絶対である。絶対は真理である。われらもまた心に宿った究極の像を実現する他に、生まれ生まれ死に死にしてゆく様はないのである。戦いは何処にでもある。平和においてさえも戦いがある以上、戦いは遍在する。他者を傷つけるな、唯限りなく自己にのみ帰りゆけ、これがこの戦いの鉄の規則、唯一の規則である。

朝はまだ暗い内から巡礼の老婆たちの讃歌とともに始まる。夜明け前の一、二時間、夜が明けてからの一時間か二時間、その短い時が、体の内部の熱が去り、人が肉体的に美しい希望を持つことの出来る時である。何十人もの老婆たちが赤子のように無心に、夜明け前の暗闇に向かって主クリシュナの讃歌を合唱している。

苦しみは欲望深い人間を静かさへと連れ戻す黄金の先導者である。ハレクリシュナの華やかな甘い踊りはここにはなく、ヴァスデヴァーヤの青黒と呼ばれる永遠の夜明けの様が、その老婆の群れから伝わってくる。サドゥ達は一日の活力を汲みあげるべく水を浴びる。ラーマは起き出して、一人石の床に坐り、入口の鉄格子の扉ごしにその有様を眺めている。熱もかなり引いていったようだ。強いて寝せることもせず、そのままに放っておく。夜明けのかすかな冷気が、幼いものの体を気持ちよく冷やしているのが感じられる。心配はない。今日もまた灼熱の一日が始まる。太陽は空の中で空もろともに燃えるだろう。日常のインドの日々。五月は更に暑く、六月は更に暑い。ラーマにヴェナレスで高いお金を出して仕入れた、ロードクリシュナテンプルのトウルシの数珠をかけてあげる。

静かさは讃えられてあれ、苦しみは讃えられてあれ、苦しみを越えて越えてゆく人の様は讃えられてあれ、静かさは讃えられてあれ、主クリシュナは讃えられてあれ。

四月十六日（火）

この小さな田舎町で、日々何がおこるのであろうか。

不思議な陶酔的な悲しみが私の胸の内には宿っている。ただ一枚の絵像がもたらすこの根源的な宗教的な感情は、一体何と名づければよいのか。クリシュナと呼べば、殆ど泣き叫びたい感情に襲われる。

ラーマの熱もすっかり下がり、今朝は兄弟三人が部屋の外の石畳みの地面に坐りこんで、ラジャスタンから巡礼に来た人々が朝食の食べ物を作っている様を眺めている。今度もラーマは大丈夫であった。大丈夫であったという風に時がすぎてゆく。順子は今日はじめてマンゴーを買ってきた。まだ季節としては早いのだが、ぼちぼち早成のものが出はじめているのである。

きのう、クリシュナの絵を買った店に行き、もう一枚同じものをくれと言ったらもう売らないという。確かにもう四、五枚同じものがあるのだが、店の主人は大きな眼をいっぱいに見開いて駄目だという。私としては是非ナーガにおみやげに持って行きたいのだが、何度交渉しても駄目だという。仕方なく笛を一本買い、又明日来るからと言って帰ってきた。

夢にたくさんの人々を見る。美しい眼に涙を浮かべてじっと私を見つめているチマ、両手を合わせて挨拶をしたら、そんなのはとんでもないという仕草をして人間の扱いに相変わらず抜群の腕前を見せていたナモ、と京子ちゃん。それは何処とも知れない町の日本風の二階の間であった。

私は熟しているのか枯れているのかと言えば、明らかに熟しているのである。それは神の保証である。しかしこのうっそうとした悲しみは一体何処からやってくるのか。神は何処へ私を連れて行こうとしているのか。

順子は何を感じ考えているのか、太郎はどうか、次郎はどうか。太郎は誕生日に立派なハヌマンの像を買って以来、ハヌマンに無中になって、色紙で飾り立て、毎朝線香を立てて礼拝している。

一人一人われらはこうやって生きており、それ以外に生きるすべは全くないのである。幸福でも不幸でもない。ただえんえんと時の流れが見え、その流れの内に時々風景や人々が浮かび上がる。それは諏訪之瀬島であったり、国分寺であったり、神田の実家であったりする。だがまだ今のところはどの風景へも時の流れがとらわれるということはなく、未知へ未知へとゆっくりと流れのぼってゆく。河の流れが流れ下るのに反して、時の流れは不思議に流れのぼってゆくのである。

ブッダ

シャンカラヴァガヴァン

母《マー》

ラーマ

クリシュナ

どの御名《みな》を呼んでも御名の不思議がやってくる。この豊富さはインドの豊富さである。

ハリドワール

四月二十二日（月）　ツーリストバンガロウ

この暑い日中をたくさんの巡礼の人々が黙々と歩いている。ハリドワールもまた、十二年に一度の大きな祭りの最中で、街中に巡礼の人々があふれ、街全体がひとつの巨大なキャンプと化した感じである。

ここまで来るとようやく山々が始まり、低いながらも街の両側を山が囲み、ガンガーは矢のような速さで流れ下っている。その水量の豊かさに驚く。水もかなり冷たい。人々は鉄柵につかまるとか、鉄の鎖につかまって沐浴している。ヴェナレスとちがって、ここでは河の両側が沐浴場になっており、何キロにもわたる河の両岸をうめつくした巡礼者が、朝となく昼となく夕べとなく沐浴している。日中はやはり確実に四五度に達する暑さである。ヴリンダーヴァンでシヴァ派のグルに出会い、改めて力のある本当のグルに出会ったという感じを持ったが、暑さに一日も早く北へ発ちたい欲求にかられている時であったので、かなり引きとめられたにもかかわらず出発してしまった。デリーではそのためか交通事故に会い、九死に一生を得るような目に会ったが、幸いに大した怪我はなく、ただ私がそのためのショックから発熱し、今日に至るもまだ調子が落ちたままである。暑さには相当に自信のある体だったのだが、今は暑さを恐れる気持ちになってしまっている。

ハリドワールはハリの都である。ハリの扉という意味だそうである。そして私にとっては、あの堕落したバラモンアジャミラがここからナーラヤーナの天国へ昇天した土地として記憶に新しい。私もまたぎりぎりのところまで追いつめられている。ヴリンダーヴァンであのシヴァ派のグルから受けた祝福の力は強く、その引き止めを振り切って出発してしまった心の痛みは、もっとはっきりとした果実をこの両手に受け取るまでは終わりそうにない。

この街で、初めてシャンカラチャーリヤの書物にぶつかり、手に入れることが出来た。『シャンカラの千の教え』というタイトルの、ラーマクリシュナミッションの手による英訳本である。シヴァ派のグルの元ではナモシヴァーヤ　ナモシヴァーヤという美しいマントラを唱えていた。クリシュナの生まれた土地でそのようなグルに出会い、今またナーラヤーナの都で、ヒマラヤの始まりの雰囲気の中で、シャンカラチャーリヤの書物に出会う。何故か、ヴァイシュナヴァの信仰とシャイヴァの信仰との選択を迫られている気がしないでもないが、それはただこちらの妄想で、そのように神はヒンドゥの様々な宝庫をおしげなく見せて下さっているというべきであろう。

今日は偶然ひとりのスワミの訪問を受け、一緒に昼食を食べて、話している内に一枚の地図をもらい、よく見てみると、それはカイラス山巡礼への案内の地図であった。カイラスにはアルモラから入る。スワミの話では一ヶ月もあれば行って帰って来られるということであり、一瞬、カイラスへ！ という希望がひらめいたが、この旅はやはり無理であることが判る。アルモラへ順子や子供達を一ヶ月も残しておくことはまず出来ないことであり、カイラスへの旅は残念ながら次の機会を待つより他仕方があるまい。

四月二十三日（火）

ハリオーム
体からやっと熱が去っていったのが感じられる。久し振りに朝はすがすがしい眼覚めであった。結局、心と体を清め、清らかに世界に在ること以外に、我らの生きる目的も旅の目的もないのである。

デリー以来ひどい目に会っていたが、それも結局このような朝を迎え、太陽に向かってハリオームと唱えることが出来るためのひとつの試みでもあったのだろう。

順子のお腹も少し大きくなってきて、いよいよわれらの旅は六人連れの大世帯である。これもまた楽しからずやというところである。

このツーリストバンガロウはガンガーの左側の岸に建てられており、目の下はガートであるから、朝から沐浴する人々の様が眼下に見下ろされ、ガンガーそのものもまた見下ろされて、まさに高見の見物的な豊かさを与えてくれるのだが、宮殿的な雰囲気は全くなく、ただただ矢のような勢いで流れ下るガンガーの流れに、光陰は矢の如しという古い心のざわめきを感じるのみである。最初は流れのあまりの速さに心落ちつかず、ただやたらと流れ下る水の速さに驚いているだけであったが、ハリドワールも今日で四日目、やっとガンガーの深味に焦点を合わせることが出来るようになったと言える。しかし今日はもうリシケシへ発たねばならない。

ハリオーム

美しいマントラを与えられたことに感謝がある。

リシケシ

四月二十五日（木）

ハリオーム

祭りの人ごみにあふれかえるハリドワールをやっと脱け出してリシケシにやってくる。リシケシはもうかなり以前から私の胸の内にあって、本当のサドゥがこの街あたりから現われはじめて来ると思われていたが、実際に来てみるとそれほど古い伝統的な感じはなく、この街もやはり祭りの人々の流れがつづき、朝も昼も夜も街道すじはえんえんとつづく巡礼の行列が絶えず、この巡礼の列は一週間や二週間ではとまらず、結局一年中こんな風にして、ただ聖地から聖地へと歩いて行くのではないかと思われるほどである。

この街は又、シヴァナンダのアシュラムのある土地として知られており、幾分の期待があったが、サマディシュラインのしんとした雰囲気を除いては、取り立てていうほどの感じは起こってこなかった。それよりも日本人の鈴木君という旅行者から聞いた、ボンベイの近くにあるというハジマランババの話が面白く、ゆうべは久し振りに涼しい夜風に吹かれながら、そのモスリムの聖地の話を聞いたのであった。ハジマランババシャンティ、という語の響きは、未だ解決されていない何か、解決されねばならぬ何かを伝えている感じで、旅の行方にひとつの重味を加えてくれた感じであった。

きのう一匹のヒマラヤ猿がこのバンガロウの近くのベルの木に坐っているのを見かけた。毛が灰色で顔は真っ黒であり、体つきも今まであちこちで見かけたものよりもずっと大きく、何やら聖なる雰囲気を身にただよわせているもののようであった。

しかし、いずれにしてもヒマラヤがすでに始まっていることは確かである。

夜、ベッドに横になっていると、確かにヒマラヤのものを思わせる冷気が足元からそっとしのび寄ってき、それは気持ちの良さをとおりこして、永遠の冷気とも呼べるようなぞっとするものを持っていた。

ハリオームという深い音が腰のあたりからわきあがってきて、ここでは結局人はハリオームという音によって生きているのだということがわかる。ガンガーの水はハリオームと流れ、風はハリオームと吹き、山々はハリオームと唱え、人はそのハリオームという震動の中でハリオームをとらえ、或いはとらわれながら生きている。

ヴェナレスのドラマティックな興奮とも、アヨーディアの古代的なロマネスクな静かな光とも、ヴリンダーヴァンの愛とも異なるひとつの巨大な底なしの永遠を思わせるハリオームが、ヒマラヤという重量を秘めてあたりをただよっているのである。

シヴァナンダの著作に『ヴォイスオブヒマラヤ』というのがあり、それを手に入れたいと思ったのだが、ストックがないということでだめになってしまった。そうであれば私自身の経験から、そのヒマラヤの声なるものを、世のため人のためにいつの日にか公にするという仕事が残されているわけでもある。

ここまでやって来て、インドは私にとってはますます魅力深く、汲めどもつきぬ顔つきを見せはじめている。これがほんの始まりであり、これから生涯をかけてこのインド及びネパールのヒマラヤという神秘をさぐってゆくのかと思うと、その楽しさに心は躍るのである。

ハリドワールで初めてカイラサの巡礼ルートを知り、いつかはその道をたどって行くことが出来ることを知った時の希望の湧出というものは、失恋したと思っていた相手に、万が一の光明が突然に現われたようなもので、それこそがまさに神が与えて下さる恵みというものであった。しかしこの旅は、お腹の赤ちゃんも含めて六人連れの旅では、それでなくとも少しきつすぎる。一人旅には一人旅のきつさがあり、二人旅には二人旅のきつさがあり、六人旅には六人旅のきつさがあって、又その逆の楽しさもあるのだが、この旅ではやはりカイラサへ向かうことは無理である。従って私達はクルヴァレイへ向かうことになる。クルからダラムサラ、パタンコットを経て、この度のインドの旅を終わることになるだろう。

あわてても仕方がない。まず生命が大事である。神を讃える命を大事にすることを神も許して下さるであろう。志を弱く、骨を太くせよとは、彼《か》の大人老子の教えである。

四月二十六日（金）

バドリナートへ行ってカイラサのふもとに住もうという計画は、外国人の立入り禁止地区ということで簡単に駄目になってしまった。仕方がない。当初の予定どおりクル、マナリへ行き、そこからダラムサラを経てパタンコットというコースをたどることにしよう。又、ハリドワールへ逆戻りである。

ハリオームと唱えると体の底から不思議な力がわき上がってくる。

バドリナートへ行けないのは残念だが、一回目の旅でいきなりカイラサへ近づくということ自体が無理なのであろう。

土の壺

日盛り
空も大地も燃え静まって　ひとつの巨大な炎となる

この炎の中を旅するものは
より強い光を胸に宿して歩いて行かねばならない
ハリオームと唱えて
難しい坂道を越えてゆかねばならない
そうすれば
素焼きの土の壺の中では　聖なるガンガーの水が冷やされて
あなたの心に
慰めとは何かという　知識と現実を与えてくれるであろう

四月二十七日（土）

街道や寺などを歩いていると、水人なる人がいる。ちょっとした高い場所に座をしめていて、喉の渇きにあえいでいる人に水をくれるのである。実際、四五度を越す暑さの中を歩いていると、喉の渇きは潮のようにおしよせてきて、渇きという欲望が、簡単に耐えられる種類のものではないことがよく判る。まして何ヶ月も雨が降らないからからに乾燥した空気の中へ、体の表面からは絶えず水分が蒸発してゆき、それに加わる暑さで体はいやが上にも水分を要求するのである。水人はひとつの聖なる仕事であるという印象を与える。彼は（女の人の場合もある）道すじの一段と高い所に座を占めていて、脇に大きな土の壺をおいており、そこから小さな壺なり水差しに水を汲んで、手を差し出す人に水を与える。人々は皆水をもらうことに馴れていて大変上手に手に水を受け、手をとおして好きなだけの水を飲む。決して遠慮する必要はなく、渇きがいやされるまでは充分に飲むことができる。そばに水道があったり井戸があったりしても、そこの水を飲むよりは水人からもらって飲む水は尊くおいしいものに思われる。格別冷やされているわけではなく、普通の水であるが、そこに一人のそのような役割を果している人がいることによって、水はただの水でなくなり神から与えられる聖なる水に変化するのである。

大きな街には水屋がいる。水屋の方は商売でコップ一杯の少し冷やされている水を五パイサで売っている。五パイサは日本の五円の感覚で使われるお金だから、街を歩いていて喉がかわくと、つい五パイサを放り出して幾分冷やされている水を大きなガラスコップに一杯ごくごくと飲む。人によるが、中には水を出す蛇口の所に花を飾って、水が花を伝わって出てくるようにしつらえている人もいる。喉が渇いてふらふらになっている時の五パイサの水とは有難い。ここリシケシではガンガーの水は生でそのまま飲める。ヴェナレスでもインド人達は生のガンガーを飲んでいたが、私にはボートで沖に出た時にしか出来なかった。ここではガンガーの水は一級の冷たい水である。水の冷たさの中にかすかにヒマラヤの味が味わえる。ましてこれからはヒマラヤの雪どけの季節である。ガンガーは冷たさを増し、水かさを増して、この灼熱の大地をただひとすじの冷たい流れとなって、朝も昼も矢のように流れ下る。夜、街道の騒音が静まるとガンガーの流れ下る音が聞こえ始める。それは何処にも逃げ場のない暑さに浸されている人間にとって、唯一の、そして絶対の慰めである。ガンガーは冷気であり、喉の渇きをたちまちにいやしてくれるものであり、その存在を思うだけで慰められるものである。ガンガーの崇拝は故のないことではない。短い滞在でしかない旅行者である私達にとっても、それを思うだけで慰められるこの河が、定着者であるインドの人々にとってどれだけ尊い流れであるかということは想像すれば限りがないほどである。

不思議にこのリシケシでもヴァイシュナヴァの寺が多い。シヴァナンダアシュラムもどうやらクリシュナ礼拝であるようだし、きのう訪れた対岸の大きなお寺もラクシュミーナラヤンのお寺であった。心を澄ませばいやが上にもヒマラヤの響きが伝わってくるこの土地で、ラクシュミーナラヤン、クリシュナ、ラーマの信仰が盛んであることは興味が深い。ハリオームと唱えると、その響きの内にあるものはシヴァとナラヤン、そしてブラフマンの不思議な混合体である。ハリオームの内にすべてが含まれているような感じ、即ち、ヒマラヤとガンガーとから成る北インドの壮大な信仰のすべてが、このハリオームというマントラの内に含まれているという感じがするのである。

ラクシュミーナラヤン寺は、寺であると同時に巨大な巡礼宿でもある。おそらく一〇〇を越すと思われる部屋が、二階建ての建物をぎっしりとしめており、その中央に大きなラクシュミーナラヤンの本堂がある。左側にはニダークリシュナ、右側にはシーターラームがまつられてある。何千人という巡礼がひっきりなしにお参りにき、寺の前のガートでは朝となく夜となく沐浴がつづけられている。リシケシ側からの橋がないので、終日、ジョンソンのモーターをつけた渡し船が、軍隊の手によって扱われ、行きも帰りも満員の巡礼者をのせて行き来する。船は三そうか四そういるが、それが一日中満員の人をのせている。船でしか行き来が出来ない対岸にはステートバンクも郵便局もあり、このツーリストバンガロウのあるムニキレティ側よりもはるかに賑やかな街である。渡し船の中では誰かの先導により、その場その場の讃歌の合唱が始まる。モーター船であるから二、三分で河を渡ってしまうのだが、その間、じっと両手を合わせて礼拝している人もある。ジャイ！と叫んで船は岸を離れ、対岸に着くと又、ジャイ！　と叫んで到着する。わずか二、三分の時間もそうして、巡礼、貴重なガンガー渡しの巡礼として祭りあげられる。ここらのガンガーにはたくさんの大鯉が住んでいる。この街もまた菜食専門の街として政府から指定されているから、その鯉を獲って食べる人はなく、鯉たちは巡礼宿をしたってガートまで群れをなして近寄ってき、ガート附近はその鯉の群れでざわめいている。年寄った女の人たちは乳房をさらけ出して沐浴し、もっと若い人達も、それほど乳房にはじらいはもっていないようである。うすもののサリーをとおしてくっきりと見える美しい乳房をむしろ誇るようにして、四人、五人と気の合った同士で輪を作り、楽しみながらリズムをとって、二回、三回、五回、六回とガンガーに沈む。体温よりも高い気温の中では沐浴自体がひとつの感覚的な楽しみであり、それに加えて、ガンガーの沐浴という聖性が加わるのだから、何処のガートも沐浴するものの喜びではじけるような雰囲気が支配している。ガンガーの水は冷たい。夕方などにはそれは骨まで沁みこんでくるほどに冷たい。沐浴するものはだから楽しむと同時にその冷たさに耐えるだけの活気をもたなければならない。

朝十一時をすぎると、熱気はすべてをつつみつくし、もう普通の活力をもってしては外を歩くことは出来ない。用事があって仕方なく歩かねばならぬものは、すさまじい熱気に耐えるだけの炎を内に燃やして歩くのでなければ、たちまちの内に燃やされてしまう。だから私達もまたインド人に習って、午後はもっぱら昼寝に過ごす。

一時、二時は炎熱の時刻であり鳥も啼かない。すべての人間的な努力を嘲笑するように太陽は炎をあげて空と大地を燃やす。空は青さを失い白っぽくかすみ、大地もまたその緑の色を失って黄色っぽい熱と光とにつつまれてしまう。意識的な努力や励みは長くつづかない。ぼおとした熱の膜が意識をおおい、意識は自然に眠りにつく。

私達が泊まる宿には大抵は扇風機がついているが、その扇風機の回転するかすかな音が、唯一の機能と呼べるもので、あとはすべて熱気の闇におおわれてしまう。商店は店を閉め、人々は歩くのをやめ、四時か五時になって陽が少しその力を弱めるまでは、時は熱そのものとなって眠りの内に存在する。夕方になると、空は少し明るくなる。それは意識が活動をとりもどす夜明けである。何かを為そうとする意欲が夕方と共に再びやってくる。人々の動きが始まり、その動きにつれて、私達旅するものも、夕方の礼拝やら食事などへと意識を働かせはじめるのである。

最初の内はこの一日のリズムをとらえることは中々に難しい。一日の内の最良の何時間かを熱の膜にとり押さえられて眠りこんでしまうことが、屈辱に思われ、まるで病気にでもかかっているような気持ちになるが、四五度、五〇度という暑さの中を動きまわろうとすること自体が無理なのであって、自然はその代わりに、涼しい美しい朝と夕べとを与えてくれるのである。

出来ないものは出来ないという自然性がインド文明の中にはある。インド人が一度ナイン（否）と言うと、それは本当にナインなのであって、それは人間的なあらゆる努力をもってしても出来ないことであることを示している。

インド人の瞳の奥に沈んでいるたとえようなく悲しい眼つき、出来ないものは出来ないのだよ、と語っている絶望とも呼べる眼つきがそのことをよく語っている。自然は人間よりも確実に強大であり、神はその自然よりもさらに強大である。この二つの強大に対する個人的な努力の絶望というものが、あらゆるインド人の魂を支配している。そしてそれが讃歌に変わる。だからその讃歌には嘘がなく、讃歌によって人は生きるのである。私もまたこの四、五日はただハリオームと唱えることによってのみ生きてきた。ハリオーム以外に生きる呼吸の場所がないのである。ハリオームと唱えれば、そこに生きる上に必要な泉がある。何千年という歴史を貫いて流れている不滅のアムリタがこのマントラの中には含まれている。ハリオームと唱えて人々は苦しみに耐え、ハリオームと唱えて喜びに浸り、ハリオームと唱えて人は意識をおおいつくす膜を払いのけるのである。だからハリオームは存在であり、意識であり、喜びである。ハリオームと唱えれば眠りさえもがハリオームであり、ハリオームはそのような眠りをむしろ美しいもの有益なものとして飾ってくれるのである。

ハリドワール、リシケシはだからハリオームの街である。ハリドワール、リシケシを私は旅人としてツーリストバンガロウに宿り、ツーリストバンガロウという居住性の中で過ごしてきたのだが、今日から持ち歩いている神々の像を机上にまつり、旅人としてではなく、この聖なる街ハリオームの街の住人として生きる姿勢に切りかえたのである。

まことに旅は不可能と思えることへの挑戦の旅である。私はまたしてもセックスにおいてこの挑戦に敗れ、又しても新しくやり直すのである。精液に流れ下るエネルギーを神へ上昇させるだけのことである。いずれにしてもそれが聖なるものであることに変わりはないが、すでに私の意識が、そのエネルギーを精液に流れ下すことを希まないのである。この旅はすでに何年もかかっている。最近一年間の間に、それは物理的な事実となって現われ、セックスの後には必ず何かよくない出来事がおこって来るのである。

ハリオームはセックスを希まない。これは確かなことである。観世音もやはりセックスを希まない。これも確かなことである。神々はセックスを希まないのである。ただこの肉体はまるで渇きのように突然にそれを希み、その嵐の中で、一日一日と積みかさねてきた私の信仰の力は、一夜にしてもとのもくあみに帰してしまうのである。私はその繰り返しをやっている。セックスがなければ、それに代わる喜びが与えられるという事実を火よりも明らかに知りながら、セックスの喜びがもたらす、目前の事実に打ち負かされてしまうのである。

一夜が明けた後の私の心は灰のようである。それをどのように肯定しようとしても、事実がそうなのであるから、致し方がない。だからセックスには一夜あければそのような灰がつきまとうものであることを知り、それを知りながら溺れていく、という事実がセックスの事実であることを知って、私の智慧はセックスを肯定すると同時に、セックス以外のそのような交わりと陶酔との大波のない、喜びの平原を求めるのである。私がそれを求めているのだから、私としてはそれに従う以外に生きようがないではないか。そして、今やその努力は、それが達成されない限りは私の人生は敗北である、という様相をさえ取りはじめている。

このことについて、順子は何も言わないけども、理解されていることが判る。彼女は求められればするが、自らは決して求めようとはしない。

〈もうそろそろだめだな〉

終わったあとで何度同じ言葉を繰り返したことだろう。その度に順子は〈そうみたいね〉というだけである。
　ハリオーム
　　恵みを垂れ給え

四月二十九日

　きのうは順子の誕生日で、今日は順子のお父さんの一周忌である。今頃二本松のお寺の境内では又親戚の人達が集まってバイパスの見える山々を見渡しながら法要をいとなんでいることだろう。順子は三十四歳になった。

　このリシケシのガンガーの河原の石は実に美しい。沐浴が終わったあとで河の中を歩いてくると、必ずひとつか二つ、はっとするほど美しい石に出会う。それを拾いあげて水でよくこけを落とし乾かしておくと、いつのまにか水の中にあった時の美しさがあとかたもなくなってしまう。ここの石はやはりガンガーの水にあってこそ美しいのかも知れない。

　きのうは夕方から突風が吹き荒れ、空は砂ぼこりで濁り、大変な夜であった。窓をあけておくことが出来ず、閉じて眠ったが、それでも夜更けまでごうごうという轟きが山々を鳴らし、何かが怒り、何かが清められているのが感じられた。きのうはシヴァナンダのサマディシュラインで礼拝した後、額につける赤い印を勝手にもらって、ふとシヴァナンダジの写真を見上げたら眼を開いてこちらを見たのではっとした日であった。私はそれを祝福として受け取った。ジャパの楽しみを与えてくれたグルとして私はシヴァナンダジを尊敬し、毎回礼拝に出かけているのである。しかし帰ってきてみると今度は順子が熱を出し、今日はスモッグのようにひどい空だとか、ハシッシュを取ったような雰囲気だとか言い出すので、大変に不愉快であった。

今日もシヴァナンダのアシュラムに行って、本を買おうと思ってオフィスが開くのを待っていると、食事をもらいに来たのとまちがえられて、それほど腹も減っていないのに食堂へ連れて行かれて、プラサードに預かってしまった。

シヴァナンダの亡き現在、ディヴァインという空気はあまり感じられないが、シヴァナンダのおこした事業、病院、眼科病院、出版業、アーユルヴェーダ薬局、アシュラム、その他シヴァナンダガートに至るまで、このリシケシの美しい一角を完全に自己のものとして、その名もシヴァナンダナガールと名づけて生き生きと活動している様子が、訪れるものには気持ちが良い。人類の幸福というタイトルの中には明らかにインド世界だけではない、全世界的な視野が含まれていて、私などはある意味ではこのアシュラムがすでに自分の場所であるように感じられるのである。今日ももう二十年もこのアシュラム中心に動きまわっているというアシュラム所属のサドゥと話をしていたが、彼よりも私の方がはるかにこのアシュラムの人間であるという気持ちにさそいこまれたことだった。シヴァナンダは言っている。「善良であれ。善を為せ、瞑想せよ、実現せよ」食堂にはこの四つのタイトルが英語で書かれ、シヴァナンダとシヴァとが並んでいる大きな美しい絵が飾られてあった。

だが夕方のおつとめはハレラーマ　ハレクリシュナのマントラをやっている。寺院も石段をのぼりつめた最初の寺院はクリシュナをまつっている。その隣りがシヴァナンダの像、その隣りがシヴァを真ん中にし、左右にクリシュナとラーマとが置かれてある。そのようにしてこのアシュラム全体の特徴は、主神が何であるかということがはっきり示されていない点にある。シヴァナンダ自身、どの神を礼拝しても良いということをはっきり言っている人であるから、アシュラム全体もそのようになっているのだと思うが、私のようなものには、この自由さというものが感覚的にまず入ってゆきやすいのである。

この身はグルのない身である。グルのない身であるということは、山川草木、出会う人々の一人一人をグルとして、ただ自己のイシュワラのみを信じて旅する以外にはないのである。どの聖地にもあふれているインド人のサドゥ達、そして家住者たちのすべてはグルを持っている。それは束縛である以上に、直接的な心の頼りなのであり、何かことがあればまずグルを思い浮かべ、グルを瞑想し、グルの言葉を思いおこし、グルに相談しに行くのである。グルはそれらすべてを引き受けるが故にグルなのであり、そのような存在であるグルを心から希まないものは誰ひとりとしていない。しかし、異国人であり、それ以上にグルのないものという宿命感さえも負って歩いているものには、グルの思慮は何処からもやって来ない。ラーマクリシュナこそは私のグルであるが、それは私の一方的な思いであって、彼が私を弟子として認めてくれたわけではない。

ともあれ、ガンガーの旅が終わりに近づいている。今日は次郎の熱も下がり順子もどうやらひどくならずに済みそうなので、うまくゆけば明日は又北へ向けて出発である。ナイニタルの噂がふと飛びこんできたのでもしかするとその方向になるかも知れないが、家族全体のことを考えるともう一刻もゆうよはなく北へ向わねばならないのである。

クルヴァレイ、ダラムサラ、パタンコットの旅である。

きのう河原で瞑想して入っていったハリオームの世界はいとも寂しい世界であった。いとも寂しい世界で河原の石は割れ裂け、しかしながら光と静けさがあり、こうして死んでいってもよいのかと問うた時には、少し寂しいがそれでもよい、というものであった。その足でシヴァナンダのサマディシュラインを訪れたのだった。

家族五人で旅していると、どうしても家族が密着して調子を合わせてゆかねばならず、一人になるのは夕方そうやって坐る時だけなので、どうしても自己自身の旅というありもせぬ欲求が顔を出してしまう。家族とテンポを合わしながらも一方では私は私である、という姿勢を一時も失ってはならないのである。それが家住者の義務である。自己満足した集団はそれが家族であれ仲間であれもう充分にたくさんである。ひとつの集団の上にはその神がなければならない。その神の支配の元に、つつましく静かに心穏やかに光を浴びて生きるのが人生である。その意味では神は力である。力ない所にはハエと怠惰がわきおこる。しかし力が権力であるとすれば、そのような世界はすでに十年も以前に私たちが世俗の繁栄への願いと共に棄て去ったものである。

ハリオーム

光を与えよ　静かに充ちたりて生きるすべを与えよ

四月三十日（火）

次郎が再び発熱して動きがとれない。

声を大にして今、私は心の内で叫んだ。

邪悪は出て行け、と。

この聖なる町に来て邪悪とかかずらう義務はない。

ここは邪悪の住まう場所ではない。

謙譲の仮面をかぶった弱さ、どうしようもない宿命的な弱さ、それは邪悪である。

ハリオームの扉はそのような弱さを持ってしては通り過ぎることはできない。幾百の挫折する魂の群れがこの門の前をうつろきまわるのも、すべては自己の弱さを弱さとして肯定せず、美徳として肯定する傲慢さに原因しているのだ。

ハリオームの扉は黄金の扉であり、その扉を越した世界は真っ青に青い世界である。この青い世界へ入るものはただ自己の否定と肯定という至難の試練を経てきたものだけである。去れ、ここは邪悪の来る場所ではない。

私は次郎に言う。自分で自分に強くならなければ駄目だぞと。次郎は、うん、と答える。それが旅なんだ。うん。

このようにしてリシケシの空から邪悪が去って行く。今日はまだ午前中のせいもあるが、不思議に空が青い。日本の五月を思わせるきれいな空に、灼熱の日射しがあふれている。強い世界。弱さが燃やされる世界である。信仰はもちろん弱さを肯定するためにあるのではない。弱さの起因する善をつかみあげることによって、弱さもろともに二倍の力を獲得するためにあるのである。それでなければ真理は力とはならない。その意味ではハリオームは力の門である。力ないものはこの門を通り過ぎることが出来ない。ヒマラヤ山中の巨大な岩石は、転変流転してここリシケシまで下ってくると、すべて丸味をおび表面はなめらかにされて存在する。その石の丸味、なめらかさ、美しさ、それが力の象徴である。

私も又、力を求めるものである。あまりにも力を求めすぎるが故に、力を否定する、という方向へ誤って向かってきたという気持ちがする。私の人生の出発点に力への衝動があった。それは邪悪な力であるように思われた。しかし今、ハリオームと唱える時、ガンガーからのまぎれもない贈り物として、力が真正なる価値を帯びて再び私のハートの内に甦ってきた。ガンガーはここリシケシでは、まだ若い力の河である。矢のような速さで流れ下ってゆくのはそのせいである。すべてのヴェナレスをうるおす力はすでにここリシケシにおいてたくわえられている。河の水は透明で汚れがない。ごくごくと喉を鳴らして飲むことが出来る。ガンガーはここでも母であることに変わりはないが、その母性は慈愛にみちた母性であるよりも、力に満ちた母、力を与えるものである母という感じを与える。同じガンジス河から生まれた聖者でも、はるか下流のカルカッタで生まれたラーマクリシュナはあらゆるものを母の慈悲の内において見るという豊かさの頂点に立つことが出来、ここリシケシのシヴァナンダは男性的なヨガの世界を我々の前に提示している。

旅はかくあってこそ意味深い。シヴァナンダのサマディシュラインが私に与えてくれたものは、そのようなものであったのだ。

色粉を勝手にもらった夜の嵐の時、私はよほど色粉を洗い流して勝手にもらったことを洗い流そうかと考えていた。しかし、それよりも、そこにあってどうぞお使い下さいと思えた信仰の方が強く、洗い流すことはかえって自分の弱さだと思い、そのまま一晩の嵐を過ごした。きのう又行ってみると、一人のサドゥが先に来ていて、彼は礼拝の後に勝手にやはり色粉をもらい灰をもらい、自分の顔につけているのに出会った。それで私のとった行為がサマディシュラインのマナーに反にするものではなかったことを知って、きのうは灰をもらって帰ってきたのだった。

力はしかし信仰から来る力でない限りは暴力である。信仰とは宗教的信仰に限らず、信念と呼ばれているものであっても信仰に含まれるものであり、そのようなものとして、静かな熟慮された信仰から来る力でない限りは暴力である。

かくして旅は新しい側面に入る。明日はどうあってもリシケシを出発しようと思う。このツーリストバンガロウもすでに滞在の期限を越えてしまった。

静かな熟慮された信仰から生まれる力、ハリオーム。これが息も絶え絶えにやってきたリシケシの聖なる贈り物である。そして私は、私の弱さという贈り物をこの町とガンガーに献げた。

シムラ

五月二日（木）

ようやくのことでウッタル・プラデーシュ州の旅を終わり、まる十三時間半の長いバスの旅の終わりに、ヒマラヤの前衛地帯であるヒマーチャル・プラデーシュにやってきた。シムラは山々にかこまれた空気が新鮮で冷たい美しい森林都市である。今までの気が遠くなるような暑さは去り、ここではひんやりとした空気と日本の山林によく似た檜の森が大地を支配している。昼間、直射日光の下に居ればカッと暑いことに変わりはないが、その暑さはひんやりとしたヒマーチャルの風に中和されて、心地よい暑さと呼べるほどに変化している。シムラは街自体が森林の中にある故に、リキシャもトンガも自動車も用をなさず、人々は少しの距離を行くにも急な坂道を上ったり下ったりしなければならない。荷物の運搬はそれ故に、もっぱらクーリーの仕事である。石炭や小麦粉、米、その他のあらゆる品物が、幹線道路のターミナルから街のあらゆる方向へ人の背に荷われて運ばれてゆく。胸をつくような急坂をゆっくりとらせんを描いて上ってゆくクーリーの姿が、たくさんのチベット人達の姿と共に眼につく。一般のインド人は背広を着、ネクタイをしめ、女の人達もインド独特の洋服姿が多く、カシミール地方と並んで代表的なインドの避暑地の光景を示している。貧富の差が激しいことが一目で見てとれる。今まで歩いてきたどの街よりもきちんとした服装の人々が多いのと同時に、人間がロバや馬の代わりの重労働をしている街でもある。空気は澄み、陽は明るく、建物は森林の間に気持ちよさそうに位置している中で、チベット人の労働者がコールタールにまみれて道路工事をやっている。その一部をチベット人が受け持っているのかも知れないが、工事人夫は男女及び子供もまじえたチベット人だけであり、祖国を失った人々の物言わぬ苦しみが、その姿の内に感じられる。インド人が自分の店を持っているのに反して、チベット人はすべて露店商人である。インド人の露店商人もたくさんいるからただ見ている分には何も感じないが、自分の店を持っているチベット人が一人も見当たらない事実に気づくと、やはり祖国を持たないチベット人がインド社会の最下層を形成していることが感じられて、私の内にはゆえ知らぬ辛い感情が起こってくる。ブッダガヤで出会ったチベット人たちはその信仰の中で生き生きとしていたが、ここシムラのチベット人はその信仰の輝く場よりも最下層を支える労働者としての側面ばかりが目立つのである。しかしそのささやかな露店商という商業行為を通じて、彼らも又、経済的な力を持つための努力をしているのである。夜などは、この季節でもセーターを着て歩く人が多い街であるから、セーターや温かい着物を用意するチベット人の露店は、温かさを与える人達として愛されているのであろう。商行為とは何かを相手に与えるという行為であるという基本の上に立つ点であらゆる行為と等しい立場に立つものであるが、その何かがチベット人にとっては温かさであるという気がして、それは私にとって、同じ観世音を信仰する民として何とも言えぬ味わいがあり、辛いような嬉しいような気持ちを持つのである。

ともあれここはインド、ヒマラヤの山中である。夜ともなれば今まで旅してきた何処の場所も決して与えてくれなかったし一んとした静けさが支配する。それは平原の静けさとはどう見ても異質の静けさで、山しか持たない山の静けさなのである。山もこの街のように人々が住みこんでくると山というよりは森林という様相を呈してくるが、人の住むわずかな一角をのぞいて周囲はすべて山又山がつらなり、それは何処までつづくのか果てしもないという感じを持たせ、山自体の持つ静寂がひたひたと潮のように押し寄せて人間の営みを呑みこんでしまうのである。

しかし一方では、ここはニューデリーに直結しているという感じがどうしても否めない。人の心がデリーとボンベイとに直結しているのである。アヨーディアなどはさながらひとつの独立国のようで、そこに住む人はアヨーディアのことしか考えず、他に世界があることなど忘れてしまっているのだが、この街では、何故かデリーを通して世界、アメリカとかヨーロッパとか日本の存在が明らかに感じられるのである。ちょっと教育のある人は日常語として英語を話し、英字新聞を読んでいる。つまり市民は英語も話し、労働者はヒンディー語のみを話すのである。

スピリチュアルなものは殆どないが、兵隊達は朝の挨拶にラームラームといって合掌し、フォンテンブローホテルという名のホテルにはスピリチュアルミュージアムなるものが付属していて、沈黙は破壊的な科学に打ち勝つ唯一の武器である、という深いタイトルがかかげられてある。中に入るとラージャヨガの解説と多くの絵図がかかげられており、パンジャブのブラフマクマリスという人が進めているらしい現代的な信仰の支部となっている。その会員らしい人に絵図の説明をしてもらったが、やはりヒンドゥ教の理解の上に立った立派な教えで、私としてはサチャユガの時代を支配したアートマンの世界にしばしば我を忘れて遊ぶことが出来た。インド人の心にこれほどまでに明らかにカリユガの罪悪が沁みこんでいるのかと思うと、すべてのことが存在するインドというイメージは深まるばかりで、この国に対する信頼がますます深まってゆくのである。久し振りに現代的な理性をとおした信仰の形に触れ、涼しい空気を吸って体の熱が去り、私は現代人としての自分を取りもどしたような気持ちになっている。沈黙とはエゴの沈黙である。エゴを沈黙させることにより、神の言葉に耳を澄ますという姿勢が生まれるのである。そのような沈黙の姿は美しい。そのような沈黙の姿の内にサチャユガの世界、真に理想的であった時代の姿が宿り、それは西欧の哲学が言う想像力の世界ではなくて、それこそが実在の世界であり、眼に見えるこの現実の方が想像力の世界へと逆転されてしまう世界なのである。この逆転が信仰の世界の秘密である。

信仰があってもなくてもこの事実に変わりはないのだが、信仰はその事実、真理を開示するものなのである。神は真理である。真理は神である。この事実をくつがえすことは決して出来ない。人の為すべきことはだから、エゴを沈黙させて神の声を聞くことだけである。

明日はマナリへ向けて又長いバスの旅である。マナリでも又何か新しい声が聞かれることだろう。それを期待し、旅をつづける。

マナリ

五月四日（土）

向かいの雪山の背から十三夜の月が昇る。マナリはまさにヒマラヤの前衛地帯である。四方に雪を戴いた純白の峯が見渡され、町はちょうどその底に沈んでいるような感じである。クルヴァレイのつきあたりの町である。今までの炎熱の旅は嘘のようで、シムラから約十一時間、曲がりくねった山の道を揺られに揺られてついてみると、ここはまだ春になったばかり、というか日本の四月下旬にあたる気候である。夜の冷え込みはけっこう激しく、セーターを一枚着ても暑くはないほどである。同じインドの中でこのように場所が変わっただけで気候が変わるのかと思うと信じられないほどである。しかし昼間の日射しは熱く、透明な空気をつらぬいて真っ直ぐに肌を射る。直射日光の中にいれば燃やされるように暑いことに変わりがないが、その熱の中をまるで不可思議なめぐみのように、四方の雪山から吹きおろしてくるひんやりした風が冷やしてくれるのである。この熱と冷気の混合は実に透明で気持ちがよい。光も風も透明である。しばらくは学生の頃に光と風の詩人であった半井《なからい》のことを思い出し、三日間にわたるバス旅行でくたくたになった後の疲れも忘れていた。

ラーマの発熱に次いで順子が鼻血を出してダウンして、次いで太郎が下痢で食欲を失くし、われらの健康状態は最悪の事態に陥っている。

それも皆、リシケシから延々六〇〇キロにわたる長いバス旅行の疲れである。しかしこの宿（インド人の民宿）の居住性は、水場が遠い点をのぞいては非常によく、何よりも、雪山の背から月が昇り、太陽が昇るのを拝めたことが嬉しい。ベッドもなくセメントの床の上にごろ寝だけども三ルピーと安いし、自炊も出来て、ちょっと一家そろって富士見の赤ガラスの小屋*に来ている感じもする。

バザールはチベット人とインド人が半々くらいで、しばらく見られなかったチベット人のオンマニペメフーンの声も聞かれる。バザールまでたっぷり二十分の山道を登ったり下ったりしなければならない。

五月五日（日）

雪山の輝きは心を透明にする。ここらは麻の自生地帯で至る所にあの可愛らしい五つ葉、六つ葉の植物が成長している。私自身はそれを積んでマリファナ煙草にしようなどという気持ちはあまり起こらない。話によればインド滞在のヒッピー達は九月頃になるとこの麻の採集のためにクルヴァレイに集まって来るのだそうである。ここでは麻の葉は本当に薬草のように見える。清らかな空気と水に育ち、清らかな風景を眺め、清らかな人々の心に映えている故に、それを煙草にして吸う者にはただ清らかさが与えられるだけのことである。自然というものの力はそういうものである。時により場所により人により、麻の葉を吸うことが麻薬的になったり薬草的になったりする。私はもう麻薬としての麻を吸う気持ちにはなれない。ただこの大自然の清らかさから生まれてきた清らかな若草を、自然の恵みとして少し戴いてみようとは思う。私の体は今大変に疲れている。内臓が腐りそうなデリー以来の暑さの中で、次々に病気になってゆく子供達を支え、ここへ到着した途端に順子まで熱と鼻血を出したことで疲れは頂点まで来てしまったようである。この透明な風と光の自然にまだ私の体は馴じむことができず、自然はまだ体の外に存在するだけで体の中に入ってこない。

エゴを沈黙させて神の声を聞こうとすると、雪山の輝きが見えてくる。そして何故かそれはシヴァ神の輝きではなくてチベット教的な観音、阿弥陀仏の輝きの世界である。山々はそれほど高くはない。せいぜい三〇〇〇メートルを越すほどの山であるが、その背後に延々とつづくヒマラヤを想うと、単に三〇〇〇メートル級の山という印象よりも、やはりヒマラヤという想いの方が強い。チベット人の存在は岩石のように強い。岩石から清水が沁み出るようにオンマニペメフーンのつぶや

*——赤ガラスの小屋　「雷赤鴉族（かみなりあかがらすぞく）」を名乗った「部族」の仲間達が、長野県富士見町の入笠山（にゅうがさやま）の山中に建てた生活の場。

きがその口から洩れると、それは山々そのものの低いつぶやきのような神の声となる。このマナリでは、だから存在の基盤はヒンドゥ教ではなくて、チベット教である。ヒンドゥのマンディールは眼に入らず、旗をかかげたラマ教のテント作りの寺が見えている。観音とシヴァとはアンコールワットのユンナムハラに見られるように、又、観音がシヴァの象徴である第三の眼を持っていることから判るように兄弟神である。ヒンドゥ的に呼ぶとシヴァとなり、チベット教的に呼ぶと観音となる。だが一方が偉大な慈悲と破壊の神であるのに反して、チベット教の観音は徹底した慈悲の与え手である。しかし観音にも暗黒の側面がある。マハカーラと呼ばれる形をとるとそれは死そのものを把握している形をとり、シヴァの破壊の側面と呼応する。

白く輝く雪山のくらくらするような光にもかかわらず、その光を瞑想するものの心には死という不動の事実がある。私はヒマラヤを想えば即ち死を想う。白く輝く光に満ちた透明な死、それが即ち私が至り得る不死の姿であることを私は知っている。

五月六日（月）

マナリは今やインド各地に散らばっていたヒッピーたちが暑さをさけて集まってくるひとつの巣のようである。今まであまり出会わなかった、ただ甘い汁を吸おうという感じの者どもがバザールをうようよ歩きまわっている。私としては彼らとつき合う気持ちは少しもなく、むしろこのようなヒッピー達の行為が、この純朴な土地の人の心を勘定高く汚すのではないかと恐れるほどである。ヒッピー達はケロシンコンロを使い、食べ物を買い込み、街中を大いばりで歩きまわっている。

英語は今や全く国際言語であり、各地で出会う外国人はそれがインド人であれチベット人であれ、インドネシア人であれフランス人であれドイツ人であれ、スウェーデン人であれ日本人であれ、皆、英語を使って言葉を交わす。それはそれで良い。ひとつの国際言語がそのような形で形成されてゆくという事は便宜のために大変に良いことである。しかし、私としてはっきりしていることは、私は国際言語を英語という手段によって話すのであって、イギリス語又はアメリカ語を話すつもりは全然ないのである。イギリス人又はアメリカ人、いわゆる英語を母国語とする人々はその点を大いに反省してもらわねばならない。

今や私達は日本語を国際言語として主張する意志は全くないように、アメリカ語、又はイギリス語を国際言語として受け入れる意志も全くないのである。アメリカ人、イギリス人と話をする時の、私の基本的な態度はそのようなものである。便宜としての国際言語をもって、言葉が必要な理解を交わすだけのことである。そしてこの点においては私は大いに努力をし、すべての人々が国際言語としての英語を使えるようになることを希むものであるが、その代わりにアメリカ人及びイギリス人及び英語を母国語とする人々の言語エゴとも呼べる種類のものには関心を払わないものである。つまり無知の徒として、相手にしないのである。

その点、インド人の英語というものは興味深い。インド人の英語の発音は九〇パーセント近くがヒンドゥ式の発音であり、それはラテン語系統の発音に同じである。イタリア式発音法と言ってもよい。英語を自国流の発音に変えてしまい、ヒンドゥイングリッシュとも呼ぶべき独自の言語を使いこなしている。この発音をもって英国なり米国に乗りこめば、それは無知として扱われるかも知れないが、国際言語という観点からすれば、それでよいのである。通じれば良いのであって、何も英語の文法、発音を正式にまねる必要はない。国際言語は英語を便宜上ベースとするのであって、英語人の言語支配を許すものではないからである。

きのう、ブッダガヤのチベタンテントで一緒だったチベット人のおじさんに出会った。聞けば彼はこのマナリのチベット人居住地に住んでいて、幾つも並んでいるチベット人の露店のひとつをかなり手広く営んでいる人であった。朝は四時、五時に起き出してお参りに行き、一日中数珠を手から放さず経本を読んでいる熱心なチベット教徒だったが、まさかここで会うとは思わず、私は体中からこみあげてくる喜びに、まるで旧知の友人に出会ったような気持ちであった。太郎、次郎も呼ばれて、ヒマラヤ杉の根元の頭陀《ずだ》むしろの上に休みチャイを御馳走になりながら、それ以後のことを通じない言葉で話し交わしたのだった。ラーマのことも順子のことも覚えていてどうしたかと聞き、皆一緒にここに来ていると告げると、それはよかったと喜んでくれるのだった。同じテントに三日か四日泊まっただけの間柄だが、ブッダガヤでの体験が強烈であっただけに、私の印象の中に彼のこともはっきりと残っていたのだった。

沢の水が枯れ洗濯も食器洗いも非常に不便である。おまけに二階に住んでいるイギリス人のヒッピーどもがガタガタとうるさく、夜中までおしゃべり暮らしするので、居住性はあまり良くない。しかし部屋代の安さと、向かいの雪山から昇る朝日と、月の美しさの故に、今のところはここを動く気持ちにはならない。それに今度は太郎がダウンし、私もまだ熱が下がりきらず、下痢も治まっていない。今日は満月でチベット寺ではプージャがあるのだが、そこまで行けるかどうかも判らない。近くに温泉があるのだが、まだそこにさえも行けない。思えばずい分、疲れがたまっていたものである。

五月七日

今度は太郎の風邪がひどい。軽い熱と激しい吐き気できのう以来何も食べることが出来ない。私もまだ体がしゃんとせず、順子も本調子ではない。次郎とラーマだけは元気一杯である。思えば内臓の腐るような暑気《しょき》から、今度はじんじんと冷えこんでくる山小屋のコンクリートの床に眠る生活に入ったのだから、その気候の変化に敏捷についてゆけないのも無理はない。

きのうは満月だった。久し振りに一服の薬味を戴き、ここがまぎれもなくヒマラヤの前哨地帯であることを改めて感じさせられた。水は岩の味がした。すももは今まで食べたことのない鉱物質の味がした。

ヒマラヤから旅の癒しが与えられることを願って、殆どダウンしそうな体にむち打って坐っている内に、どうやら危機はすぎ、ダウンすることはまぬがれた。美しい月であった。気が遠くなるような深さと静けさをたたえた月であった。その静けさ透明さこそは私が求め求めてきたものであり、それはほんの一瞬その姿を見せただけで再び観光地マナリの満月にもどってしまったが、たとえ一瞬であっても、それを見、感じたものは、それを忘れることもなければ疑うこともないのである。静かさと透明さの内に永遠がある。旅は雑多な必要性を身にまとって、静かさの不在のために病んでいる。静かさはブラフマンであるから、静かさそのものは偏在する。我らがそれを見ることが出来ないのである。そしてきのうの満月と太郎の嘔吐という二つの刺戟の中で、初めて私の内にネパールへの旅が始まったことを感じた。ネパールの旅は慰安の旅ではない。静かさをこの肉体に獲得するための旅である。このような平和が地上にあったのかと知って、とめどなく涙が流れたと、今は増永上人となったガンジャが言っていた、その平和を味わいにゆくのである。平和は静けさからしかやってこない。

きのうバザールを歩いていて思った。図々しさだけが目立ち静けさの感じられないヒッピーは、本当のヒッピーではない。ヒッピーという我らの仲間は、何よりも静けさとダルマの息子たちなのである。仲間達に恵みがありますよう。

雪山の輝きは静かさの輝きである。透明な朝日が雪山を輝かし、その上の青い空に激しく反射する時、その輝きは静けさの輝きなのである。シヴァは永遠の雪の中に瞑想していると言われる。そのシヴァの瞑想の深さ、永遠性こそは雪山の静かな光となってわれらの胸に宿るものなのである。

ここではだから私たちはこの静けさを食べ物として栄養として食事をとるのである。傲慢さは許されない。怠惰も許されない。ただ見事な抑制を行ないうる者のみが雪山の静かさという永遠の愛をかちえるのである。誠にウパニシャッドの中に嘘は書いてない。不滅に至る道は剣の刃の上を歩くように困難な道である。

ハリオーム！　不滅に至る道をこそ歩め。その他の道を歩いたとても、結局何の役に立とう。砂を噛むだけのことである。

ハリオーム！　カータカウパニシャッドに述べられた剣の刃の上の道を歩め。
次郎とラーマは丘の斜面の白ツメ草の原で、白ツメ草の花を編みながら遊んでいる。
順子はりんご畑の横の斜面で、ヒマラヤの大地そのものから生えた野草を摘んでいる。
太郎は病み、十一歳の全力を傾けて静かに眠っている。
雪山の光、透明な風の流れが、これらすべての上に欠けることなく充ちている。
生老病死の旅である。

水

水を大事にしなさい　礼拝の気持ちで水に接しなさい
何故なら水からこそ命は生まれ
命は水に宿っているのだから
ここインドヒマラヤのふもとの小さな町マナリでは
山全体から美しい水が沁みだしている
雪山からじわじわと溶けてくる水は滝となり沢となり
やがて遠くインダス河の流れとなる
水を礼拝しなさい

水により清められなさい
何故なら水こそは清らかなものの源であり
清らかさは水の内に宿っているのだから

食べ物の清らかさに苦しむ私に　主サダシヴァは
そのように語る

五月八日（水）

太郎の吐き気と衰弱は昨夜で頂点に達し、足をもむやら、体をさするやらで、とうとう夜が明けるまで眠らずじまいであった。

まことに病気は最高の苦行であると言える。苦しがって身悶えする太郎にこのクルヴァレイのあらゆる物《もの》の怪《け》が侵入してきているようで、私もまた身のおきどころがなくただ祈りながら妖怪が去るのを待つばかりだったが、その内太郎がヴェナレスのガンガーマーに会いたいと言いだし、祈りの対象をガンガーマーに変えて、久し振りにあのメインガートの深い深いガンガーマーの淵へと帰って行った。不思議にその頃から少し落ちつきが見られ、夜明けの明星が神々の谷と言われるこの雪山の上高く輝く頃から寝息が聞こえはじめ、ガンガーマーの慈悲の中で癒やしの方向へ向かっているようである。

今朝はりんごジュースとダヒ（ハチミツ入り）と、スイカを少々だが食べることが出来た。吐き気もどうやら治まったようである。三日ぶりで物を食べることが出来たことはまことにガンガーマーの慈悲のたまものである。順子も風邪で熱を出しており、私は下痢、ラーマも下痢で、どうやら健康なのは次郎だけである。この聖なる雪山に囲まれた谷で体中の毒を全部出しつくし、全員健康体となって次の旅へと進んでゆかねばならない。

昨夜の私の反省は、今は家族と共に旅をしているのであって、私一人の好み、欲望に従って旅のスケジュールを組み上げることは出来ないということである。順子も妊娠中であるし、ラーマはまだ幼い。太郎とてまだ十一歳である。男一人が旅をしても仲々にきついと言われているインドの旅であるから、どうしても一歩の余裕を持って歩かないと、その負担がまず子供に現われてくるのである。

ヴェナレスに途中下車することはあきらめた。どうしても必要ならばネパールからもう一度ヴェナレスに入り直す以外にない。注意深く、各自の健康をよく見守りながらゆっくりと確実に進んでゆかないと、ただきつさだけが残る旅になってしまう。

道は道自身のペースを持っている。バザールからこの山の中腹のハリラームの家まで登りながら思った。

道は道自身のペースを持っている。故に、人はそのペースを守らなくてはならない。一〇〇キロの道を歩いて行くサドゥ達のペースから大型トラックの疾走までの幅広いペースを持っている大道もあるし、一歩一歩ゆっくりと噛みしめながら登ってゆく、りんごの実るこのマナリの細い山道もある。どの道もその道自体のペースを持っており、そのペースを知ることが愛であり、知識でもある。このクルヴァレイはヒマラヤの入口とも神々の谷とも呼ばれている。丸二日間氷さえも受けつけず吐きつづけたあげくに太郎が入っていった世界は、思いもかけずにヴェナレスのガンガーマーの世界であった。乾いた口びるで、ガンガーマーに会いたいと太郎が言った時、私は影響を受け、その影響は太郎の魂に宿る聖性そのものから来ることをはっきりと知った。太郎の背をさすりながらガンガーマーとはつまりパールヴァティのことであり、この谷から見えるカイラス山にはそのパールヴァティが住んでいることも思い出された。しかし太郎が会いたいと言ったのはヴェナレスのあのらい病乞食とシュリラム　ジャイラムのキルタンの愛と巡礼の人々の群れにあふれたメインガートのガンガーマーであり、最も深いところにあって生命をなしている慈悲が、あのマーから来ているものであることも判った。

まことにヴェナレスは聖なる街である。死を目前にしたぎりぎりの生命が聖性の故にうごめいている街である。太郎がそのように叫んだのはまるでうわ言のようにであり、そのような時には意識のあらゆる雑多は消えて、ただ聖なるものだけが残るのである。ヴェナレスはそのような街である。又、ヴェナレスに行かねばならない。ヴェナレスを思うと泣きたい気持ちになるほどである。ヴェナレスとつぶやくだけで、聖性が甦るのである。

そしてこのクルヴァレイはそのような体験を迫る場所である。神々の谷、不浄なるものはただ苦しみによって癒されるのである。苦しむことによって清められるというのが、業の深いもののたどる闇と光の入りまじった細道である。

五月九日（木）

　愛することは喜びであり、愛されることもまた喜びである。同じように、慈悲を与えることは喜びであり、慈悲を受けることもまた喜びである。慈悲は白熱した銀色の光線であり、その真実には黄金の光が宿っている。様々な神の御名の中で慈悲そのものを肉体化した神、慈悲の権化、慈悲の顕現とも言える神は観音である。慈悲とは苦しみを伴う愛の行為である。与えるという行為と受けるという行為の二元性を完全に打ち消してしまう世界がある。

　それは愛である。だから愛を与える、愛を受けるとは言わない。愛は存在するものである。愛は幸福であり、黄金色の光であり、その事実には銀色の光が宿っている。様々な神の御名の中で愛そのものを実現した神はクリシュナである。だからクリシュナは不可能なことを成し遂げるものと呼ばれるのである。

　しかし人間の生活から与える、受けるという二元性を完全に打ち消してしまうことは至難である。二元性は生きてある事実だからである。私がある時あなたがあり、愛があればその二元は消えるが、愛がつねにあることはその特性からありえないのである。それ故に愛着、愛欲という言葉がある。普遍的な愛という言葉が実体を持つとそれは慈悲という言葉に変わる。慈悲とはだから普遍的な愛なのである。黄金色の真奥に銀色の白熱があるとはそのことである。一方で慈悲はすでに普遍的な存在であり、普遍的な慈悲と呼ばれることはない。慈悲が個別的な具体像、あなたと私の間に固定して定まる時に、それは愛と呼ばれる。年老いた仲の良い夫婦の関係にしばしば見られる安定した揺らぐことのない愛である。

普遍性は自から個別性を希むものである故に、慈悲の真奥にあるものは黄金の愛であるというのである。

愛と慈悲は姉妹であり、慈悲と愛とは兄弟である。

仏教は慈悲の信仰である。与える、受ける、私、あなた、その他の無限の二元の関係を慈悲というひとつの真理に受けとめる教えである。慈しみ、悲しみ、という二つの言葉から成る慈悲という真理は瞑想の位置において自己を低くし、ただ慈悲のみが世界を支配することを願う。

流れてゆく白雲は慈悲である。心に悲しみを持つものに雲の白さは美しく映じるからである。輝く雪山は慈悲である。心に希み少ないものに希望を与えるからである。与えるものは無限に与えよ。何故なら慈悲を与えることは喜びだからである。受けるものは受けよ、何故なら慈悲を受けずして普遍に至ることの出来る人はただ一人としていないからであり、私の心に即して言えば、それもまた真底喜びだからである。私にあっては、ただ慈悲という真理をとおしてのみ、世界の二元性が消えてゆく。オンマニペメフーンは新しい世界の言語として認められなければならない。

インド人達は、ラームラームと挨拶する。それは喜ばしい挨拶の仕方である。ラーマは神の御名であり、挨拶のことばである。親しいもの同士が出会った時、お互いに尊敬をこめて両手を合わせ、ラームラームと挨拶する。それは始めの内は難しいにしてもそれほど困難な行為ではない。そのように仏教徒はオンマニペメフーンと挨拶をすればよい。

山では一日中カッコウが啼き、デデッポウが啼いている。地には二〇センチから二五センチ位もある大きなトカゲがゆったりとだが素早く這いまわっている。りんご園、プラム園、熟れかかった麦畑、ヒマラヤ杉の森林、それがこのマナリの谷の居住性である。そしてあちこちの沢に雪解けの水があふれ、至る所にまだ三〇センチほどにしかなっていない麻の群生が見られる。この麻の群生を見る時に、この植物を持っていたり、煙草にして吸ったりすると罪になるという法律が如何に馬鹿らしいものであり、無法なものであるかということが判る。法というものはもっと強力で、真理そのものとして尊敬されるべき性質のもので、マリファナ及びハシッシュがもたらすどのような効果にもゆらぐような性質のものであってはならない。無論、肉体には害はない。

きのうバザールで大阪の登山隊の人達に会い、その中の一人がドクターだったので太郎の容態を一応見てもらう。予想どおり単なる胃腸炎だということであったが、残り少なくなっていた正露丸を補給してもらい大いに助かった次第である。日本人の医者は正露丸をくれ、インド人の薬局は西洋医薬の錠剤をくれる。そのことが面白い現象である。登山隊はこの近くにある五四〇〇メートルほどの山を登り終わって、今日はデリーへ向けて出発したところである。精神的に参っていたところだけに医者の存在はありがたく、太郎にとっては元気百倍というところであった。太郎は回復に向かいつつある。

光あふれる白雲を受けて友よと思う。

やはりここはヒマラヤのふもとである。寺ひとつなくバザールをさまよう人々は金持ちの現代人であるインド人と、ヒッピーと泥とほこりにまみれ誇りを失ったチベット人と、何というのかヒマラヤ民族とでも呼べるインド人とモンゴール人の混血がこの地方独特の部厚い衣装に身をつつんでいる。一見スイスの山岳地帯にでもいるような、又、日本の信州の高原地帯にいるような錯覚にもとらわれるが、やはりここは神々の谷と呼ばれる聖なる場所である。とてつもなく深い静けさ、永遠そのものである貌《かお》が表面の雑然さの奥にちらりと見える。住民であるインド人達は静かで物言わず、部厚い衣装にくるまれて、山々そのもののように沈黙している。瞳は明るくやさしく光っている。

瞳をあげよ
世界は白雲の流れる空にもある
癒やしが地の底から大地の真理からやってくることもあるが
山頂よりも遥かに高く　希望という神々の座からやってくることもある
それは少年には夢を与え　年老いたものには智慧を与え　われら三十五歳の分別盛りには静かな光に充ちた慈悲を与える
神々は実在するもの故、時に神々は高い所に位置する

光あふれる白雲を受けて友よと思う
友よわれらの成すべきことは多くある　我らの業はつきた　成すべきことは成し終わったと明らかに歌える日はいつか知らない

われらに希望を与える神々は胸の内に静かに坐す

ラーマクリシュナはすべての時、場所において神を感じることの出来た方である。神に酔いつづけた方である。ラーマクリシュナは言われる。私を師と呼びなさい。

五月十日（金）

太郎ははっきりと回復の方向へ向かう。

きのうの夜はまだもしかするという不安があり、クル→デリー→東京というフライトのコースまで頭に描いていたが、この調子で行けば、ダラムサラ→パタンコット→カトマンドゥのコースをたどれそうである。太郎が久し振りに起き出して最初にしたことは、ハヌマンの像に線香をたいたことであった。そして言葉では「これでインドに来て病気をした人達の気持ちがよく判った」ということであった。太郎の頭の中には、ナーガのことがあったにちがいない。実際、死に直面した病気の中では人は自分が何を頼っているのかということをはっきり知るものである。ゆうべ大きな二センチほどもあるほたるが一匹部屋の中にまぎれこんできた。電灯を消してその光を楽しんだが、最初にそれを見つけたのは太郎だった。その時、ウパニシャッドの中の、人は何を頼りとして生きるか、という話がすぐさま思い出された。太陽を光とし、太陽が沈んだあとは、月を光として生き、月の光がない時は、星の光を頼りとし、月も星もない闇の中では、火を光とし、火もない時には、蛍の光を頼りとする。そして蛍の光もない時には自我、アートマンの光を頼りとして生きるのである、という教えであった。太郎は蛍の光を頼りとするところまで行ったのだな、ということが感じられたのである。まことに病気は最上の苦行である。

クルヴァレイはまだ雨季の始まらない今でも日に何度か雷鳴が轟き、黒雲がわきおこり、雨が降る。今日は朝からたまにうす陽が差したかと思うとたちまち曇り、さっと雨が来る。この五ヶ月間、朝から夜まで決まったように晴れつづける天気になじんで来た身には雷鳴が轟いて黒雲がわきおこると、何か異変でも起こったように不安になり、それが太郎の病気と結びついてルドラとしてのシヴァの怒りに触れているようであったが、三日、四日と馴れるに従ってこれがこの谷の気候なのだと了解され、久方ぶりに晴れと曇りと雨という空の変化につれた気持ちの変化の日本的な味わいを味わっている。

気候だけでなく植物帯も日本の植物帯によく似ている。何よりも松の木があり、アカザが生え、キンポウゲの花が咲き、りんごの木があり、ヒマラヤ杉とは言え杉の木がある。バザールの大きな店ではチベット人向けのソイソース、つまり醤油も売っており、カルカッタの中国人が作っているもので日本の醤油とは大分ちがうにしても醤油であることにちがいはなく、私達も早速にそれを買ってきて、味つけに専ら醤油を使用している。いつの頃からかインド風のサブジー、チャパティが私たちの食事から消えてしまい、今ではサブジー、チャパティ、チャワールは見るのもいやなほどになってしまっている。ヴェナレスでこの世の何よりもおいしい食べ物と思われたサブジー、チャパティが、いつのまにかそんな風に変わってきてしまっている。この町ではじゃがいもが大変においしい。やはり寒い地方だけのことはあって、中味がよくしまりぽくぽくして本当のじゃがいもが持つ幸福の味わいを持っている。アカザもさっそく使ってみたがあくが弱く柔らかくて仲々においしい。

その他にチベット人の爺さんが焼いているチベタンローティが昼の主食である。玄麦の粉を使っていてどっしりとした重みのあるパンでチベットの味わいがある。ミルク屋がこの山の上までは上がってこないので、ドライミルクを使っているが、このドライミルクは仲々上質なもので、チャイに使ってもクリームスープに使っても充分においしい。きのうの夜はじゃがいもとグリーンオニオン、ホーレン草、玉子を使って、すき焼き風の味つけにして食べたが、それはもうインド世界の味ではなく完全にモンゴル民族の味であった。チベタンテントのレストランでは、トゥッパという名の肉うどん、チャウチャウという名の焼きそば、チィモモという名の焼きギョーザを作っており、それはいずれも中国を思わせるものである。インド亜大陸を横断してここまでやって来て、チベット世界に触れると同時に、我々日本人にもなじみのある味の世界が入ってくるのが、不思議と言えば不思議である。醤油の他に酢もある。酢はまだ使っていないが、ここではインド的な味つけといえばゴルキー（黒胡椒）を使う程度であとはすべてモンゴルの味になってしまったのである。チャイだけはあきもせずに二度三度こまめに飲んでいるが、チャイは呼び名がちがうだけでスパイスをきかしたミルクティであるから我々にもすでに馴染みになっている世界なのである。スイカ、サクランボ、スモモ、ネーブル、りんご、すべて知っている果物ばかりである。ただ面白いのはスイカとサクランボが同時にあり、同時にマンゴーも売っているという変化であり、それがインド世界が提出している豊かさと言えぬことはない。マンゴーからりんごまで、とインドガヴァメントはその豊富さを誇ることだろう。

しかしここはもうどうみてもインド世界ではない。インド人が町の主体となしていることに変わりはないが、そのインド人はすでにモンゴル人と混血した独得のヒマーチャル人とも呼ぶべき人種になっており、商店などに入ると主人がインド人で奥さんはモンゴル人であるというのによく出会う。この混血は平和の内に行なわれているようである。ヒマラヤ民族の世界である。デリーあたりからやってくるインド人の金持ちは、この風景をエキゾティズムとして楽しんでいる。写真屋はクルの衣装で写真を撮ります、という看板を出し、インド人達は、自国の中の他国として征服者のようにゆったりと余裕をもってこの谷の遊歩道を彷徨している。

このハリラームの家の二階には四、五人のヨーロッパ人がたむろしており、朝となく昼となくグラスを吸っている。あたかもマリファナを吸って元気で行こうといった気分でコカコーラの広告と何の変わりもない。ケロシンコンロの野蛮な音を出して一日中何かを作っては食べ、作っては食べ、材料がなくなるとバザールへ買い出しに行く。そのような生活が人間の聖性とどのような関係を持ってくるのか私には判らない。しかし少なくとも私にはもう縁のない世界であり、気持ちが悪くなる人達であるというだけである。

五月十一日（土）

晴れ渡った空に山越しの朝日が昇る
その静かさに涙が流れそうになる
業の深いものが時の真理に吸いこまれてゆく諦めの感情なのだろうか
欲望のある身に真理を見ることは出来ない　されば欲望はけずり落とされねばならない　あたかも鉛筆を削って芯を出すようなものである　削り落とされねばならない欲望の群れが次から次へと思い起こされ　その果てにはじめて思いにかなう私の姿が　朝日に対して直に静かに対坐している
まことに聖なる素朴の世界に至ることはむつかしい　だがそれを希むものに時は聖なる略奪を繰り返してやまない
この世で私は何物であるのか　もう思い浮かべることが出来ない
かつてはたしかに詩人であった　近くは神々の言葉を伝える翻訳者であった　しかし今現在風車がまわる東向きの窓辺にあって　私に詩はなく翻訳するべき言葉もない　このように現世の不安が残る
美しいものよ　あなたは美しい故に　私を悲しませる　私はとてもそこまで行けない　美しいものには限りない　限りないものを追ってここまでやってきたが　距離は一向にちぢまってい

ない　実現の日は　彼《か》のゴパーラの教師のように遠い　お前が私を見る日はまだ何回も生まれかわったあとなのだ　という声がする
その声はクリシャナの声か　私の業の声か

太郎の病気は私に大きな教訓を与えた。この旅はお前の旅ではない。家族連れでやってきたからには、しっかりと家族連れの旅をするのがつとめである。

ネパールを目前にして、ネパールへ行く為に旅発った私に、それはヒマラヤそのもののように立ちはだかっている。

五月十二日（日）

きのうチベタンのバザールからブッダの絵を一枚買ってきた。その絵は力を持っていた。この山に来て以来、おどろおどろしていた不安はこの絵の到来と共に去っていった。中心に青黒の体をしたブッダがおり、その周囲を七体のブッダがそれぞれ異なった肌色で安坐しておられる。星と月、太陽が頂点にはある。星と月と太陽が同時に出ているチベットの絵は、私にはなつかしい泣きたくなるような永遠の相を示してくれる。ミラレパの見た永遠の世界である。

今日のヒマラヤの空は私の好きな濃い青空で、底の方は少し黒ずんでいる。底の方が黒ずんでいる青空こそは、私が求めている真理の静かな出現である。陽はすでに高く、光は明るい。光と静けさ以外に求めるものはない。静けさは必ず永遠からやってくる。光は健康からやってくる。

きのうからやっとベッドを二つ仕入れることが出来、子供達と順子をベッドに寝せ、私はセメントの地面にとどまったが、寝袋の下に敷く頭陀袋《ずだぶくろ》が私の方にまわってきたおかげで、久し振りに暖かい眠りらしい眠りをとることが出来、体に元気が甦ってきたのである。太郎の病気も殆どよくなった。今日は全快祝いをしてくれと言い出す始末である。

ゆうべほんのちょっとした言葉づかいから、私は順子に激しい嫌悪を覚え、その嫌悪にかられるままにずい分色々と悪口を言った。悪口を言い疲れて絶望的な気持ちになり、そのまま疲れの内に眠ってしまった。

民主主義が創りあげた女の放縦というものが、順子の中から時々顔を出す。うんざりである。

これ以上書くとまた昨日の嫌悪がよみがえってくるのでやめておくが、定期的に繰り返されることのような状態を思うと、何らかの決定的な態度をとらなければならないことは明らかである。

まるで夢の中に在るように、空の様子が変わる。たちまち曇ったかと思うと、またたちまちに晴れる。曇れば谷は陰気な淋しいチベット人の未来のような様相を示し、晴れれば日光浴を楽しむインドブルジョアジーの清らかな晴れ着姿をとる。

八の字眉毛の悲しげな象の姿を印刷したマッチを比較的愛好して使ってきたが、そのマッチも変わって今度はＪＡＷＡＮと書いてあるだけの素っ気ないマッチになる。アヨーディアではハスの花を印刷したマッチがあり、それを大いに愛したけども、そのマッチは仲々入手することが困難だった。ヴェナレスでは牛印のマッチ、他の街では大方四つのトランプのマークを印刷したトランプマッチだった。何のことはないが、街によって売っているマッチの図柄が変わり、煙草吸いの私にはその変化を結構楽しむことが出来たのだった。

象印のマッチの旅が終わった。マッチの観点から見る時、又新しい旅が始まるのである。JAWANというヒンドゥ語が何という意味なのかは判らない。

チベット人の露店を見ているとまるで美術館にでもいるような楽しさがある。品物は日常的に使われる宗教的な装飾品、又は用具が多い。すべて使いこんだ年月の味わいが残っているものである。試みに数珠を取ってまわしてみると、その数珠をまわしてオンマニペメフーンを唱えていた人の暖かい確固とした祈りが自然に伝わってくる。伝わりすぎてもしその数珠を私が使えば、何らかの事情でその数珠を手放したその人の事情がこちらに入りこんでくるような感じさえする。チベット人はあまり菩提樹の実を使わず、紫檀《したん》のような木の数珠を使っているようである。朝となく昼となく夜となく親指と人差し指の間でまわされる数珠の光は、まさにチベット人そのもののようにいぶし銀の価値を示している。その他にヴァジュラがある。手にとって見るが今はまだぴたっとしない。祈りの時に鳴らす大きな鐘がある。その鐘を鳴らすと、世界が鳴るようである。自分にその鐘を鳴らすほどの深い祈りがあるのかと疑われて、多分高いものであることも確かだが、まだ値段を聞く段階までも行っていない。木版の版画の版木も売っている。ただ経文が彫ってあるだけのものがあり、絵図だけのものがあり、観音を彫ってあるものもある。この種のものはいずれ手に入れるつもりでいるが、今のところは値段の釣り合いがとれないのと、どうせ買うならマナリではなくて、ダラムサラでという気持ちもあってまだ買っていない。その他、香入れの箱や、腕輪や、何に使うのか見当のつかない品物が数多く売られているが、そのすべては美しく、ただ美術品として買われてしまうにはあまりにも勿体ない。しかし売っている人達は明らかにチベットの文化を売っているのであり、チベットの文化を売っているのである以上は値段の方もかなり高いのである。私としてはチベットの文化を継承する気持ちはあっても買う気持ちにはなれないので、ただ見ているだけ、手に触れてみるだけで充分に楽しいのである。それらの品々はすべて個性を持っていて、それを使った人々の各々のオンマニペメフーンの呪文がこもっているものであるから、店の前にしゃがみこんでじっと眺めていると、自然にあの地鳴りのような精神世界に引きこまれてゆき、心は重く静まってゆくのである。

チベタンテントで食事をするのも楽しい。インド人の食堂のように使用人を使うれっきとした商売ではなくて、言わば家庭の中にお客を入れるといった塩梅の店だから、客はレストランに入る客ではなく、家庭に迎え入れられる客の態度を取ることが自然である。インド人の店も暗いがチベット人の店は大抵はもっと暗い。暗い店の片隅でその暗さよりももっと暗い様子をしたチベット人の客が何かを食べている。煮込みそば、焼きそば、ギョウザのようなもの、山羊の腸に味つけをした小麦粉をつめこんだものなど、種類はたくさんはないが、インド世界を歩いてきた後ではその味は嬉しいものである。チベット世界では肉は常用される。インド世界にはシーク教をのぞいて肉はない。シーク教徒は肉を如何にも肉々しく食べさせるが、チベット人は肉を野菜と同じ食べ物として、日本食と同じ感覚で食べさせる。その肉の味はやはりなつかしくおいしい。チベット教の坊さん達も見ている限りは何のくったくもなしに肉を食べている。しかしお金をとる以上はやはり店であるから、店の人はせいいっぱいのサービスをしてくれる。商店の良さと家庭の良さの二つを兼ね合わせて、チベタンテントで食事をすることは、最高の食事であると言える。値段もインド人の店にくらべれば安いが、やはり消費経済のあおりは明らかにあり、驚くほど安いとは言えない。焼きそば一皿が三ルピー、煮込みそば一杯が一ルピーである。インドでは一ルピーは一〇〇円の感覚だから安いとは言えない。もっとも一ルピーは日本円では約三十五円で買えるのだから、日本円の感覚で行けば物価はまだまだ安いけども、長く滞在していれば自然に円の感覚は脱けてルピーの感覚になってくるのである。

恐らく十年前まではパイサ単位の売り買いが経済の一般的な基本をなしていたと思われるのだが、現在ではそれはルピー単位に移りつつある。パイサ商売をしている人々は悲しいほどにつつましやかであり、ルピー商売をしている人は誇りに充ちた現代経済人である。現在はその二つの層が入りまじっているが、この動きはやがて民衆の大きな苦しみという犠牲のもとに、ルピー経済へと移行してゆくことは明らかである。チベット人でさえ一ルピー紙幣にはもう尊敬を払わない。その昔、藤井日達上人がボンベイの街で一人太鼓を叩きながら、マンゴーがひとつ四パイサから二パイサに下がるのを待ち、もう一日待ったら一パイサに下がるだろうと思って待って、次の日に行ったらそのマンゴー屋はいなくなっていたという逸話が今では本当の昔話になっている。今、マンゴーはひとつ五十パイサ以下で買うことは決して出来ない。

お金を払う時、チベットの女の人はある特殊な笑顔を見せる。それは食べ物を売ってお金を受けとる人の示す原初的な素朴な喜びを示していると同時に、お金を受けとるという行為に対する恥じらいのようなものも含まれていて、私などがほら貝*でやっていた行為がまったくそのままに行なわれているのである。それも多分、モンゴル民族という民族の特徴のひとつであろうか。

批評的な意味では、私は現代という日本の時代を否定的に見る他はない。それが不幸の始まりなのであろうが、このように母国を遠く離れて、その美しいところばかりが見えるようになってきたとしても、ひとたび現代日本人という立場に戻るならば、その国をもろ手をあげてインド人のように讃美することは出来ない。インド人は自国をヒンドゥスタン、或はバーラタと呼び、自国への愛と尊敬は恐らく世界の他のどの国民よりも強く持っている。多くの人々はガバメントオブインディアに対しても無限の尊敬を持っており、インディラ・ガンジー、ネール、ガンジー翁の写真が店や個人の家庭に飾られてあることは決してめずらしいことではない。日本人の内の誰が、インド人のように自国の政府を愛しているであろうか。少なくとも日本人の半数の人々は政府とは悪いものであるという感覚の内に生きている。自民党に投票する人々でさえも仕方なくそうするのであって、自民党を尊敬している人はその投票者の十人の内一人は恐らくいないであろう。尊敬される政府のない国はまことに哀れな国であり、それは国というひとつの組織の中に尊敬という概念が生きていないことを示している。

*――ほら貝　六八年、「エメラルド色のそよ風族」を名乗った三省ら東京の「部族」の仲間達が、共同生活をしていた国分寺市で開業した日本で最初のロック喫茶。三省は一時期、この店のマスターを務めた。二〇〇八年、閉店。

尊敬という感情が人間にとってどれほど大切な感情であるかということを忘れさせたのは、明らかに主権在民の民主主義思想の誤りであった。民主主義はひとつの政治思想として理にかなったものであることは確かであろう。主権は在民しており、政府は民衆に仕える存在であることも確かであろう。しかし、その過程の中にまやかしに入りこんでくる平等という真っ赤な嘘、権利としての平等を事実としての差異にまで拡大した傲慢が、日本民族にもかつては色濃く存在した尊敬という高貴な感情を失わせてしまったのである。力の相違、智慧の相違、その他すべての人間の格差というものがはっきりと存在するのである。それは制度として存在するのではなく、差異の事実として存在するのであり、その差異をつなぐ感情は平等ではなくて、尊敬、あるいは理解でなくてはならないはずのものである。尊敬はまことに人間の差異を高貴に運びつづけてゆく美しい車である。この感情なしにひとつの国なり、組織なりが高貴さを持つことは出来ない。

私は決してインド社会をありのままに肯定しているわけではない。真理を追求する一人の詩人として、社会というものの在り方を追求し、自分の旅の中で出会う社会の美しい部分、善なる部分を抽出しているにすぎない。

インド人の心を深く支配しているものは、私の知り得る限りでは神に具現されるダルマである。ダルマを私は真理と呼ぶが、あらゆる探求の歴史の後に、彼らはダルマを至上の価値として尊敬し、ダルマの名のもとに為される現実的なすべてのことをただそれがダルマの名によって為されたが故に肯定するという姿勢をとっている。だからインド政府はダルマの代行者なのであり、それがどのような悪政をとろうと、悪政である限りはダルマによって滅び去るのであり、存在するからにはその存在を尊敬をもって受け入れるという智慧をもっているかのように受けとれる。

誰もごまかすことが出来ないもの、それが真理でありダルマである。誰しも悪を希んではいない。誰しも善を希んでいる。その善がからみあって悪が生まれ、悪はあたかも先天的に存在しているものであるかのように嫌われる。インドの多くの聖典は悪もまた善であるという苦しい事実を、すべてのものはブラフマンの現われであるという表現をもって示している。

私自身は尊敬という概念を日本に再び甦らせるべしという批判の態度をとるのであるから、全く困った現代病のとりこになっているのだが、その矛盾も自己の内に尊敬を甦らせることによって解消してゆくのであろう。


午後四時、子供達全員が順子と共にバザールへ行き、二階の英国人も今日から隣りの部屋に入ってきたアメリカ人もバザールへ行き、山はやっと静かさを取りもどす。


ベッドが二つ揃ったあとでほっと一息し、「二階の連中はおれたちのことをインド人だと思っていたらしいよ」「インド人?」「インド人というかインド国民」「ほうかい」と彼女は全く軽い調子で言った。興味がないというような少し嘲けるような、からかうような何気ない軽い言葉であった。私にはその言葉づかいが真実腹が立った。

しかし、この旅もすでに過去の旅である。結局、私は真理の前には頭を下げなければならない。真理を追求する者という私の立場は、真理を尊敬し讃えるものという立場をより多く含まなければならない。真理の前に私の声はないのである。業深いものがやっとたどりついた本当の礼拝、それは真理への礼拝である。真理、明るい日もあれば暗い日もある。私の前に現われたひとつの絶対、絶対の絶対、それが真理である。時代劇の映画で見る「上」という一語が示されればひれ伏す以外にないように、「真理」という一語のもとに私はひれ伏す以外の方法を知らない。

朝も昼も夜も、真理を思い真理と語り真理にとけこんで、真理を伝えて暮らすことが私の願いである。詩人とは真理を詩うもののことである。詩うことのない詩人はあり得ない。順子に欠けている詩人の要素が、私にはどうしても物足りないのである。しかしそれは私の甘えである。詩人は詩うものであるのみであり、詩われるものではない。それが詩人の孤独である。詩うがよい。祈るがよい。

お前は何処から来たか。観世音の国から、という声がする。

愛は平和を引き裂くが、その時平和は悲鳴をあげることなく引き裂かれることを喜んで、新しい平和の内に再び甦る。それが愛の独自の美しい創造の方法である。

五月十三日（月）

結局、この谷ではオンマニペメフーンに落ちついたようである。

チベット人の信仰に篤い人達は日常いつでも片手から数珠を放すことなく、暇さえあればオンマニペメフーンを唱えながら数珠をくっている。歩きながら、孫の子守りをしながら、話をしながら、思い出せばすぐ数珠くりに心を傾けている。ヒンドゥの人々のようにその数珠を袋に包んで隠すようなことはなく、我々日本人が煙草を吸うような自然さで片手はいつも数珠にささげられ、心はいつでもオンマニペメフーンに向かっている。五十、六十の老人になると、その傾向は一層強くなり、生活のすべてはオンマニペメフーンにささげられているといって過言ではない。

私もそのようなチベット人に習って、これから時々数珠を片手にもち、暇さえあれば数珠くりをするという方法を実行してみようかと思っている。数珠というものは独自のものである。私のものはブッダガヤでブッダから戴いたものとしているが、その後ヒンドゥの聖地を訪れるたびにその河の水なり神なりにその数珠を差し出して祝福を受けてきた。数珠にはこの旅の神聖のすべてがこめられているのである。数珠をくれば不思議に心が落ちつき、心は神霊に向かう。数珠とは確証なのである。数珠は旅のすべてを知っており、旅の精髄はすべて数珠に沁みこんでいるのである。

オンマニペメフーンを唱えながら数珠くりすることが私にとっても最も自然である。信仰は隠されたものである必要はないから、それが他者の前でくられようと唯一人でくられようと一向に差しつかえはないはずである。

それはまだチベット人に会う前から感じていたことであるが、私には先天的にチベット人に対する愛がある。同じモンゴル民族であるという民族性を越えて、その信仰の位置というか、瞑想の位置において、私は最もチベット人に近いのである。浄土真宗の瞑想の位置もその低さにおいてはかなり近いのだが、まだその低さが足りない。最も深く、地鳴りのような瞑想性を持っているのがチベット教の位置なのである。面白いことに、この町にあるヒンドゥのマンディールもラマ教の影響の下にあるせいか、この谷自体の自然性の故かは知らないが、非常に低い地鳴りのような信仰の振動を持っている。シヴァリンガムがまつられてあったが、その前にひざまずいて礼拝している人の姿、横の小屋にいた堂守りの小母さんの奇怪といってもよいような表情は、普通のヒンドゥテンプルの雰囲気ではなくて、もっと密教的な土俗的な私的な信仰の形であるように見受けられた。入口の内からお堂に至るまでの上部には色紙を特定の形に切ったものがひらひらにぎっしりと飾られ、お堂の中もやはり天井の部分は色紙のひらひらで飾られてあった。それはシヴァナンダジのサマディシュラインの入口から本室に至るまでの間にも同じような飾りがほどこされており、或る特殊な気分、生と死の境い目にあるような気分をかもし出すのである。シヴァナンダシュラインの場合はその他にサマディに入って両手を高くさしのべているシヴァナンダの影絵が壁に吹きつけで描かれており、それも特殊な気持ちをかもし出すのに助けとなっていた。シヴァナンダはリシケシを根拠地としてヒマラヤを愛し、数多くある著作のひとつに『ヒマラヤの声』という本を残している。絶版になっていて手に入らないが、いつかは手に入れて読んでみたいと思う書物である。

　私が手に入れてきたブッダの絵を見て、ラーマは「オッカ（おっかないもの）がきた」と言う。「これはクリシュナよ、クリシュナよ」と自分に納得させるような調子で言う。私が手に入れてきたものは周囲を七体のブッダに囲まれたブッダで、チベットの絵図としてはオッカの要素は全くないものなのであるが、ラーマから見ればそのブッダその人がオッカに見えるようで、このブッダには耳がないとか口がないと、時々見にきては文句を言うのである。ラマ教の世界はどう見てもヒンドゥの世界とはちがって死の匂いがする。ヒンドゥ世界では死自体ですら死の匂いがしないのが普通であるが、ラマ教の世界では生自体、つまり仏性《ぶっしょう》の世界自体が死の匂いを放つのである。それは日本仏教の生でもない死でもない中間的な性格ともまた大いにちがう。ラマ教の世界では生自体が死の姿に似ており、言わば生きながらに死を実現しているのである。その死は色彩豊かであり、この世のものとは思われず、死でありながら永遠の生であるかのように思われる。生と死とがいっしょくたになった永遠の姿、生でもなく死でもなく、ただオンマニペメフーンであるような、この世のものではなく、この世の裏側にあるような、この世の深奥にあるような、この世の地底を支えているような、ひとつの極彩色の厳然たる形象世界、それがラマ教の絵図から与えられるものである。ひとつの完全な静寂という幕があり、その幕があがるとそこからラマ教の世界が始まる。そこには動物がおり妖怪がおり神々がおり仏がおり、苦しみに悶える人間の姿があり、つまりこの世であることに変わりはないのだが、完全な静寂という幕を通ってきた世界であることも同様に確かなことなのである。この完全な静寂、それが即ちオンマニペメフーンであり、観世音菩薩自身なのだが、それを生と受けとるか死と受けとるかによって、ラマ教に対する感じ方は大いに異なってくるのである。この静寂を生ととらえる者にはラマ教はそこに生の宝庫を開いてみせてくれる。その幕を死ととらえるものにはラマ教は神秘な恐怖を伴う永遠の相の開示であるかのように受けとれる。

しかしいずれにしても、人はそこにそのような世界が存在することを願うことは出来ない。

人類史の交通の結果は、聖なるヒマラヤ連峰の裏側に、ヒンドゥ教徒が神々の住み給う地と想定したまさにその場所に、大乗仏教のひとつの流れであるそのような信仰の世界が存在していることを明らかにした。何事も正確無比であるヒンドゥ教徒の想定にちがいがなければ、彼らチベット人こそは神々の世界自体に住んでいる民であったのかも知れないのである。然し中共（中国共産党）は彼らをその祖国から追放し、追放されたチベット人はインドを中心とする他民族の中に散らばって、今では地理的秘境性を奪われたラマ教は歴史の白日のもとにさらされてその存在の真価を問われている。チベット人という民族の存在と同様に、その宗教であるラマ教の存在価値が、歴史という流れの中で問われているのである。

現在ひとつの事実は、自分らの文化に絶望した西欧人の内の少なからぬ人々が、チベット教に大いに興味をもっているということである。デイヴィット・アレキサンダー・ニールという女の人が『ヒマラヤの白い道』という有名な本を出して以来、西欧人で各地に散在するチベット人居住地区に入りこみ、そこでラマ僧の修行をしている人々は決してめずらしいことではない。アメリカにはラマ僧が開いているラマ教のアシュラムが存在し、ある特殊な傾向の人々、低い瞑想の位置という宿命に生まれた人々の生きる拠り所となっているようである。

私がラマ教の支持者であることは言うまでもない。私のイシュワラである観世音菩薩がラマ教の根本マントラであるオンマニペメフーンの当体であることからしても、私とチベット教の間には深い兄弟関係のようなものがあり、しかもチベット人にあってはラマ教は生きており、日本にあっては観音は殆ど健康な生命を失っているという事実がある以上、私もやはり彼ら西欧人の仲間となってオンマニペメフーンの真髄を追求してゆかざるを得ないのである。

昨日は香港麺なるものを買ってきて、バザールから山羊肉を仕入れて肉と醤油としょうがでだし

を取り、かけそば（うどん）のようなものを作って食べた。そのような食事は正月にラジギールで日本製のそうめんを食べて以来のことなので、大変にめずらしく食欲も大いにわいたことだった。今度は酢を買ってきてすしを作ろうかなどと、日本的な食事はますますエスカレートしそうな勢いである。

アヨーディアを出て以来、インド的な食べ物、つまりチャパティとサブジー、チャワール（米）とサブジーの組み合わせは、完全に魅力を失ってしまった。今ではインドのチャワールを思うとそれだけでげんなりするほどである。インドのもので今でも食欲をそそるものはマサラドーサイ、各種のじゃがいもを主体とした揚げものぐらいであり、今では食料も完全にチベットテントの方向を向いている。チベタンのものなら何でもおいしいが、インド人の店のものは振り向きもしないのである。あれほど食べたかった甘菓子でさえも、今では食べてもよいがどうでもよいほどのものになってしまっている。

毎晩チャンを買ってきて飲む。アルコール分は殆どない栄養分のようなお酒である。順子と二人で小水筒に一杯飲み終わると、かすかにアルコール分が体にまわり、敏感に感じとると少し酔っていることが判るほどのものである。

こうして醤油の料理を食べ、バターつきのチベタンローティを食べ、うどんなど食べていると、いつのまにか感覚は日本にいるのと大差がなくなり、インドにいるという緊張感は殆どなくなってしまった。今日でインドに入って以来丁度五ヶ月になる。いつのまにかそれほどの時が経ってしまったのである。

五月十四日（火）

たくさんの過去の事柄、人々のことが何故か次々と思い出されてくる。それはすべて日本の人々、日本の出来事ばかりである。だがそれをひとつずつ取りあげて吟味してみる気持ちにはならない。このハリラームの家の近くにヒンドゥ文字を刻みこんだ大きな石があり、それは恰好の坐禅場所である。眼の前を何もさえぎるものがなく谷間のバザールが見下ろされ、雪山の頂きも透明な空気もろともに瞑想することができる。今日もジャパはオンマニペメフーンである。瞑想の間しきりに赤ふん（唐牛健太郎）と花子ちゃんのことが思い出され、死に急ぎする高貴な姿として心を乱してくる。誰も死に急ぎしたくはない。しかしラーマクリシュナもヴィヴェカーナンダも恰も死に急ぎしたものの如くに、急ぎこの世を去って不滅の光を残して行った。日本を出る時、花子ちゃんが電話でカトマンドゥの恋人を見た時に、山の中で枯れきって坐禅しているヨギの姿は美しいと思ったと言い、私が三ヶ月ぐらい滞在するというと、ヘエーたったの三ヶ月！　と嘲けるように言い放ったことを覚えている。死は来るかも知れないが、この旅では私は死ぬという気はしていない。又、そのような方向へ旅しようとも思っていない。だから死が来たとしたら、それは不慮の死であることは間違いない。心の奥で、真理に生きようとすれば死を急ぐ（結果として）他はない、という声がすることは確かである。それは詩人としての真実であるように思われる。その意味では網走番外地たる紋別で漁船に乗っている赤ふんの姿は、詩人そのものの姿である。だがもうひとつのより真実なる声は、静かに光を分かち与えつつ長生きをしてゆこう、という昔ながらの智慧の声である。私はその声のためにこそ苦しんでいる。その智慧を探っている。人々の幸福に熟しながら光明の森深く坐る私はヨギ、というミラレパの一節は、私の理想の人間の姿である。欲望が深ければ死に急ぎする他はない。ラーマクリシュナもヴィヴェカーナンダもこの二人の師弟は神への限りない欲望と呼べるほどの愛故に、生命を燃やしつくしたのである。私はひそかなるラーマクリシュナの弟子ではあるが、長生きをするのでなければ「光明の森深く坐る」境涯に至ることが出来ないことを深く本能的に感じている。だから死に急ぎというのである。

私は赤ふんが好きである。それ故に私は、このヒマラヤのふもとから彼が長生きする智慧を、光明の森に坐る智慧を学びますようと祈ることが出来る。それが私の最良の力である。

赤ふんだけではない。ナーガもナナオも宮内君も日吉さんもトシちゃんもこの時代の欲望と害毒に苦しむすべての最良の友は、光明の森に坐る智慧を学び、静かに長生きしますようと願うのである。ナーガは力強い。ナナオも力強い。力強い友を二人も持つことの出来た私は幸いである。そして力はただ神からのみやって来ることを深く知るべきである。

きのうは温泉に行こうということになり、少し早目に昼食を済ませて谷川沿いの道を三キロほどのぼって行った。途中にチベタンのテント村があり、その間を通ってゆく時には不思議な仏国土を歩いてでもいるような気分にとらわれた。谷川はまだけっこう幅広く雪解けの水を集めてごうごうと流れ下っており、行く手にはカイラス山が雪を頂いて斜めにすそ野を広げており、チベタンテントでは特有の旗をかかげて、存在証明と信仰ののろしがあげられており、これは確かに未だかつて歩いたことのない道であった。空は半曇りで雪山は少々寒いものに感じられ、谷川の轟きは心をおどろおどろさせるに充分なほど下方を激しく流れていた。ところどころにある大きな岩石には、チベット文字でオンマニペメフーンの文字が刻みこまれ、それは今まで話に聞き夢に見ていた荒涼と信仰のまじりあった世界そのものの現実であった。

「チベット人はこの文字を刻むとそこに安心して住めるようになるのだよ」と私は太郎や次郎に教えたが、確かに巨岩に刻みこまれ、色彩さえほどこされたオンマニペメフーンの文字は、そこで人が生きていることを証《あか》しする聖なる文字であり、その聖性の故に、外見のあらゆる貧しさにもかかわらず、チベット人の生活は黄金の輝きを持つのである。部厚いぼろの布を身にまとい、あかに汚れているチベット人の生活は外見は確かにいかにも貧しい。インド世界に貧しさを感じる以上に、ということは、インド世界の貧しさの底辺がそのままチベット人の標準的生活であるということなのだが、それにも拘らず、旅するものの心のあわただしさを除外しても、対象と密着し、心にあせりなく、ゆうゆうと信頼を持って生きているのはチベット人の側であり、私達飛行機に乗ってやってきたものの側ではないのである。その場の人間であるから勿論旅しているものとは構えがちがうし、事情は完全に異なる。それにも拘らずテント村に垂れ下がる旗を眺め、巨岩に刻まれたオンマニペメフーンの文字を眺め、部厚い衣装にくるまれたチベット人そのものと視線が出会う時に、どうしてもそこにより深い生存の智慧が秘められていることを感じないわけにはゆかないのである。

温泉のことはバシシュタ又はガラムパニと言う。ガラムは熱いであり、パニは水である。土地の人は皆ガラムパニと呼んでいるようである。ガラムパニは州道をはずれて急な坂道を登った山の中腹にあり、インド政府の観光局の管轄の元におかれている。ラジギールの温泉場そのものがひとつの寺院である様式に比べると、ここはさすがに避暑地マナリだけあって入るのにお金をとる代わりに内部はタイル張りでトルコ様式の浴そうが出来ており、個室になっていてプールの水道栓のような大きな栓をひねるとがばがばと湯が出てたちまち風呂が出来上がるようにしつらえてある。単純鉱泉で温度は充分にあるが、匂いも何もない。それでも日本を出て以来初めて入る温泉に子供達は大喜びで、個室だから他の人にわずらわされることもなく楽しい時を過ごすことができた。

私は入っている間中はずっとヒマラヤの湯のめぐみということを想い、湯につかって気分がゆるみ上気してしまわないように気をつけていた。湯から上がってヴェナレスのヒンドゥ大学へ留学中だという印度哲学専攻の茂木という学生に会った。私もまだ若ければそのようなコースをたどったかも知れないという思いがわき、しばらくは湯上がりの陶然とした気分の中で話をしたことだった。もうしばらくはマナリに滞在するということなので、又話をする機会もあると思い、雨も降り出しそうなので、ラーマを背負って引き返して来た。ヴェナレスは目下天然痘が大流行で、又、鉄道は八日以来ゼネラルストライキでいつ解決がつくか判らない状態なのだそうである。日本の状況はおろか、外部の状況が一切判らない身には、そのようなニュースは本当にニュースとしての価値を持っている。

湯に入って久し振りに順子も女らしい気持ちになったようであるが、その女らしさは私の意にかなうものではない。私の男らしさが足りない故に彼女の女らしさが輝かないのかという反省もあるが、正確にはどうなのかということは判らない。しかし、太郎の白眼が少し黄色っぽいことをのぞいては皆が元気でおり、特に次郎は食欲も猛烈な代わりによく働きもし、一〇〇メートルほど離れた上の水場からの水汲みを始め、食器洗い、薪集め、バザールへの買い物等、喜んでこまめに動きまわっている。太郎は今一歩元気がでない。昨夜の夢では船が難船して我々はすべて海中に放り出され、黒潮に乗って漂流（泳ぎながら）していたが、ラーマの姿だけが見えず、急いで引き返してみたが何処にも見つからなかった。だがラーマを失ったという悲しみは来ず、何かの間違いで見つからないだろうという感じであり、再びわれわれは板切れか何かにつかまって黒潮の彼方にある陸地へ向けてゆうゆうと漂流して行くのだった。その陸地とはネパールであるのか。

少なくとも二十日以内に鉄道ストライキが解決しないと、ネパールへ入ることができない。ネパールへ入ることは思った以上に難しく、全く新しい旅に出るほどの気持ちでいないと、大変なことになってしまう。

五月十五日（水）

白雲の流れる光を浴びて
孤独者となれよ
孤独者に光あり
ブラフマンはただ　ひとりなるものによって認知されるものだからである
社会生活に　また家族生活に馴れ疲れた者よ

その胸に　孤独者の智慧と光を甦らせよ
智慧により山々は輝き
原初のエネルギーは
谷川となって流れ下るであろう
まことに世の愛は汚れたるもの　救いなきどぶ川　有為無為の悲しみの輪の廻りである
私は待っていた
慈悲がやってくるのを
家族生活の喜びと悲しみにまみれて　その灰色のまゆが得も言われない慈悲に変化する日を
しかし慈悲はやってこなかった
日々はすぎ　やがて四人の子供の父となろうとしている今
何ごとかを外に求めることの虚しさが
無常の風の如く迅速に体を吹きぬけてゆく
ただブラフマンの孤独者となれ
感覚も内に向けて収め
生きのびてゆくに必要な食べ物や宝物を
苦行の味のする無人の河原に求めよ
この世の慈悲
この世のものではない慈悲

二つの慈悲は同じひとつの慈悲である
歩み去ろう
今はこの世に喜びはない
般若波羅蜜多菩薩の智慧の道を祈りの果てとして
歩み下ろう

かつて私は詩を書き、それを彼女に読んできかせ、その詩の世界に彼女を引きこむことができた。それは私にとって幸せな時であった。何故なら私達は詩の世界に住むことが出来たのだから。しかしいつの日からか、彼女は詩を失い、私もまた彼女を詩の世界に引きこむ力を失った。何故なら誰でもが詩人である青春の時期を、彼女はゆっくりと通りすぎてしまったからである。或る意味で私のあらゆる努力は、彼女を詩の中に残しておくことに費やされてきた。何故ならそれこそが私の幸福と呼べるものだったから。

しかし、もはや彼女は詩の世界にはいない。そのことをはっきりと断じなければならない。詩は詩人にとってこそ命であれ、詩人でないものにとっては装飾品であるに過ぎない。私は彼女を去らなければならない。詩人として詩をとおして神を見る宿命を負っているものは、そうでないものとは別の道を歩む他はないのである。今ではそうすることが彼女への愛であることがはっきりしている。彼女はこの上なくよい主婦としての日常性を信仰と忍耐をもって生きるがよい。私はひとりとなって詩人としての道を歩もう。この耐え難い悲しみは外へ向け、彼女へ向けての期待が満たされなかったことに原因している。外にはこの世があり、この世は時に美しく、時に苦しみにみち、時に平和で、時に喧躁にみちて変化する。しかし外にはただひたすらこの世があるだけで、私の命が求めるものはなかった。これからは再び若い日々のように私自身の世界に帰ろう。若い日々とちがって今はそれだけ智慧も積み力も重ねてきたと思う。それが家族への私の遺産である。少年のような熱をもって真理を追求しながら、同時に一家の主人である義務を果すことが多分現在の私には出来るだろう。

詩よ甦れ
詩をとおして真理を神に歌うものであるという自分の位置を　この大地に不動のものとして確立せよ　そして願わくば　真の詩の力をとおして再び彼女の内に　詩という愛の形が青春だけのものではなくて　永遠のものであることに思い至らしめよ

東に向かって坐る
東は太陽の昇る方角である
その喜びよ永遠であれ

晴れていた空がたちまち曇り、雷雨というより雷をともなう氷雨といった方が適当な冷たいヒマラヤの雨に襲われて、郵便局のひさしの下に逃げこんだ。そこには先客が三人おり、その内のひとりはライ病の乞食だった。待てども待てども雨は通りすぎる様子はなく、ますます激しく降る一方で、雷もまた激しかった。その内に一匹のロバが現われ、私たちが雨宿りしている前の道までくるとそこに立ちどまって動かなくなった。雨は容赦なくロバの上にも降りそそいだか、ロバは時々足の位置を変える程度で、微動もせずに耳を垂れてそこに立ちつくしていた。うすい木綿のシャツを二枚着ているだけの私には寒さが次第に沁みこみ始め、この時になってやっとこの谷の人々が部厚いクル衣装と呼ばれる着物に身をつつんでいるわけが判ってきた。山までは相当の距離があり歩き出せばずぶ濡れになることは判りきっているし、それかと言ってじっとしていれば寒くて仕方ないしというわけで、心はたちまちの内に雨に降りこまれて弱ってしまった。時々ライ病乞食と眼が合ったが、彼は普通のライ病乞食のようにとろんとした眼をしておらず、私の胸の内を見すかしている鋭い生き生きとした眼をしていた。彼と眼を合わせないようにしていたが、ふと気が脱けるとその眼と出会ってしまうのだった。

ちょっと小止みになったすきをぬって二、三軒隣りのインド人の店に飛びこんでチャイを注文したらチャイはないとのことだった。あるものは目下私が最も嫌っているチャワールとサブジーのコンビだった。そこでは雨宿りも出来ず、斜め向かいに見える公衆便所まで小走りに走った。そこで用を足して出てくると空は少し明るくなり、元気のよいチベット人、インド人たちは歩き出した様子なので私も思い切って歩きはじめた。一〇〇メートルも行くと再び雨は強くなり、冷たい氷のような水滴がシャツをとおして肌まで冷やしはじめた。早くも手がしびれ始めて、これではとても歩けないと判断して、ちょうど山への登り口にあるヒッピー茶屋へ逃げこんだ。この茶屋では日本を出て以来絶えて聞いたことのないロックのレコードをかけて普段からヒッピー達がたむろしているので、私たちはそう呼んでいたのである。ヒッピー茶屋は雨宿りのヒッピーで満員であり、私が入って行くとその視線がいっせいに私に向けられた。気持ち悪い所に来たと思ったが仕方なく奥の方の一角に椅子を見つけてチャイを頼んだ。チャイで両手を暖めながら飲んでいるとレコードはいつのまにか聞き覚えのあるサンタナの曲に変わり、横にすわっていた日本に行ったことがあるというインド人の若者が話しかけてきた。多摩川を知っているかとか国立市を知っているかなどとひとしきり東京の地名をあげてたずねた後に、スケベエを知っているかと聞いてきた。その一言こそはまさにそのヒッピー茶屋にふさわしい言葉だと私は思えた。私たちが毎昼食に大事に食べており、その時もふろしき包みの中に今日の分として二つ買ってきた同じチベタンローティの食べかけがだらしなく放り出してあり、タバコの吸いがらが無残に散らばり、グラスと線香の匂いが立ちこめ、異様な恰好をしたヒッピー達は何かを尊敬するという気分はまるっきりなしに、ただそこにそうして時を過ごしているのだった。その内、身なりのしっかりしたちょっと上品な感じの女の子が入ってきてサンタナの曲に合わせて二、三度ステップを踏んだかと思うと、私達のテーブルに近づいてきてチロムを持っているかと一人にたずね、彼がバッグから取り出して渡すと馴れた手つきで中味をつめ始め、何か聞きとれない叫び声をあげて吸いはじめた。私はもし自分にまわってきたらどうしようかと考え、吸わないことに決めて知らぬ顔をしていると、やがてグラスではないハシッシュの匂いがたちこめて、チロムは私の隣りまでまわってきてそのまま折り返して元へ戻っていった。声をかけられないことが少し淋しい気もしたが、今更サンタナの曲でハシッシュを吸う気持ちにもならないから、そういう遊びがこのヒマラヤの谷までできて行なわれることに対する反発もこめて、ちょうど雨も小降りになってきた様子なので席を立ち二十五パイサを払って店を出た。店を出ようとする時、先の女の子も店を出てゆき、すれちがいざま私を少しおしのけて大きな顔をしているとか何とか英語で文句をつけて行った。元気盛んだった頃のウタエを見るようで悪い気持ちはしなかったが、もうそういう人達と共に私の詩を語ることは出来ない。

しかし、このマナリで少しもヒッピー達と情報を交わさなかったので、というより正確にはこの谷のヒンドゥの神に対する礼拝がなかったので、きのう山の上の寺で行なわれたこの谷の神の祭りを見逃してしまった。今まで何処にいてもその場の祭りを知らなかったことなどは一度もなかったのだが、今度はクルヴァレイに居ながらクルの谷の神の祭りを知らずに過ごしてしまった。つまりこの谷では私は完全にチベタンの世界の人間になっていたのである。

手足が凍えて感覚がなくなり、やっとのことでハリラームまで帰ってきたが、その間に太郎は私を迎えにバザールへ行っており、迎えてくれた順子の心も暖かいものであった。

詩よ甦れと叫んでバザールまで出かけて行った第一歩は、かくの如く寒く荒涼とした風景であった。雨が過ぎて晴れるはずの空は今日はどんよりと日本の空のように曇ったまま動かない。おどろおどろとした寒さがただよっている。

そして眼の覚めるような美しい夕暮れがやってきた。黒雲は去り雨に洗われた空はうっすらと緑色がかってしっとりと青く、雪山は夕陽の残照を受けて純白に輝いていた。多分山は雪だったのだろう。ところどころ見えていた雪解けの黒いしまもようは再び見えなくなって山全体がきれいに白一色におおわれてしまった。この谷でも私は気づかなかったが、皆んなの話では一時あられが降ったそうである。だから山は雪が降ったにちがいない。風は冷たく晴れ上がった今も氷のようである。私は冬物のセーターを着て毛糸のくつしたをはいて、久し振りに『マハーニルヴァーナタントラ』の訳に取りかかった。シヴァ神が妃であるパールヴァティにこのカリユガの時代の教育の方法を語る経典である。夕食のあとでこれまた久し振りにインドの甘いお菓子をチャイといっしょに食べたが、そのバターとミルクの濃くまじり合った味はアヨーディアの幸福な日々を思いおこさせ、舌つづみをうつほどにおいしく、純粋なヴェジタリアンの世界の食べ物の高貴さというものを思い知らされたのだった。このマナリでは肉や魚や魚の缶詰まで食べ、しかも毎晩チャンを飲んでいる。アヨーディアでは肉も魚も卵もなく、もちろんアルコール分もなく、食べ物の楽しみは、ただバター（ギー）とミルクと砂糖のたっぷり入った甘い甘いお菓子を食べることであった。

それを今は幸福な日々であったと思いおこすのである。

夜に入ってまた星が美しい。まだサソリ座は登ってこないが、東向きの窓辺に坐っていると時の移りにつれて次々と星が昇ってき、遠く雪山のほの白い輝きも望まれて、この部屋の事を思い知らされるのである。太陽が昇り、月が昇り、星が昇る、東向きの部屋は有難い。

五月十六日（木）

雲の美しさは燃えるようである。そしてその形は様々に変化してあきることがない。白雲が流れ、日が輝く限り、私の命は希望を燃やすことを忘れない。日本では松本平で美しい雲に出会った。松本を何度か訪れたが、その都度美しい雲の流れが心をなぐさめてくれた。松本平もりんごの産地である。りんごのとれる土地の雲は白く輝き美しいもののように思われる。そう言えば津軽平野を歩いていた時にもいつかこのような白雲の流れを眺めたという記憶がある。

カルカッタに着いて以来、何処へ行ってもインドでりんごを売っていない街はなかった。それも新鮮さのない半分しなびたようなりんごが、果物の中のひとつの魅力として何処の街でも売られていた。それがどうも納得できず、インドのような暑い国にきてりんごに出会うというのは、私にとってはどちらかと言えば不本意なことであった。一個一ルピーと値段も安くはない。子供達が熱を出してあえいでいる時にジュースにして飲ませる果物として、インドにおけるりんごの旅はよい印象のものではなかった。

今、この谷では新しいりんごが、日々りんごの木の枝に大きくなってゆく。来たばかりの頃はなつめほどの実だったのが今では梅の実ほどの大きさになり、早くもりんごの姿をとりはじめている。りんごは私の記憶では恋の果実である。藤村の「初恋」という詩をはじめとして『りんご畑のマーティン・ピピン』に至るまで、りんごの木と恋とは私の文学経験の内にあっても切り離されない。ゴールズワージーの『林檎の木』というやはり初恋の物語を英文で読んだのは高校の頃であるが、それは私が初めて始めから終わりまで読みとおした英文の書物であった。その頃私は自分を恋なくしては生きられない人間と規定していたほど、恋という感情が生存の根本エネルギーとなっていた。だから恋を失った時には命を失ったようであり、マーティン・ピピンの物語に出てくる男のように涙にくれる他はなかった。

その事情は今でも変わりはない。ただ恋の対象が美しい少女ではなくなって、様々な形をとって現われる神となっただけのことである。自然発生的な恋のエネルギーを神への恋に転換しようというのが、私の現在の全努力であると言って差しつかえない。ラーマクリシュナは神への恋に溺れ、神と合体しつつ溺れ死んだお方である。バクティと呼び、プレマバーヴァと呼ぶ激しい神への愛は、恋そのものの持つ特質である。

流れ来、流れゆく白雲を眺めていると、そのような恋の感情が根元的なエネルギーとして私の内に甦ってくる。恋とは最も清らかで最も深い対象への愛である。神に恋した人というと、ラーマクリシュナの他にすぐさま思いおこされるのはアッシジの聖フランシスコと明恵上人である。神への愛にも様々な形があるが、フランシスコの愛と明恵上人の愛とは共に恋を美しい女の人から神へと転換するのに成功したという点で同じである。私の人生もこの転換が成しうるかどうかにかかっているということが出来る。

白雲の美しさには限りがない。これがこのマナリの谷に献げる私の最上の讃歌である。

今日は瞑想の対象はシヴァであった。静かに雪山そのもののように坐しているシヴァにナモシヴァーヤーのマントラを献げつつ、エゴの消滅とダルマの勝利と、静かな不動の力を与えられることを願った。

まことにダルマに鼓舞されつつ生きてゆくのである。ダルマがなかったら神々でさえも戯れの戯れである。ダルマこそは私達人間の拠り所であると同じく神々の神性を支えるものである。ダルマに栄えあれ。ダルマの実現あれ。雪山の内に雪山そのものの如くに恵みにみちて瞑想するシヴァの姿は、静寂という名のダルマである。ナモシヴァーヤー　ナモシヴァーヤーとつぶやくとその静かな雄々しい姿が眼に浮かび、去来する白雲、輝く日の光、底の知れない青空もその静寂を飾る小さな風景の首飾りとなる。シヴァはマハーデーヴァと呼ばれるように大きな神である。大神である。人は時にこのマハーデーヴァに祈りつつエゴの消滅と思いの雄大という二つの果実をさずかるのである。まことに思いは雄大で地の果てまでも恵みを欠かさないものである。だがシヴァが大神であって大王でないのは、一方でエゴの消滅という苦行の姿をともなっているからである。エゴのない恵みが地上に遍満する時、シヴァの讃歌はおのずから人々の口を震わせる。シヴァは、私にあっては心の底の雄大な明るい静けさである。善であれ、善を為せ、瞑想せよというシヴァナンダジの声が聞こえてくる。

ヒマラヤはもともとシヴァの国土である。シヴァにまつわる様々なエピソードはこの神がヒマラヤそのものであることを示している。ヒマラヤにおいて高さという地上性が完成し、その高さは同時に静かさの示現でもある。ヒマラヤよりも静かな存在がこの世にあるだろうか。そしてヒマラヤよりも恐ろしい静けさがこの世にあるだろうか。ヒマラヤの声という言葉を耳にする時、私の胸に遠く響いてくるのはそのような地上の極限から伝わってくる静けさである。髪の毛が逆立つような恐怖に初めておそわれたのもヒマラヤの示す真理の美しさに打ちのめされたからである。

まだダラムサラの旅が次に待っている。しかしラマ教そのものもまたヒマラヤから生まれた仏教である。その意味で長い間のヴァイシュナヴァの旅が終わって、ようやくシヴァの旅、静寂の恵みという名の不動の力の旅が始まっているのである。ヒンドゥ教とか仏教にこだわったのはもう過去のことであり、いずれこれはダルマの旅、ダルマに追われ、ダルマを求め、ダルマに鼓舞されて行く旅である。

見逃がしたと思っていたこの谷のお祭りはまだ続いていて、今日はその三日目で最も賑やかな日であった。きのうの夕方二台のみこしのようなものが下から上がってきたので、おやまだ祭りは終わっていないのかな、と思ったが、今日は昼頃から山の上が大変賑やかで、美しいこの谷独特のクル衣装と呼ばれる地方色豊かな礼服に身を包んだ女の人達が続々と山を登ってくるので、私も夕食前にラーマを背負って登ってみた。

そこには小さな神社のようなおやしろがあり、その境内とも呼ぶべきヒマラヤ杉に囲まれた広場には、この街の人々の半分ぐらいは集まっていると思われるほどたくさんの人々が、文字通り百花撩乱の色彩豊かな花を咲かせていた。人というより花と呼んだ方が正確なほど、ありとあらゆる彩やかな色彩の衣装がぎっしりと境内をうずめ、その中央では男の人達が太鼓とラッパを打ち吹き鳴らしていた。その周囲をやはり頭を花や色もようの布切れや鳥の羽根などで飾りたてた男の人達が、肩を組み合い半円を描いてゆっくりとしたテンポの踊りを踊っていた。一分間に一メートルほど位置を移す他は格別の動きもなく、ただ体を楽しそうに左右にゆすっているだけの踊りである。太鼓の音が激しくなると、大小何種類かあり、最も大きなものは長さ一メートル半、ラッパの口が四〇センチはあろうというラッパの群れがいっせいに吹き鳴らされて、ヒマラヤ杉の梢高く興奮を高めるのである。やがて太鼓はおとなしいリズムにもどり、ラッパもまた普通の音量にもどり、しばらくすると再び少しずつ激しくなってゆく。その同じことの繰り返しが、ゆったりと楽しげに何度も何度もつづいてゆくのである。境内をうずめた人々はその踊りの様をあくこともなく楽しそうに眺めている。横の方では風車や笛やラッパを売るおもちゃ屋、南京豆屋、甘いお菓子屋など数軒の出店がでて、子供達や大人達のお客で大賑わいしている。神様のみこしは、ちょっとアフリカの面を思わせるような面が十個あるいは十二個並べたてられたものがひとつの神様をなしており、いわゆるヒンドゥの神とは大分趣きがちがう。何という神様かときのう店で会ったインド人に聞いたら、クルヴァレイの神だと答えたわけが判るのである。山の中の小さな空間で行なわれる小さなお祭りである。それでもこの街の人々は大人も子供も最上の衣装に着飾って心から楽しそうに集まっている。その姿はもはやヒンドゥのプージャという感じではなくて、ヒマラヤ民族のヒマラヤの山祭りといった方が適当な、素朴な簡素なそれでいていつのまにか胸を衝かれるような感動に巻きこまれてしまうお祭りだった。ヒンドゥのプージャは又それ独特の喜びと感動を持っている。しかしそれは私達日本人から見れば明らかに異質なはるか後方に取りもどされてしまうような性格を持っている。しかしここの山祭りは、与論島の海祭りなどと同じく、祭りの中に自然が占める位置が大きいために、その場にいる人々は自然にその祭りの一員となり、気づいてみれば我知らず、その祭りの一員になってしまっているのである。クルヴァレイのお祭りに間に合って良かったと思う。

祭りを共にするとそれだけでその土地とのなじみが深まり、その土地の人となった気持ちがするものだが、今晩は大家のハリラームさんの家ではお客がたくさん集まって御馳走であり、これが与論島なら私達にも当然声がかかって泡盛を一緒に飲むところなのだがと思うと、やはりここはインドなのだなと、その点は逆に幾分淋しい感じがするほどである。だがインドに来て初めて本当に自然に密着した祭りらしい祭りに出会え、私もまたこの町の人達と同じく幸福な気持ちになっている。甘いお菓子を買ってきて今晩もまた食べることになった。何だかこのような光景をヒマラヤの山の上から大神シヴァが微笑しながら眺めているような気がしてならない。

五月十七日（金）

朝、チベタンテントに行きトゥッパを食べる。ちょうど他にお客がなかったせいもあって、おじさんは愛想よくミーズといいながら水を持ってきてくれる。真鍮《しんちゅう》で作った上等のコップである。それからトウガラシをさしてトウガラシと言う。するともう一人の背の高いチベット人が自分は中国の近くのアンドウという所からきたが中国ではトゥッパをラーメンと言いモモをボウズと言う、日本ではギョウザと言いうどんと言うなど、しばらくは日本、中国、チベットを結ぶ食べ物の旅がつづけられ、それはそれでよいと楽しんだ。塩はチベット語でツァーと言うそうである。バザールでヴェナレスのアッシガートで茶屋をやっている特異なインド人チャイババにばったり出会う。私は一回ほどしか行ったことがないのに私が彼を覚えていたのと同様に彼も私をよく覚えていてくれて、一緒にチャイを飲みに行く。ヴェナレスは暑いそうである。彼はヒッピーがたくさん集まっているこの谷に商売をしに来たらしく、きのうから山の上の寺の近くで茶屋を始めたそうである。インド人も彼くらいになると抜け目なく如何に気持ちよく人生を送るかという智慧を働かせ、それを実行する時が来ているのである。それはともあれ、又ヴェナレスの人に会って、喜びはひとしおであり、彼がさそったのに私が茶代を払う目にはあったが、あっこれがヴェナレスだと思い出されてかえってにやにやしてしまう始末であった。今頃ヴェナレス、特にアッシガートの通りは天然痘とコレラの巣だという。あのパールヴァティロッジに居た退役鉄道員のおじいさんはもう最後の旅を終わってシヴァローカへ昇って行ったのだろうか。

次にメイフラワーゲストハウスに先日温泉で出会った茂木君を訪ねてしばらく雑談をする。インド哲学専攻の人だけあってインドに対する考え方は相当のものだが、やはり学者を志向している人だから私などとは自ずから幾分趣きがちがっている。しかしそのようなちがいを越えてヴェナレスのモティラル書店の話だとか鉄道に乗る時の困難とか、話はつきなくて時が経つのも忘れたように話しつづけたことだった。話している内に彼は哲学専攻ではあるが本当はサンスクリット語の勉強が本道なのだと判り、幾分失望したが、それは私の悪いくせで、サンスクリット語を生涯の仕事とする人に出会ったということは、類いまれな幸運であり、又友好を重ねたいと願ったことであった。

きのうおとといと大変寒く、山には雪が降りつもったようである。おかげでラーマが風邪を引き、私も体がだるくて調子が悪い。この谷ではオンマニペメフーンだと思ったのが、祭りがあったせいかいつのまにかシヴァに変わり、やはりここもインド世界なのだなと感心している。シヴァ御自身、オンマニペメフーン御自身はそんなことにはおかまいなく、唯ひたすら存在しつづけているだけである。しかし今はナモシヴァヤーのマントラがいちばんぴったりしている。ナモシヴァヤーと唱えれば静かな永遠の微笑をたたえたシヴァの姿が思い浮かび、お前さんもやっと私の名を呼ぶようになったかとうなずいている様子なのである。シヴァの瞑想は、しかしきつい。

霧が出る。雲が低くたれこめてしばらく冷たい雨が降りつづいたと思ったら、いつのまにかそれは霧に変わり、すぐ前の山さえも見えないほど濃くたちこめてしまった。霧に出会うのは久しぶりのことである。ヴェナレスで一度うっすらとした霧らしきものに出会ったが、このような山の霧は日本にいても滅多に出会えるものではない。谷全体にたちこめた霧におおわれてみると何処もかしこもしーんとして、まるで体までも霧にそまってしまったようである。私達はひとしきり霧の話に花を咲かせながら山羊の肉を煮込んだ全く日本的な肉飯を食べていた。食事が終わるころには再びいつのまにか霧は去っており、代わって暗青色の空がすでに暮れてしまった山々の上にくっきりと星をまじえていた。山の天気は変わりやすいと言われるが、この二、三日ほど天気が変わることもめずらしい。晴れていたかと思えばたちまちくもり雨が降り、再びたちまち晴れて又雨となる。一日中そういうことの繰り返しで、一日が終わってみると、その日が晴れていたのか曇っていたのか雨だったのか、何とも呼びようがないのである。思い出すこともできないほど何回も変わる。まるで人の心そのもののように、こうあるかと思えばああああり、ああああるかと思えばこうあって、まことに定めがないのである。

エゴを沈黙させてシヴァの声を聞くがよい。霧の中からそのような声がしたように思う。そのシヴァの声こそは汝の声である、とつけ加える必要はあるまい。汝はそれである、というウパニシャッドの高名な一句は、呼吸そのもののように人の存在を離れることはない。そのそれをシヴァと呼ぼうと真理と呼ぼうと、しょせんそれはそれなのである。シヴァは今や私の意識の奥深くにゆっくりと座をしめつつあるように思われる。今までは後頭部の上方に瞑想されたが、今日の夕方から、霧がたちこめる前あたりから、額の真ん中に瞑想することも出来るようになった。シヴァの声は沈黙の声である。シヴァは永遠に沈黙しているもののようである。永遠に沈黙しつつ、瞑想するものにはあの永遠の微笑をもらしているもののようである。シヴァへの愛は何故か宿命の匂いがする。私にとって恐ろしいものの象徴である死、死への愛がシヴァへの愛の内には秘められている。シヴァが恐ろしきものと呼ばれる所以でもあろう。黒雲がわきおこり、山々に魔法のようにしてかかったり消えたりする時、この大自在神と呼ばれる神の自在性に眼を見はりかつ又眼をつむって、あのエゴを沈黙させてシヴァの声を聞くがよい、という深い声を聞くのである。

今晩、山は静かである。多分祭りが終わったあとの静けさなのだろう。ラーマの熱も去り、二階のイギリス人のケロシンコンロの音も絶え、私は体の底にうごめいているけだるさをこらえながら、その静けさに対峙している。

ヒッピーと呼ばれる人達が善を為すものの呼び名であって欲しい。現在のところは、私自身の眼から見ても善を為すものというよりは時を浪費するものと見えるだけに、ヒッピーはそのモラルを激しく建て直す方向へ向かわなければならない。そして同時に理解すること、相手の立場を理解するという関係性の最初の智慧が常にわれわれ及び人々の間に存在してほしい。われらは平和の民である。悪を為すものであってはならない。このマナリのヒッピー達に関する限りは、どうひいき目に見ても彼らと聖性とは関係がない。かつてはヒッピーとは現代の聖者を志向するものとして、このインドにおいてさえも一定の評価を与えられたものである。しかし今はただ時とお金を浪費するだけの、身なりの汚い柔和な人々という印象を与えているだけである。ヒッピーの集まる所は即ち聖地であるという迫力はまったくない。むしろヒッピーの集まる所は、安い歓楽の地である、という印象を受ける。このマナリは決して安い土地ではないが、インドそのものが安い国であるから、ここもまたその安さをまぬがれてはいないのである。Easyという言葉がよく使われている。ホテルの広告などにもCheap & Easyという言葉が使われている。Easyとは或る意味では現在のヒッピー達を代表する言葉なのかも知れない。「Easy People」それが彼らの真理であるならば、そのEasynessはやがて深く食い込んだトゲのように彼らの人生の内部から腐敗しはじめるであろう。そしてそれは現代文明の持つ腐敗現象のひとつの端的なあらわれのひとつとして歴史的評価を受け、誰も彼らをまともな人間の群れとはみなさなくなるであろう。ヒッピーという呼び名が善を為すものの名とならない限り、マリファナは解禁されず、神聖の実現という人類の輝かしい理想は、あい変わらず職業僧侶の間の職業的なつぶやきごとに終わってしまうであろう。

私はもちろんヒッピーの側に立つ人間である。お前はヒッピーであるかと聞かれれば、それが平和と善を為すものの呼び名であるならば私はヒッピーであると答えよう。

この谷のヒッピーのあまりに多さに、どうしてもこのようなことを書かなくてはならなくなった。だがヒッピーという言葉はすでに腐敗した言葉であり、過去のものとしてしまった方が良いのかも知れないのである。

平和の民、ピースフルピープルという幾分宗教的な匂いのする呼び名を彼らにつけてあげることが、私の役割なのかも知れない。

五月十八日（土）

山へ行き、順子は小枝を、太郎と次郎とラーマは杉の根を集めて帰ってくる。

昼の食事、夜の食事、そして明日の朝の食事がそのたき木で作られる。太郎は火を燃やし、次郎は水場まで水を汲みに行く。順子はアカザの葉を今日もスープの実として集めている。山は天気が良いとは言えない。灰色雲が多く時々うす陽が射すていどである。私は山を下って街へ買い物に行く。タバコとマッチを買いチベット人の出店をちょっと眺め、ジラというスパイス（クミンシード）を数軒の店をたずねた後でやっと買い、チベット人のおじいさんとおばあさんが二人でいつも一生懸命に焼いているチベットパンを買って帰ってくる。

単純な生活である。途中でツーリストインフォーメイションにより鉄道ストライキはどうなっているかと尋ねると唯一言、カンティニューという返事が帰ってきた。もうストに入って以来十日を越しているのだから長いストである。全面ストライキ故、これが日本ならば相当の騒ぎになるはずであるが、例の如くこの谷間でストライキの噂などは一言も人々の口にのぼらない。この谷においてはバスは運行されており、その限りにおいては鉄道ストライキなど何の関係もないのである。ただそのあおりを受けて商品の値が上がり、商品がなくなったりするかも知れないが、その時初めて彼らの口からひとつのダルマとしてストライキという言葉が生きたものとして出てくるのであろう。

山に住んで、枯枝や枯木を集めて食事の火と暖房の火の薪とし、小さな畑に季節の野菜とちょっとした食べ物、じゃがいもとかさつまいもとかとうもろこしとかそば粉、出来れば麦ぐらいを作り、にわとりと山羊を飼い、山から来る季節の食べ物と、ほんの少しの商品を買ってすごせるような生活がやはり私の理想の生活であるように思われる。諏訪之瀬島でもそのような生活が出来るし、深沢でもあるていどはそのような生活をしていた。やはりウパニシャッド的な求道者の生活、その内部及び外部にブラフマンの輝きが沁みとおっている生活をするのでなければ、この人生を生きる価値は全くないのである。しかし日本に帰ってから諏訪之瀬に住むか、深沢または近辺の山に住むかというのはかなりの違いがあり、真剣に検討しなければならぬところである。私の気持ちとしては諏訪之瀬の共同体の一員となるよりは、一般社会の共同体の一員となる方が良いような気がしているが、それは結局イージーな道であり、諏訪之瀬島こそはまだ私達の夢の実現が残されている唯一の場所なのかも知れないのである。この旅のひとつの目的は、ゴア及びシュリオーロビンドアシュラムを訪れて、ヒッピー達の共同体、及び家族生活を含むアシュラム生活がどのように行なわれているのかを体験することであったが、順子の妊娠という事態からそれは不可能なことになった。

しかしながらかつて私が夢み、今もまた忘れてしまっているわけではない新しい村というイメージには、非常に広い範囲の自然環境が必要である。共同体という共同性に必然的に伴う腐敗を広い自然という自然性が清めてくれなくてはならないからである。その点では諏訪之瀬島及びその附近の小島は格好の環境を提出していると言える。

ただいわゆるヒッピーの集まりとしての共同体であれば私はもうサジを投げている。働かず苦行しない人々と行動を共にすることは厭だからである。先にピースフルピープルという言葉を使ったが、それでさえもピースフルという価値を獲得する代償として働かず苦行もしないというのであれば、私はそのような人々と行動を共にしたいとは思わない。インドでサドゥと呼ばれている人々は働かないが、その代わりに必死に食を乞わなければ生きてゆけないという社会的な貧しさを負っている。即ち苦行である。しかしインドのサドゥであっても私は彼らと生活を共同しようという気持ちにはならない。サドゥとはもともとそのような共同体からはみ出した人間であり、共同体を志向している人間ではないからである。つまり、私は働かない人々と共にひとつの社会を作るという気持ちは、当然のことではあるがもう持っていない。ウパニシャッドの舞台は広大な森林地帯である。そこには畑作から狩猟、採集に至る様々な労働の場が用意されており、何よりも人々はその生存を食べ物よりもブラフマンに依存していた。そしてそこにあった生活は共同体ではなくてただの生活であった。たまたまそこに多くの聖なる人々が住んだ時、その森は聖者の森と呼ばれてあたかも聖なる人々の共同生活の場であるような印象を与えたが、それはただそこに生活があったという単純なことにすぎない。だから正確には、私は共同体というようなものを目指しているのではなくて、ただ自然が優勢なある環境の内に自分の生活をはっきりと打ちたてたいということであるにすぎない。そして近所の人たちとは共同体によってつながれるのではなく、新しく何ごとかを作ってゆくという創造の友好によって結ばれたいのである。もちろん日本の古い村落共同体から学ぶ要素は非常に多くあるだろう。同様にたとえばこのインド社会という共同体から学ぶ要素も非常に多くあるだろう。ウパニシャッドのウの字も知らない人々と共にウパニシャッド的な生活をすることは困難である。その意味では新しいという言葉を使うだけで実際には新しくもなんでもなく、古き良き時代の苦行と喜びとをこの困難な時代にあって再び実現してゆこうというだけのことである。

少なくともダルマに従わない人々とは決して共に住むことは出来ない。

ダルマはすべてであり、ダルマによって生きるのである以上、ダルマに従わない人と関係を持つことさえおぞましいからである。

ダルマは現実に誰が提示するのかと言えば、もっともエゴを消滅してその心身にダルマを実現した人がそれを提示するのである。だからダルマはダルマ自体によって提示されると言われるのである。生きること自体が生の完成でありダルマの実現であるような生活、それは多分アシュラムと呼ばれるひとつの村落形式によって遂行され得るものであろう。善き友と交われ、とは信仰生活の上だけでなく、普通の生活においても絶対の条件であるからである。

しかし先を考えることはこのくらいでやめておいた方がよい。日本に帰ってからのことは日本のダルマが決めてくれる筈である。今はこのマナリの灰色雲の下で聖なる大神シヴァの御名を讃えることに専念しよう。

五月十九日（日）

今日も灰色雲の朝である。太陽はほんの四、五秒その微笑を見せただけで、あとは雲の奥で私らにはとどかないエネルギーを燃やしている。

夢にもう二十年も前に恋をし最初の絶望を与えられた女の人を見る。夢の中でその人はずい分やさしく、二十年前とは比較にならぬほどの忍耐力をもって私の側にいてくれたが、彼女の心がすっかり私のものでないことはやはりその当時と変わりはなかった。しかし私の方も年月を経て、彼女のやさしい行為、ただ私の側にいて私のためにあれこれ気を使ってくれるということがせいいっぱいの愛情であることを知っているから、そうして共にあることを喜びとして受け入れることができた。性的なことは思いにもなく、ただ彼女から絶えまなく送られてくるやさしさを身に受けているだけで、ほの暗い光の中の時が流れていた。

眼が覚めて私には諦認《ていにん》という言葉が思い起こされた。この言葉はウパニシャッドの翻訳本の中で訳者の佐保田鶴治という人が使っている言葉で、ひとつの真理を真理と感じておりながらなかなか受け入れられない時に、諦認という言葉をもって了承するものである。

この本は昭和二十年の四月に発刊されており、訳者はあの戦争の最中にウパニシャッドの悠遠の世界に入りこみ、それを世に出すべく励んでいたことが知られるのである。抄訳であるが何故か私はこの本を愛し、この四、五年いつも身近におくだけでなく、この旅にも自分の真に頼りになる最後の書物として持参してきたのである。

宿命は諦認されるべきものである。二十年前に私が彼女から与えられた絶望は真実として諦認されるべきものである。まことにひとつの真実を諦認するに二十年の年月が必要なのかと思うと、人生のあまりの短さにおぞけをふるうが、実際にはその諦認は完成したとは言い難いのである。むしろ諦認という言葉がこの二、三日、私の胸にとどいて来たことを思えば、その内実はやっと今始まったばかりなのである。

何を諦認するか。

性関係を伴わない男女の仲を最高の男女の仲として諦認するのである。性関係だけでなく、他のあらゆる種類の欲望、食欲とか睡眠欲とか名誉欲といったようなものを最小限に押さえることが、真実の欲望であると諦認するのである。あらゆる欲望は灰のように制御された、とは聖なる人々に対して使われる讃歌であるが、欲望に苦しみつつその制御を真理として受け入れる時に諦認という言葉が生きてくる。諦認の後に行為が伴えば、やがてその真理の喜びがやってくるだろう。新しい真理の夜明けである。


マーイトラヤーナ　ウパニシャッドの中に言われている。

「世には火神、風神、日神、時、生気、食物、ブラフマン、ルドラ、ヴィシュヌ神等の神々が在りますが、宗派によって其の念想する神が異っております。一体、いずれの神が最も勝れておられるのか教えて頂きたうございます。」

「此等の神々は、至上、不死、無体のブラフマンのすぐれた形の種々相に過ぎないのである。この世においては人は各々その執着する所を欣ぶ、と言われている。しかしながら、ブラフマンは実に一切である。故に此等のすぐれた形体を観想し、尊崇し、同時に次々に其より背き去るべきである。そうしたならば、此等の神々と共に、次々に高い世界に進み、その一切がつきた時にプルシャ（最高のブラフマン）と一体となるのである。」

これは私が真理（ブラフマン）の徒であるという時の典拠のひとつである。典拠によって信仰を得るものではないが、まことに闇の中を手探りにすすむ塩梅にグルのないものは進んでゆくのであるから、その進路を肯《よ》しと認めてくれる典拠があれば、それは私にとってグルの言葉であり、グルの言葉はそのまま真理のあらわれなのである。従ってウパニシァッドは私のグルの書である。繰り返し繰り返し昔のヴェーダ学徒のように暗記するほどまでに読んで良いものである。

実に真理の道は闇夜の道である。せいぜいほの明るいほどの薄明の道である。それでこそ太陽は輝き、月は喜々としてその満ち欠けを繰り返すのである。ショーペンハウエルにとってはそれは最高の慰安の書であったということであるが、私にとっては真理のあらわれそのものであり、従ってそれは実現されなければならないものである。最初噂に聞かれ、やがて眼に見られ、しかる後に実現される、というのがブラフマンの伝達の経路である。聖音オームは私の内にあって高らかに朗唱されるべきものである。南無観世音は私的なイシュワラへの朗唱としてひそかに、だが確固として唱えられるべきものであるが、オームはひとつの真理の言葉として全世界に向けて高らかに歌われて良いものである。

私はこの谷での居住性を愛している。街ではなく山の中腹に住み、街を見下ろし山を見上げ、朝日と星々は向かいの山から静かに昇ってくる。

家の主火たる火は山から来る薪によってまかなわれ、主水たる水もまた山から来る自然水によってまかなわれる。勿論畑もなく家畜ももたない旅人ではあるが、朝と夕方には信仰の香り高い香がたかれ、鈴が振られ、瞑想がなされる。チベット人という友がありヒマラヤ民族という友があり、又インド人という友があり、西欧諸国の若い人達という友もある。生活費は高いというわけではないが安いというわけでもない。日本人の一人の留学生が滞在している部屋代の半分で済み、妻や子供達はベッドに眠るが、私はセメントの上に頭陀袋を敷いてその上に寝袋で眠る。外国人たちはケロシンコンロを使うが私たちは主火としての火を用いて、煮炊きをしている。勉強する机はブルックボンド紅茶の木箱であり、瞑想に坐る場所はヒマラヤの雪山を見晴かす石の上である。友らは静かさを愛する人々であり、出会えば満面の微笑をおしまないが、出会わねばただ静かに自分の為すことを為している。ただひとつ気がかりなのは、このようにして生きている私の行為が生きてゆくに値するだけの価値を持っているのか、つまり経済学的に言って何らかの生産性を持っているのかということであるが、それは私が決めることではなくて相対性の総量たる歴史が決めることであり、この生きている歴史がそれを価値ありと決めてくれるならば幸せなことである。私としては自分達の物質的な貧しさに比べて精神的な豊かさが存在する故を持って、歴史はこれを肯しとしてくれるのではないかと期待する以外にはない。実際、旅人は定着しているものに比べてそれだけですでに五〇パーセント以上は貧しいのである。心の緊張という点を貧しさの度合いとするならば、私達の貧しさはチベット人の最下層の人々とおそらく等しいだろう。だが一方でその緊張から生み出される豊かさから言えば、もっとも金持ちのインド人避暑客の豊かさに等しいだろう。旅するものはこの諸刃《もろは》の剣《つるぎ》の上をゆくのである。人生が旅であると言うならば、私は物質的には最も貧しい層と等しく、精神的には最も豊かな層と等しいような旅をこれからもつづけてゆく筈のものである。それをウパニシャッド的生活と私は呼ぶ。このカリユガの時代はその生存を食べ物に依存しているとは有名な言葉であるが、その生存が水又は火、又はブラフマンそのものに依存するような古き良き時代へとこの人類の歴史は転換してゆく以外になく、それは回帰ではなく永劫回帰であり、完結せる円ではなくらせん状の円であるという、ヴェーダにのべられている歴史観を私はヴェーダ教徒としてではなく、日本の現代教育を受けた一人の日本人として肯定したいと思うのである。

きのうは二つの変わったことがあった。そのひとつは夕方、日暮れの少し前に虹が出たことである。虹は向かいの雪をかぶっていない山の中腹に両端はくっきりと、中央の部分は殆ど消えた形で、一回現われて消え又現われて日暮れと共に消えて行った。インドで虹を見るのはこれで確か二回目か三回目であるように思う。太郎が最初に虹を見た。私は何気なしに、〝けれども心に虹を見た、あなたの心に虹を見た〟という流行歌の一節を歌っており、何故〝けれども〟なのだろう、と歌いながらいぶかっていた。次郎は虹を昇ってゆくことは本当に出来るのかと、出来るはずだという気持ちが強そうに聞いてきた。前にお話でキツネが虹を昇ったのをたしかに覚えている、と言った。太郎がそれを側で聞いていて、そんなのはゲンソウだ、虹はゲンソウだから昇れるはずはない、と次郎をけなした。虹がどうしてゲンソウなんだ、そこに虹はあるじゃないか、と私は次郎をかばった。そんなことを言い合っている内に一回目の虹は消え、二回目の虹が出たことを又太郎が告げた。太郎は外で火をたきながらコロッケを作るためのじゃがいもをゆでていたのである。もうひとつの変わったことは、夕方から晴れてきた天気が、いつもは必ず南のクル市の方から晴れてくるのに、きのうは西の雪山から晴れてきたことである。西山から晴れ間が広がってきてもそれは長続きはしないはずだとたかをくっていたら、見る見る内にその晴れ間は広がってきて、やがて空全体を晴らしてしまった。西山から晴れることもあるのだろうが初めてのことなので、やはり変わったこととして心に奇妙なさざ波が立った。

今日は午後からやっと晴れ間が空を支配し、久し振りに希望そのもののような青い空と白雲の流れを楽しむことができる。まことに希望は虚空《こくう》よりも記憶よりも高次の原理なのである。希望とは何か。ネパールの涙が流れるような平和の世界である。

五月二十日（月）

朝からぬけるような快晴である。雪山は輝きをとりもどしシヴァの微笑は金色である。熟れた麦畑の間の道を喜びに充ちて瞑想の場所へ行く。瞑想場の石は白青色の光を放って私を迎えてくれる。エゴを沈黙させてシヴァの声を聞け。昨夜はどうも寝苦しいと思ったら夢精にみまわれた。ヴェナレス以来のことである。

シヴァへの愛という言葉があったかどうか、私の内にゆっくりとだがしっかりとシヴァへの愛が育ってくるのが判る。ナモシヴァーヤー　ナモシヴァーヤーとつぶやけば無限に静かな存在であるシヴァへの愛が存在そのものの深みから燃えあがってくる。まことに光ある静かさは存在の宝石である。シヴァの御名が宝石となってこの存在の内に定着すれば、私の希望はかなえられる。静かな光のある生活、そのような生活以外にこの世に何を希むことがあろうか。

青い空の上には虚空がある。虚空の色はもはや青ではない。その虚空の上には希望がある。だがシヴァはその希望を手の平にのせている。きのうの夕方、久し振りに晴れた空を見上げながらそのようなことを思っていた。しかしその高さは眼もくらむようで、どうでもシヴァの手の平に収めてもらわぬと静寂を欠くものであった。シヴァとはエゴが沈黙した後に宝石のようにしっかりと静かに存在する力である。シヴァに帰命します。

太郎は八木上人と加藤上人となったマモと一緒に蛇だの怪鳥だのが出没するジャングルの道をぬけてラジギールの温泉に行き、一緒に温泉につかった夢を見たという。次郎はボールの穴をみつけてそこから入って行ったら急にどすんと落っこちてそこは天国だったと言う。二人とも愉快な夢をみたものである。八木上人と言えば日達上人と並んで日本山妙法寺を代表する真の聖僧である。私が今まで出会った日本の僧侶の中で本当に尊敬できる僧侶は上の二人の方より他にない。その八木上人と加藤上人と太郎がジャングルをかきわけて温泉に行く気持ちはどんなであったろう。このインドで私も順子も側にはいないのである。次郎の夢も特徴があって面白い。次郎の夢はいつでもシュールリアリスティックで突拍子もないことが起こり、天国に落っこちる、というような二重性をもって終わるのである。二人とも何かの聖性に触れる夢を見ていることが私には嬉しくもあり、いじらしくもある。太郎はここでのひどい病気以来、聖性に対する尊敬をはっきりと意識しはじめている。太郎に聖性が宿った、と私は表現する。生きる目的が聖性の実現にある以上、子供達がそのような道を歩むことこそは最上の教育である。一年間学校を休ませたことは、太郎にとっても私にとっても無駄であるとは思えない。それどころか小学生を一年間休学させるという行為により、ひとつには学校教育の画一性に対する無言の批評となり、一方では学校に行くという行為がどれほど大切なものであるかを、われわれ自身が理解する反省ともなるのである。

今日は天気も良いことだし、ここを発つ日も迫っているので、もう一度温泉場に行くことにする。そのため順子は朝から大変に張り切っている。そう、それが生きるということなのである。

温泉場は湯が不足しているとかで一時間近く待たされたあげく、お慈悲で入れてくれたのは一〇センチほどしか湯の入らない一人用の浴漕で、温泉気分にはとても遠いものだったが、それでも湯につかり体を洗ってさっぱりした気持ちになって、近くの滝から流れ落ちる水場の側でチベタンパンの昼食をとった。今日は空の下で食べるので特別に三つ買いジャムも買って行ったのだが、食べている途中で通り雨がきて、最後の三つ目は歩き出しながらそうそうに食べる破目になった。皆んながこれはシヴァの意地悪なのだということに意見が一致した。雨宿りをかねて途中のチベット人の家でチャイを飲んだが、そこの主人はチャイを作りながらあの低い地を這うような経を口ずさんでおり、それにもかかわらず壁にはヒンドゥの神々のカレンダーが飾られて、祭壇とおぼしき所のチベットの仏は二つ折りにして閉じられてあった。主人がチャイを作っている間にそっと、その二つ折りの仏を開いてみたら、それはパドマサンバーバとおぼしきグルで、片面には何の絵も入っていなかった。チベット人は自分の寝場所を昼はそのまま茶屋にするので、家庭の中に入ってゆくのと同じなのである。そこには大体において祭壇があり、ブッダガヤの大塔の写真とかダライラマの写真とか、その他私には判らない聖僧の写真や仏の絵が飾ってあるが、二軒に一軒の割でヒンドゥの神々の絵がその一番はしに入りこんでいるのを見受ける。ライオン又はトラにうちまたがったドゥルガ神が多いようである。それがチベット人の間にヒンドゥ化が進んでいる証拠なのかどうかは判らないが、少なくとも多くのチベット人はヒンドゥ語を自由に話すし、商売の相手もヒンドゥ人であり、彼らが経済的に力をつけてゆくためには、どうしてもヒンドゥの世界に乗りこまなければならないことは確かである。その姿は経済的必要からして致し方ないものではあるが、私としては喜んでよいのか悲しいのか自分でもよくは判らない。恐らくはそのようにして、チベット人の祖国復帰がなされない限りはヒンドゥ化は進んでゆき、チベット人の中から額にキラカをつけるヒンドゥ教徒が現われるのも遠い日のことではないと思われる。しかしそうなればチベット人は民族として完全にヒンドゥ人の支配下に入り、彼らがネパーリという言葉によって軽蔑の対象とするモンゴル系ヒンドゥ人となり、最下級の労働者を供給する人々となってしまうであろう。ネパール人は祖国を持つがチベット人にはないのだから、その傾向は一層はげしいことが予想されて、やはりチベット人はチベット仏教をしっかりと守って独自の文化圏を形成し、たとえ祖国復帰がならないとしても、シーク教徒がヒンドゥ教徒の内にしめているような精神的経済的勢力へと進んでいって欲しいと思うのである。ただインドにおけるチベット人の数は約六十万人と言われ、人口から言えば、〇・一%を占めるにすぎず、そういうことを考えると、やはりダラムサラを中心とする居住地区における特殊な亡命集団としての扱いをいつまでも甘受しておらねばならないのかも知れない。

しかし仏の絵図一枚にしても、チベット文化の持つ世界は現代の世界文化の一角を充分に占めることの出来る力量と質とを持っている。それは地球というひとつの集団にとって必要な文化であり、そのような強力な深い文化を持つ民族が、単に政治的経済的な理由から次々に滅び去るか又はヒンドゥ教に吸収されてゆくというのであれば、それは私にとっては大いに耐え難いことであると言える。

私たちの精神生活において西洋世界がもたらす果実が殆どなくなってしまっている現在、その果実を何処に求めるかと言えば、一口に東洋世界と呼ばれている仏教的ヒンドゥ的世界及び南半球各地に散在する原始的未開民族の世界しかなく、そういうことになれば、仏教世界の中でラマ教の占める位置というものは人口的には少数であっても、その深さにおいては他に比類を見ないものなのである。人類の究極的な平和と幸福の実現という目的のために今後の世界史の内でラマ教が果たす役割というものは、世人が現在想像しているよりは一〇〇倍も大きいのである。ミラレパという聖僧にして詩人の仕事ひとつをとりあげてみても、その入りこんだ世界の深さからすれば、ランボーも足もとにも及ばず、ヒンディの何人かの詩人がかろうじてその世界を見ていたというに過ぎないのである。このように書くことは、或いはあまりにもチベット教を過大に評価しているか、自分の好みに引き寄せてものを言うようであるかも知れないが、詩というものの本質がイマジネールにあるのではなく、その見、かつまた実現していった世界にあるという私の詩についての考えからすれば、それは少しも過大評価ではなく我田引水でもないのである。詩とはまことに詩的な千里眼をもって見られ、かつその見られた世界を実現してゆく過程の詩的な表現だからである。

温泉場では二人の男女のヒッピーが順番を待っており、男の方はどうも匂いがすると思ったら紙巻きタバコにしたハシッシュを二本も三本も吸っていた。女の方はインドのたばこであるビリーを吸っている。私は普通のインドシガレットを吸っている。外の庭ではやはり別のグループのヒッピーがグラスを吸いまわしており、庭先の下の谷川を見下ろす日当たりの良い場所ではヒマラヤ人の爺さんが一人でゆっくりと巨大な水パイプのきせるできざみたばこを吸っていた。この谷では老人が水パイプを吸うのは落ちついた静かな老年を象徴する仕草らしく、三人、四人と集まって世間話などしながらのんびりとその巨大なパイプを廻し飲みしている姿にはよく出会うのである。

温泉場でそのように様々なタイプの人が様々なタイプの喫煙を楽しんでいる姿を見ていると、グラスもハシッシュも格別に特殊なものではなく、ただひとつの嗜好性であることがはっきりしてくる。グラスによってもハシッシュによっても世界は変わらないし、ビリーによってもシガレットによっても水タバコによっても世界は変わりはしない。逆に言えば、グラスにはグラスのハシッシュにはハシッシュのビリーにはビリーの各々の世界があり、喫煙という行為によってのみ評価されるものであることが判る。私自身はグラスにもハシッシュにも殆ど執着はないが、他の人達が平和にそれを愛好している姿を責める気持ちは全くない。従って私の意見からすればマリファナ禁止法というのはどう見ても意味のない法律であり、医学的にも健康上の障害はないことはすでに多くの医学的立場から証明されている所である。この谷は別名麻の谷と呼んでよいほどに麻は密生しており、ひとつのホテルはグラスランドという名をつけているほどであるから、グラス及びハシッシュの自然性はそれだけ強調されているわけではある。

ヒマラヤ杉は日本の杉、檜と同じく信じられぬほど垂直に空に向かって伸びている。杉及び檜の垂直性というものはどうみてもひとつの神秘である。ナナオだったら屋久杉の大木がまっすぐに伸びているのは実に気持ちがよい、というだけで済ますだろうが、私はやはりこの信じられぬほどの垂直性というものに神秘を感じないわけにはいかない。他の殆どの樹木が幾分なりとも曲がりくねっているのに、ヒマラヤ杉のみは真っ直ぐに矢のような鋭さで空に向かっているのである。矢が秒の単位で直線を伸ばすのに対して、ヒマラヤ杉の単位は十年、一〇〇年である。その長い年月の直線への意志というものは確かに、直線を愛好するものではなくても評価しなくてはならない美しさと素晴らしさを持っている。

夕方、シガレットを一本吸う間、大きな岩の上に腰を下ろしてヒマラヤ杉の森を眺めながらそのような思いにふけっていた。低い枝にハトをひとまわり小さくしたほどの、この谷でよく見かける鳥が憩《やす》んでいて、身動きもしないでじっとしていた。いずれ名のある鳥なのだろうが、私には何も判らない。ただその同じ種類の鳥がハリラームさんの家の軒に巣を作っており、今はちょうどヒナがかえっていて親鳥がエサを運んでくる度に鳴きたてるのが私達の耳にもとどいてくる。深沢の私達の家にはすずめでもよいから小鳥が巣をかけてくれればよいと思うのだが、そういうことは三年間住んだ間には起こらなかった。静かな光のある生活には果物の樹が必要であるのと同じほどに小鳥に愛されることが必要であると思われる。小鳥たちよ、お前たちも心を貧しくもってキリストを愛しなさい、と説教をしたというアッシジの聖フランシスコほどに小鳥の世界に入らなくても、身のまわりに可愛らしい小さなものの視線と声を感じていることは、精神の清涼を保つ上に是非とも必要なものであると思う。

ヒンディの人々の食べ物の理想はミルクと果物の食事ということになっている。バラモンが司祭として大きなプージャを迎える時や、サドゥがマントラのジャパに一定の数を決めてその行に入る時などは、今でもミルクと果物という食事の前提が要請されていることからもそれが判る。現在の所そのような世界は私には雲の上の世界のように遠いが、ミルクと果物の食事という宿ってしまったイメージを消すことは恐らく出来ないだろう。為すべきことは為し終えた、業《ごう》はつきた、と言い放ったブッダの世界が、ヒンドゥでサチャユガと呼ばれる時代と同じく如何に透明で静まりかえっていたかということが判る。思えば泣きたくなるように遠い美しい世界である。しかしそのような世界をこのカリユガの時代にあって実現した人もいるのである。ガンジーはカルマをとおしてそのような世界に達し、ラーマクリシュナは愛をとおしてそのような世界に至った。現代の日本人の中では道はちがっているとは言え、藤井日達上人はひとすじの法華経信仰によってそのような世界を実現された。

五月二十一日（火）

この谷も今日を入れてもう二日しか残っていない。又暑い国へ帰ってゆくのである。順子も太郎もすっかりこの谷になじみ、出発するのがおっくうだと言っている。英語でメイクラブという言葉は決して上品な言葉ではないように思われる。然しながら私には愛を作ると直訳されるこの性交を意味する言葉は、性交の真理に近づいているものとして納得できる。

ゆうべは風呂あがりの（順子の表現によれば毛穴が呼吸しているのがはっきりわかる）すがすがしい気分と、チャンの酔い、薬一服の静かさの中で愛を作った。愛を作るとはやはり理解する行為であることが判る。彼女は鋭い気品のようなものをその一番奥に秘めており、その気品が理解され愛される時にはじめて真底からの解放を感じるもののようである。性交はもちろん肉体的な行為であるが、瞑想が肉体的行為でありながら至上の精神的行為であるのと同じく、やはりその真底は精神の行為なのである。肉体の快感を追っている内はそのことは決して理解されないが、肉体の快感そのものを神に献げるということにより、快感そのものが精神の領域へ広がり始めるのである。かくして性交は愛を作る行為となり、愛を作るとは全力をあげて理解すること、奥の奥にひそみ陽にさらされず、意識にさえもさらされていないものを裸の喜びの中で追求してゆく旅となるのである。

私は禁欲又は性欲の抑制ということは大いに実行せねばならぬものとするが、性交そのもの、又はセックスと呼ばれるものさえも否定するものではない。それを積極的に愛を作る行為として賞揚する気持ちもあまりないが、すべての行為に伴う善い半面と善くない半面との総合性を思えば、性交を悪として否定する根拠はマリファナと同じく何処にもないからである。それは又家住者として、つまり出家ではないものの立場としての気持ちでもある。出家でも親鸞上人のような立場もあるけども、現在の私の気持ちからすれば、出家とは即ち性交行為の捨離がその本質であって、性行為を永遠に捨離するという誓いこそが法への誓いと共に出家の本領であると思うのである。実に一遍上人が言っているように、妻子を伴う親鸞上人のような方は上品のなかの上品の人であって、我ら下品の徒は妻子を捨離する以外に僧の道を歩むことは出来ないのである。

きのうの夜、彼女の内に垣間みた鋭い気品と呼べるものは、私にとっても見知らぬものではない。その気品の内実が高貴さであり静かさでありおおらかさであるならば、それは又私が希望という名によって呼んだものの内実でもある。私が見たものが感じたものではなかったという点で不安を残すけれども、その気品が彼女の内実であるとすれば、詩人ではないという理由により一週間ほど前に捨離した彼女の存在は再び時と共に、共に歩む人として帰ってきたことになる。夫婦の暮らしとは実はそのようなことの繰り返しでもあるのだが、今度の場合はその波が高く厳しかった故に、帰ってきたということはそれだけ大きな平原へと歩み出したことにもなる。それは静かな高貴さと呼ばれるシヴァの手の平の平原である。ただこの高貴さはブルジョアジーの持つ鼻高の高貴さではなく、ウパニシャッドの聖者たちが持つような灰にまみれた高貴さ、水と火と空気と風と大地に愛された高貴さでなければならない。

この旅の過程にあって彼女はマナリの水と火と空気を愛していることはたしかである。この谷で火を燃やして飯を炊くヒッピーは私の知る限りでは見当たらず、それはただチベット人のみの特権であるように見受けているからである。火は時の中では愛なくしては燃えるものではない。終わってくるみを割って食べた。ひとつのくるみは実がぎっしりつまっており、ひとつのくるみは実が全然入っていなかった。彼女はこれがリス君だったらかんかんに怒るところだが……といって半分に割られた実の入っていないくるみを窓から投げ棄てた。その言い方は童話じみてはいたが、私のあらゆる努力にもかかわらず、彼女の心に小さな不満が残っていることを伝えていた。私にはそれが理解できるようで実際には理解が出来ないのだった。しばらくして不意に停電になった。私達の部屋は石油ランプにしていたから関係ないが、表の坂道にあるガバメントの蛍光灯が消え、同時にこの谷のすべての電気の明かりは消えてしまった。空は満天の星であったが、月は黒分の十四日、闇夜である。もともと夜はしーんとした静かな谷ではあるが、すべての明かりが消えた瞬間にその静かさは突然に変異して、いきなり眼の前の山が黒々と生きたものとして立ち現われ、星々はいっせいに空の奥へとひっこんでしまった。星は本来の距離を取りもどして遠く神秘な光を投げ与え、山はその本来の暗黒の存在を取りもどした。原初の夜の静かさとも呼ぶべき深い完全な夜がそこにあった。私たちは石油ランプを消し、窓を開いてその夜の空気を吸った。空気は透明で今までに私が吸ったことのある空気の中で最もおいしい空気のひとつであった。夜、山が生きているということはそのように深い喜びを人に与えてくれるものなのである。昼間、流れのそばで弁当を食べている時に雨を降らして意地悪をしたから、シヴァは今度はそのおかえしに電気を消して喜びを与えてくれたのだろうと話し合って意見が一致した。じっさいきのうはめずらしく一日雨が降らず、私達が弁当を開いた十分か十五分の間だけ雨が降ったからである。

それから何ものにも替えがたい闇と星の輝きの静かさの中で、彼女はベッドに、私は頭陀袋の上の寝袋に入りこんで眠った。夢もみない深い眠りであった。

ハリラームさんのこの民宿は、本当は目下建築中なのである。谷に向かって左半分の四つの部屋が既に完成しており、二階の二部屋は二人ずつ二組のイギリス人が占め、階下の一部屋は私達が占め、もう一部屋はアメリカ人らしい三人組が占めている。右半分は目下建築中であるが、私達が入って以来大工が入ったのは今日で二回目である。最初入った時にはこれは毎日大工仕事の音がうるさいだろうと思ったのだが、そこはやはりインドのことで工事は少しも進まず、時々ハリラームさんの息子たちが地面の地ならしをしたり、チベット人の女の人たちが背中に砂をはこんできたりするていどで、一向に建築はつづけられない。この分ではもう大工は来ないのかと思っていたら、今日は朝からいかにも大工らしい美しい顔をした人が一人やってきて、物も言わずに仕事を始めた。

一人仕事だから静かなもので、厚い板にカンナがけする音が時々思い出したように耳に伝わってくるだけである。

ハリラームさんとは部屋代のことなど必要なこと以外は何の会話もないが、ハリラームの奥さんとは終日家にいるせいで挨拶もするし、簡単な会話もとりかわす。奥さんはヒマラヤ民族というよりはインド人に属する方の人だが、その性質は物静かで気品があり、それでいて山の民たる素朴さを充分にもっている美しい人である。最初太郎が病気の時、使っていないベッドが眼についたので貸してくれと言ったら一日二ルピー半だと言われて大いに腹を立て、そっちがそのように金で関係をもつというのなら宿がえするとか色々あったのだが、結局二つのベッドを二ルピーで貸りることに話がまとまり、それ以来はすっかりこの家に落ちついてこのマナリの休日を楽しんだのである。いつだったかもう忘れたが、ある日一服薬を吸って外に出たら、ちょうど奥さんも外にでていてナマステと挨拶したのだが、その時の彼女の気品のある素朴な美しさというものは、ちょっとぞっとするほどのもので、たとえ一時にせよベッドのことなどで彼女に腹を立てたのはこちらが悪かったという気持ちを持たされるに充分であった。一日三ルピーの部屋代と言えば日本円にすれば七十五円であり、そこに家族五人で入っているのだから馬鹿みたいに安いと言えば安いのである。ちょっとしたゲストハウスならば、ベッドつきで一人十ルピーはとるのだから、三ルピーは地面に寝るという立場が成立するのは無理もないことで、子供が病気だからと言って、お金をとって貸すために準備しているベッドをただで貸してしまっては経済が成り立たないのである。

一瞬の挨拶の内に示された美しさに、そのようなことまでがすべて了承されて、それ以来彼女には私は両手を合わせてナマステというようにしているし、手があいている時にはバザールのハリラームさんの店に寄って買いおいてあるミルクを彼女の所まで持ってきてあげたりしている。今はこの谷は避暑客のシーズンオンであるから、部屋を作りさえすればその安さからして客が入るのは目に見えている。それを急ぎ建築にとりかからないのは資金がないのか大工の手がないのかははっきりしないが（なにしろこの谷の至る所で新築工事が進められているのが見られる）、そこには表面ではひと言も言わない代わりに現在入っているお客への配慮というものが彼女の内に宿っていて、その結果がゆっくりした工事となって現われているのではないかと、私は勝手に善意に解釈しているのである。

インドは不思議な国である。二つのベッドつき一日五ルピーは如何にも安いようであるが、そして実際れっきとしたゲストハウスやホテルに比べれば安いことは確かであるが、私の意識の中では決して安くないのである。

ヴェナレスではちゃんとしたホテルに住んで一日四ルピーだった。アヨーディアではダブルルーム、バストイレつき、一〇センチも厚さがあり五人がゆったりと寝られる大きなマットつきの部屋を三ルピーで貸りることが出来た。リシケシではツーリストバンガローという政府の施設が一日四ルピーだった。そういう今までの体験からすれば、バスもなくベッドつきとは言え、私は地面に眠るこの部屋が五ルピーとは大変に高いと思われるのは当然である。しかし五ルピーとか三ルピーとかいうお金はインドの感覚に直しても五〇〇円、三〇〇円以下という感じで、実際にバザールで物を買う段になると大したものは買えず、物価高は確実にインド全体を呑みこもうとしている。安いようでいて高く、高いようでいて安いインドの旅は、このマナリで典型的な感覚である。ハリラームの奥さんにしてもそのように女神の現われかと思われるほど美しいかと思えば、時には意地悪なおばさんにも見え、要するにこの谷の天候のようにすべてに定まりはなく、時から時へ出会いから出会いへと静かにうつり変わってゆき、その姿は真理であるダルマの現われの姿以外のなにものでもないものとして了承されるのである。

ダルマに敬礼します。ダルマの静かな喜ばしい現われとしてのシヴァに深く帰命します。今日もまたこの谷は美しい晴天である。

五月二十二日

夏の星座を胸に収めておく必要がある。

きのうの夜も美しい満天の星空でサソリ座が高々と山の上にめぐるのを見ながら寝袋に入る。だが二階のヒッピーどもがうるさく吸うのでスムースに眠りに入ってゆけない。四人で住んでいるにしてはいつも静かな人達なのであるが、きのうは何人かの客があり、その客の内のひとりが大変なおしゃべりで、際限もないおしゃべりが時々アレック！　とかボンシャンカール！　と叫びながら続くのである。ヒッピーとはハシッシュ及びその類のものを吸う人達のことを言うのだと、きのうの夜初めて判ったことであった。しかしそのようなものを吸うにしても吸い方があり、神に献げて、又神からの贈り物として静かに吸うのであれば気にも障らないが、ゆうべのようにべちゃくちゃしゃべりながら夜中すぎまでやられたのでは、周囲にいるものは大変に迷惑する。もちろん酒にしても同じことが言え、要はその吸い方、飲み方の問題である。二階の住人そのものは静かな人達で殆どヒッピーを卒業しかかっている（吸うことは吸うが）が、それにしてもゆうべは bad trip であり、苦しんでいる英国から何かを求めてこの国にやってきた、新しい世代の人々とは思えないのだった。英国人はこの国にビザなしで何年でも滞在できる。大英帝国の名残りの特権である。彼ら英国人はその特権を利用して、四年、五年、六年とこの国に住みつき、他の国の人たちが一ヶ月でも長くビザをもらおうとして苦労しているのをよそ目に、この国の富を享受している。ヒッピーの新天地といわれるゴアに集まっている人達の中でも、恐らくはこのような英国人がリーダーシップをとり、朝となく昼となくボンボンとやっているのであろうが、そしてこのマナリでもそのゴア族とも呼ぶべき連中が暑さを避けて逃げてきているのが多いのだが、どう見ても彼らのやり方はイージーであり、ヒッピーのいる所にはイージーさがついてまわるという事実をどう釈明することも出来ないのである。同じヒッピーでもこの時期にアルモラやナイニタールへ行っている人達がある。ウッタル・プラデーシュの北の町であるが、そこはマナリとちがってサドゥの力というか、宗教的な雰囲気の強い所である。リシケシで会った鈴木君もアルモラへ向かったが、アルモラへ行く人とマナリやスリナガールへ行く人とは或る意味では心がまえが全然ちがい、アルモラへ行く人には求道が感じられ、マナリ、スリナガールへ行く人にはイージーさが感じられるのである。

きのうは又夕方から雨になった。太郎と順子はバザールへ行っており、向かいの山は雪だった。せいぜい二二〇〇～二三〇〇メートルの向かいの山の頂上附近にはがんがん雪が降り、杉の梢はたちまち真っ白になった。裏の山もやはり雪で、つい四、五〇〇メートルの上空は雪の世界なのである。さすがにこっちも冷えこんで全員セーターを着込み、寒い寒いと体をちぢめていた。猛暑から真冬の寒さへというこの変化はまことに時の流れとは言え興味深い。

明日はダラムサラの空の下である。

ここは一見クルヴァレイの最奥の町で、ここより奥にはもう町はないように思えるが、バスのブッキングオフィスで案内図を見ると、北の奥に見えるローザンパスという四〇〇〇メートルの山を越してその向こうにケーロングという町があり、ローザンパスの峠の雪が解けるとバスも通っていることが判る。約三〇〇キロの山奥である。山また山と連なっている中に点々と村里があり、そこに真のヒマラヤ民族と呼ばれる人々が住んでいるのであろう。しかし外国人にとってはケーロングに行くには政府の許可が必要であり、そのためにはあらかじめデリーでそのような手続きをしなければならない。山から山のうねうねの道をゆっくりと時間をかけて歩いてみたいが、それもこの旅にあっては無理なことである。この町ではそういう山あいに住んでいる羊飼いが羊の群れをひきつれてやってきているのに時々出会った。羊の群れは一〇〇頭から二〇〇頭近くと様々だが、先頭に立つ羊飼いの首領である若者は独得の短めのマントを着ており、それを腰できりきりと帯で結び、足は腿《もも》から下を陽にさらしている。着ているマントは純毛でできていて白黄色のいかにも暖かそうな、それでいて品位のあるもので、腰帯には一本の笛をきしっと差しこんでいる。皮膚はまさに輝くような色つやを持ち、眼はしっかりと前方を見つめている。クリシュナ神の若い日々もかくやと思われるほどのりりしさに、しばしは彼が一介の羊飼いであることも忘れて畏敬の念とともに見送るのである。羊たちはリンリンと鈴を鳴らし、ベエベエと鳴き声をあげ、前のものにおくれまいとまるで競走でもするように前へ前へと一心に歩いてゆく。先頭に立つ若者は、キャンプ用の用具を肩に軽く背負って、町などには何の興味もないという風にケーロングへ通じる吊り橋を渡ってゆくのである。まことに人生はさまざまである。生きる様をひとつの判でおしたように定めてしまうことが、どんなに虚しいことであるかを、彼のその世にも美しい顔が物語っている。雪焼けか日焼けか、こんがりとこげた顔や足の肌から伝わってくる感じは、如何なる高貴なインド人からも感じることの出来ない生の美しさを秘めているのである。羊飼いと言えば一見のんびりした楽な仕事のようにに思われるが、この四〇〇〇メートル、五〇〇〇メートルという山々を渡って歩く羊飼いは、天候の激変という危険に常にさらされており、ひとつ判断を誤まれば吹雪に閉じこめられて、そのまま羊もろともに凍え死ぬこともあるのだそうである。

留学生の茂木君はきのう近くの雪山のひとつにシェルパの案内で登ってきたという。頂上までは天気がくずれて登れなかったが、それでも雪の中を四〇〇〇メートル近くまで登り、この谷をとりまく五〇〇〇メートル、六〇〇〇メートル級の山々を見渡した気持ちは何とも言えないものであったと言う。大学でワンダーフォーゲルをやっていたので多少の登山の経験はあったが、シェルパの軽い言葉にピクニックぐらいだろうと登りはじめたら胸をつく登りで大層辛い思いをし、足を少々捻挫してしまったそうである。国立大学の大学院に進み、こうしてインド第一と言われるヴェナレスヒンドゥ大学に留学している人が、山のあるこの町に来ればちゃんとシェルパをつかまえてやれるだけのことはやっている姿を見ると、ハシッシュ吸いのヒッピー達は一体何をやっているのだろうかと、彼らを我が仲間と思えば思うほど情けなくもなってくる。しかしこれも様々な人生の姿である。茂木君はやがてはサンスクリットの教授としてのスペシャリストの道を歩んでいるのであり、ヒッピー達は新しい文化の担い手としての地の塩の道を歩んでいるのである。どちらが尊いなどと下手な評価を下すことは出来ない。しかし私としてはどうもハシッシュを吸って他愛のないおしゃべりに送日している人達よりも、山に登って捻挫をした人の方が好感がもてて、さては私はもはやヒッピーの仲間ではないのではないかと逆に淋しくさえもあるのである。

然し肉体というものは偉大なものである。私が骨を折ってムーラーダーラクンダリーニの位置を確かめている間に彼は山に登り、私にとっても興味浅からぬ五、六〇〇〇メートル級の山々の白壁を望んできたのである。私が現在のように家族の輪にしばりつけられている限りは、私にはそのようなことは出来ず、バスで行ける所までしか行くことが出来ないのである。

インフォーメイションによれば、ダラムサラからもトレッキングのコースがあるというので、ダラムサラに行ったら一日時を作って二、三〇キロの日帰りコースでも歩いてみようかと思っている。責任はやはり家族にあるのではなくて私にあるからである。行為というものはそのように偉大なものである。山に登ったものは登らないものには見ることの出来ぬ世界を見るのである。これが行為の鉄則である。

今日の夕方は彼とチベタンテントに行ってお別れにチャンを飲むことにした。彼もチベット人がとても好きだという。

山尾三省◎やまお・さんせい
一九三八年、東京・神田に生まれる。早稲田大学文学部西洋哲学科中退。六七年、「部族」と称する対抗文化コミューン運動を起こす。七三〜七四年、インド・ネパールの聖地を一年間巡礼。七五年、東京・西荻窪のほびっと村の創立に参加し、無農薬野菜の販売を手がける。七七年、家族とともに屋久島の一湊白川山に移住し、耕し、詩作し、祈る暮らしを続ける。二〇〇一年八月二十八日、逝去。
著書『聖老人』『アニミズムという希望』『リグ・ヴェーダの智慧』『南の光のなかで』『原郷への道』『水が流れている』『インド巡礼日記』『ネパール巡礼日記』『ここで暮らす楽しみ』『森羅万象の中へ』（以上、野草社）、『法華経の森を歩く』『日月燈明如来の贈りもの』（以上、水書坊）、『ジョーがくれた石』『カミを詠んだ一茶の俳句』（以上、地湧社）ほか
詩集『びろう葉帽子の下で』『祈り』（以上、野草社）、『新月』『三光鳥』『親和力』（以上、くだかけ社）ほか

写真――渡辺 眸
ブックデザイン――堀渕伸治◎tee graphics

◎山尾三省ライブラリー
インド・ネパール巡礼日記❶

インド巡礼日記

二〇一二年四月十五日　第一版第一刷発行

著者　山尾三省

発行者　石垣雅設

発行所　野草社
東京都文京区本郷二－五－一二　〒一一三－〇〇三三
電話　〇三－三八一五－一七〇一
ファックス　〇三－三八一五－一四二二
静岡県袋井市可睡の杜四－一　〒四三七－〇一二七
電話　〇五三八－四八－七三五一
ファックス　〇五三八－四八－七三五三

発売元　新泉社
東京都文京区本郷二－五－一二
電話　〇三－三八一五－一六六二
ファックス　〇三－三八一五－一四二二

印刷・製本　太平印刷社

ISBN978-4-7877-0881-6　C0095

野草社の本

…

YAMAO SANSEI LIBRARY

インド・ネパール巡礼日記❶
インド巡礼日記
四六判上製／五〇四頁／三〇〇〇円＋税

インド・ネパール巡礼日記❷
ネパール巡礼日記
四六判上製／五〇〇頁／三〇〇〇円＋税

ここで暮らす楽しみ
四六判上製／三五二頁／二三〇〇円＋税

森羅万象の中へ
その断片の自覚として
四六判上製／二五六頁／一八〇〇円＋税